顾了之

著

你是迟来的欢喜

江苏凤凰文艺出版社
JIANGSU PHOENIX LITERATURE AND ART PUBLISHING

你说喜欢雨后初晴的天气，
那校庆的时候，
我弹《After The Rain》吧。

火树银花倏然升空，从天际落下五光十色的绚丽轨迹。
满目璀璨里，一只手牵住了阮喻。

你是迟来的欢喜

目　　录
CONTENTS

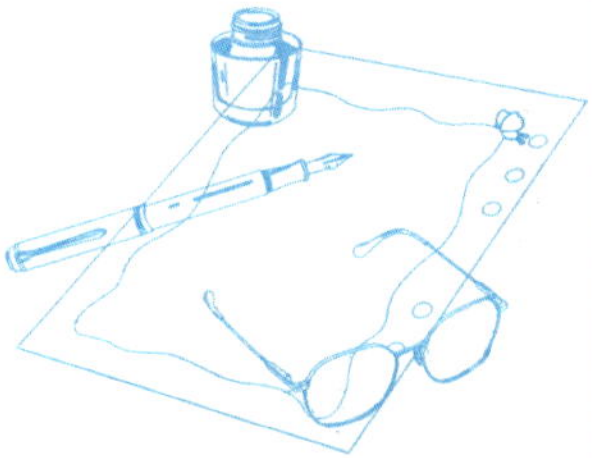

第一章 草稿箱里的秘密

三月的杭市忽冷忽热，春夏秋冬一天一季。

阮喻挑了个晴天回老家。

前阵子她得到消息，说那儿的老房子快拆迁了。怀旧的人最听不得这种事，反正她闲着，干脆回去看看。

阮家的老房子建在苏市的城乡结合部，周围一片都是类似的私房，薄荷绿的外墙，三层高，顶上附带一间三角阁楼。阮喻高中毕业后就从这儿搬走，算来已经有近八年没回来了。

空房子前不久刚做过大扫除，没落太多灰，就是有股陈旧的气息。她开锁进去，走了一圈后上了阁楼。

那里有一些她学生时代的旧物。

通往阁楼的木梯被踩得吱嘎作响，阮喻拉开窗帘，金光洋洋洒洒地照进来，空气中飘浮着细小的尘埃。简单打扫收拾后，阮喻搬出一个老式木箱，盘腿坐下，刚打开箱盖，手机响了。

她插上耳机接通，翻箱子的动作没停。

耳机里传来一个女声：“阮女士，接到这个电话就意味着截至三月十九日下午一点，你仍然没有向你的前任编辑提交新文大纲。而这一天，距离你上本书完结已经过去整整十一个月了。”

阮喻失笑：“都前任了，你催债催得还挺狠啊？”

“请债务人端正态度。”

阮喻望着天花板叹气：“沈女士，阮女士记得她说过，三月底一定给你稿子。”

“那请问她选定题材了吗？”

阮喻颓丧地吸了吸鼻子，回答：“没有。”

电话那头的人变得暴躁：“十一个月了，阮喻，你就算是生个娃都坐完月子了！你是全职写手，你想彻底过气吗？”

阮喻随手翻开箱子里的日记本，漫不经心地看着，嘴上敷衍地说：“没灵感的时候，写书可能真不比生孩子容易。”

“你天天在家闭门造车，指望谁给你灵感？写书这事……”

电话里，沈明樱还在絮叨，这边阮喻却突然没了声音，她的目光落在日记本上，整个人像是定格了一样。

老旧的纸张在阳光下微微泛黄，上面写了这样一段话：

五月十一日，天气晴。今天遇见许淮颂三次。

第一次，我抱着英语试卷去办公室，碰上他和他们班的几个男生在走廊上罚站挨训。教导主任可真凶……

第二次，我路过学校艺术馆，发现他蹲在附近草丛里给一只流浪猫喂罐头。原来他也喜欢猫，真好。

第三次，我去上体育课，看见他一个人在操场跑步。他摘了眼镜真好看，难怪老有女生给他送水。我也买了水，可我不敢送。要是被我爸看见我给他送水，那我可能要倒大霉啦！哦，不过他也不一定愿意喝我送的水……

阮喻太久没出声，沈明樱以为她出了什么事，问她在哪儿。她回答“在老家”，说完后，注视着日记本的眼神一点点变亮：“明樱，有了。”

“什么有了，你想到选题了？”

“对，青春校园小说怎么样？”

电话那头死寂了两秒钟，紧接着说道：“拜托你清醒一点！那种无病呻吟的青春伤痛葬爱文学早在八百年前就过时了，毫无‘钱’途可言！”

阮喻看了眼日记本：“可是……你还记得许淮颂吗？”

沈明樱忽略了这个奇怪的转折，问：“谁啊？”

“咱们高中，十班那个。”

“哦……就是那个高高瘦瘦，话不多，你当年老挂在嘴边的男生啊？你不会在苏市碰见他了吧？”

许淮颂确实是苏市人，他外婆家也在附近，但据阮喻所知，他比她更早离开这里，而周围的朋友已经很多年没有他的音信了。

“哪能啊，你以为现实是小说呢？”阮喻笑着合上日记本，想了想又说，“先不讲了，我过几天给你大纲，挂了啊。”

阮喻带着一箱包括日记本、同学录在内的旧物回到杭市，当晚就开始琢磨新文，三天内敲定了大纲。这是她灵感枯竭十一个月以来第一次思如泉涌。将大纲发到沈明樱的邮箱后，阮喻收到了沈明樱的微信消息。

沈明樱：“这不就是你和许淮颂之间的那些事？”

软玉：“算是吧。”

沈明樱：“你打算挑战一个女主角单恋男主角的悲情故事？”

扎心了。

阮喻拨语音通话过去：“我至于傻到自掘坟墓吗？又不是纪实栏目，男主角都不喜欢女主角，还叫言情小说？”

许淮颂是不喜欢她，可艺术源于生活又高于生活，她把苦兮兮的单恋改编成双向暗恋不行吗？

沈明樱在那头乐呵：“懂了，敢情这就是篇作者本人的意淫文。”

阮喻被噎住。这么说倒也没毛病。

“行呗，不过我提醒你，许淮颂那种高冷型男主角在小说市场已经没那么吸睛了，加上暗恋这种慢热元素，我估计该文的数据不会太漂亮。”

阮喻似乎想得挺开，笑着说：“试试吧，不行就当自娱自乐，你也说了这是意淫文嘛。”

挂了电话，阮喻拿了一杯奶茶到电脑前，开始翻日记本，准备挑几个梗试写一下。太久没动笔，得先找找手感。

翻了几页日记本，阮喻在字数异常多的一页停了下来。纸上密密麻麻一片，字迹龙飞凤舞，一撇一捺都彰显着澎湃汹涌的情绪。

记录的时间是高三那年的元旦。

阮喻回忆片刻，想起来了。

那天是整个高中时代，在那场属于青春的独角戏里，她和许淮颂靠得最近的一次。

当晚零点，跨年烟火在学校大操场燃放，操场上挤满了人。她装作不经意地悄悄站在他的右侧，没想到火树银花炸开的一瞬间，忽然被他牵住了手。

她惊讶地偏头，却在明明灭灭的光影里，看见他脸上的歉意神情。

许淮颂松开手，推了推鼻梁上那副细边眼镜，尴尬地说：“对不起，牵错了。”

阮喻把这一段情节敲进了文档。

但她猜读者看到这里一定会和当初的她产生同样的想法：既然男主角说

“牵错”，总该有个“对”的人吧？显然那个人不是女主角。

没劲！弃文！

她撑着头想了想，又敲下一行字，在后面补了一段：“说完这句话，他心跳如擂鼓，胸口传来的怦怦响动比头顶的烟花炸得还猛。”

——以此暗示另有隐情。

写完后，阮喻抿了一口手边的奶茶，怎么还真有点自娱自乐的味道？

同一时刻，一百多公里外的苏市待拆区，一间私房阁楼里，穿校服的小姑娘抱着一个箱子跑下楼：“妈，这些破铜烂铁还有用吗？”

陶蓉看了一眼许怀诗怀里的箱子：“怪占地方的，都扔了吧。”说完又顿住，“等等，盒子里那部手机好像是你哥上高中的时候用的，你看看还能不能用？”

许怀诗放下积灰的箱子，从密封盒里取出旧手机，拿起配套的充电器给手机插上电源：“哥上高中那会儿还用这么破的老年机啊？真有年代感。”

“我怕影响他学习，特意给他买的这种。别看当年的老机子破，质量好着呢。”

“真的假的……”许怀诗嘟囔着随手按了两下开机键，没想到手机屏幕真的亮了，把她吓了一跳。

过去这么多年了还能用，这是手机还是战斗机？

许怀诗正惊异着，一旁的陶蓉看了过来：“手机能用就帮他收起来，别乱动里面的东西。”

许怀诗连“哦”了两声，心里却对这台“战斗机”产生了好奇。她蹲下假装整理东西，然后背过身偷偷捣鼓起手机来。

老式手机开机后没有密码，只需要长按星号键，再点一下“确认”就能解锁。

许怀诗胡乱按了几下就进入了主页面，再按两下进入电话簿，然而里面一个联系人也没有。她返回到短信息界面，同样没看到一条来往短信。

可以，这很“许淮颂”。

什么都没发现，她打算关机了，临退出却注意到页面下方草稿箱一栏边上的数字：327。

三百二十七条草稿？她哥在这老年机上做数学题呢？

许怀诗内心挣扎片刻，还是点了进去，随手翻开一条。

收件人是空的，编辑时间是2010年1月1日0点10分，短信内容只有一行字：

骗你的，没牵错。新年快乐。

许怀诗手一抖，隔着屏幕嗅到了一股莫名的气息。她捧着手机的姿势突然变得虔诚起来。

因为这可能不是一部普通的老年机，而是……一片还没被人发掘的“新大陆”。

杭市的气温到了四月也没稳定，前几天持续回温，到头来，一个“清明时节雨纷纷”就被“打回原形”。

清明小长假的最后一天，阮喻去赴沈明樱的约，一出公寓就被扑面的冷雨激得直哆嗦。她回去裹了件厚外套才重新下楼，一路来到了咖啡馆，收起伞推开门，往大厅里走了一段，她睫毛上沾染的湿气才慢慢收干。

包厢里，沈明樱已经点了咖啡，一见阮喻这棉T恤混搭呢大衣的随意装束就不客气地说：“你真是越来越不拘小节了，别仗着脸好看就为所欲为行吗？”

“我愿意为你洗头就不错了，我又不是来走T台的。”

“单身就要时刻有艳遇的自觉。”沈明樱斜了阮喻一眼，把笔记本电脑朝前一推，“得了，U盘拿来，让我看看你这一意孤行的‘葬爱流’写手都写出了什么。”

阮喻从包里掏出一个白色U盘递过去，她端起手边的拿铁，一边喝，一边刷微博，看到滑稽的段子就跟沈明樱唠上几句。

沈明樱从最开始乐呵呵地应她，到后来全神贯注于屏幕，一声不吭。

“怎么了这是？”阮喻放下手机问。

沈明樱从WPS的世界里缓缓抬头：“你这文，好像得火……”

“你上次不还说……”

沈明樱比了个手势打断阮喻，像发现千里马的伯乐，激动得需要平复心情才能开口：“我说的那种是悬浮到脱离现实世界的文，但你这文贴近大众的真实青春，很容易引发共鸣。”

阮喻写的就是苏市一中，贴近现实是肯定的了。

她凑上前去，讨糖吃似的问：“还有呢？”

还有就是，每次阮喻一打开思路，下笔就很有灵气。入行五年，在笔龄相当的写手当中，她的文笔可谓出类拔萃。

一名作家前辈曾评价她——三言两语，从浪漫里挖掘腐朽，又最终化腐朽为灿烂。这小姑娘的文字太通透了。

沈明樱简单概括为“笔力深厚”，滚了几下鼠标，感慨道：“拿亲身经历写的就是戳心窝子，可以啊，用情至深的典型代表。”

“别酸我了你！”

“当年是谁天天在我耳边念叨许淮颂？”

阮喻小声嘟囔：“谁还没个‘中二’的过去了？”

“这么说……”沈明樱瞅瞅她，“你现在是彻底不在意了？”

阮喻点点头。

要不是无意中翻出那本日记，她都不太记得许淮颂这个人了。就算近几天为创作把和他有关的一切都回想了一遍，剩下的也只是淡淡的酸楚，跟她出于怀旧回老家的心情差不多。

八年不见了，真有人会那么长情吗？

“我要不是想开了，写这书不是找虐？”

“也对。”沈明樱“啧”了一声，“那你不怕这书被当事人发现？怪尴尬的。”

“不会。”

小说大多以女主角的视角叙述，并且经过虚构和改编，那么多年过去了，仅凭一些模糊的印象，他怎么可能认出原型呢？

更何况，阮喻觉得许淮颂当初根本没把她的名字和长相对上号。而且，那种天外谪仙般的人物会看言情小说吗？

两人正说到这里时，阮喻的手机响了。

沈明樱听到阮喻把铃声换成了一首钢琴曲，突然想起刚才看到的，女主角躲在学校花丛中偷听男主角弹琴的情节。

沈明樱若有所悟：“是那首《After The Rain》啊。”

阮喻一边点头，一边接通电话。

“妈。”阮喻简单应了几句，最后说，“我这就来。”

“怎么了？”沈明樱问。

“我妈突然来公寓看我了。”

“那你先回去吧。”

阮喻收拾东西起身，临走时说：“我妈估计是来做我的思想工作，催我去相亲的。”

“那你打算怎么逃？”

“冷雨天，老人家亲自从郊区上门来，这战术，我大概是躲不过了。”阮喻皱了皱眉，说完拎起伞匆匆往外走。

沈明樱看热闹不嫌事大，幸灾乐祸地一笑，冲阮喻的背影喊：“到时候记得直播相亲啊！”

直到过完清明，倒春寒才算歇了，阮喻的新书《好想和你咬耳朵》也开始在千和文学网连载。

沈明樱曾是千和文学网的编辑，眼光相当独到。果不其然，沉寂一年后，“温香”这个笔名再次打响网文圈。

四月末，小说上架，一夕之间跃居热销榜。

没过多久，就有一家影视公司找上了网站，想跟平台洽谈版权购买事宜。

五月初的一个周四晚上，阮喻发布完当天的连载章节后，前往市中心的一家餐厅相亲。

她这次赴约是迫于无奈，但她也理解家里的想法。爸妈并不是急着让她嫁人，而是不放心她目前的状态。

毕业四年了，她一次恋爱也没谈过。自从进入写作行业后，她甚至连起码的社交活动也断绝了。家里担心她长此以往，心理状态会出问题。

所以这次与其说是相亲，不如说是为了让她出去交朋友。如果碰巧看对眼，能够落实终身大事，那当然更好。

阮喻实在推脱不掉，就当出来采风。

考虑到是初次见面，狭小静谧的包厢容易加剧拘束感，双方都将见面地点选择在了大厅。

对方姓刘，比阮喻大三岁，眉目清秀，在餐厅金碧辉煌的顶灯映衬下，显得柔和端正。不过，他好像也没什么经验，和她一样全程拘束，紧张异常。

上菜前，两人喝着茶水，大眼瞪小眼地尬聊。等菜上桌后，两人似乎都松了一口气，开始专注于吃饭。这样一来，餐桌上的气氛反倒融洽了一些。

餐厅的风格是“大盘小食”，两人点的也都是一些精致的菜品。阮喻吃了几口主食，低头喝鸡茸汤的时候，听见刘茂问她有什么兴趣爱好。

阮喻放下勺子抬起头，齐肩的中长发随着这个动作荡出一道弧度，答了几句。本着有来有往的态度，她随口聊起对方的职业：“我听说刘先生目前是一家律所的合伙人，当得起‘年轻有为’四个字。”

刘茂说起这个来倒放开了，谦虚地说道：“谈不上年轻有为，我们那儿一共有四个合伙人，我只是初级，底下做实事的。律所有个长期定居国外的高级合伙人，那才是真的厉害。”

阮喻对法律行业不了解，说到这里已经不知道讲什么好。为避免冷场，她只好硬着头皮顺着他的话问：“定居国外，不做实事，那这位高级合伙人做什么？”

刘茂腼腆一笑：“资金支持嘛。”

这下倒叫阮喻也笑了。

刘茂的目光掠过她笑盈盈的一双月牙眼，还有颊边一对深陷的梨涡，忽然一呆。

阮喻疑惑地问：“怎么了？”

刘茂忙摇头示意没什么，总不好说是她笑得太甜，把他看傻了吧？正是局促时刻，手机铃声响了，救了他一命。

他说了声“抱歉”，拿起手机出去，穿过半个餐厅，一直走到安静的角落才接通电话：“淮颂？”

电话那头传来一个男声：“嗯。”

刘茂看了一眼腕表："你那儿快凌晨四点了吧，有急事？"

"要份资料，看你没回消息。"

"啊，对不起，我今晚在外面相亲。我现在找人处理。"

刘茂正准备挂电话，忽然听见那头迟疑地道："……相亲？"

"对，怎么了？"

"国内都兴这套？"

刘茂笑起来："是啊，你在加州很清净吧？"

对方也笑了一声："这跟地域没关系，主要是年纪。"

"……"

那头的人一本正经地说完这句话，叫他继续相亲，很快挂了电话。

刘茂抽了抽嘴角，打了个电话给同事，交代完工作后收起手机往回走，本想再给阮喻道歉，不料她也在接电话，看神情像是出了什么事。

看刘茂回来，阮喻打了个手势表示歉意，压低声音问电话那头："有这种事？"片刻后又说，"我这就回去。"

等阮喻放下手机，刘茂忙问："发生了什么事吗，阮小姐？"

"不好意思，工作上出了点岔子，我得先回公寓了。"

"没关系，工作要紧，我送你。"

阮喻说"不用"，但刘茂坚持要送，她也就没再拒绝。

晚上这个点，市区堵得一发不可收，阮喻只得在车上先一步打开手机，登录千和网站。

刚才沈明樱打电话来，火急火燎地对她讲了一通，说有人在千和文学网的匿名论坛发表了一则帖子，称《好想和你咬耳朵》与站内另一篇连载中的短篇小说《她眼睛会笑》既视感极强。目前双方已发表内容的前半部分中，就统计出有十一处撞梗。

楼主贴出的对比两篇小说相似内容的表格五颜六色，看过去一片触目惊心。据此，楼主最终得出的结论是：温香的《好想和你咬耳朵》一文涉嫌融梗抄袭。

不到一个小时，该帖的回复量已破两千。

撞梗不可怕，可怕的是连环撞梗。更可怕的是，对方的小说发表在她之前。乍一听，真有点跳进黄河也洗不清的感觉。

何况这位楼主似乎是有备而来，发帖前就在网站的举报中心备了案，并且仅对外张贴一半调色盘，留了后手。

阮喻身正不怕影子斜，起初还算镇定，说相亲结束后就回家看看。

但沈明樱说："你最好赶紧处理这件事，我刚看了帖子内容，有十一个细节完全撞梗，就连校园背景都如出一辙，不少对话也非常相似。最直观的区别是，你这文是女主视角，而对方采用了男主视角。”

阮喻听到这里，既疑惑又焦急地往回赶。

趁堵车时，她点开那篇《她眼睛会笑》看起来。不过随手翻了几页，她就已经发现了好几处雷同。比如元旦烟火那段，对方笔下的情节、对话，甚至是男主角的内心戏，都和她撰写的小说内容完全一致。

再比如更令人惊讶的是，对方描写了一段某次周末，女主角捧着“小花农罐头花”离校的场景。这是当年苏市一中流行的一种自种盆栽，一个罐头里种一种植物，含羞草、西瓜等几乎什么植物都能种，不过阮喻种的植物有点特别，经过改造，她的盆栽里同时长了向日葵和薰衣草。

她在日记里看到这段，为了增强年代感就当作素材用了，没想到对方也用了这个梗，女主角种的也是向日葵和薰衣草。

诸如此类的例子不胜枚举。而且短篇小说节奏快，梗又密集，《她眼睛会笑》的这些内容都比她的小说更早发表。不过，对方是没什么曝光度的新人作者，大众之前都没有关注到。

见鬼了。

刘茂见她脸色越来越难看，趁红灯时间偏头问：“阮小姐，有什么我能帮忙的吗？”

阮喻摇了摇头。

刘茂大概知道她的职业，但他们这一行习惯将网络世界里的身份与现实生活分开。阮喻在这方面一直很低调，从未向父母透露过自己的笔名，现在当然也不会随便告诉一个初次见面的相亲对象。毕竟事情还没有发展到需要律师协助的地步。

所以阮喻说：“我自己暂时能处理，谢谢。”

阮喻在公寓楼下下了车，再次向刘茂道过谢，然后匆匆上了楼。

就这么一个多小时的车程里，继论坛的“腥风血雨”后，她的书评区以及二十多万粉丝的工作微博也接连沦陷。

谩骂和指责声迭起，她的读者们在如此铁证如山的“调色盘”面前丝毫说不上话，甚至不少人也在要求解释。

倒是有个铁杆粉丝提出了对阮喻有利的看法：“《她眼睛会笑》的作者至今没现身，说不定那就是温香的马甲呢？”

网文圈有个“试梗”的操作，开文前先拿小号发表，收效不行就“弃梗”。可阮喻显然没有这样做。

抄袭事件持续发酵，所有人都在等她发声。

她在漫天流言中仔细看了一遍对方的作品，抓着头发冷静了片刻，决定先联系这个作者。

对方的笔名叫“写诗人”，微博名是“一个写诗的人”。这是一个新账号，只有个位数的僵尸粉，最新一条博文发表于周日傍晚：“又要返校啦，不开心。”

对方大概是个中学生。

阮喻发了一条私信过去，但迟迟没有得到回复。她突然意识到，今天是周四，如果对方住校，现在很可能不方便用手机。

她身心俱疲，踢掉高跟鞋，倒头仰躺在床上，望着天花板上的吊灯渐渐双目失焦，眼前飘过一行行唾沫味十足的字眼——

“抄袭狗别装死了，出来表个态？”

“这种垃圾居然还在作品热销榜？趁早滚出千和！”

“这作者抄得妙啊，前几本也是抄红的吧？”

说这些话的，不少是与她并无交集的路人，都是看完帖子后“自由心证”得出的结论。所以，比起被泼脏水的恼恨，她更想先弄清楚，两篇文到底是怎么能撞成这样的？

周五傍晚放学时间，苏市一中校门外熙熙攘攘。

许怀诗在车站掏出手机，随手登录千和网站。

一个多月前，她在一部老年机里发现了一个“惨绝人寰”的故事。故事的男主角，也就是她哥，竟然在多年前偷偷喜欢过一个女生，却直到出国也没表白。

这事太叫闻者伤心，听者流泪了。她忍不住在平时看小说的网站注册了一个账号，以此为蓝本，写了一个短篇故事。

倒不是为了发展课余事业，许怀诗只是倾诉欲望强烈，又不好跟身边的朋友讲，也怕在网络论坛上传播范围太广被她哥发现，所以她选择了千和文学网这个“女性文学宝地”。

但许怀诗很快意识到自己错了，因为她写的小说火了。

两天内，她的书评区暴增上千条评论，爆炸式的信息告诉她，她被一个小有名气的写手抄袭了。

许怀诗傻在原地，半天没缓过劲来。等回过神后，她迅速找到对方的小说翻看，囫囵读过一遍后，搜到对方的微博账号。出于愤怒，她准备向对方讨个说法。

温香的微博主页置顶了一条微博：

回应：我没有融梗抄袭。关于《好想和你咬耳朵》与《她眼睛会笑》两篇文章的雷同点，我已联系对方作者 @一个写诗的人 询问情况，正在等待回复。等了解情况后，我将向大家进一步说明。（天知道这个故事是我学生时代的亲身经历……）

括号内的说辞当然不够服众，所以这条微博底下还附了一则视频，显示了她电脑内大纲文档的最后修改时间，时间在《她眼睛会笑》发表之前。

视频包括文档目录显示的时间和进入文档后可见的内容，呈连续式放映。与证据力不足的截图相比，这算是个较为有力的澄清。

果然，在这条微博下，前来看热闹的路人网友理智了不少。

许怀诗看完视频一愣，点开私信读起温香发来的消息。前两段是对事件的简单说明，最后几行，温香说："《好想和你咬耳朵》一文确实是我的原创构思，我可以提供证据自证，但对于两篇文章之间存在的雷同点，我也确实感到非常意外和困惑，在此向您询问，期待您的回复。"

回想起温香主页那句"亲身经历"，许怀诗将信将疑地回头重新翻看起温香的小说，接着发现了不对劲。她之前根据短信改编小说时，删减了其中一部分情节，但这些删减的情节有几个出现在了温香的笔下。

这意味着什么？

初夏的天，许怀诗忽然背脊发凉，无端起了一身鸡皮疙瘩。

一个男声打断了她的深思："许怀诗，你杵这儿干吗呢！十九路都开过三辆了！"

许怀诗抬起头，看见班上的赵轶从马路对面走来，一颗板寸头，嘴里叼着一根棒棒糖，一副地痞流氓样。

她正烦着呢，正要敷衍几句，突然灵光一现，笑眯眯地说："赵大，巧呀！你这过马路走的是模特步吗？这么好看！"

"哟！"赵轶三两步走到这边，"太阳打西边出来了？无事献殷勤，非奸即盗！"

许怀诗"呵呵"笑着，掩嘴凑到赵轶身边小声问："你人脉广，我想跟你打听打听，你那儿有没有什么黑科技，能在知道对方微博的情况下查到她的真实信息？违法的事咱不干，我只要知道对方的名字就行。"

赵轶语重心长地说道："小姑娘，查名字也是违法的。"

许怀诗"哦"了一声，叹了口气，却见赵轶压低脑袋凑了过来："不过，也有不违法的查法，给钱就行。"

许怀诗内心挣扎了一下，咬咬牙问："多少？"

他比了个"OK"的手势："三万。"

"……"

许怀诗转身要走，被赵轶一把扯住胳膊，回头就见这人笑得露出一口大白牙："友情价，一杯奶茶。"

一个小时后，在临街的奶茶店，赵轶接起电话应了几声："谢了啊，叔，改天请你吃小龙虾。"

赵轶放下手机，打了个响指，随手扯过一张菜单，歪歪扭扭地写了两个大字，递给对面。

“阮喻？”许怀诗默念了两遍，回想片刻后说道，“赵大，好人做到底，陪我回趟学校？”

“干吗？”

她指了指菜单：“去校史馆，我要看看这人究竟是不是咱们的学姐。”

许怀诗记得，草稿箱里最后一条短信的时间是她哥出国前一天，内容是：“最后一眼，是校史馆里你的照片。再见。”

所以她想，如果世上真有这样近乎奇迹的巧合，如果温香那句“亲身经历”不是说谎，那么……那里一定有阮喻的照片。

谎称落了作业的两人在落日余晖里奔向校史馆。

这个时间，校史馆已经闭馆。幸亏赵轶那股泼皮劲儿，在门口死缠着管理员，戏本子一段一段地演，这才让许怀诗瞅准时机，一溜烟偷跑进去，直奔二楼。

馆内空荡荡的，夕阳透过玻璃窗染亮楼道，窗外的树叶在地面投下斑驳的影子。许怀诗放轻脚步，连呼吸也屏住，弯来绕去，最终走到了历届优秀毕业生的留名墙前。

苏市一中建校近五十年，这座校史馆也有二十个年头的历史了，如今墙上挂满了照片。

她把目光锁定在2007级那栏，伸出食指一排排虚移过去，心跳慢慢地加速。

紧张、期待，还有兴奋。

十七岁的少女，比起抄袭这样的恶劣行为，潜意识里更愿意相信一个被岁月掩埋了十年的秘密。

可是下一瞬，身后的楼道响起皮鞋的踢踏声，一名中年男子气急败坏地说道：“你是哪个班的？放学了还不走，来这儿干什么，啊？”

许怀诗惊叫一声，来不及细看照片，扭头就跑，慌里慌张地从另一边楼道往下奔。

身后的人一路夺命追来，许怀诗跑得踉跄，到了一楼大厅却见正门口还堵着一个人，只得又回头。走投无路之下，她听见女厕所那边传来一个熟悉的声音：“来！”

许怀诗飞奔进去，一眼看见窗外的赵轶，她果断地把肩上的书包一把甩给他，然后双手一撑窗沿，跳了出去。

赵轶牢牢接住许怀诗，把她的书包扛在肩头，扯着她的胳膊就往校史馆后边的小树林跑。

两人一下就蹿没了影，留下身后的管理员骂骂咧咧地直跳脚。

眼看甩脱了人，赵铁停下来，扔了许怀诗的包仰躺在草地上，一边喘气，一边说："许怀诗，校史馆里是有你失散多年的亲人吗？你非得这时候偷偷溜进去？周一打个申请再来，你的亲人会跑是不是？"

许怀诗也喘着气，半天才答上话："不弄清楚这事，我整个周末都会睡不好！"

说完，她懊恼地倒在草地上："就差一点点啊！"

"那我也不陪你玩命了！"

许怀诗当然知道打草惊蛇的道理，这时候校史馆是铁定进不去了，直接问她哥，被他知道她偷偷将他的秘密发表到网上，简直比记处分、写检讨还可怕。

这么说，难道她真的要煎熬一个周末？

她不甘心，两条腿死命蹬了两下，突然想起什么："等等……"

证明阮喻的身份不一定要从短信入手，还可以从温香的小说里找线索。

她记得刚才在车站看到过这么一段情节：小说里，男主角贺时迁会在课余时间到学校艺术馆弹琴，女主角林希声便在毕业时在贺时迁过去常用的琴房墙面上写下了一行英文字母——LXSXHHSQ，意为"林希声喜欢贺时迁"。

也就是说……

太阳彻底没入了地平线，许怀诗双手撑地站起来，看了一眼远处隐没在昏暗里的圆顶艺术馆，说："赵大，咱们艺术馆的墙，近几年有没有重新刷过漆？"

赵铁不知她又想到哪出，猜测道："学校那么抠门，应该没有吧。"

"那我们再玩一次命？"

一刻钟后，艺术馆旋梯上，许怀诗猫着腰翻手机，兴奋地说："找到了，小说里写的是 401，钢琴背后的那面墙！"

说完，她推了推赵铁，示意他打头阵，重复道："401，401！"

赵铁皱着眉压低声音说："401 是画室，哪儿有钢琴？"

"咦？"许怀诗愣了一下。难道是学姐怕小说内容过于写实，所以杜撰了房间号？那她岂不是得一间间找过去？

"快点再想想！"赵铁小声催促。

再想想，再想想。

许怀诗抱着头拼命回想，片刻后，她脑袋里火花迸溅："你知不知道，哪间琴房能看到教学楼四楼第二间教室？"

她记得她哥在草稿箱的短信里说过，从他所在的琴房望出去，可以看到那个女生趴在教室门前的栏杆边晒太阳。她忘了短信里提到的具体琴房编号，但她能确定有这么回事。

“最靠西的301呗！”赵铁飞快判断。

“就是它了，走！”

两人弯着腰溜到三楼尽头，却发现301的门锁着。

赵铁叹了口气：“有没有发卡？细的。”

许怀诗从头发上摘下一只发卡递给他，打开手机的手电筒功能给他照明。

五分钟后，门“啪嗒”一声开启，许怀诗欣喜若狂，打着手机的灯冲到钢琴背后。

许怀诗的身板窄，勉强能挤进去。手机的白光散开，照亮了眼前那面老旧泛黄的白墙。墙面虽然有好几处斑驳脱落，但正中央那行用涂改液写成的英文字母还是清晰地映入眼帘：RYXHXHS。

卡在外面进不去的赵铁瞄到这行缩写，拼凑道：“日，呀，咻，嘿，咻，嘿……射？”

“……”

许怀诗扭头瞪了赵铁一眼，再转回去时几乎激动得热泪盈眶。

她的食指抚上粗糙的墙面，像生怕碰碎了什么一样小心翼翼，轻声说：“是……阮喻喜欢许淮颂。”

这串字母，让许淮颂的一切疑问都有了答案。

当他在草稿箱写下“你那么小的个子，体育课为什么也选篮球班”的时候，当他奇怪“你犯什么错了，也来看台面壁思过”的时候——只要他在毕业那天走到这架钢琴后面，就能找到答案。

可是他没有。

所以他不知道，所有看似漫不经心的巧合，都是她想方设法的谋划；所有他辗转反侧的时刻，她也在想他。

许怀诗开了闪光灯，往墙上拍了两张照片，忽然哇哇大叫：“哇——赵铁，这好感人啊——”

赵铁一个激灵去捂她的嘴，却晚了一步，楼下走廊巡逻的保安听见动静，立刻打着强光手电冲了上来。

赵铁横着眉，低声骂：“我看你这智商也挺感人的！”

许怀诗撇着嘴，垂头丧气地被保安拎到了德育处。

不管两人怎样辩解，德育处主任朱峰都非要联系他们的家长不可。

赵铁是个老油条了，朱峰指了指他，意思是晚点再收拾他，然后看向许怀诗：“你先来，家长联系方式！”说着，他拿起座机听筒等许怀诗报号码。

“朱老师，我错了……”

“不想给？那我就问你们班主任。”

班主任那儿登记的是陶蓉的手机号，许怀诗一听急了，赶紧报了一个号码：“209×××××××。”

说完，许怀诗在朱峰挑眉前迅速接上：“就是这个，我家长在美国呢！”

以为给个外国号码就能逃过一劫？朱峰气哼哼地加上“001”拨通了号码，操着一口蹩脚的英文道：“Hello, I’m……”

那头的男声及时出声“救场”：“你好。”

朱峰低咳一声，自报家门，说明了许怀诗的“恶劣”行径。

许怀诗紧张地屏息侧耳，辨认听筒那边说了什么。她刚才在奶茶店跟妈妈打电话时撒了谎，说今天晚回家是为了跟闺密吃饭，现在这通电话绝不能打到她妈妈那儿去，只盼她哥嘴下留情，放她一马。

然而下一秒，许淮颂无情的声音就传了过来：“我暂时不方便处理她的事，麻烦您拨这个电话，联系……”

一听许淮颂这是要报陶蓉的手机号，许怀诗跳上去就要夺听筒，被朱峰瞪了一眼，只能跺着脚冲电话那头喊：“哥，你太坏了！”

这种人活该什么也不知道！打死她也不告诉他，阮学姐的秘密！

夜里凌晨一点，阮喻和沈明樱躺在一个被窝里，攥着手机发呆。

抄袭事件已持续发酵超过二十四小时，网上流言漫天。虽然她已经做了澄清，但依旧无法阻止有心人的恶意揣测。沈明樱担心阮喻一个人在公寓里情绪低落，所以过来陪她。

傍晚时分，她们注意到对话框里出现了“已读”两个小字，知道对方作者已经看了私信。本以为很快能得到回复，但直到现在，对话框仍然寂静无声。反调色盘的表格正在由业内朋友赶制，这会儿还没完成。该做的都做了，除了等待，她们暂时没有别的办法。

实在熬不住了，两人迷迷糊糊地睡了过去。

次日一早，阮喻一睁眼就开始摸索被窝里的手机，解锁屏幕后意外看见“写诗人”的私信。

时间是凌晨两点。

您好，非常抱歉给您造成困扰。《她眼睛会笑》一文不是我本人的原创构思，而是根据朋友从工作室买来的一份大纲写成。对不起，侵犯了您的权益，我愿意在微博发表声明解释，向您公开道歉，并删除文章，注销网站账号。以下是我拟好的声明，请您过目，希望能够挽回您的损失，再次向您致歉。

阮喻一下子清醒过来，坐起来拍了拍沈明樱，把手机拿给她看。

“真是大纲泄露？”沈明樱看完后，揉了揉眼睛说。

面对这种情况，两人一开始就联想到大纲泄露的可能性。但问题是，除了沈明樱，阮喻并没有把大纲给过别人。所以她们才迟迟没下结论。

阮喻皱起眉头："难道是我电脑中过病毒？"

沈明樱揉完眼睛，清醒过来，"啊"了一声，翻身坐了起来："U盘！那天在咖啡馆，你把U盘拿回来了吗？"

阮喻眼皮一跳，下床一顿翻找，半个小时后跪在床上欲哭无泪："没有……"

那天妈妈突然来了，她匆匆赶回公寓，真不记得自己当时有没有捎上U盘。而沈明樱在她走后不久结账离开，只带走了自己的笔记本电脑。

两人齐齐按起了太阳穴。

普通的大纲泄露确实造成不了这种后果，只有那个记录了阮喻日记本里大部分细节的U盘才行。

一分钟后，沈明樱抬头："我去趟咖啡馆，你跟对方作者继续交涉看看。"

阮喻点点头，发消息过去："您好，我想了解一下，您的朋友是从哪家工作室收购的大纲？"

屏幕那头，顶着黑眼圈和鸡窝头的许怀诗拨通了赵轶的电话："怎么办，我该怎么回复啊？我就说你这个馊主意不成……"

"哦，那你就跟她讲真话吧。"

"不行！"如果阮喻知道了前因后果，那她哥八成也会知道她干的好事了，许怀诗立马否定了这个主意，"我哥超凶……我会被大义灭亲的！"

"你哥不是律师吗？他还能知法犯法，把你打死？"

"他能断了我的零花钱，这和把我打死有什么区别？"

"这样，你就说你朋友出于交易双方的保密需要，不能透露相关信息。她要是没点灰色关系，暂时也查不到你的身份信息。"

"可这样是不是太对不起阮学姐了啊……"

"你都公开道歉，删除文章，注销账号了，对她来说，这就是最好的结果。真要跟大众说明这种扯淡一样的真相，反而没人信！"

许怀诗还在犹豫："你说，万一我哥还记得阮学姐，觉得我做了件好事，不但不惩罚我还奖励我呢？"

"开什么玩笑，都过去八年了，你以为你哥就靠回忆过日子啊？"

"也对……"

"反正你要说就说，以后别想着吃香喝辣还追星就是了。"

许怀诗哆嗦了一下，决定还是听赵轶的话。

如赵轶所料，她缄口不言，阮喻一时半会儿还真查不到真相。

许怀诗不知道阮喻信了多少，两人一问一答几个来回后，对话框里弹出一条消息："烦请您先发表声明吧。"

看这语气，阮喻似乎有点无奈，可能是为了尽快平息抄袭风波，降低损失，只好暂停与她交涉，让她先做澄清。

许怀诗心里内疚，再三道歉后，把经过阮喻修改、措辞更严谨的声明发表在了微博上。几分钟后，她看见阮喻转发了这条内容，并附上双方的部分聊天记录。

许怀诗却没能因此松口气，一时胆怯撒了个谎，于是用了无数个谎去圆。到现在，虽然从结果上看已经竭力弥补了，但她反倒更加不安起来。

她叹着气，鸵鸟似的拱进被窝。

转发微博后的阮喻并没有轻松下来。对方缄口不言是从哪里收购的大纲，让她对这件事仍有疑虑，所以她想看看沈明樱那边的进展。

然而，沈明樱从咖啡馆回来后说，工作人员声称那天并没有注意到她的私人物品。为了调取附近的监控，她也报了警，但目标物太小，看监控录像根本发现不了可疑人士，顶多备案。事情已经过去一个月，多半也查不到结果。

这样一来，虽然冤情得到了洗刷，但阮喻的心里到底还是梗着根刺。不过，很快她就没闲工夫关心这根刺了。

因为声明发出后不久，阮喻的微博再次涌入一批疑似恶意挑事的“水军”，炮轰她是塞钱给了“写诗人”，才得到这样一份虚假的道歉和澄清声明。

那些人空口白话，把子虚乌有的故事编得有模有样，与这边看到声明后选择支持她的人“战”成一团。

紧接着周日上午，一位与阮喻同站的写手苏澄发表了一条长微博，虽然没指名道姓，但这位写手话里话外的意思都在说温香抄袭之余欺负新人，逼迫小透明封笔，实在为原创圈所不齿。

这条长微博神奇地在微博上起到了一呼百应的效果，迅速得到传播，发酵到傍晚，甚至被送上了微博热搜榜。

许怀诗也在关注这些，到了这个时候，她才意识到问题的严重性。事已至此，明眼人早该相信温香，但欲加之罪，何患无辞。就是有那么几个人存心泼脏水，刻意引导舆论。再回头想想，她一个刚注册笔名的新人，毫无读者基础，文章曝光度也近乎零，怎么会引发这么大的关注度呢？这件事恐怕就是有人一早蓄谋的。

她和赵轶到底把社会上的事想得太简单了。

想到这里，许怀诗有点怕了，来回斟酌用词，打算再次联系阮喻。

消息还没发出去，却先看见阮喻更新了一条微博：“暂时关闭评论和私信。”

这条微博下面还附了一张截图，是有人发给温香的私信。对方的昵称和头像被打上了马赛克，消息内容是一张包含恐吓性质的图片。

图片上是满屏倒翻的颜料，几个鲜红的手印触目惊心，配上文字：抄袭去死！

许怀诗光看小图就吓得差点摔了手机。她的手开始发抖，连晚自习的铃声都听不见了，慌慌张张地奔进教学楼女厕所，一头扎进隔间，拨通了许淮颂的号码。

此时的旧金山已经凌晨三点多，但事出紧急，她等不了了。

电话一接通，许怀诗立刻嗫嚅着说：“哥，我……我惹事了！”

许淮颂倒还真没睡，他那边有杂乱的人声，叽里呱啦地说着英文，他似乎在翻资料，回应也就敷衍了点：“什么事？我五分钟后有紧急会议，不要紧的话就……”

“要紧！”许怀诗打断他，再出口已经带上一点哭腔，“哥，我把阮学姐害了……”

电话那头沉默了一下，半晌后传来一个字：“谁？”

她抽抽搭搭地说：“阮喻，阮学姐，你不记得她了吗？”

这回，那头沉默的时间更长了。

许怀诗刚要再讲，厕所门外却传来一阵脚步声。她怕被人发现自己在晚自习时偷用手机，迅速熄灭手机屏幕，不再说话。

大约过了十秒，听筒里杂乱的人声消失了。许淮颂好像走到了安静的地方，然后说：“哭什么？说清楚。”

许怀诗没法说，来上厕所的女生还没离开。她只能一声不吭，光顾着呼吸。

许淮颂再问：“你在哪儿？”

他的语气已经有了几分不平静，许怀诗说不了话，急得挂了电话，赶紧发微信给他：“我躲在学校厕所，有人来了，我打字跟你讲。先给你看张照片。”

她从相册里翻出琴房那面墙的照片，又补上说明：“前天晚上，我在学校艺术馆的 301 琴房发现了这个。”

屏幕那头，许淮颂一身笔挺的藏蓝色西服，站在会议室外敞亮的走廊上，皱着眉头点开了对话框。

一位白人女士踩着细高跟鞋“嗒嗒”走来，叫了许淮颂一声：“Hanson。”然后，她把一摞厚近百页的零散文件递给许淮颂，说这是他要的资料。

许淮颂的目光停留在屏幕上，随手去接文件。等到点开那张图，看清上面的英文字母，他即将触到文件的指尖却蓦地一松。

上百张纸哗啦啦地落了一地，雪花片似的四散开来，顿时一片狼藉。

狭长静谧的走道上，许淮颂听见自己的心脏一下一下地搏动，震耳欲聋。

次日清早，沈明樱再次来到阮喻的公寓，霸气地没收了阮喻的手机，把一夜未眠的她塞进被窝后，自己则来到客厅，电话联系法律界的朋友。

事态一发不可收，现在的舆论矛盾已经与“写诗人”的关系不大，而在于那个长微博作者苏澄。此人早在两年前就与阮喻不对付，这次明显是借机挑事。昨晚她们商议后决定通过法律途径解决问题，将带头污蔑阮喻的苏澄告上法庭，以儆效尤。

阮喻睡了三个小时就醒了。起床后，她到厨房准备早午餐，做了意大利面配蔬菜汤。端着盘子出来时，沈明樱兴冲冲地说："联系到了，至坤律师事务所，就在杭市。律师的电子名片已经传到你的邮箱了。"

"好。"阮喻摆完盘一看，下一秒却变了脸色，"世界这么小吗？"

还是说，杭市太小了？

沈明樱连忙问她怎么了。

阮喻晃晃手机，苦着脸说："这个律师就是我之前的相亲对象。"

就在前天，刘茂还在微信上联系过她一次，问那天的事情解决了没有。她没打算跟他深入交往，也不想麻烦别人，所以谎称自己已经解决了。

沈明樱咋舌半天，问："那怎么办？我朋友已经把情况说明发过去了。"

能怎么办？走了好几道人情才联络上的律师，现在说换就换，岂不叫中间人脸上挂不住？

而且据沈明樱的朋友说，至坤是杭市最出色的律所之一，刘茂的专业领域又与阮喻的需求完全契合，总不能因为她撒了个谎就放弃最佳选择吧？

阮喻说："就这样吧，我联系他。"

刘茂接通电话的时候显然也很惊讶，但他还挺善解人意，并没有揭穿阮喻的谎话，自然地带了过去，聊了几句后问她："阮小姐什么时候方便？我们面谈吧。"

详情在电话里确实讲不清。阮喻答应了，说她随时可以。

刘茂大概是在看自己的日程安排，片刻后说："今天我有个庭审，明天上午十点，我们在律师事务所见行吗？"

"没问题。那我今天需要做点什么吗？"

"你可以把网络平台上污蔑、诽谤你的关键记录拿到公证处进行网络证据保全，我会远程协助你。另外，你暂时别对外透露你有起诉对方的意愿，以免打草惊蛇。其他还没公布的证据也同样按兵不动，既然要打官司，我们就不能太早泄露底牌。"

刘茂谈论起工作来毫不怯场，面面俱到的交代让阮喻倍感信赖，尤其是最后一句话中的"我们"，让她切实生出了安全感。

阮喻感激地说："我明白了，谢谢你，刘律师。"

"不客气。"刘茂刚挂断她的电话，又听到座机响起来。他看了一眼来电显示，接通电话，"淮颂，上回给你的资料有什么问题吗？"

次日上午八点，阮喻在梳妆台前化了淡妆，以掩盖连日疲惫的倦容，拿上一沓刘茂叫她提前备好的文件出了门。

走到玄关时，她恰好接到刘茂的电话。

刘茂的声音听起来有几分歉意："阮小姐，不好意思，一会儿我这儿可能还有个朋友。"

"有个朋友？"阮喻一时没理解，以为刘茂这是要放她鸽子。

"就是上回跟你提过的，我们事务所的高伙，他刚好在国内，说对这个案子挺感兴趣的，也想参与进来。"

阮喻松了口气，她还以为出了什么大事呢。

"没关系。"为打消刘茂的顾虑，她笑着说，"两位合伙人级别的律师一起参与，对我来说是好事啊。"

"嗯……"刘茂沉吟起来。

"怎么了？"

那头干笑两声，解释道："是这样的，严格意义上讲，他没参加过国内法考，在这里不算律师。"

哦，阮喻明白刘茂为什么感到抱歉了。他是担心自己带了个"非专业"的同事，会让她觉得失礼。不过，这听起来确实让人觉得奇怪。既然连国内的律师资格证都没有，那位"金主"是来看戏的吗？

"你要是介意……"

阮喻说："没关系的。"

刘茂显然处在比较为难的境地，如果能随便撵走大佬，他还用得着专门打电话向她致歉吗？她当然不想让他为难。

"那我们稍后见。"

"稍后见。"

说定后，阮喻穿上鞋走出玄关，临关上门时，回头瞥见白墙上的日历：5月11日。

这个日期让她感到莫名熟悉。她一路想着才记起是怎么回事——是她的日记本。

当初在老家阁楼翻开的那页日记，开场白就是："五月十一日，天气晴。今天遇见许淮颂三次。"

阮喻坐在出租车上，想到这里叹了口气。

十年前的这天，她满心满眼都是许淮颂。十年后的这天，她又为了一场因他而起的官司奔波忙碌。她是不是上辈子做天使时折翼，砸中了许淮颂，这会儿才要来还债呢？

阮喻感慨着，偏头望向窗外，神色淡淡的，直到视线里映入"至坤律师事务所"几个黑体字。

至坤律师事务所是一幢独栋建筑，整体风格偏北欧风，不知是根据谁的审美来建的，一股冷淡的味道扑面而来。

阮喻下了车走进去，到前台报过姓名，跟着接待人上了三楼。

“我姓陈，您可以叫我小陈。”领她入内的小伙子陈晖看她似乎有些紧张，笑着说，“您是头一次来吧？您不用觉得拘谨。咱们事务所的律师虽然工作起来严肃，看着好像凶巴巴的，但人其实都很nice（好），对待委托人也很和善、很尽心。您多来几次就知道了。”

阮喻点了点头，小声说：“不过，我其实不太想多来几次……”

“……”也对。

“您说的是。”陈晖不好意思地干笑着挠挠头，到了三楼楼梯口，伸手示意道，“从这儿直走到底，左边那间就是了，您有什么问题随时叫我。”

阮喻说了句“谢谢”，走到洽谈室门前轻敲了三下门。里面传出一声“请进”，应该是刘茂的声音。

她推门进去，见棕皮沙发椅上的刘茂迅速起身，笑着迎了上来：“阮小姐。”

“刘律师。”阮喻目光一掠，移向跟前另一张沙发椅。

那边还坐了个人。

那人好像没有起身的意思，正低头看资料，背对着她，只露出一个后脑勺。

但这一眼望去，她莫名觉得熟悉，就像看见5月11日这个日期时心间升起的那种奇异感受一样。

仅凭一个后脑勺就叫她生出异样感的人？阮喻愣了愣，不知怎的，心跳不可抑制地快了起来。

刘茂的声音适时打断了她的思绪，顺着她的视线说：“啊，我介绍一下——”

沙发椅上的人似乎踌躇了一秒，接着顺势站起，转过身来。

阮喻的目光随之一动，当她的视线落在那人的脸上时，伴随着早已高度预警的心跳，整个人彻底愣在了原地。

盛夏五月，洽谈室里开了冷气，她浑身上下的血液却在这一刹那急速涌动，热度直线上升，脑袋一阵眩晕，仿佛遇上三峡大坝突然开闸泄洪，耳朵里充满了翻江倒海的声音。

两人的目光隔着灼热的空气交会，她像是被什么烫着了一样，手一松，怀里的半透明文件袋噼里啪啦地全数落地。

薄唇，平眉，深窝眼，这张脸……

许淮颂？

怎么会是许淮颂？

刘茂口中的合伙人竟然是许淮颂？

直击心底的“死亡三连问”让阮喻差点揉起眼睛。幸好刘茂捡文件袋的动作提醒了她，她连忙蹲下身，晕晕乎乎地说：“不好意思……我自己来吧。”

其实刘茂也很茫然。他的介绍词都没来得及说出口，两边这是怎么了？

阮喻一边低头捡文件，一边眼神乱瞟。当她瞟到不远处那双锃亮的皮鞋时，感到对方的目光似乎落在她头顶的发旋上，她只觉得自己的头皮快要烧焦了。

不应该是许淮颂吧？应该是她写小说写得走火入魔，认错人了吧？

他都消失八年了，不是吗？

阮喻怀着侥幸心理抱起一堆文件袋，刘茂也跟着直起身板，疑惑地看了看两人：“两位认识？”

许淮颂的目光从阮喻身上移开，刚张开嘴还没来得及说话，就先听见她抢答道：“不认识，不认识……”

她答完好像有点心虚，稍稍垂下了眼，因此也就没发现许淮颂微微扬眉的动作。

一片寂静中，她低着头听见许淮颂的回答：“嗯，不认识。”

连声音也很像……阮喻快窒息了。

一旁的刘茂企图化解这莫名其妙的尴尬气氛，对阮喻笑说：“那就介绍一下，这位是我们律所的合伙人，许淮颂，许律师。”

阮喻紧了紧怀里的文件袋，抬起眼向对面的人点头致意：“你好。”

刘茂继续介绍阮喻：“这位就是本案的委托人，阮喻，阮小姐。”

许淮颂点点头：“你好。”

看这两人奇怪的样子，大概不适合来个礼节性握手，刘茂实在摸不着头脑，只得招呼他们坐下。

阮喻走向沙发椅的脚步都是虚浮的。

实际上，前几年在她还对许淮颂有那么点余情未了的时候，她也曾幻想过有朝一日与他久别重逢的画面——比如在落英缤纷的街头，在人潮汹涌的游乐场，或是在海天一线的沙滩。

浪漫，绚丽，充满一切美好的色彩。

绝不是像现在这样——

她，一个二十六岁的成熟女人，随意地穿着白T恤和牛仔裤，抱着一摞写满了对许淮颂这个人从头到脚、从外在到内在全部幻想的资料，并且即将要针对这些幻想和他本人进行法律层面的深入探讨。

这也太……太丢人了吧？！

阮喻在即将触碰到沙发椅的瞬间猛然站直，已经落座的许淮颂和刘茂齐齐抬眼看向她。

她压下心底的忐忑，抱着文件俯视他们，义正词严地说道：“两位律师，常言道，得饶人处且饶人；忍一时风平浪静，退一步海阔天空；救人一命胜造七级浮屠……”

许淮颂的眉梢再次扬了起来，那副金丝边眼镜后，眸光渐渐变得深沉。

阮喻硬着头皮接下去，底气不足地扯谎：“我的意思是，我突然不想告了……”

她说到最后的时候，没敢看许淮颂，只是死死盯牢了刘茂，像抓住了一根救命稻草——只要刘茂一个眼神肯定，她就可以拔腿就跑。

对面的许淮颂却表现得漠不关心，听完这话就低下了头，拿着手机，好像在打字。

在阮喻看来，大概是“你们聊，我随意”的意思。

对于萦绕在周身的压迫感，刘茂越发感到一头雾水，还没理清楚就被赋予了决定权，他一时也迷茫不已，问了一句废话：“阮小姐考虑清楚了吗？”

阮喻还没回答，就被一阵手机铃声打断：“啊，情深深雨蒙蒙，世界只在你眼中……”

刘茂低咳一声：“不好意思，两位，我接个电话。”说完，他扭头匆匆出门。

刘茂走了就算了，还把门带上了，阮喻更加局促，杵在沙发椅前不尴不尬地一笑：“刘律师的手机铃声挺好听的。”

许淮颂沉默了一会儿，抬头看她一眼：“嗯。”

时间突然变得很慢，就像置身于指压板上，每一秒都很难熬。阮喻只好继续没话找话：“上次见他，他倒还不是用的这个铃声。”

许淮颂再次抬头，这回轻轻推了下眼镜：“上次？”

阮喻迟疑着点了点头，却见许淮颂似乎很快失去了探究的兴趣，伸手一引示意她落座，然后低头翻开手边的一沓律所宣传资料。

坐在对面的人有种无声胜有声的气场，她那不争气的腿就这么屈了下去。

许淮颂指了指茶几，示意她可以把怀里的文件放在上面，然后就自顾自地浏览起了资料，没再看她。

阮喻这才放心地搁下那仿佛重逾千斤的“烫手山芋”。

刘茂迟迟不回来，房间里连个活跃气氛的人也没有，洽谈室变得一点也不适合洽谈了。

阮喻的眼神四处瞟了一会儿，无意识间还是落回了对面这个男人的身上。这时静下来，她才慢慢接受了自己在高中毕业八年后遇见许淮颂这个事实。

然而，面前的这个人，好像是许淮颂，又好像不是。

除了五官样貌差不太多，他的变化还挺大。个头拔高了几分，身板结实了一些，不像当年那样竹竿似的瘦，周身也似乎镀了一层经过岁月过滤、沉淀而来的成熟气韵，对她来说，既熟悉又陌生。

不过，岁月对许淮颂真是慷慨啊。

要知道，不少男性进入社会多年后，打磨出来的往往是“地中海”和啤酒肚。

想到这里，她感慨般地吸了口气，还没叹出去，就听对面的人冷不丁地道：“阮小姐对我有意见？”

阮喻一噎。当年做广播体操转体运动时，她次次偷瞄他，他都看不见，经过几年律师生涯却变得这么敏锐了。

不过，他看上去心情不太好？

阮喻摆了摆手："哪里哪里，不敢不敢……我是在感叹自己命途坎坷呢。"说着，她指指茶几上的文件，示意自己是在为案子发愁。

许淮颂随着她的动作看了过来。

她立刻意识到危险，伸手稍稍一遮，把半透明的文件袋朝自己这边挪了挪。

许淮颂于是收回目光，继续翻阅资料。接着，他从余光中发现那只细白的手又把文件往外移了一厘米。见他毫无反应，几秒后，那只手又小心翼翼地移了两三厘米。

"得寸进尺"这个成语能这么用吗？

他想了想，算准她第三次移动文件的时机，忽然抬头。

阮喻显然吓了一跳，浑身绷成一只烫熟的虾子，冲他干巴巴地笑了一下："怎么了，许律师？"

这声"许律师"，叫的人别扭，听的人也别扭。

洽谈室里的气氛陡然间降到了冰点。

刘茂恰好在冰点时回来，向两人致歉，说楼下临时出了点岔子。

阮喻如同遇到了救星，一把抱起那摞要命的文件，起身说："刘律师，我考虑清楚了。"

刘茂面露惋惜："我尊重阮小姐的决定，但我遇到过不少和你一样临阵退缩的委托人。只是她们犹豫过后，最终往往仍会选择诉讼。你大可以再思量思量。"

"你说的是离婚案的委托人吧？"许淮颂低着头，忽然冷不丁地来了一句。

刘茂表情滞住。

阮喻不解地眨眼。这两人关系不好吗？怎么许淮颂拆台拆得这么狠？印象中，他以前似乎不是个毒舌的人吧？

毕竟在她的认知里，他是那种高冷到凡无必要就懒得动舌头的人。

阮喻清了清嗓子打破僵局，对刘茂说："谢谢，我会再考虑一下的。"

刘茂说了声"不客气"，又看了眼窗外高升的日头："大热天的，我送你回去吧？"

阮喻赶紧摇头："你忙你的，这时候来回一趟，都错过饭点了。"

"没事。"刘茂笑得和煦，"你公寓附近不是有餐馆吗？"

阮喻反应过来，出于礼貌接上："那我请你吃个饭，昨天你还指导我公证了一堆资料，怪麻烦你的。"

她话音刚落，那头的许淮颂就站了起来："西餐？"

刘茂愣了愣："那儿是有家西餐厅。"

"行。"许淮颂拎起搭在沙发上的西装外套，拉开门先一步走了出去。

刘茂满头问号，记忆仿佛断片。他和阮喻刚才有邀请许淮颂一起吃午饭吗？

阮喻也不明所以："你们已经约好一起吃午饭了吗？"

刘茂想摇头，但不知出于什么隐秘的心情，反而点了点头："对，要不我们下回再约吧？"

阮喻指了指门外："可他已经下去了。"

"没事，我去跟他说一声。"

下楼后，刘茂跟许淮颂解释不和阮喻吃饭了，让他留在事务所等自己回来。

许淮颂看了一眼刘茂身后的阮喻，目光一转即回："这里有床吗？"

刘茂一愣，算了算倒时差的时间，觉得不太对："你这时候要睡觉？"

"嗯，帮我找个酒店，我没驾照。"

许淮颂的言下之意，是让刘茂给他当司机。

刘茂："那先送阮小姐？"

"嗯。"

三人一前两后地走到了停车场。刘茂的那辆路虎好像刚保养过，干净得锃光瓦亮。

看见刘茂替自己拉开副驾驶座的车门，阮喻脚下一顿。如果没有第三个人，她自然会坐副驾驶座，但眼下作为客户身份，她似乎应该坐后排。

她不确定刘茂是有意还是无心，退了一步让开位置，对后面的许淮颂说："许律师先请？"

许淮颂看了她一眼，又看了看身体有点僵硬的刘茂，嘴角一弯，比了个口型："谢谢刘律师。"然后迅速恢复冷脸，坐上了副驾驶座。

阮喻已经转头走向后座，并没有注意到他这个小动作。

目睹了一切的刘茂，苹果肌一抽。

车子缓缓驶离停车场，阮喻纠结了一下说："刘律师，我不回公寓了，去朋友家可以吗？"

这话一出，前座两人似乎齐齐一怔。她以为自己的要求过分了，连忙解释："不会耽误你们的时间，那儿更近。"

刘茂赶紧笑着说："没问题，地址发我微信。"

阮喻把定位发了过去。

车子驶出停车场，进入主路，车内三人一路无言，只有导航里的温柔女声时不时响起："沿当前道路继续行驶六百米，保持直行，走左侧三车道……"

路遇红灯，刘茂握方向盘的手松了松，看了一眼右手边的许淮颂。

许淮颂察觉到了，转头看了刘茂一眼，下巴微微一抬。

刘茂再次看过去，眉头一皱，然后看见许淮颂以极小的、后座人不可见的幅度，伸出了拳头。他深吸一口气，从后视镜看到阮喻的目光落在窗外，并没有看他们，于是比了个口型："石头、剪刀、布。""布"字落下，他出剪刀，许淮颂保持拳头。

刘茂认输，低咳一声，看了一眼后视镜："冒昧请问，阮小姐去哪位朋友家？"

许淮颂瞥了刘茂一眼——问得挺直接啊。

刘茂看了回去——那不然怎么问？

阮喻没发现两人之前的那番"博弈"，闻言才偏过头来。

许淮颂立刻挺直背脊，侧脸温度降到零下。

刘茂心里觉得奇怪，这人今天怎么回事，瞎装什么高冷正经？

没等刘茂想明白，阮喻的声音已经响起："明樱你认识吗？是我托她朋友联系的至坤。"

"哦，我知道的，是沈小姐。"刘茂说完，看了一眼仿佛"事不关己，高高挂起"的许淮颂——好了，问出来了，女性朋友。

但许淮颂这次没再跟他进行眼神交流，只是偏头静静地望着车窗外的景色，眼底晦涩不已。

沈明樱……他竟然还记得这个人。

那是阮喻高中时最要好的闺密。这么多年，他以为都过去了，到头来却连她一个朋友的名字都没忘记。

直到阮喻下车，车里都再没人说话。

到达目的地，阮喻向两人道过谢后匆忙上了公寓楼。刚到沈明樱家门口，她就急急按门铃。

沈明樱以为阮喻出了什么事，诧异地道："怎么了，案子没谈成？"

阮喻装了一路的云淡风轻彻底崩塌，哭丧着脸说："明樱，你知道我遇见谁了吗？"

"刘茂呗，他跟你表白了啊？"

阮喻上前拽住沈明樱的衣袖，欲哭无泪："是许淮颂……我遇见三次元的许淮颂了啊！"

公寓楼下，刘茂重新发动汽车，缓缓驶出一段路后猛地踩下刹车。他这一停车，许淮颂便知道他终于忍不住了。

果不其然，下一秒，刘茂扭头问："刚才那个电话是你叫人打给我的，你故意支开我？"

许淮颂笑了一声："你反应这么慢，怎么当的律师？"

刘茂肺里一抽一抽地疼，惊疑不定半天，问道："前女友？"

许淮颂听见这称呼愣了愣，在脑子里过滤了两遍"前女友"三个字，撇过头看向窗外的林荫道，目光一直投落到尽头一座红色的电话亭上。

片刻后，他笑了笑，无耻又吊足观众胃口，慢悠悠地说："怎么说呢……"

怎么说呢？许淮颂一时还真不知道从哪儿讲起，半天才吐出四个字："有点复杂。"

"这世上还有比前任更复杂的人际关系吗？"

"债务人和债权人之间不复杂吗？"

刘茂瞪大眼睛一想，还真像那么回事。

做律师这行，与形形色色的人物打交道久了，观察力也日渐敏锐。就今天这个状况来看，他能够肯定阮喻和许淮颂彼此相识。他原本以为，能把一次重逢搞得那么僵的，只能是"最熟悉的陌生人"，可被许淮颂这一提醒，才发现自己的想法太狭隘。

刘茂恍然大悟，结巴了一下说："她……她欠你钱啊？"

怪不得阮喻战战兢兢，装作不认识许淮颂。而许淮颂呢，也硬是摆出一张扑克脸来。

见刘茂当真，许淮颂笑了一声："没有。"

"……"

刘茂有点想揍他。

"找地方吃饭吧。"见刘茂还要问，许淮颂及时截断了话头。

刘茂只得踩下油门，一边打方向盘，一边回想起昨天发生的事。

昨天，许淮颂打电话来，托他在苏杭一带打听一个人的近况和联系方式。他问急不急，因为手头上刚接了一个著作权与名誉权纠纷案，正赶着做网络证据保全。

许淮颂说急，说完却没了下文，像是想到了什么，改问这桩案子的委托人是谁。

许淮颂是至坤的合伙人，有权了解事务所接手的案件。于是刘茂一五一十地将案子的情况说明白，结果就被匆匆挂了电话。再得到许淮颂的消息是在今天凌晨，他语出惊人地说自己在沪市国际机场。

这么前后一联系，刘茂彻底明白了：许淮颂要打听的人就是阮喻。

哪有什么意料之外的重逢？他就是为她回的国。只不过千里迢迢赶来，换来人家一句"不认识"而已。

谁还不要点面子了？刘茂也就没打破砂锅问到底，说："吃什么，西餐？"

"太慢了。简单点吧，我赶飞机。"

"飞旧金山？"刘茂诧异。

许淮颂点点头。

敢情他连找酒店也是在扯谎。

"你这不是刚来吗，怎么就急着走？"

"距离我委托人的庭审只剩不到二十四个小时，你说我急不急？"

刘茂瞠目："你疯了啊？"

花十几个小时赶回国，匆匆见一面，又花十几个小时回去辩护？

许淮颂调低座椅躺下来，疲惫地合上眼："可能是吧。"

说完，他又笑着叹了口气："换谁谁不疯？"

沈明樱的公寓里，阮喻蜷在沙发上，脑袋埋进抱枕里："真是要疯了……"

沈明樱听阮喻从头讲到尾，笑出眼泪："是谁当初信誓旦旦，说自己不会被认出来的？"

"我怎么知道这事儿真能闹到本尊那儿去？"阮喻抓着头发爬起来，"太玄幻了，小说都不敢这么写，我不是在做梦吧？"

"你知道自己现在像什么时候的样子吗？"

阮喻有气无力地咕哝："什么时候的样子……"

"满十八岁的第一天，被许淮颂牵错手的那个晚上。"

那天的阮喻像打了鸡血一样一夜没睡，一遍遍地问自己是不是在做梦。当初有多兴奋，现在就有多想暴走。

沈明樱扭头去厨房做午饭，等回来时，就看到阮喻攥着手机，面如死灰："怎么办，我说这部小说是我亲身经历的那条微博，是连带澄清大纲创作时间的视频一起发的……"

也就是说，她不能删除微博，也不能重新编辑内容，因为这样的举动很可能会被有心人恶意揣测。

"别自恋了，美国精英律师才不会闲得看你的微博。而且仔细想想，人家压根不记得你，就算把你的小说翻烂了，也不一定发现你在写他。"沈明樱给阮喻算着这笔账，"退一万步讲，最差也不过丢个脸，谁还没个青春期的幻想啊，是不是？"

阮喻知道这话在理，但还是犹豫道："可是一想到他可能会看到小说里那段我梦见他的内容，我就过不了心里这道坎……"

沈明樱哈哈大笑："谁让你为了艺术效果添油加醋！"笑完，她拿手肘撞了撞瘫成烂泥的阮喻，"说正经的，就为这点破事，你不打算告苏澄了？"

阮喻打起精神来摇了摇头。

说不告当然是假的，只是她打算放弃至坤，另寻律师。

确认沈明樱的朋友那边不会因此难做后，当天阮喻就联系了杭市另一家律所。对方同样邀请她面谈。这家律所名叫鼎正，接手阮喻案子的樊姓律师工作起来雷厉风行，当晚就理出了应对方案。

所以次日她来到事务所时，直接拿到了一份简易的法律意见书。

阮喻一边翻看，一边听对面的中年男人讲："阮小姐提到这个案子涉及著作权与名誉权，但事实上它跟前者关系不大，你的作品是否原创，不需要在法庭上得到认可。”

阮喻有点惊讶：“那要怎样才能扭转舆论？”

樊易忠扯扯嘴角：“在网络证据保全到位的前提下，只要证明大纲失窃，被告的侵权行为就成立了。”

“在法律层面或许是这样，可您也看到了，涉案作者已经配合我做出了澄清，然而在舆论层面上，澄清的作用并不大。”

“因为那份声明目前还不具备法律效力。”

阮喻皱起眉头：“但如果在证明大纲失窃的基础上，对作品原创性也做出探讨，不是更有说服力吗？”

“失窃成立后，再探讨两篇作品根本毫无意义。难道阮小姐很期待得到‘双方作品高度相似’的结果？”

阮喻摇了摇头：“相似只是表象，只要您仔细对比两篇文章，就会发现……”

“如果阮小姐坚持己见，”樊易忠打断她，“那么我的计划达不到你的预期，建议你另请高明。但说实话，我不认为有哪位律师会采纳你的看法。”

阮喻思索片刻，点了点头：“我明白了，谢谢您的建议。”

杭市这几天急速入夏，阮喻离开鼎正律所时，太阳已经相当毒辣。

她顶着烈日打车，原本打算回公寓，临到岔路口却记起樊易忠最后那句话，隐隐有些不甘心，改道去了另一家律所。接连进出两家律所后，她在大马路上接到了刘茂的电话。

刘茂听见她这边的鸣笛声，问道：“你在外面？那等你方便的时候再聊吧。”

阮喻说了句“稍等”，拐到路边一家无人报刊亭。

报刊亭的一侧排列着一排透明的格箱，里面放着可供自助购买的报纸和杂志。只是这大热天的，也没人有闲情逸致来报刊亭买报纸。

阮喻在阴凉清净的亭檐下站定：“你说吧，刘律师。”

刘茂开门见山：“公证程序快到位了，你考虑得怎么样了？”

阮喻没有立刻做出回答。她当然从头到尾都没有放弃过诉讼的打算。虽然短短半天内，她接连在三家律所碰壁，说不丧气是不可能的，但理智点想，律师们并没有错。

既然能够一枪正中红心，为什么非要迂回费事？吃力又未必讨好的事，谁愿意做？

到底是历经过社会打磨的人了，知道学会变通有时是生存法则。所以刚刚过马路的时候，阮喻在想，她是不是应该别再钻牛角尖了？

然而，刘茂打来的这个电话，让她想再试最后一次。

于是她不答反问：“刘律师，在你的设想里，这个案子该怎么处理？”

刘茂似乎愣了一下："证明大纲失窃是最直接的方法。"

阮喻认命地"嗯"了一声。

刘茂察觉到她的低落，问："怎么了？你要是碰上麻烦，尽管开口，就算我不是你的代理律师，也可以是你的朋友。"

阮喻想了想，说："我是在想，假设我有探讨作品原创性的诉求，可以在这个案子里实现吗？"

电话那头安静得有点久，她大概明白了，笑着说："算了，我知……"

"可以。"刘茂打断她。

"可以？"

刘茂沉吟了一下："对，可以实现……"

听他语气不对劲，阮喻愣了愣："如果是出于朋友的帮助，你不用勉强。"

"不是勉强！"

这一句拔高的声音引来回声，阮喻奇怪地问道："刘律师，你的座机开了免提吗？"

"对。不好意思，请你稍等，我这边临时有几份文件要签。"

"那你先忙。"

阮喻没挂电话，听电话那头没了声音，就拿着手机低头看起透明格箱内的报纸。

叠拢的晚报露出小半篇新闻报道，讲的是美国S.G公司一名离职高管转投竞争对手的门下，违反竞业限制，遭到起诉的事。即使是在全美排得上号的计算机软件开发公司，也难免卷入这种纠纷。

阮喻歪着脑袋瞟了几眼，瞥见"旧金山""明日开庭""华人律师"几个字眼，再想细看时，电话那头传来刘茂的声音，说他忙完了，问她在不在听。

她抬起头回答："你说。"

刘茂的言辞比之前流畅许多："你所说的探讨虽然不是必要证据，但作为辅证，也可能对诉讼结果产生有利影响，所以这个诉求可以实现。"

阮喻有点意外："你不担心对比结果不理想吗？"

刘茂重新陷入沉默，过了一会儿说："不好意思，我再签几份文件。"

"……"

一分钟后，刘茂再次开口："担心与否，说白了就是胜诉率。作为律师，出于职业禁忌，我不能给你答案，但我认为，真正的原创值得一次这样的尝试。"

阮喻呼吸一窒。接连碰壁之后，刘茂的这句话无疑如同雪中送炭。

刘茂的形象在她心里一下子拔高成顶天立地的"两米八"。

文人的热血情怀顿时充满心头，几乎是一瞬间，她拿定了主意：至坤和刘茂才是她的正确选择。

但下一秒，电话那头的人迟疑着说："嗯……其实这些话，我是从许律师那儿学到的。”

“……”

头脑发热的阮喻迅速冷静下来：“刘律师，假如选择诉讼，我的代理律师是你吧？”

“当然。”

“那许律师呢？”

“他不出席庭审，仅仅参与备诉。”

阮喻头疼地扯谎：“那个，我可能负担不起两位律师的委托费……”

“这个你别担心，许律师是出于个人学习研究的需要参与进来，他那部分费用不用你另行支付。”

她还想挣扎：“其实我有几个业内朋友也遭遇过著作权纠纷，我可以介绍他去学习。”

“嗯……这个……”刘茂的语气听上去有点为难，“但我从业多年，确实没见过比你这个案子还特殊典型的了。”

阮喻不知道自己是怎么挂断电话的。等她回过神时，微信对话框里已经多了一张名片——许淮颂的微信账号。

她捧着这部犹如千斤重的手机站在原地，一阵头晕目眩。

第二章
蓄谋已久的重逢

那头放下座机听筒的刘茂也紧张得发晕，看了眼电脑屏幕，拿起桌上那部免提已久的手机，怒气冲冲地说："许淮颂，你打字能不能快点，我哪来那么多文件要签？"

一万多公里外，许淮颂拿着手机匆匆走出法院，跟刘茂说："五笔不太熟练了。"

许淮颂这边话音刚落，身后高耸的白色建筑里追出一个西装革履的男人，特意来向他致谢，称赞他在庭辩中的表现非常出色，并为自己之前对他的误解感到抱歉。

这位是S.G公司的负责人。昨天许淮颂一声招呼不打突然回国，他起初误以为许淮颂临阵脱逃，差点拆了许淮颂所在的律所。

许淮颂拿远通话中的手机，用纯正又悦耳的美式发音说："不客气。"不远处停着一辆林肯，已经有人为他拉开车门。他向对方点头致意，坐上后座才重新拿近电话。

电话那头的刘茂开始说正事："我帮你把案子拿到手了。"

许淮颂这回客客气气地说："辛苦了。"

相对地，刘茂就硬气起来："人家躲你跟躲瘟疫似的，你这简直是强买强卖。杭市那么多律所，为什么非要她选择至坤？"

"因为这个官司，只有我知道怎么打。"

“就这么一个民事纠纷，哪个律所接不了？哦，还有，你对她有意思，这没问题，但在这件事上你首先是个律师，不能当事人说什么就是什么吧？她有什么诉求，你眼睛也不眨就说可以实现？”

许淮颂笑了一声。

驾驶座的司机看他心情不错，冲后视镜咧嘴一笑。

许淮颂回看对方一眼，友善地点头，再开口时笑意更盛：“我眨过了。还有，我对她什么意思，我自己都不知道，你知道？”

刘茂噎住，惊叹于他竟然完全跑偏了重点：“我是在说案子……”

“我说可以实现，就是站在律师的角度做的判断。”

“不是，国内的法律体系跟你那儿不一样，这个案子放在国内，就该从大纲失窃入手。”

“放在哪个国家都该从大纲失窃入手。”许淮颂更正刘茂的话，换了另一边的耳朵听电话，“但是，如果大纲根本没有失窃呢？”

刘茂愣了愣：“你说什么？”

许淮颂正要解释，掌心突然传来振动。他移开手机，看见一条微信新消息，改问：“你把我的微信名片推给她了？”

“是啊。”

“那先不说了。”

那头的刘茂“哎”了一声企图阻止，还是被许淮颂掐断了电话。

然而，许淮颂点开微信后，看到的是许怀诗的消息。

诗精病：“哥，阮学姐的微博这几天都没更新，评论和私信也都关着。你不是叫我别管这事，说都交给你处理吗？”

言下之意，怎么这么多天还没处理完？

他低头打字：“没那么快，你好好读书。”

诗精病：“真的不需要我发表新声明吗？”

许淮颂发了一条语音过去：“之前大着胆子撒谎，这下后悔了？任何声明都是要负责任的，现在是风口浪尖，这个节骨眼彻底推翻重来，你想过舆论会怎样恶化吗？你以为，还有人会相信你，相信她？”

诗精病：“我知道错了……那咱们私底下该给阮学姐一个交代吧？”

许淮颂：“没有‘咱们’，私下的解释是我跟她的事，你闭好嘴就行。”

许淮颂打完这句话就没再回复许怀诗，临要放下手机，又看了一眼消息栏下方的通讯录。

那里空空荡荡的，并没有出现标注数字的红圈。

阮喻踌躇了半天，临近傍晚才放弃挣扎，第一百次点开许淮颂的名片，硬着头皮按下“添加到通讯录”，结果又卡在发送验证申请的环节。

说什么呢？

许律师你好，我是阮喻？

许律师，打扰了，麻烦通过一下申请？

她摇摇头，又一次删掉打满的一行字，捏着手机倒头陷进沙发里。

这种情境像极了高中时代。当年她其实想过主动去认识许淮颂，靠着她爸是许淮颂班主任的这层关系，偷偷拿到了他的QQ号码。可她就是没勇气发送申请，只能一天天盯着他那万年不变的个人资料来回翻。

一鼓作气，再而衰，三而竭。于是她三年都没加上他的QQ。

阮喻冷静了一会儿，手机忽然振动了一下。她以为是谁发来的消息，拿起一看却是许淮颂发来的：“我通过了你的朋友验证请求，现在我们可以开始聊天了。”

阮喻整个人瞬间从沙发中弹起。

她把申请发出去了？不小心按到了？那她的验证内容填的是什么？

翻来覆去得不到答案，她急得跳下沙发，踱了几步又默默地爬回去，捋起刘海。

而手机另一头的许淮颂盯着屏幕，看着那行“略略略略略”的验证内容，不自觉地弯起嘴角。

她在干什么？

旧金山已经是凌晨时分，阮喻不知道许淮颂一眨眼又回了美国，所以才在这个时候发来消息。

他端起手边的咖啡抿了一口，等她开口，但屏幕上迟迟没有动静。

这场沉默就像高中时代持续了三年的“对峙”。他们在自己搭建的舞台上，背对背演着彼此看不见的戏码，误以为所有的心情都是一个人的剧本。

可是那张幕布，在多年以后揭开了。

许淮颂看了眼手机屏幕上已经被他翻烂的小说界面，起身踱步到巨大的落地窗前，眺望着这座城市深夜不熄的璀璨灯火。金黄色的光斑投射在远处宽阔的水面上，随风粼粼跃动，在静谧中漾出点点灼意。

过了一会儿，他的手机再次振动起来。

软玉：“许律师你好，我是阮喻，我们昨天见过的。”

看这语气，阮喻还打算继续装作不认识他。

他淡淡地眨了眨眼，打字配合：“你好。”

软玉：“许律师，如果方便的话，我想请教你一个问题。”

许淮颂：“嗯。”

软玉：“那个……我刚才发来的验证内容是什么？”

许淮颂对着屏幕笑起来，好像从这一串省略号里读出了她的崩溃和挣扎。

十秒钟后，他干脆截屏发给她。

软玉："……"

安静了足足两分钟，许淮颂的手机才重新振动起来。

软玉："我不小心摁到的……许律师，你现在在美国吗？"

许淮颂看了眼截图上自己暴露的手机运营商信息，回复："嗯。"

软玉："不好意思，我不知道……"

许淮颂想说没关系，他本来就睡得晚，打完字又觉得这语气不妥，于是删掉。

就在这片刻时间里，阮喻已经回复："抱歉打扰你休息，等你方便的时候我们再谈吧？"

他回头看着那杯喝空的咖啡，捏了捏眉心。他都提神了，但她这意思是，他可以睡觉了？

阮喻没再发消息来。许淮颂翻到她的朋友圈，盯着空白的界面，以及那行"朋友仅展示最近三天的朋友圈"看了一会儿，按下手机的锁屏键。

似乎对她装傻到底的疏远态度感到烦躁，他转头走进浴室，重新解开浴袍。

流水从头淌到脚，一个澡冲完，他湿着头发出来，看了眼桌上的手机，最终还是拿起了它，回复："旧金山时间下午五点吧。"

于是阮喻又得到了一个关键信息：他在旧金山。

过去这八年，他或许一直生活在那个距离她一万多公里的地方，与她隔着一整片太平洋。

当然，以后也一样。

她忽然有点庆幸。这样看来，他们不需要面对面交流，隔着屏幕，她的一切秘密就会变得安全许多。所以五分钟后，当许淮颂附上邮箱地址，叫她把一应资料先传过去的时候，她为了顾全大局，便拿定主意，没有再犹豫。

不过这一晚，阮喻还是没睡好。因为旧金山时间下午五点是北京时间早上八点，这就意味着，她一睁开眼就要跟许淮颂谈案子。

这段时间她被网络暴力包围，生物钟本就紊乱，再加上这个约定带来的压力，直接失眠到大半夜。早上七点半闹钟响起时，她没能坚持住，一秒钟就关掉了它。

再次醒来时已经过了约定时间，手机屏幕显示现在是08：27。阮喻一下子清醒过来，赶紧从被窝里钻出来。她打开微信，没有看到任何消息，顿时松了口气。在加州当律师，许淮颂应该不是什么清闲的人，不会就这么干等着她吧？

不过还是应该道歉的。

她赶紧发消息过去："许律师，实在抱歉，我起晚了，你现在有空吗？"

那头迟迟没有回复。

阮喻起床洗漱，直到做完早餐，手机还是没有响铃。因此，她不必狼吞虎咽，可以慢慢地吃完早餐。然而，她刚放下空的牛奶罐，手机就振动了一下，好像算准她吃完了早饭一样。她划开一看，见许淮颂发来一个简单的“嗯”字。

阮喻没有打官司的经验，不清楚如何与律师交流，看他这么高冷，也不主导谈话，只好再次打字：“那我们谈谈案子？”

许淮颂：“面谈吧。”

阮喻一愣，他不是在旧金山吗？

下一秒，许淮颂发来消息：“视频，方便的话。”

阮喻差点没拿稳手机，犹豫着打字：“冒昧请问，这个案子有必须视频面谈的部分吗？”

许淮颂：“嗯。”

她心下一凉。昨晚还想着不用面对面真好，哪知刚立的Flag说倒就倒。

阮喻低头看了看身上的睡衣睡裤，迅速回：“不好意思，我现在不太方便。”

许淮颂：“多久？”

这样言简意赅的问话确实具有震慑力，隔着屏幕，阮喻无法精准判断许淮颂的语气，甚至觉得他好像不耐烦了。

想到自己已经失约一个小时，现在又在这儿矫情视频不视频的，实在说不过去，她只好夸下海口：“十分钟后。”

许淮颂没有明确表示同意与否，她半天才反应过来，这是默认计时开始了？

阮喻飞快地扔下手机，脱掉睡衣，随手抓起一件荷叶袖的雪纺衫往头上套，穿完觉得有点透，又脱了，加了一件内衬。来不及换睡裤了，想着坐着视频可以忽略下半身，她转头奔到梳妆台前。

镜子里的人因为连日疲惫憔悴得面如菜色。

不行。

都说在前男友面前不能输阵，“前男神”和“前男友”只差了一个字，这不是半斤八两吗？她这么邋遢怎么成？阮喻拿出素颜霜往脸上抹，又在眼下盖了点遮瑕，最后薄涂了一层水红色的唇釉，临要大功告成时，看了眼刘海，心中警铃大作。

她的刘海太油了，洗头来不及，但她拿来救急的蓬蓬粉好像两个月前就用光了。

只剩两分钟。

她翻箱倒柜一阵，只能旋开散粉往头发上扑。

最后三十秒，阮喻跑到客厅打开电脑，一边喘着粗气平复呼吸，一边打字：“许律师，我这边可以了。”

那边静止了十五秒才发来视频邀请。

阮喻一只手调整镜头角度，一只手揉松脸皮，尝试着微笑了一下，然后按下接受键。

这时候，许淮颂出现在了屏幕里。

他穿了一件简单但体面的白衬衫，纽扣扣得规规矩矩的，连袖口那两颗都没有落下，正低头翻着一沓资料，整个人透着一股稳重干练的职场精英气质。

他没看她，全然处在工作状态中，阮喻松了口气。

如果可以，她希望不要跟他产生任何对视。

但对方好像听见了她心底侥幸的声音，下一秒，许淮颂就抬起了头。她立刻正襟危坐，跟他打招呼："许律师好。"

她这一声"许律师好"生生喊出了"首长好"的味道。

许淮颂的目光在屏幕上掠过，朝她颔首致意，仿佛在配合她的严肃语气。然后，他重新低头，翻着资料说："阮小姐的原稿篇幅有点长。"

阮喻这才发现，他把她昨晚传过去的资料打印出来了，摆在桌子上的纸有厚厚的两沓。

她心里一紧，但嘴上镇定道："没关系，你慢慢看。"

许淮颂就真的慢悠悠地看起了稿件。

与他的气定神闲相反，阮喻双臂交叠，紧张得像个听课的小学生。她一双眼盯住屏幕，仔细观察他的神色变化。

她担心他看到某一段时，会突然产生熟悉感。

但许淮颂除了翻页之外再没有多余的动作，看上去完全像在读别人的故事。

阮喻慢慢放松下来。这一放松，她就留意到了他周围的环境。那边看起来像是一间书房，陈设简单，桌椅都是冷色调。后方漆黑的书柜上整整齐齐地摆满了书，其中好几本厚得令人咋舌。

他的右手边，隐隐露出落地窗外漆黑的一角。

东八区的天已经艳阳高照，西八区却还沉浸在黑暗中。

阮喻盯着看了一会儿，平时就不太好的颈椎变得僵硬起来。她扭了扭脖子准备活动一下，却被对面迅速捕捉到了动作。

许淮颂抬头，忽然与她四目相接。

阮喻猛地一顿，扭到一半的脖子硬是拗出了个"歪头杀"的姿势。

至于有没有"杀"到许淮颂，阮喻不知道，但她"杀"到自己了。

脖子处清晰地传来"咔嗒"一声响，她因为疼痛闭了下眼，也就没发现屏幕那头的人原本寡淡的眼神微微闪动了一下。

等她睁开眼，许淮颂已经重新低下了头。

一刻钟后，许淮颂的阅读暂时告一段落，他合上稿件，抬起眼来："关于反调色盘的制作，说说你的想法。"

阮喻清清嗓子，张嘴却顿住，垂头一扫，发现自己根本忘了把相关资料拿来。

她这是在干什么？能不能专业点了？

阮喻这边顿住，许淮颂似乎就懂了，伸手一引，示意她请便。她说了句“稍等”，起身打算去书房拿资料，刚一站定却想到了什么，浑身一僵，如遭雷击。

那什么……她的小黄人睡裤，好像没来得及换？

阮喻缓缓低头看了一眼自己，然而这时候已经于事无补，她没敢回头确认镜头的角度，抬头挺胸，左右脚打了一次架，手扶着桌沿慢慢转身离开。

那头许淮颂握拳掩着嘴，忍住了笑。再过两分钟，就从屏幕中看见她换了一条半身裙，若无其事地坐了下来。

他也就恢复了冷淡的表情。

为了掩饰窘迫，阮喻坐下后语速极快，直奔主题：“之前一位业内的朋友已经做了一部分反调色盘，我摘了其中几个比较典型的例子，认为可以作为反击的方向。”

许淮颂点了点头，示意她继续。

阮喻翻开资料，让自己集中注意力：“第一个方向是细节设置类。比如对方在调色盘提到的罐头花，虽然关于那段情节的章节，我的确发表在对方作者之后，但翻到在此之前的第七章可以看到——”

许淮颂跟着翻到相关章节。

阮喻将碍事的头发别到耳后，在资料上用荧光笔打了个圈，拿起来对准镜头：“这个位置，我做过铺垫，写了女主角喜欢向日葵和薰衣草。而这处铺垫发表在对方作者提及这两种花之前。也就是说，表象上的先后顺序不一定作数。”

许淮颂点一下头，示意这个方向没问题。

得到肯定，阮喻继续：“第二个方向是情节设置类。比如我在第十章写到的，男主角和几个配角的对手戏——”

许淮颂再次翻到对应页码。

阮喻却心虚地顿住了。因为这段完全是她的真实经历。

高一的时候学习压力没那么大，十班有几个又痞又坏的男生特别闹腾，嫌学校食堂的饭菜难吃，三天两头翻墙出去买炸鸡。

有一次，她碰见许淮颂和他们走在一起，其中一个男生勾着许淮颂的肩膀小声说：“下课弄把梯子来，放在后门墙根那儿。”

她当时很惊讶，心想许淮颂这样清冷优雅、天外谪仙似的人，明明该喝露水长大的，怎么会和他们沆瀣一气，只为满足口腹之欲违反校规？

果然不出她所料，许淮颂推开了对方的手，语气冷淡地说：“没兴趣。”

但对方简直是恶霸，又把手勾回去：“你不弄？那我把你的手机交给老阮了啊！”

老阮就是阮喻的爸爸。阮喻知道她爸的暴脾气，一听急了，想听听许淮颂打算怎么应付，可那群人已经拐进了教室。

阮喻没法知道后续。为了不让许淮颂陷入可能到来的危机，下课后，她费了九牛二虎之力，从后勤那儿弄来一把梯子，偷偷放到学校后门墙根草丛里，然后“事了拂衣去，深藏身与名”。

阮喻把这段经历原封不动地搬进了小说，所以怕被他认出来。

看她出了半天神，许淮颂问：“怎么了？”

她一秒神魂归位，继续说：“这段情节在另一本作品里也有，但仔细看，发展后续和着墨意图完全不一样。我的版本是女主视角，后续是女主角偷偷放梯子，意在展现她对男主角的关心。”

阮喻顿了一下：“但对方作者的版本是男主视角，后续是一段男主角的心理描写，说他其实很喜欢吃炸鸡，只不过当时他知道女主角在附近，觉得翻墙这事很丢脸，才故意表现得不食人间烟火。对方作者的着墨意图，是为了体现男主角的表里不一。”

许淮颂轻咳一声，随手拿起手边的杯子，喝了口水，然后说：“这个方向也没问题。”

阮喻放心地点点头：“第三个方向是人物设定类。虽然两本书有多处撞梗，但就像上个例子所说，实际上人设有所区别，尤其是男主角这个人物，在我的版本里属于内向类型，但在对方作者的版本里……”

她一时找不准形容词，正思索着，突然听见一声清响，大概是许淮颂收到了微信消息。

他没理会，以眼神示意她继续说。

但阮喻还没开口，那头又响起了一声提示音。紧接着，消息不断弹出来，仿佛夺命连环。

许淮颂皱了皱眉，不得不点开微信看。

诗精病：“哥，我又把阮学姐的小说看了一遍。”

诗精病：“天哪，太好笑了！怎么在她那儿，你是那种人呢？”

诗精病：“你以前是不是每天在她面前装模作样？”

诗精病：“啊，不过这样看来，阮学姐喜欢的是高冷的男生啊，你小心人设不要崩哦！”

许淮颂：“……”

他小心着呢，用她说？

诗精病：“唉，话说回来，哥，我还挺同情你呢。别说阮学姐现在可能已经不喜欢你了，就算她现在还喜欢你，她心里的那个人也不是真的你啊！”

许淮颂忍无可忍地打字：“作业太少了？”

阮喻看他似乎咬了咬牙，情绪不太对，小心翼翼地问：“你有事要处理的话……”

“没。”许淮颂抬起头，立刻恢复到冷漠疏离的状态，“继续。”

他一边这么说着，一边觉得“忠言逆耳”，还是有必要重视许怀诗的提醒，于是一心二用，随手打开搜索引擎。

为切合国情，他使用了百度，输入：“怎样成为一个高冷的人。”

他在点击“百度一下”之后，弹出来的第一条是“百度知道”。没想到，还真有人跟他提了一样的问题。

他正打算点进去看详情，却先一眼看到底下露出的第一句回复：“做啥梦啊，大兄弟，能问出这种问题，那这辈子是铁定做不成高冷贵族了啊！”

“……”

结束这场视频通话后，阮喻合上笔记本电脑，整个人累得像刚跑完八百米长跑。

视频通话的最后，许淮颂让她就刚才提到的几个方向，结合原有的反调色盘，把双方作品做初步对比，并整理成文档，问她需要多久。

她估算后说三天。

这个估算是打了鸡血的速度，得僵着颈椎全程高强度工作。阮喻已经做足了心理准备，但许淮颂好像很忙，说一星期后才有时间跟进她的案子。

于是她也就放宽了对自己的要求，甚至在第七天完成工作后，接受了沈明樱的外出邀约。

沈明樱是拉阮喻出来逛街散心的，一路上刻意没提糟心的事，倒是问了她一句，有没有在许淮颂面前穿帮。

阮喻露出一脸“人间不值得”的表情：“没有，可是明天又要跟他视频了……”

沈明樱笑得花枝乱颤。

两人逛了一天，胳膊上挂着大包小包，傍晚临要打道回府，到了最后一个战场——香水专柜。

沈明樱依然精力充沛，兴冲冲地进去，随手指了两瓶香水叫阮喻试试，然后去挑自己的款。

导购上前来，一边介绍，一边把香水喷到试香纸上，晃了两下之后递向阮喻的鼻端。

花果调的香水，充斥着柑橘和青柠的气息，前调沁人心脾，仿佛回忆中盛夏的味道，澄澈鲜亮，又隐隐酝酿着一丝终将应验的苦涩。

初闻还算舒畅，但阮喻低头的时候滞了滞。并不是因为这个香气，而是她突然觉得背脊一阵凉意，好像身后有人在看她。导购看到她的迟疑，误以为她不喜欢这个味道，于是拿起了另一瓶香水。

阮喻回头看了一眼，没发现什么不对劲，再看不远处的沈明樱，正试香试得起劲。她按捺下内心的疑虑，连续试了几瓶后，那种毛骨悚然的不适感却越来越强烈。

阮喻跟导购摆手示意暂时不需要了，正要往沈明樱那儿走，忽然听见身后传来一个惊讶的女声："阮学姐，真是你啊！"

阮喻回过头，看见一个瘦小白皙的女孩子拎着包向她招手。她对这个女孩子有点眼熟，但又不是一眼就能认出的程度，只好迟疑地问道："不好意思，你是？"

小姑娘好像有一瞬挫败，但很快提起兴致上前来："我是岑思思啊，学姐，你不记得我啦？"

岑思思？阮喻的大脑急速运转，愣了一会儿才把大学时期那点微末的记忆拼凑完整。

哦，岑思思好像是小她三届的直系学妹。开始是在校会认识的，阮喻作为大四的"老人"参加新一届的迎新会，碰上同系的学妹就多聊了几句。但之后除了路上偶遇打个招呼，也没什么特别的往来了。

岑思思笑的时候露出一对虎牙："真的好久没见了，刚才偷瞄你半天，我还怕认错呢！"她顿了一下又说，"没想到你毕业后也留在杭市了啊。"

正说到这儿，沈明樱挑完香水过来了，她大学时跟阮喻同城不同校，并不认得岑思思。于是阮喻介绍了一下双方。

三人聊了几句，堵了一截店里的通道，来往行人侧身经过，阮喻连忙避让。

岑思思似乎也发现这里不是说话的地方，说："阮学姐，这么巧碰上了，咱们上顶楼坐坐？"

阮喻看了沈明樱一眼。刚才两人打算挑完香水就回去，沈明樱已经联系男朋友来接，这会儿估计快到了。

"那你们叙旧，我先撤了？"沈明樱当机立断，"这些大包小包我都给你送回公寓去，反正顺路。"

沈明樱的男朋友开车来的，阮喻也就没跟她客气，转头跟岑思思一起上了顶楼的一家甜品店。

虽然阮喻没觉得两人有什么"旧"好"叙"，但挡不住岑思思的热情，就请她吃了几份甜品，聊了聊近况。

因为不算熟，阮喻的话不多，被问及职业时，她含糊地答："算是自由职业。"

岑思思“哇”了一声：“难道是作家？”

岑思思的这个联想倒也不算突兀，因为两人都是中文系出身。

“算不上，就是普通写手。”因为不想暴露笔名，阮喻说完就掌握主动权，转移了话题，“你呢，毕业后找了什么工作？”

岑思思咬着吸管，有点不好意思地说：“我啊，在家里的公司上班呢。”

阮喻刚想说也挺好的，就听手机铃声响了起来。是刘茂的来电。阮喻怕有要紧事，起身说：“不好意思，接个电话。”

岑思思的目光掠过阮喻屏幕上“刘律师”三个字，点点头：“客气什么呀？你忙。”

阮喻到店门外接通电话，听见那头说：“刚刚得到法院消息，案子进展到追加被告这一环节了。”

刘茂办事效率高，六天前就向法院提交了起诉状，并申请了调查令。起诉对象最初是微博，法院受理立案后，要求平台提供侵权人相关信息。微博作为运营方不可能代为承担责任，必然会配合调查。

现在刘茂大概已经掌握了写手苏澄的身份信息。

“顺利就好，辛苦你了。”阮喻说。

“客气什么？我不是来邀功的，是想问你一个人。不知道是不是巧合，你可能和被告人认识。”

阮喻一愣：“认识？”

“对，我之前听阮叔叔说，你是杭大毕业的吧？被告人跟你同系，低你三届，叫岑思思，你有印象吗？”

阮喻：“……”

这一盆“狗血”真是来得猝不及防。她下意识地把头偏向甜品店的落地窗。

岑思思正咬着吸管瞅她，见她望过来，还冲她笑了笑，唇红齿白，眼神明亮。

阮喻回了一个笑，在刘茂问怎么了的时候，转过眼说：“……我正跟她吃甜品呢。”

这下换刘茂噎住了。

阮喻冷静了一下，把事情经过讲述了一遍，然后问：“你的意思是，从网络暴力到今天的偶遇，或许不是巧合？”

说到这里，刘茂还没回答，阮喻自己先不寒而栗，结结实实起了一层鸡皮疙瘩。

刘茂说：“不排除这种可能。”

“可我不记得在校期间跟她有什么过节……”

“善意地想，也许这件事只是巧合，但即使不是，你也别慌。你先告诉我，她知道你在跟谁通话吗？”

阮喻回忆了一下："她可能看见了我给你的备注，我的备注上写的是'刘律师'。"

"那你可以跟她开诚布公地谈谈。"

阮喻皱了皱眉，她这都还没缓过神来呢，就要正面对决了吗？

"既然你们有这层关系在，如果她对你的笔名并不知情，那么我建议私下调解，争取一份对你利益最大化的和解方案，这比对簿公堂更好。诉讼程序太耗时，相比其他官司，维护名誉权尤其宜早不宜迟。但如果她从一开始就居心不良，那么'刘律师'三个字就足够让她猜到你在准备什么。何况她这两天本就该接到法院通知，不久后，你们一样得敞开天窗说亮话，现在已经不存在打草惊蛇的问题了……"刘茂细细交代着。

阮喻挂掉电话后，硬着头皮推门回到了修罗场。

最近这日子，真是越来越玄幻了。

她一路回想近年来与苏澄之间的种种不对付，试图将那些纠葛与这位直系学妹联系起来。还没等自己理清思路，就见岑思思回过头来，目光盯在她的脸上："学姐，你怎么啦？脸色这么难看。"

阮喻干笑了一下，坐下后眼一闭心一横，开门见山地说："学妹，你是不是在千和文学网有个叫苏澄的笔名？"

岑思思惊得瞪大眼睛："学姐，你是神仙吗？"

阮喻清了清嗓子："我不是神仙，我是温香。"

岑思思的下巴一下子磕到玻璃杯的杯沿，疼得一双眼睛直冒泪花，龇牙咧嘴地拿手揉了半天才缓过劲，说："学姐，你没跟我开玩笑吧？"

阮喻犹豫了一下，滑开手机，翻到千和网站的页面给岑思思看。

岑思思傻了眼："世界太小了！"说完大概记起了网络上的腥风血雨，"学姐，那之前微博上，我……我冷静一下……"

岑思思说完后拿手掌不停地扇风，一张脸涨得通红，过了很久才正襟危坐起来："学姐，这事误会大了，早知道温香就是你，我肯定不会发那条长微博……"

阮喻按照刘茂的提醒把控场面，占据上风，说："为什么？"

"你怎么可能做抄袭这种事啊！"岑思思看起来比阮喻的书粉还义愤填膺，只是很快又泄了气，"学姐，你是不是把我告了？"

阮喻听从刘茂的话，不避讳地点了点头。

岑思思撇了撇嘴："嗯，本来就是我对不起你……"

"我也没想把事情闹大，如果你觉得这件事是误会，我们也可以考虑和解。"阮喻挤出一个还算和煦的笑容。

"真的吗，学姐？"岑思思长舒一口气，"那就太好了，这事要是让我爸知道，他还不得骂死我。你愿意原谅我的话，我一定向你公开道歉，争取消除对你的负面影响，以后再也不犯蠢了……你就是让我做牛做马补偿……”

“多大点事，”阮喻笑着打断岑思思的夸张用词，“不过和解程序我不懂，还得请律师跟你谈。明天你有时间吗？”

岑思思面露难色：“明天周一，公司要开一整天的会，我可能走不开，要不后天？”

“行。”

“那法院那边……”

“我可以联系他们暂缓进程，你放心。”

岑思思绞着手指点点头，低着脑袋不敢看她。

阮喻眼见这么尴尬地干坐着也不是个事，跟岑思思交换了微信和手机号码，就找借口回家了。

回到公寓后，阮喻拨通了刘茂的电话，原原本本地讲了一遍刚才跟岑思思谈话的经过。

刘茂在上一通电话里教她少说话，多观察，听完后就问：“在你看来，被告人说谎了吗？”

阮喻不想认为岑思思在说谎。因为如果真是这样，回头看过去几年，真是细思极恐。可是……

“我说不好……她的一系列表现，给我一种用力过猛的感觉。”

“我明白了。”刘茂宽慰道，“没关系，你做得很好，剩下的交给我……和许律师就行了。”

一听到许淮颂的名字，阮喻又记起明早要打的那场“仗”，问：“现在情况有变，许律师那边的工作还继续吗？”

刘茂沉吟了一下：“我会跟他说明情况，暂时按原计划来吧。”

“好吧。”

阮喻叹了口气，挂了电话，身心俱疲，洗完澡早早睡觉。

第二天八点，阮喻就准时陷入了被许淮颂支配的恐惧。

因为想着岑思思的事，接通视频时，她情绪不高，朝镜头心不在焉地道了一声：“许律师早。”

许淮颂还在上次那间书房，他淡淡地看了一眼窗外：“不早了。”

阮喻立刻意识到自己说了蠢话，干笑一声。

许淮颂看了她一眼，拿起手边的资料，语气淡然地说：“文档我看了。”

文档是阮喻昨天出门前发给他的。阮喻问：“你觉得有什么问题吗？”

许淮颂刚要回答，忽然瞥见微信的提示栏闪了闪，一看又是许怀诗。他原本没打算理会，但目光扫过她前半句话："哥，那个苏澄居然……"

见许怀诗说的是正事，许淮颂只好对阮喻说："等等。"然后点开了消息。

阮喻百无聊赖地听着许淮颂那边此起彼伏的消息提示音，直到一刻钟后，发现自己这边的消息音和他那边的响声成了一个频率。她点开微信一看，发现是刘茂把他们俩拉进了一个群组。

刘茂正往群里发图，连续发了三张。从小图看是微博私信界面的截图，后面还附了一句："两位，看看这个。"

阮喻点开图片，一下被气笑了。

这是出自"写诗人"的一份聊天记录截图。第一张图显示一个自称是苏澄的微博小号主动联系了她，建议她以侵犯著作权为由起诉温香，并罗列了一大堆这样做的好处。而"写诗人"暗示自己不相信她是苏澄。

苏澄为了说服她，只好用大号给"写诗人"发了条消息以证明自己的身份。

阮喻一气之下没控制住情绪，指着屏幕说："真是绿茶啊？"

许淮颂神情明显一滞。

意识到自己失态，阮喻不自然地捋了捋刘海："不好意思，我激动了。"

许淮颂却只是眨了两下眼："'绿茶'是指？"

他大概不太关心国内的网络流行词。阮喻轻咳一声，一本正经地说："就是喝的绿茶，我朋友刚才发了我一个网购链接……"

许淮颂张了张嘴，似乎想说什么，又闭上了，然后打开了手机上的百度。

阮喻继续点开后面两张截图看。

聊天记录是苏澄的小号和"写诗人"的深入交涉。最后，"写诗人"说自己会联系律师，真诚地考虑这个建议。

但既然这份聊天记录到了刘茂的手里，阮喻想，"写诗人"应该是自己的盟友，这句"真诚地考虑"估计是她用来唬人的。

阮喻问许淮颂："是刘律师教她这么说的？"

许淮颂想说是自己，但不能，于是点点头："可能吧。"

刘茂作为代理律师，跟案件关键人物有些往来也不奇怪，阮喻没多想，又问："那接下来怎么办？"

"你问刘茂。"许淮颂忙着低头敲字，看都没看她。

阮喻也没太在意，回头在群里发消息问刘茂。

过了足足两分钟，刘茂才回复："生气的话，把岑思思的微信拉黑吧。"

"……"

这种像是小学生闹脾气的做法，也出不了气吧？

阮喻刚想委婉地说，这样会不会太意气用事了，就看到许淮颂在群里发了消息："你是小学生？"

至坤刘茂："……那你说怎么办？"

许淮颂："你去协助当事人做网络证据保全。"

至坤刘茂："……好的，然后呢？"

许淮颂："没你的事了。"

阮喻再次感觉到，许淮颂和刘茂的关系好像真的不太好。

为了缓和群里剑拔弩张的气氛，她打字："麻烦刘律师啦！"

刘茂连句"不客气"也不回就没了声。

那边许淮颂敲敲桌子，拉回她的注意力："你有被告人的手机号码吗？"

阮喻点头："有。"

"录音取证会吗？"

阮喻愣了一秒之后迅速领会了他的意思。

真要像刘茂说的那样，立马跟岑思思闹掰就太傻了，她应该假装不知情，跟岑思思套话，这样一来，除了"写诗人"那份聊天记录外，她在庭审中就又多了一份辅证。

想通这点，阮喻不禁对许淮颂的聪明才智肃然起敬，觉得他比刘茂更靠谱，于是坐直了说："不太会，你能教我吗？"

"嗯。"

另一边的刘茂寂寥地靠着转椅，看着几分钟前自己跟许淮颂的私聊对话，叹息了一声。

许淮颂："等会儿她会问你接下来怎么办，你就说拉黑被告出气。"

至坤刘茂："为什么？拿出点律师的专业精神来好吗？这种时候应该套话取证。"

许淮颂："我知道，你按我说的回答她就行了。"

视频通话里，阮喻一脸虚心求教的样子。

许淮颂十指交握，腰背笔挺，看着她陈述要领："一份有效的电话录音，首先要引导对方确认身份，电话接通的第一时间就必须把握先机。"

"然后呢？"

"递交给法院的录音不能剪辑，但庭审时间有限，因此你要控制通话长度，在不被对方识破的前提下直奔主题。"

也就是说，既然他们已经高度怀疑岑思思曾恶意雇用"水军"，那么她在这通电话中就要诱使岑思思说出实情。

阮喻皱皱眉头："真有人会傻到亲口承认吗？"

"正常情况下不会，所以这才是难点。"许淮颂说着，瞥了眼阮喻空荡荡的手。

阮喻连忙一把扯过桌上的便笺本和笔，专注地盯着他："许律师，请讲。"

半个小时后，阮喻的便笺本上已经密密麻麻地记了一片。见许淮颂说完了，她问："我现在就打电话吗？"

许淮颂摇了摇头："北京时间十二点。那个时间点一般刚刚结束午餐，脑供血少，对方思考力降低，相对不容易起疑。"

"可是那时候，我自己的智商也会变低吧？"

许淮颂噎了一下，以前怎么没发现，她还有点呆萌……

他抬眼说："你不会提前吃饭？"

"……"

他说得也对，阮喻不自然地掩着额头，片刻后想起一件事，突然抬头。这一抬头，就发现许淮颂正盯着屏幕看。

她一下顿住，张嘴想问他怎么了，却发现他的右手似乎正在滚动鼠标，看上去是在查看什么文档，而不是她。

阮喻暗暗发窘，轻声叫他："许律师。"

许淮颂点了下头。

"等会儿电话录音不知道会不会出现我没法处理的突发情况，那个……"她指了一下镜头，"你能开着视频通话吗？"

阮喻的心态不过就像患者对医生的职业信赖，但她摆出这副缺他不可的样子，在许淮颂的眼里又是另一回事了。

他"嗯"了一声，偏头抿了一口咖啡，企图缓解心底那阵异样的感受。

阮喻放下心来，在心里默默演练起对话，大半个小时后，听见许淮颂敲了敲桌子。

"十点半了。"他说。

"那我去做点吃的。"她搁下便笺本，指了指屏幕，"把视频关了吗？"

"不用，我也要去吃饭。"

阮喻稍稍一愣。

旧金山现在都晚上七点半了吧，他没吃饭？那刚才还空腹喝咖啡？

在这发愣的间隙，许淮颂已经起身离开座位。阮喻也不好贸然关掉视频通话，便转身去了厨房，打开冰箱思考做点什么。

但可能是紧张，她一点胃口都没有，从冰箱里拿了杯酸奶，又往酸奶里加了几勺水果麦片就回到了电脑前。

她想再复习复习对话，反正许淮颂也不在。

这么想着，却对上了屏幕里的一双眼睛。

"……"

"……"

许淮颂根本没走，就坐在电脑前吃通心粉。

阮喻的眼珠子缓慢地转了一圈。说好的要去吃饭，他怎么把饭端来电脑前了？难道……

她这边一动不动地杵在电脑前，许淮颂却看起来很淡然，顿了一下后，一边优雅地细嚼慢咽，一边翻看手边的文件。

原来他是要一边吃饭，一边忙工作。

意识到自己再次自作多情后，阮喻尴尬地坐下来，一只手翻开便笺本，另一只手慢吞吞地搅拌酸奶。可等到舀起一勺酸奶塞进嘴里的时候，她又停住了。麦片还没泡软，嚼起来会发出比较明显的声音，好像不太适合现在的这个氛围。

毕竟她跟许淮颂高中时期就没说过几句话，现在更是谈不上熟，这么面对面地隔着屏幕吃饭，她还发出“嘎嘣嘎嘣”的声音，实在不自在……

阮喻痛苦地含着这口酸奶，一直含到麦片差不多软了，才一点点嚼下去，然后轻咳一声：“许律师，你好像挺忙的？”

许淮颂正好塞了一口通心粉到嘴里，不方便说话，只点了一下头。

阮喻一脸高兴：“那你先忙，等到点了我再联系你吧！”

他嘴里的通心粉还没咽下去，又没有理由摇头，只好继续点了一下头。

阮喻松了一大口气，飞快地关掉了视频。

直到北京时间十二点一刻，两人才再次通了视频。

阮喻握着手机，反复深呼吸。

许淮颂看得出来她很紧张，如果这么打电话过去铁定露馅。可取证的机会只有一次，失不再来。

他想了想问：“你要不要做套眼保健操？”

“啊？”

他举起手边的稿件晃了晃：“看起来有用。”

哦，他是在说《好想和你咬耳朵》里，女主角被男主角牵手的那个晚上，激动得怎么也睡不着，做了十几遍眼保健操才平复心境，顺利入眠的事。

但这些内容是经过她美化改编的。

阮喻皮笑肉不笑地说：“小说都是骗人的。”

事实是，她在快天亮的时候清醒过来，想着既然许淮颂说牵错了，那她有什么好高兴的？不仅不高兴，她还又气又委屈地骂了他一通，才成功睡了回笼觉。

现在想想，当年那个十八岁的少女真是太不讲道理了。

许淮颂并不知道她心里的这些弯弯绕绕，听到这一句“都是骗人的”，沉默着垂下了眼。

倒是阮喻放松了不少，捏着手机说：“我打电话啦？”

他回过神来：“嗯。”

阮喻先开启了录音软件，接着拨通了岑思思的电话，打开免提。

十秒后，电话被接通。阮喻抢先道："你好，我是阮喻，请问是岑思思吗？"

对方立刻答："我是，学姐，我存过你的号码啦！"

身份确认完成。

阮喻瞄了一眼电脑屏幕里朝她点头肯定的许淮颂，继续说："你现在方便说话吗？"

"方便的，你说。"

"是这样，关于和解的事，我本来打算明天请律师跟你谈，但我想了想，觉得还是该先跟你聊聊。"

"嗯？"

"其实前段时间，有家影视公司就版权改编事宜联系过我。"

岑思思低低地"啊"了一声，似乎预感到了事情的走向。

"那边希望我妥善处理这件丑闻，以免波及影视改编。所以这次我的律师不仅代表我的个人利益，他们还要求你在道歉声明中承认自己除了发布具有影射含义的长微博之外，也曾煽动'水军'攻击我。"

"我……我没有啊，学姐！"

对话进行到这儿是个关键点，阮喻忐忑的情绪又上来了，她攥着手机，下意识地看向许淮颂。

然而许淮颂不能出声，仅仅向她点了一下头，做了个口型：继续。

阮喻抿了一下唇："这声明确实为难人，但影视公司的意思是，如果和解不成，他们就会继续起诉。"

"可是学姐，我真没故意攻击你……"

"我知道，毕竟你当时不晓得温香是我。我既然打了这通电话，就是想听听你的说法。我俩师出同门，商人不讲情面，我还能不讲吗？"

以白莲之道还至绿茶之身，这话说得，阮喻自己都有点感动。许淮颂写的"八点档"台词真是太行云流水了。

"你要是顾及情面，影视公司那边怎么办？"

岑思思提出的这个问题不在预料范围内，阮喻一愣，随即看见屏幕上弹出许淮颂的消息："叹气。"

她立刻酝酿出一声叹息。

那边岑思思似乎听出了阮喻的为难，打起了感情牌："学姐，我真没想到事情会闹成这样。当时我只是雇了一小批'水军'想试试，谁知道一发不可收，这件事一路蹿上热搜……你一定得帮帮我，让那边通融通融，不然我就全毁了！"

许淮颂比了个"到此为止"的手势。

阮喻迅速接话："行，能帮的我一定帮，我会再跟律师谈谈。"

挂断电话后，阮喻小心翼翼地按下结束录音键，凑近镜头问：“这样行了吗？”

许淮颂点点头：“把录音给刘律师。”

阮喻松了一口气。

其实这套话的原理说起来也不难。正如许淮颂所讲，法律规定只有原作者才能指控著作权侵权行为，因此岑思思本身没有起诉资格。她之所以表面一套，背后一套，只是出于缓兵之计，争取让“写诗人”先一步起诉成功。

那么在这种情况下，假设阮喻对和解产生动摇，岑思思为了稳住阮喻，必然会做出自认为无伤大雅的言语让步。目前的情况和许淮颂预料的一丝不差。

紧张过后松懈下来，阮喻通体舒泰。原来和律师一起干不犯法的“坏事”，这么开心吗？

阮喻心情一好就有点忘形：“我这演技是不是够上晚八点档了？”

许淮颂垂眼敲键盘，不知在忙什么，随口说：“够糊弄外行。”

那他是这方面的内行吗？阮喻正疑虑自己的演技在他面前是不是不过关，就听见他的手机铃声响了。

许淮颂没关掉电脑上的视频通话，直接接了电话，说的是中文：“在家。”

阮喻听不见电话另一头的声音，只能听见他单方面的零碎回答：“不排除是被告实施的报复行为，S.G 的高层应该最清楚，被告有能力对炸弹实施计算机远程操控。”

许淮颂的语气很平静，阮喻却被他的通话内容吓了一跳。

似乎是见她被吓到，许淮颂看了她一眼，握着手机起身走到窗边：“这是警察的事……”

这样阮喻就听不太清他在说什么了。等他回来，她忍不住问：“出了什么事吗？”

许淮颂摇头，示意没有。

她“哦”了一声：“今天谢谢你啊，许律师。”

许淮颂抬了抬眼皮，听出了她在说结束语。这是用完人就跑的意思？

看他没接话，阮喻自顾自地说下去：“本来要谈案子的，不过你那儿太晚了……”她正说到这儿，不知从哪儿冒出“喵呜”一声猫叫。

阮喻停下来左右看看。但这当然不是她的猫，家里已经没有猫了。她刚毕业那会儿倒是养过一只，可惜后来病死了，她难受了很久。虽然喜欢，但她不敢再养第二只。

那么，这声猫叫是从许淮颂那边传来的？

她正感到奇怪，屏幕里的人再次离开座位，再回来时怀里多了一只猫。一只看起来三四个月大，水灵灵的小橘猫。

阮喻的目光一下被吸引住。

许淮颂一边顺着猫毛，一边瞥她：“你刚说什么？”

她盯着幼猫挣扎了五秒钟，血槽渐空，吞咽了一下：“我说你那儿太晚了……方便继续谈案子吗？”

许淮颂点了点头，语气勉强：“行吧。”

他坐下来，把小橘猫放到一旁，看见阮喻一边挪动稿件资料，一边斜着眼往他手边瞥。

那只猫正四脚朝天，翻着肚皮扭来扭去。毛茸茸的尾巴尖扫得他手背发痒，有点妨碍他处理公事。于是他把它抱远一点，低头翻开文件：“几个问题……”他刚开口说了几个字又顿住。

因为阮喻好像没在听，一个劲地瞅着他的桌角，上半身甚至前倾了六十度，一副要穿屏而来的架势。可镜头就那么个角度，再凑近也只能看见一只猫耳朵而已。

许淮颂低咳一声。

阮喻这才回神，挺直身板：“啊，许律师，你说。”

“第十四章，第三段。”

阮喻翻到稿件里对应的段落，发现刚好是一段关于猫的描述，讲述女主角途经艺术馆，碰见男主角在草丛里投喂流浪猫的事。

为增加小说的“粉红元素”，她写这段情节时在现实基础上做了改编，设定男主角原本并不喜欢猫，只是因为女主角才爱屋及乌。

关于这一点，男主角的内心独白跟“写诗人”那边一字不差。

针对这处雷同，阮喻冥思苦想，没找到反驳方向。

看许淮颂完全公事公办、丝毫不像记得过去这件事的模样，她放心地问：“你有什么想法吗？”

他点了一下头：“两边有细微差别。你塑造的人物心理是爱屋及乌，但对方不是。”

“啊？”阮喻翻开另一沓文稿，把相关情节读了两遍，恍然大悟。

对方笔下的男主角并不是就此喜欢上了猫，而是早早算计到女主角将要路过艺术馆，所以刻意演了这一出博取好感。只是“写诗人”把这段描述得非常隐晦，而阮喻又先入为主地产生了思维定式，所以误以为内容是一样的。说起来，虽然大纲是她原创，但被“写诗人”这么一改编，从人设上来讲倒是更有张力了。

阮喻做好批注，把这点作为反驳依据，然后问：“还有吗？”

“第三章，第七段。”

阮喻翻回去找到对应段落，看到一段支线情节。

由于阮爸爸的关系，当年她在许淮颂的班上有那么点知名度，曾经引起过十班一个男生的关注。对方平日里不学无术，行事霸道，被女同学封了个“道明寺”的称号。为了接近她，幼稚的手段层出不穷，有一次竟在班上单方面扬言她是被他罩着的人。

阮喻不堪其扰，听说后又气又急，也做了一回“大老虎”，站在十班教室门外气势汹汹地当众叫他别再死缠烂打，打扰她学习，最后说：“道明寺了不起啊，我喜欢的是花泽类！”

男生当场蒙成一只打着旋的陀螺，十班的同学哄堂大笑。

不过，这一段看似是支线情节，实则不然。

因为在阮喻的设定里，除了本身性格原因外，男主角正是由于这一出插曲才迟迟没靠近女主角——这是阮喻替他编造的理由。

阮喻：“这里怎么了？”

她记得这一段不存在撞梗的问题，“写诗人”并没有写类似情节，而是在看了她的细纲后另辟蹊径，由此延伸出另一个点——男主角记下了女主角的话，从此以后就把自己往花泽类的方向上打造。

许淮颂眨了眨眼：“不合情理。”

“情理？”

“这个理由不够服众。”

“那他还能因为什么不主动？”

阮喻脱口而出，问完自己却先愣住了。这是做什么？她跟一个律师讨论起怎么写小说来了？而且，他们是不是跑题了？

许淮颂垂下眼帘，带着不太明朗的情绪，随手端起一旁的恒温咖啡。但他忘了小橘猫在一旁，拿起杯子的一瞬间，小橘猫一爪子搡过来抢食，撞得他手一晃，咖啡洒了它满屁股。

猫“嗷呜”一声高叫，阮喻跟着扬声一句“哎呀”。

原先的低气压情绪一下消散无踪，许淮颂被重叠在一起的两个声音震得一愣，还没做出反应，就听阮喻问：“咖啡烫不烫？快给它擦擦！”

他低头看了眼自己的手背。他的手背上也洒上了咖啡，她看不见吗？

许淮颂瞥了她一眼，说：“不烫。”然后扯了一张纸巾擦了下手背，又抓起“喵呜喵呜”叫的猫来擦。

阮喻赶紧制止他：“用湿巾！干的太粗糙了，而且擦不干净。”

许淮颂于是又转头去找湿巾，可擦完以后，猫屁股还是黏糊糊的。

阮喻问：“它多大了，有没有打完疫苗？能洗澡了吗？”

“打完了，四个多月大了吧。”

“那你帮它洗洗，猫咪舔到残留的咖啡可能会有危险的，案子的事可以等会儿再说。”

许淮颂点点头，抱起猫朝外走，走到一半又回过头：“怎么洗？”

“这不是你的猫？”

许淮颂摇头。

那是谁寄养在他这儿的？阮喻一晃神的工夫，听见他把刚才的问题重复了一遍，问她怎么洗。

她想了想："猫浴液、吸水毛巾、猫梳子、烘干机，你那儿都有吗？"

许淮颂点点头。

"那你准备一下，在澡盆或者浴池洗都行，用三十八到四十度的温水，注意……"

许淮颂放下猫，朝电脑走过来，说了句"等等"，然后搬起电脑往浴室走。

镜头一下子晃动起来。

阮喻在心底"嚯"了一声，这突如其来的女友视角算哪门子事？

许淮颂把笔记本电脑搁在盥洗台上，二话没说转头就走，留她在那头尴尬："哎，你……"别走啊！

镜头正对着他大敞的淋浴间，这也太私密了吧。

等了半天，许淮颂才抱着猫和一堆用具回来。

狭小的空间里，气氛突然变得有点微妙，好像这层薄薄的屏幕消失了，两个人一起身处浴室一样。

阮喻轻咳一声："你先调水温。"

许淮颂把猫放在一边，按了几下淋浴间的调温键，摘下喷头用手试了试水温。

"等会儿别用喷头淋猫，先把水放到澡盆里，水位浅点。"阮喻看着他蹲在地上的背影，继续说道。

许淮颂一一照做，但猫还不习惯洗澡，一入水就要跳出来，一下子溅起一摊水，他的衬衫很快湿了一片。

"左手捏住它的后颈，"阮喻说完马上补充，"下手别太重。"

"然后呢？"许淮颂提着湿淋淋的右手回头问。

"把它脖子以下的毛发都润湿，抹上浴液，轻轻揉搓。"

许淮颂继续照做，给猫上浴液的时候不知是不是手滑，左手松了一下。结果当然又迎来了幼猫的挣扎，水"哗啦"一声再次溅上他的衣服。

阮喻蓦地别过头去——她都能透过他湿透的白衬衫，隐隐约约看见他的腹肌线条了。

许淮颂瞥了她一眼，在她看不见的角度弯了弯嘴角，专心给猫洗澡，等泡沫被彻底冲洗干净才说："好了。"

阮喻回过头，视线落在他的头顶上："拿吸水毛巾给它擦一擦。"

许淮颂站起来，把猫放在盥洗台上，拿起毛巾开始忙活。

因为角度问题，镜头没有拍到他的脸，阮喻只能看到一双骨节分明的手。在浴室暖黄色顶灯的映衬下，他轻抚幼猫的画面被镀上一层柔光，让人心底也跟着柔软起来。

阮喻的思绪渐渐飘远，恍惚间仿佛回到了很久以前，艺术馆圆顶大楼旁的那片雨后青草地，也有这样一只猫和一双手。

这一幕就像电影大师构造的一组长镜头。时空的变幻自然而然地渲染了观众的情绪，难免让人产生一些时过境迁的感慨，或是物是人非的遗憾。

橘猫被伺候得舒服，低低地喵呜了几声。阮喻被这几声猫叫拉回思绪，发现它的毛发已经干了不少。紧接着，许淮颂把猫抱了出去，送进烘干机，回来后旁若无人地扯出衬衫，从下往上开始解纽扣。

阮喻愣住了。

三颗纽扣之后，她反应过来，大声制止他："许……许律师！我还在这儿呢！"

许淮颂动作一停，望向屏幕，淡定自若地说："哦，忘了。"见她一脸窘迫，他又说，"我要洗澡。"

"那你把我搬……不是，把电脑搬出去啊！"

许淮颂的表情显得有些费解："你不会关视频？"

"……"

他说得对。阮喻连句再见也来不及说，飞快挂断视频通话，坐在电脑前喝水压惊。

一刻钟后，阮喻收到一条微信消息。

思思："学姐，方便的话，我们现在能见个面吗？"

阮喻盯着手机屏幕，恢复了冷静。突然急着见面，看来岑思思是猜到刚才的通话被录音了吧？许淮颂也说过这事藏不了多久，对方在被套话之后一般都能回过味来，但录音已经拿到，也无所谓了。

阮喻不愿再与她纠缠，直截了当地说："不方便，还是之后法庭见吧。"

她发完信息后，直接拉黑了岑思思。

没过两分钟，显然明白了其中缘由的岑思思发来一条短信："用这种下作手段，不怕你的粉丝知道吗？"

阮喻觉得岑思思的逻辑挺奇怪。她这是合法取证，有什么见不得人的？

再说了，岑思思要是真把这事传扬出去，那她自己的所作所为不也暴露了？

不过也不是没有可能。因为阮喻记起许淮颂刚才的那通电话，似乎提到了一桩被告针对原告的报复性事件。被告在面临巨大的败诉风险时，可能会产生鱼死网破的心态。

阮喻想到这里，出于类比心理，在网页搜索框里输入许淮颂口中的"S.G"查看起相关资料来。最新的相关报道停留在前阵子的一场庭审上。她没发现太多被告的信息，反而注意到了一个名字：Hanson。

许淮颂的英文名。

阮喻被这个英文名字吸引了注意力，点进相关的词条，看到一篇访谈性质的英文报道，介绍了许淮颂和 S.G 的渊源。

文章提到，S.G 在三年前曾因莫须有的侵权事件遭到同行起诉，受丑闻波及，股价暴跌，面临严重的资金危机。

当时在加州律师界颇有名望的许爸爸作为 S.G 的辩护律师接手了这个案子，却在开庭前两天突发脑梗，抢救过来后被诊断为脑血管性痴呆。临阵换将被视为不吉利，如果因此败诉，S.G 将全面崩盘。然而，延迟开庭也不行。案子一天不解决，股市的情况就会持续恶化，公司同样会完蛋。当时距离开庭只剩两天，董事会坐不住了，派代表到医院，频频询问医生许爸爸在短时间内复健的可能性。

结果当然是不可能。

最后，许淮颂站了出来——那年刚刚通过 CA Bar 考试，入行不久的许淮颂。因为他跟在父亲手底下学习，相当于从头到尾接触了整个案子。S.G 最后抱着死马当活马医的心态选择了他。没人对他抱有太大的希望。但结果是，许淮颂在复杂的案件背景下争取到了当庭宣判。

S.G 胜诉了，起死回生。

阮喻缓缓滚动着鼠标，拉到了文章的最后一句话：That's an incredible legend.——那是一个不可思议的传奇。

这话也许是在说许淮颂，也许是在说 S.G。

但阮喻此刻在想，许爸爸后来怎么样了？

次日，距离抄袭事件发生已过去十来天，千和网站举报中心针对该事件作出判定，认定《好想和你咬耳朵》与《她眼睛会笑》的相似比例不足后者的十分之一，不构成过度借鉴。

阮喻将这个消息发到微信群里，告知刘茂与许淮颂。

刘茂说有了这个判定后，诉讼的胜算会更大，获赔的概率也更高。

然而有喜必有忧，阮喻打字："不过，论坛和微博大概又开骂了。"

十五分钟后。

至坤刘茂："还真是。"

软玉："他们说了什么？"

网络暴力伤人元气，她关心舆论，却又有点不敢看。

刘茂发了几张截图过来。

网友 A：撞成这样还不算过度借鉴，怎样才算？

网友 B：我一个影视圈的朋友说寰视看中了这个 IP。寰视啊，大电影大制作，吹口气就是千万版权！做人可以不要脸，但不能不要钱！

网友 C：不管黑鸡白鸡，会下蛋的就是好鸡。

截图中那些言论充满了快要溢出屏幕的讽刺味道，看得人眼眶发疼。最后这条评论大概是刘茂手抖不小心发出来的，意识到不妥后，他迅速撤回。

下一秒，安静了很久的许淮颂发来了消息：“你很闲？”

许淮颂的语气有点凶，阮喻没敢接话。

至坤刘茂：“还好……”

许淮颂：“那就去写律师声明。”

接下来，阮喻眼前一花，看到了满屏的微博账号。从许淮颂手里发出来，就像一份执行名单。

许淮颂：“挂名。”

虽然是公事，但阮喻还是有点感动，打字道：“许律师辛苦了！”

她发出这条消息不久，家里的门铃响了起来。

是沈明樱来了。她在辞掉千和网站的编辑工作后，和男朋友一起经营网店，跟阮喻一样不需要严格地遵循朝九晚五的班制，所以一有空就会过来串门。

阮喻一开门就说：“不用安慰我，可能是习惯了，我觉得我现在的心情还可以。”

“别自作多情了。”沈明樱径直走向客厅的沙发，“我是来八卦岑思思的。”

昨天阮喻已经在电话里跟沈明樱提过这事了。毕竟说起苏澄来，沈明樱也有一肚子气。

当初阮喻写现代言情入行，看到毕业后的沈明樱没有合适的工作，就提议她到千和网站应聘古代言情编辑。前两年，写腻了现代言情的阮喻换了路子，转战古代言情，刚巧分配到沈明樱的手下。

结果在连载期间，苏澄以匿名的形式在论坛造谣，哭诉沈明樱排榜不公，把好的推荐位都给了闺密。沈明樱在工作时向来严谨，完全是按照小说发表后的数据给阮喻安排的榜单，很快给出证据，澄清了这件事。

然而所谓“造谣一张嘴，辟谣跑断腿”，虽然沈明樱真的没有假公济私，但发了声明也没多少人信。所以她后来干脆离职了。

阮喻也因此遭受了很多非议，又因为害了沈明樱而内疚，心态受到影响，创作质量难免不如从前。

上次是她和沈明樱欠考虑在先，没有主动避嫌，而这次苏澄——也就是岑思思再次造谣，两人这才决定起诉维权。

沈明樱说：“这么看，她当初就知道你是谁了。你说你大学时候到底哪儿惹了人家，叫她这么多年还死咬着你不放？”

阮喻叹气：“我要是知道，至于被人阴吗？”

“你抢她奖学金了？”

她摇头。

“你抢她推荐名额了？”

她再摇头。

“那难不成是你抢她男人了？”

这回不需要阮喻摇头，沈明樱立刻否定：“不可能，你从出生到现在一直单身，男人送上门你都不要。”

沈明樱记得，阮喻大四那年曾被一个大一的学弟热烈追求，闹得全系皆知，可即便如此，两人还是没有在一起。

那学弟人长得好看，又很会唱歌，后来还成了明星呢。为此，沈明樱不止一次说过阮喻“眼瞎”。

“说起来，那学弟现在怎么样了？”

“没关注。”

沈明樱的思维从岑思思发散开去，拿出手机搜索起来：“李什么灿来着？哦，是这个微博名吧？”她扬了扬手机，“SC 李识灿。”

阮喻远远地瞟了一眼，点点头。这一眼，脑海里却电光石火般闪过一些东西。

“SC”？这个字母缩写怎么好像有点眼熟？

“哟，他刚好在直播呢。”

沈明樱点进李识灿的直播间，一个略带沙哑的声音传了出来：“行，这盘算我输，那就大冒险。来，刚才那个‘我爱吃兔兔’，你说。”

“大明星这么亲民，还开直播跟粉丝玩真心话大冒险？”沈明樱拆开一包话梅，一边津津有味地吃着，一边自言自语。

阮喻没搭话，自顾自地刷微博，沉浸在网络暴力的世界里，被那些言论气得上头了，记下几个明显恶意挑事的博主号，发到群里：“许律师，我可以追加几个名单吗？”

许淮颂：“随你。”

得到肯定后，阮喻斗志昂扬，继续专心致志地“抓人”。

李识灿的声音再次从沈明樱的手机里传来：“拨通手机通讯录里第七个联系人的号码，对 TA 说‘后天早上老地方见’这八个字。哇，这么狠……”

“当明星也不容易啊！”沈明樱又发出了老母亲式的感慨。话音刚落不久，却听到阮喻的手机铃声响了起来。

婉转的钢琴曲和直播间一声又一声的“嘟”重合到了一起。

沈明樱一呆，恰好此时，旁边的阮喻接通了电话：“喂，你好。”

直播间也传出一句“喂，你好”。

沈明樱一个激灵跳了起来。

阮喻刚才接电话的时候看了一眼手机屏幕上的号码，虽然不认识，但归属地是杭市，因此她还是接通了电话。现在，她隐隐有些明白了，僵硬地扭头看向沈明樱，指了指自己的鼻尖，无声地比画：“我？”

沈明樱满脸震惊地点了点头，忙给手机插上耳机。

阮喻愣了足足有五秒钟，才被听筒里的声音拉回魂来：“学姐吗？我是识灿。”

她稳了稳心神，说：“是我……”

李识灿似乎笑了笑：“你别紧张啊，我闲着没事，来问问你的近况。”

直播间里有十几万人听着这通电话，阮喻能不紧张吗？她注视着沈明樱，手心都渗出了汗来：“近况啊，我挺好的。”

“那你还住原来那儿吗？”

阮喻刚才也听了一耳朵直播的内容，猜测李识灿这是在引导话题。为了赶快结束这通电话，她答：“在。”

“我想来找你叙叙旧，咱们后天早上老地方见？”

阮喻稍稍一滞，想到这么多人听着，还是决定配合一下：“行……”

“那回头见啊，拜。”

“拜拜。”

等阮喻挂掉电话，沈明樱惊声尖叫：“这什么情况？他怎么还留着你的号码呢？”

阮喻缓了缓神：“你问我，我问谁去啊？”

沈明樱继续低头看直播间，满屏都是密密麻麻的弹幕。

粉丝 A：哇，怎么是个声音这么好听的妹子！

粉丝 B：灿灿，你们不可以老地方见！

粉丝 C：刚才是谁出的题，站出来，我们一起好好“疼”你！

这时，屏幕里的李识灿笑了起来：“你们就会给我找事，等会儿直播结束，提醒我去赔个不是，要不然回头放了人家鸽子就过分了。”

李识灿三两句话就迂回澄清，表示自己并不会去赴约，哄好了十几万粉丝。

“啧，真会说话，当初怎么就没能追到你呢？”沈明樱感慨了一句，转眼却看见阮喻眉头紧锁地攥着手机，不知在看什么，“你怎么了？还在看他们骂你呢，别自己找虐了行不？”

“我在看李识灿的主页。”阮喻解释，“SC，这个缩写真的很眼熟啊，我在哪儿见过来着？”

沈明樱愣愣地眨了眨眼：“SC？哎，那不是苏澄吗？”

阮喻蓦然抬头。“识灿”的首字母缩写是“SC”，“苏澄”这个名字的缩写也是“SC”。

千和网站的匿名论坛内，为了避免直接提及作者的笔名，常常会使用缩写。比如“SC”就曾被人拿来指代岑思思的笔名——苏澄。

所以阮喻才会觉得这两个字母眼熟。

岑思思的笔名和李识灿的首字母缩写一样，她不确定这是不是巧合。她已经跟前者撕破脸，也不适合主动联系后者。这两人的关系一时间无从考证。

沈明樱倒吸一口冷气："难道这两人是一伙的？你看，岑思思的心眼是坏，手段却不怎么高明，凭她一个人能在微博上闹出那么大动静？而且她不是说当时自己只雇了一小批'水军'，不知怎么这个话题就上了热搜榜吗？你说她会不会只是个挡箭牌，其实李识灿才是幕后黑手，因爱生恨报复你呢？"

"……"

沈明樱这脑洞可真大。阮喻哭笑不得，手心一振，微信接收到了一条新消息，是刘茂发来的律师声明，连同法院受理案件的通知书。

阮喻仔细地看了一遍，在刘茂的指导下组织好语言，正准备把图片版的律师声明发到微博上，手机又是一振。

许淮颂在群里说："力度不够。"

接着，他就用红圈标注了几个地方进行修正。

阮喻看不太懂专业术语，大致感觉许淮颂的意思大概就是"这里改掉，那里改掉，通通改掉"。

刘茂可能是忍不住了，说："鸡蛋里挑骨头，我不要面子吗？"

许淮颂："声明机会只有一次，如果不能一针见血，就等于一败涂地。是当事人的权益重要，还是你的面子重要？"

阮喻紧张地吞咽了一下，默默窥屏。

至坤刘茂："你行，你来。"

许淮颂："自己选。@至坤刘茂"

许淮颂撤回了这条消息。

许淮颂："自己选。@软玉"

阮喻："……"

许淮颂都气到发错人了吗？她惹不起，只能默默在群里打字："那麻烦许律师把修改后的版本发给我。@许淮颂"

然后，阮喻转头悄悄跟刘茂私聊："刘律师，我是看他气大发了，你别在意。"

发完消息后，她撇撇嘴，鄙夷了一下自己。做一棵两面三刀、维护世界和平的墙头草好难啊。但说实话，许淮颂这次真不是刻意针对刘茂，因为许淮颂的笔触确实更锋利，也更言之凿凿。

阮喻的文件一出，几个被点名的博主面对可能遭到起诉的后果，当即熄火，悄悄删掉了相关言论，杀鸡儆猴的效果达到了。没过几个小时，岑思思的其他友军也齐齐噤若寒蝉。

阮喻原本以为这位学妹兴许会"垂死挣扎"一下，放一波"水军"骂她这次的起诉行为是恶人先告状。但奇怪的是，微博上竟然一片和谐。

次日一早，一位在原创圈内颇有名望的读物博主将整个事件按时间线梳理了一遍，并发布了一张对阮喻有利的长图。这张长图像之前岑思思污蔑她的长微博一样，迅速在微博上传播开来。

同时，一批网友字字珠玑地指责了之前故意带节奏的几个博主，支持阮喻的读者因此得到了喘息。在这批以理服人的网友带领下，他们很快占据了舆论的制高点。

从那张长图开始，似乎全世界都同情起了阮喻。她的微博粉丝数也急速上涨，直逼三十万大关。

阮喻傻眼了，这律师声明的效果怎么这么厉害？

到了深夜，事态再度升级——有人爆料，苏澄是温香在现实生活中的学妹，因为现实纠纷才在网络平台处处针对温香。网络上一片惊呼，众人的视线很快从抄袭事件转移到了八卦味十足的“现实纠纷”上。

网友A：我就说之前“写诗人”都澄清明白，也跟温香道歉了，苏澄这个第三方怎么还上蹿下跳地泼温香脏水，原来是现实生活中的纠纷。

网友B：细思极恐。

网友C：苏澄是哪个学校的，求深扒！

网友D：某些键盘侠住海边的？之前网暴温香，现在人肉苏澄，人家是哪个学校的关你什么事？

事态的发展超出了阮喻的想象。她越往下翻，眉头皱得越厉害，直到看到一条评论：“别被人当枪使了，从长图到扒皮，看不出这整套操作是专业公关团队搞的？温香的背后有人呢！”

阮喻一愣，想点进这条评论细看一下，一刷新却发现它不见了。

她继续往下翻，又看到一条评论：“风向变得这么快，没人觉得这波反转有猫腻吗？”

这次她眼疾手快地点了进去，却还是看到“该评论已被删除”的字样。这些不利于她的言论都在转瞬间消失无踪。一次可能是巧合，两次就说不过去了。仔细捋一捋这次的反转事件，虽然是由她这边的律师声明和受理案件通知书起了个头，但后续发展怎么看都像是有组织的。

一开始，那位读物博主的长图倒是公允的，之后的网友爆料却实在过头了。阮喻只想堂堂正正地用法律武器保护自己，从未想过用这种歪门邪道打击岑思思。这背后擅作主张的人是谁？

她拿起手机，想跟刘茂打听打听，一看时间已经过了零点，又退出了拨号界面，改发微信消息：“刘律师，麻烦方便的时候给我回个电话。”

阮喻打着哈欠睡下了，等被手机铃声惊醒，已经是第二天一早。

看到是刘茂的来电，她立刻按下接通键：“刘律师，你看微博了吗？”

“看了。”

阮喻还没彻底清醒，所以说话直接了点："这事是律所做的吗？"

"啊？"刘茂似乎有点惊讶，"不是。"

"那会是谁……"

刘茂的语气听上去也很困惑："不清楚，但这种以其人之道还治其人之身的做法，不是我们解决问题的方式。"

他口中的"我们"是指律师。

阮喻恢复了思考能力，意识到自己的揣测对刘茂的职业不太尊重，她歉疚地说道："不好意思，我刚才没睡醒，心急了点。"

"没关系，可以理解。你先休息一会儿，我再去了解了解情况。"

阮喻哪里还睡得着。在被铃声叫醒之前，她就一直在做噩梦，梦见岑思思在掐她的脖子。

不可否认，虽然她没有组织微博上的行动，但在这件事上是实实在在的直接受益者。所以，岑思思一定认为是她做的，说不准接下来还会继续冤冤相报。

阮喻头疼地抓了抓头发，打开微博，发现岑思思的首页没有更新，像是暴风雨前的平静。

她起床后洗漱、吃早饭、洗衣服，但做什么都心不在焉。衣服还没晾出去，她又拿出手机，点开了许淮颂的微信对话框。她把后续可能发生的可怕事情脑补得一阵一阵心悸。可刚在刘茂那儿情急说错了话，现在也不好意思找他，只能问问许淮颂。看他那天处理被告报复性事件时游刃有余的样子，还是让他出出主意吧。

阮喻犹豫了一下，发送消息："许律师，你现在有空吗？"

五分钟过去了，仍没得到回复。

阮喻按下锁屏键，把手机放进衣兜，回头看了一眼待晾的一盆衣服，把它端到了阳台。她刚拿起晾衣竿，衣兜里就传来两声振动。

连着两声似乎不像许淮颂的风格？她拿起手机，果然——

10086："停机提醒：尊敬的客户，您好……"

10086："缴费提醒：尊敬的客户，您好……"

手机欠费停机了，但是家里的无线网络还是通畅的，不影响接收微信消息，阮喻暂时没管，继续晾衣服。等到晾完衣服，她才听见手机再次振动起来。

许淮颂："没空打字。"

"没空打字"和"没空"的区别是什么？那就是下一秒，阮喻接到了他的语音通话邀请。

"……"

阮喻按下接通键，还没打招呼就先听见那头纷杂的人声，男男女女的声音此起彼伏，讲的都是英文，听上去像在激烈地讨论着什么。

阮喻马上接话：“许律师，我没什么大事，你忙的话……”

下一瞬，仿佛世界静止。听筒里的声音消失得一干二净。

阮喻奇怪地看了一眼手机屏幕。信号不好？

电话那头，会议室里七八个人张着话说到一半的嘴，看着做出“噤声”手势的许淮颂，眼神里透露出些许迷茫。许淮颂没出声，站起来在身后的白板上写下一行：“Urgent call——紧急电话。”

众人纷纷合上了嘴巴。

“你说。”许淮颂不疾不徐的声音，透过听筒传到了阮喻的耳朵里。

哦，没断线啊。

阮喻手扶着窗台，斟酌了一下：“是这样的，许律师，被告之前跟我在商场碰过一次面，我不确定那是偶然还是她故意设计的。如果是故意的，我担心我的个人信息泄露的程度可能比想象中的更严重……”

因为脑补了一圈可怕的事情，她的表达不那么清晰，但这并不妨碍许淮颂理解：“你担心被告威胁你的人身安全？”

“嗯……”

阮喻干笑一声，听他这冷淡的语气，好像下一句就会质疑——你有被害妄想症吗？

于是不等他再说，她立刻补充道：“当然，应该是我想……”

“多”字还没出口，阮喻忽然顿住，目光定格在公寓楼下的一辆白色面包车上。

车子被两棵枝叶茂盛的大树挡住了大半，看不见挡风玻璃和车牌，隐隐可见车身上沾了很多泥污，侧车窗还贴了黑膜。这怎么这么像电视剧里绑匪专用的车子……

阮喻没了声音，许淮颂问：“怎么了？”

因为沉浸在恐慌中，她没发现，许淮颂的语气听起来有点紧张。她一下子矮身蹲下，把自己藏起来，结结巴巴地说：“我……我家楼下停了一辆面包车，刚才洗衣服的时候还没有呢……”

“什么样的车？”

阮喻大脑一片空白：“就……就是那种很适合绑人的！”

“你冷静点。”许淮颂比她镇定得多，正想让她描述得客观、清楚一些，却突然听见一声“叮咚”。

阮喻深吸一口气，声音听起来快哭了：“我家门铃响了，怎么办……”

阮喻像蘑菇一样蹲在阳台的角落，惊魂未定地攥着手机。

那头的许淮颂说：“这种情况一般不会是你想象中的不法分子，就算是，他们也不可能直接硬闯。你现在要做的有两件事，第一，把你家的定位和小区物业或保安室的电话给我；第二，拿上手机去确认门镜。”

许淮颂的指令下达得迅速而清晰，阮喻慌里慌张地照做，给他发完消息站起来，听见门铃再次响起，这回一连响了两声。

许淮颂也听见了：“不要出声，如果看到可疑人士，但对方还没有动作，那么先别反锁门，退到离门远一点的位置，打开免提，大声叫我的名字，说你在洗衣服，让我去开门，明白吗？”

他刻意把一连串话拆分成了简单的短句，以便阮喻在脑子一团糨糊的情况下也能听进去：“如果对话结束，对方依然没有离开，你就把门反锁，立刻报警。”

阮喻点点头，却忘了许淮颂看不见。

她猫着腰，轻手轻脚地穿过客厅，小心翼翼地贴上门镜，死死憋住了吊在喉咙底的那口冷气。

透过门镜，阮喻看到门外站着一个高瘦的男人，戴着黑色口罩和鸭舌帽，衣服也是一身黑，正低头拨着手机号码，看起来好像打算喊同伙上来。

第三章 无可救药的暗恋

阮喻胆战心惊，正要屏息退到离门远一点的位置，掌心的手机却突然猛烈振动起来。

一个陌生号码的来电。

与许淮颂的语音通话被迫中断。而这一阵响声，很可能也被门外的人听见了。

她暴露了。

阮喻瞬间大脑缺氧，下一刻却听见门口传来一个男声：“学姐，你在家啊？”

“……”

这个声音是——李识灿？

阮喻愣怔了一下，又听见对方笑起来，声音不大，却因为嗓音特别，格外具有穿透力：“你给我开个门，我怕在外面站久了被人拍到。”

阮喻这下彻底确定了对方的身份，上前打开门，讶异道：“你怎么来了？”

李识灿眨了两下眼，有点无辜：“前天我们不是约了老地方叙旧吗？我到楼下联系你，发现你的手机停机了，刚给你充了话费才打通。”

哦，如果非要说两人之间有个什么“老地方”，那还真就是这间公寓楼下了。

阮喻在大四下半学期那会儿很少住校，李识灿在学校碰不见她，就会时不时来这儿，也不做什么，就是买一杯她喜欢喝的奶茶放进楼下的牛奶箱，不管她收不收，都发一句消息说：“老地方拿奶茶。”

但她还是一头雾水："你不是因为直播才给我打电话的吗？"

"你知道我在直播？"

见李识灿眼底闪过一丝错愕，阮喻哑然。她原本只是配合他做个游戏，又听他在直播间明确表明自己不会赴约，所以她压根没把这个约定放在心上。

李识灿扯了扯嘴角，咕哝道："也是，不然你怎么会答应见我呢。"

阮喻一时没接上话，只好干笑。

李识灿却好像一点也没有不自在："那我来都来了，你不请我进去坐坐？"不等她开口，他又生怕被拒绝似的接上，"我从沪市推了工作来的，找你说岑思思的事。"

听到李识灿提到岑思思，内心的惊讶冲淡了一部分多年不联络的生疏，阮喻脱口而出："你们还真认识？你怎么知道这事？"说着，她让开一步请他进门。

李识灿反手关上门，一边摘口罩和帽子，一边说："有冰水吗？让我喝口水再说吧，学姐。"

家里突然进来个大男人，还是个明星，阮喻有点不自在，连忙应了一声，放下手机，回头去拿冰水给他。

李识灿的目光扫过玄关地板上的拖鞋。

阮喻从厨房回来，看他杵在那儿一动不动，一边递上水杯，一边说："不好意思，我这儿没有男式拖鞋，你直接进来吧。"

"你还没男朋友呢？"李识灿嘀咕了一句。

听这熟稔的语气，好像两人昨天才见过面一样。

阮喻避而不答，引他进到客厅，想缓解这个问题带来的奇怪气氛，于是开了个话头："楼下那辆车是你的？"

李识灿一口冰水入喉，点点头："看着太邋遢了？沪市在下雨，路上溅脏了。"

难怪。阮喻松了口气，这口气一松，却突然觉得好像忘了件什么事。

与此同时，她放在茶几上的电脑响了起来——登录在电脑上的微信接到了一个视频通话。

她想起来了，是许淮颂。

她把许淮颂忘记了！

阮喻脸色一变，没来得及管李识灿，连忙接通视频。屏幕亮起的那一刻，她赶在许淮颂开口前急慌慌地说："对不起，对不起许律师……我忘记跟你报平安了！"

许淮颂眼底的焦虑刹那间消散，仿佛滔天骇浪急速平息。因为他对上了阮喻斜后方李识灿的眼睛。

四目相接，隔着屏幕制造了一场“冰天雪地”。

倒是李识灿先缓和了神色，冲屏幕里的人晃了晃手里的水杯，点头致意：“你好。”

随着他这一晃动，冰块敲在玻璃杯壁，发出叮叮当当的响声，原本悦耳的声音，此刻却显得异常刺耳。

许淮颂没说话，朝李识灿略一点头，然后看向阮喻：“用不着跟我报平安，跟警察报吧。”说完，他就挂断了视频。

阮喻看着突然静默下来的电脑屏幕，愣了愣。

李识灿也摸不着头脑，凑上前问：“什么情况？”

话音刚落，门铃响了起来。

阮喻明白过来，小跑过去开门，果然看见一男一女两位身穿制服的民警站在门口。

那位男民警率先开口：“请问是阮喻，阮女士吗？”

阮喻点点头：“我是。”

“我们接到报案……”

“对不起啊，警察同志，”为了避免被李识灿听到闹笑话，阮喻匆忙解释，“是我让朋友误会，叫他报错了警，我这儿没事……”

但瞒是瞒不住的了。

李识灿恰好在这时候走出来，刚要开口就接到一个电话，那头传来个呜里哇啦的声音，是他这次出行的司机：“灿哥，我在楼下被警察抓了！你快下来救我啊！”

“……”

阮喻和李识灿就这么被带去了附近的警局。

原本这事能当场解释清楚，不一定非得走这一遭，但李识灿的身份证刚好不在身边。那位叫方臻的男民警极其负责，不接受明星的特殊待遇，把他们带到警局做了笔录，又跟报警人电话联系，确认了情况。

阮喻头一回见识这场面，销完案走出警局后身心俱疲，以后大概再也不会瞎脑补那些有的没的了。这时候已经是大中午，李识灿因为工作安排，原本计划在杭市停留两个小时后就回沪市，这下时间全耗在了警局，只好匆匆离开。

不过，阮喻刚一回到家，就接到了他的电话。

李识灿开门见山道：“学姐，其实我这次主要是来跟你道歉的。岑思思是我爸生意场上一个朋友的女儿，当年她到杭大读书就是冲着我来的。她对我吧，一直有那意思，怪我没处理好这事。”

就这么短短几句话，阮喻已经全明白了。岑思思这是把她当成情敌嫉恨呢，那么笔名的缩写也就是出于对李识灿的感情了。

但阮喻还有疑问："那她怎么会知道我的笔名？还有你也是。"

李识灿轻咳一声，语气有点心虚："你记不记得，我上大一的时候帮你修过一次电脑……"

"哦……"

电脑里总归有蛛丝马迹的。她那时候刚开始尝试写小说，也没太防备什么。

李识灿继续说："至于她……我有个微博小号，只关注了你的工作微博，她当初不知怎么发现了，跟侦察兵似的。不过我也是前几天才知道这事的，要不然我早就处理了。"

阮喻听见"处理"两字，敏感起来："这两天微博上那些事，是你的公关团队做的？"

李识灿迟疑片刻，说："也不全是。"

"不全是？"那还有谁？

李识灿没有正面答复阮喻，含糊了过去："总之，我给你惹的麻烦，我会清理干净。现在网络上的谣言已经控制住，你专心打官司，其他的交给我。"

阮喻刚要嘱咐什么，李识灿就先一步主动说："我知道，我有分寸。只要她没有进一步的动作，舆论就会到此为止。"

不管岑思思原本还盘算过什么，在法院和律所的强压，以及李识灿公关团队的舆论控制下，阮喻没有再遭受负面影响。

三天后，事态平息下来，阮喻基本上得以恢复正常生活。微博上有人对她发出善意的鼓励，希望她调整好心态，继续创作，把《好想和你咬耳朵》写下去。

早在抄袭事件爆发的第二天，她就暂停连载这本小说了。如今雨过天晴，不少读者都在遗憾这个未完成的故事。

可事到如今，阮喻不禁踌躇起来。

得知岑思思针对她的真实原因后，她其实已经看开了网络暴力的事。但现在的问题在于，她的心态还没有好到可以在男主角的眼皮子底下高甜度"意淫"。

说起这个男主角，自从那天乌龙事件过后，他们就没再联系过了。准确地说，是她的道歉没得到回复，微信对话框里只有她孤零零的自言自语。

三条消息，一天一条。

第一条："许律师，今天的事真是对不起，叫你白操心了。"

第二条："许律师，你现在有空谈案子吗？"

第三条："许律师，我把修改好的反调色盘传你邮箱了，你有时间查收一下。"

今天已经是第四天。

阮喻叹了口气，觉得这事也不能怪许淮颂，任谁被这么白白戏弄一场，也会不高兴的。再说，他本来就是个大忙人。

所以这天中午，她坚持不懈地发出了第四条消息："许律师，你看过文档了吗？什么时候方便跟我谈谈？"

意料之外地，她得到了他的回复："十分钟后。"

软玉："那我去开电脑。"

许淮颂："不用，下楼。"

下楼？他回国了？

软玉："啊？"

许淮颂："十分钟后，你家楼下。"

阮喻瞬间跳了起来——十分钟，又是十分钟，怎么回回都这么刺激？

她手忙脚乱地奔到衣橱前，重复一遍应急措施，在只剩一分钟的时候抱着一沓文件跑出家门，冲进电梯，扶着膝盖喘气。迈出公寓楼的时候，阮喻原本还想再缓一缓，却远远看见一辆路虎已经停在路旁，于是又拔腿跑了起来。

因为一个乌龙事件，金贵的许律师已经整整三天没回她一个标点符号，她哪敢让这尊大佛多等一分钟？

奔到车前，阮喻的脸颊热得染上了一层淡淡的红晕。透过挡风玻璃，她发现司机是上次在律所接待她的小伙子陈晖。而许淮颂则坐在后座，降下车窗后看了她一眼。

她站在车窗旁，微微弯腰，气息不稳地跟许淮颂打招呼："许律师……"

许淮颂一努下巴，示意她上车。

看他似乎散发着生人勿近的气场，阮喻选择了副驾驶座。

许淮颂的目光黯淡下来，淡淡地说："去律所。"

关上车门，气氛安静得诡异，阮喻心底好奇，忍不住扭头问："许律师，你怎么会来这儿？"

"机场到律所，经过这里。"

这么说，他是因为收到她的消息才特地在这里停留。

阮喻笑了笑："麻烦你了。"

话音刚落，正要发动车子的陈晖突然接到一个电话，没讲几句，他的神情就凝重起来。陈晖回过头说："颂哥，张姐在工地处理案子，临时出了点岔子。"

许淮颂沉默片刻，点了一下头："你回头把我的行李送到酒店。"说完推开车门，长腿一伸下了车。

阮喻还没反应过来，就见许淮颂绕到了副驾驶门边，透过半开的窗子俯视着她问："你要去工地？"说着，他拉开了副驾驶的车门把手。

阮喻这才明白陈晖不能送他们了，赶紧下车，暗暗腹诽跟许淮颂沟通好累。多解释一句舌头会掉吗？

车门被关上，陈晖一脚油门下去，车很快就没了影。

正当晌午，骄阳似火，杭市这两天热得反常，车内外冰火两重天。阮喻一只手抱着文件，一只手覆在额前挡太阳，仰头看向许淮颂："那我们打个车？"

许淮颂大概也觉得太热了，懒得来回折腾，皱了皱眉说："不了。"然后看了眼她身后的公寓楼。

阮喻这次反应快了，迅速领会："上我家谈吗？"

许淮颂没说好不好，只说："不方便就下次，我回酒店……"

"方便方便！"阮喻立刻应承下来。

五分钟后，在前面慢吞吞开着门锁的阮喻后悔地闭了闭眼。

就因为身后那人生了几天气，她都谄媚成什么样了？她哪里方便啊！

没记错的话，她刚才翻箱倒柜地急着拾掇自己，现在客厅的沙发上应该铺满了衣服。而且，可能什么衣服都有。

不行。

就在门锁"啪嗒"一下开启的瞬间，阮喻一个转身，双手背在身后按住门，仰头望着许淮颂说："那个……你能不能在这儿等一下？"

许淮颂垂眼看看她，点点头。

阮喻打开一道门缝钻进去，再把门虚掩上，到客厅一顿"狂风扫落叶"。

许淮颂静静地站着，也没四处张望，直到三分钟后，眼前的门再次打开，一颗脑袋从门缝里探出来："……好了。"

阮喻把他请进来，见许淮颂进门后往玄关地板上扫了一圈，跟之前李识灿的表现一模一样。她于是又解释了一遍自己这儿没有男式拖鞋，叫他直接进来。

两人到了客厅，一路无话，阮喻觉得这情境比前几天明星突然造访还让人紧张。之前通过视频与许淮颂积攒的那些熟悉感好像通通消失了，一切都回到了原点，他们现在就像网友见面一样。

她想在次元壁之间找个切入点缓和下气氛，便没话找话地指着客厅的一张书桌说："我之前就在那儿跟你视频。"说完，她附上一个国际友人会晤式的尴尬笑容。

许淮颂却没看书桌，目光缓缓移过后面的几组米色沙发，在李识灿坐过的那块停顿了一下。他"嗯"了一声，走上前时避开了那块地方，换了另一边坐下。

阮喻没在意这些细节，问他要不要喝水。

"咖啡吧。"

"速溶的行吗？"

"嗯。"

阮喻顺手打开客厅里的立式空调，然后去厨房烧水泡咖啡。回来后，她发现许淮颂摘了眼镜，正仰靠在沙发上闭目养神，看上去很疲惫。

她把咖啡杯轻轻放在桌上，看了一眼时间。

现在是北京时间下午一点，也就是旧金山晚上十点。许淮颂连续坐了十几个小时的飞机和几个小时的车，时差还没倒过来。刚才她只考虑到不能让这尊大佛白跑一趟，现在一算，她应该放他去酒店睡觉才对。

念头一转，阮喻便不再出声打扰他，轻手轻脚地将书桌上的笔记本电脑搬到茶几上，坐在他对面的沙发上开始看文档。阮喻读一会儿文档，抬头看一眼他。几次之后，她确认对面的人呼吸均匀，确实已经睡着了。

所以，现在怎么办？

阮喻张了张嘴，"许"字都到嘴边了，却硬是咽了回去。直到手边温热的咖啡彻底变凉，她也没叫醒他。

电脑突然响起一声提示音，接收到了一条微信消息。阮喻飞快按下静音键，点开对话框。

瑶姐："小温啊，反调色盘准备好了吧？"

瑶姐是之前抄袭事件刚爆发时，帮阮喻制作反调色盘的圈内好友。后来工作转移到许淮颂这儿，瑶姐那边就停了。

阮喻用最小的力度敲键盘，慢慢打出："还差点，谢谢瑶姐关心。"

瑶姐："这么多天了还没做完？你长点心眼，那律师是不是对案子不上心？"

阮喻抬头看了看一动不动的许淮颂，立刻答道："不会的。"

瑶姐："如果不是不上心，那可能是专业度不够，你可得找准了人。"

正主就在离她不到两米的地方，阮喻怕许淮颂看见这些话，连忙回复："他挺专业的，就是工作比较忙，放心吧，瑶姐。"

发出这条消息后，阮喻发现对面的人稍稍动了一下，换了个抱臂的姿势。

她站起来，蹑手蹑脚地走到立式空调前，调整了一下扇叶的角度，确保冷风不会直接对着他吹。刚一回头，就听见一阵微信语音通话的铃声。

是许淮颂的手机响了。

他被吵醒，睁开眼的第一秒，先看了看站在空调边的她，然后才拿起手机接通："嗯。"

"刚才睡着了。"

"没吃。"

"嗯。"

短短四句话就挂断了通话。阮喻拼凑了一下这段对话的意思，上前问："你还没吃饭吗？”

许淮颂理了理皱巴巴的衬衫，坐直身板，点点头。

“那要不要先去吃点？”

“太热。”许淮颂看了一眼窗外火辣的日头，摇摇头。

“你吃外卖吗？”外卖不一定卫生，她觉得许淮颂未必会吃。

果然，他又摇了摇头。

原先不知道他没吃饭就算了，现在知道他饿着肚子，还叫他跟自己谈案子，岂不是泯灭人性？

阮喻想了想，一指厨房：“我家有吃的，你看看有没有能凑合的？”

这回许淮颂点了点头，但大概是刚睡了一觉还不太清醒，站起来的时候撞到了茶几上的一沓文件。文件滑过一段桌面又碰上咖啡杯，杯子落到地上，“啪”的一声，碎成了几片，咖啡四溅。

许淮颂捏了捏眉心。他赶着处理案子，三天只睡了十个小时，是真的头晕。

阮喻摆摆手：“没关系的，我等会儿来收拾一下就行。”说完又把人领到厨房，打开冰箱给他看，“凑凑食材，能做三明治，或者意面。”

她特意挑了西式的食物让他选，但许淮颂的眼光落在别处，指着一板年糕说：“这个吧。”

原来他也不是完全被西化了。

“要什么做法？”

“炸。”

阮喻点点头，弯腰把年糕拿出来：“那你去客厅坐会儿。”

许淮颂走了出去。

阮喻系上围裙在厨房忙活起来，临要切年糕时又犹豫了一下。这是水磨年糕，其实并不适合拿来炸，但她突然明白许淮颂为什么想吃炸年糕了。

苏市特产里有一种猪油年糕，通常是拿来炸着吃的。

他可能是想家了。

而她这儿刚好有之前妈妈送来的猪油年糕。

人家困得靠上沙发就睡着了，她怎么也得招待得妥帖点吧？这么想着，她把水磨年糕换成了猪油年糕。

阮喻凭着记忆中妈妈教的方法，调制面糊，打鸡蛋，热油锅，把切好的年糕裹上面糊，用文火煎。一块块年糕很快变成金黄色，香气四溢，惹得她这个吃过午饭的人都有点饿了。

装盘的时候，阮喻忍不住想吃一块，又怕被客人看到，怪不好意思的，于是回头朝客厅望去，却发现许淮颂背对着这边，单膝触地蹲在那里，衬衣的袖口卷了起来，不知道在干什么。

她一愣，正好看到他起身回头，手里是一畚斗的瓷片。

阮喻快步走上前去："我来就行了。"

许淮颂把畚斗放到一边，言简意赅地说："抹布，胶带。"

阮喻"哦"了一声，找来这两样东西，正要蹲下去自己收拾，手里的抹布却被许淮颂抽了过去。他一声不吭地擦完地，搁下抹布又朝她摊开手。

阮喻把胶带递到他的手心，弯着腰说："这材质应该不会有碎瓷。"

许淮颂没搭理她，一点点粘着理应不存在的碎瓷，精细得像是在做一台手术。

阮喻微微一震。虽然他是在为自己的失误负责，但看到这画面，说内心毫无触动绝对是假的。所以当她端来炸好的年糕，看到许淮颂有点惊讶的表情时，说了句她在正常情绪下不会说的话："我换了苏市的猪油年糕，你应该很多年没吃了吧？"

然后，她就迎来了一个致命拷问。

许淮颂扬了扬眉："你怎么知道我是苏市人？"

阮喻一时哑口无言。果然，面对面比较容易出事。她灵机一动，赶紧答："我了解过！网上有一篇关于你的报道。"

这个谎圆得不错，但问题是，她把自己又推入了另一个坑。

许淮颂似笑非笑地问："了解我做什么？"

阮喻手里的那盘猪油年糕突然变得烫手起来。

她干巴巴地眨了两下眼："就是……对代理律师的基本了解，我还知道刘律师是杭市本地人。"说完，她递上白莹莹的盘子和一双银色筷子，"趁热吃？"

这话题转得可真生硬。许淮颂没有再追问什么，低头接过年糕后走回了沙发。

阮喻心虚地摸了摸鼻子，坐到他的对面。

许淮颂吃相斯文，夹起一块年糕细细嚼着，表情纹丝不动，让人判断不出到底好不好吃。

阮喻暗暗琢磨着，下一秒却见他咽下年糕，抬头问："你要吃吗？"

是她的目光太灼热了？她摆摆手，收回了目光，然后眼睁睁看着十几块年糕被吃了个精光。他虽然吃相斯文，但胃口好像并不"斯文"啊。

阮喻把空盘子拿回厨房，再回到客厅时，见他已经翻起了文件。

看她回来，许淮颂抬头说："我还没看。"

"你……"阮喻顿了一下，"这几天很忙吗？"

"嗯，没开微信。"

原来他也不是故意不回消息。她就说嘛，许淮颂不至于这么小肚鸡肠。

阮喻这下放松了点："其实案子不急，毕竟舆论平息得差不多了，离开庭的日子又还早，现在做完反调色盘也没处用，你可以先回去休息。"

许淮颂没说话，低头继续看文件。

阮喻也就没再多说，但半个小时后，却见他合上了资料。

许淮颂是真的撑不住眼皮了。可持续发展的道理他还是懂的。来日方长，总不能竭泽而渔吧？

许淮颂闭上眼："你帮我联系刘茂，让他来接我，我要睡会儿。"

阮喻应了一声"好"，给刘茂发了个消息，正想问他要不要躺到旁边的长沙发上，一抬头却见他又睡着了。她走到他的身边蹲下来，小声叫他："许律师？"

没回应。

律师真是个高耗能职业。

算了，就让他这么歪着睡吧。她去卧室拿了一条新洗干净的薄毯帮他盖上，坐回对面的沙发上闭目养神，再睁眼时，却发现许淮颂不见了。

糟糕，她也睡过去了。果然，作家也是个高耗能职业。

阮喻正要拿起手机看许淮颂是否发过消息，一抬眼瞥见茶几上有一张字条。

上面就写了两个字——走了。

阮喻低下头，看了一眼自己身上的薄毯，微微有点晃神。

许淮颂回到酒店一觉睡到晚上十一点，习惯性地点开了阮喻的微博。

她的微博在两天前就恢复了评论和私信功能，但一直没有更新动态。而他刚刚点开阮喻的微博时，意外地看到了一条一个小时前发布的最新内容。

温香："上来跟大家说声抱歉，《好想和你咬耳朵》大概不会再更新了，相应的订阅费会退回到大家的账户。这个决定跟之前的网络暴力无关，大家晚安。"

许淮颂轻轻眨了眨眼，拉到这条微博底下的评论区。

评论里密密麻麻的都是叹号，一个个读者哭着喊着"不要啊，大大"，还有问原因的。

阮喻没有回复，但最上面的一条评论内容显示"被博主赞过"，似乎是得到了她的认可。

许淮颂看了一遍那条评论，放下手机，打开窗户吹了会儿风，最后拨通了一个电话："出来喝酒吗？"

深夜，郊区清吧的散台，刘茂撑着眼皮，看了看已经空无一人的周围，夺过了许淮颂手里的酒杯："我说，你出来喝酒不跟人聊天的啊？你这样闷头喝，有考虑过我这个没时差的人可能很困吗？"

许淮颂换了个杯子，眼神有了几分醉意，但意识勉强还算清醒。他晃了晃酒杯，瞥了刘茂一眼："聊什么？聊你的相亲对象？"

刘茂一脸无奈。

上回许淮颂来杭市的时候，刘茂就交代了自己跟阮喻认识的前因后果，结果一路被他“打压”。可他呢，连一字一句都没提过他和阮喻的关系。

刘茂叹了口气：“不聊拉倒。”

许淮颂笑起来：“我要是说了，你别磕着下巴。”

刘茂嗤笑一声：“什么惊天动地的故事啊，还能叫我一个快三十岁的人磕着下巴？”

三分钟后，寂静的散台发出“砰”的一声响。

刘茂捂着下巴，瞠目结舌。许淮颂撇过头，笑着不说话。

刘茂傻愣了半天，问：“就算你那时候不知道她的心意，表个白试试怎么了，为什么不说？”

许淮颂沉默了一下，又笑道：“我家当时的情况，你不清楚？”

刘茂一时接不上话，过了一会儿才问：“那你现在怎么想的？”

“不知道。”

许淮颂说的是实话。太多年过去了，现实不是电视剧，不是白纸黑字的一行“八年后”就能够一笔带过的。

事实上，从初知真相的那一刻起，一直到此刻，他都没有真正清醒过。回国也好，耍心眼也罢，他都像是被一股什么力量推着前进，而他只是顺从着这股力量，放弃了抵抗而已。

良久后，许淮颂仰起头，一杯伏特加下去：“刘茂，这种感觉太难受了。”

他不怕她没动过心，就怕她动过心。

单恋有什么好怕的？这么多年早就看开了。可怕的是多年以后蓦然回首，有人告诉你——你们原本可以在一起。然而事到如今，她给小说里的男主角取了个名字叫“贺时迁”，以此庆贺时过境迁，她已经能够把这些事无关痛痒地写出来。

刘茂想了想问：“你知道假性喜欢吗？”

许淮颂瞥了他一眼。

“我有个朋友，大学开学不久就和一位姑娘互相看对了眼，但谁也没说破。临近毕业时听别人讲起，他才知道原来那姑娘之前也喜欢他。他们这种情况跟你还挺像的。你猜后来怎么着？”

没得到回应，刘茂自顾自地说下去：“后来他一顿猛追，跟那姑娘谈上了恋爱。但结果呢——他们两个月就分手了。因为两人看对眼的时候根本不了解对方，一相处才发现不是那么回事，敢情他们当初全活在各自的想象里了。”

许淮颂垂了垂眼，继续喝酒。

“再之后，那朋友就跟我说，他追人家的时候，其实完全是被遗憾和执念支配了神经，只想着错过太可惜。直到分手后才想明白，那只是假性喜欢。可是已经来不及了，原本挺值得回忆的一段暗恋，彼此也保留了对方最完美的印象，就这样被生生撕碎……”

“你说这些是什么意思？”许淮颂搁下杯子。

刘茂愣了愣，还没来得及解释，许淮颂已经拎起西装外套，大步往外走。

等他结完账追出去，外边早没了人影。刘茂拨通许淮颂的电话，问他：“你在哪儿啊？”

“出租车上。”

“回酒店？”

许淮颂的声音听起来有点含糊，闷了半天，吐出三个字：“去她家。”

半夜，阮喻起了个夜。可能是因为白天睡过一觉的缘故，重新躺回床上的她突然特别清醒。反正也睡不着，她干脆解锁手机，刷起了朋友圈。原本这个时候也不指望有什么新鲜事，没想到一刷新，看到一条不久前更新的朋友圈。

至坤刘茂：“深夜清吧陪人买醉，没什么特别的感受，就一个字：竖，横折，横，竖，撇，点，横。”

配图是一张照片——一瓶伏特加，以及露出一角的昏黄的散台。

阮喻把这几个笔画在床单上画了一遍，凑出个“困”字来，心想刘茂这人倒是比初见时看上去要幽默风趣。

她很快划过了这条朋友圈，发现没什么好看的了，回头又翻起微博。

踌躇几天后，她在几个小时前做了决定，不再连载《好想和你咬耳朵》，所以在微博上发了一条道歉声明。

阮喻点开那条微博，想瞅瞅读者的反响，忽然一眼看见最上边的一条评论：“人总是要向前看的，没有什么过不去，只是再也回不去。”

——并非出自她的读者，而是出自前来引流的营销号。

苍天哪，这么酸的话，她怎么还给这条评论点了个赞？是什么时候手滑的？

阮喻起了一身鸡皮疙瘩，想着可别让读者误会了什么，飞快地按了取消。

第二天清早，天刚蒙蒙亮，阮喻被门铃声吵醒。

她在被窝里挣扎了片刻才爬起来，然后在睡衣外面披了件外套，打着哈欠踱步到玄关。一看门镜倒是给吓了个清醒——竟然是上回那位方警官，方臻。

她赶紧开了门。

这位民警一如往常地不苟言笑，一脸肃穆，明明记得她，仍然例行公事：“请问是阮喻，阮女士吗？”

她点点头：“我是，方警官有什么事吗？”

方臻拿出文件和笔，一边记录，一边说：“我来了解一下情况，请问阮女士昨晚是否有遇到醉汉来敲门？”

醉汉？敲门？阮喻摇摇头：“没有。”

"也没有听到任何异常响动？"

"没有。"

"感谢你的配合。"方臻点点头准备离开，临走前又补充了一句，"夜间务必锁好门窗，注意防盗。"

"我们这片发生什么案子了吗？"

"据反映，昨晚附近不少住户都遇到了醉汉敲门的情况，并且这些住户都有一个共同的特征。"

阮喻眨眨眼："什么特征？"

方臻用笔指了指她的头顶："门牌号都是302。"

这是什么变态行径？还是这个数字有什么特别的魔力？

方臻交代完就离开了，留下阮喻暗自胆战心惊。这回可不是她的凭空臆想，而是真真切切出现在身边的不法分子。这位方警官不说还好，这么一讲，她一个独居女性夜里还怎么睡得好觉？

毕竟，听说附近几栋的302住户都被敲过门，只剩她了。

阮喻拿出手机，问沈明樱今晚是否一个人在家，得到了"我男朋友在呢，怎么啦？"的回复。她不好意思当电灯泡，谎称没事。到了夜里，她把门窗都锁好，却还是不安心，在床上翻来覆去到零点，始终半梦半醒。

零点一刻，天空一声惊雷，窗外下起了瓢泼大雨。

这下阮喻更睡不着了，无奈之下又刷起朋友圈，顺便自己也发了一条："夜阑卧听风吹雨，醉汉切勿来偷袭。"

发完朋友圈后，她看了几个搞笑视频来转移注意力。正准备锁屏继续睡觉，忽然收到一封新邮件，来自许淮颂。她点开邮件，发现附件里有一个文档，内容是针对反调色盘给出的几条最新意见。

这个点还在努力工作的人，都是这座城市的精英啊。

出于对精英的肯定，以及同是深夜未眠人的惺惺相惜，她对许淮颂的抗拒稍稍减少了几分。于是她点开微信对话框，道谢："许律师，我收到邮件了，这个点还在忙我的案子，辛苦了。"

许淮颂很快回复："顺便。"

阮喻仔细揣摩了一下这两个字的意思。

哦，如果是在旧金山，现在才早上九点半。他要么是时差没倒过来，要么是在跨洋工作吧。这么说，这个时间对他来讲不算打扰。

于是她说："那你要是有空的话，我们谈谈案子？"

许淮颂回答："不方便视频，语音吧。"

这正合阮喻的心意。

她扭头打开床头灯，卧室刚亮起来，就收到了他的语音邀请。

阮喻一边接通语音，一边掀开薄被下床，穿上拖鞋："等一下，我去拿个资料。"

许淮颂"嗯"了一声。

阮喻打开房门的时候，窗外刚好亮起一道闪电，隐约照亮了漆黑的客厅角落，像极了恐怖片中的镜头。她打了个哆嗦，迅速按亮了客厅的顶灯，试图通过说话来缓解心中的不安："许律师。"

"怎么？"

"你那儿下雨了吗？"

"刚停。"

"那是乌云飘到我这儿来了……"

那头好一会儿没传来声响，可能不知道接什么话。但偏偏她一时找不见文件，不知被塞到哪儿了。

她只好再起一个话题，突然变得话痨："许律师，你上次教我对付不法分子的方法，好像挺专业的，我能不能再请教你一个问题？"

"嗯。"

"如果半夜有醉汉来敲门的话，还可以用类似的对策吗？"

"……"

许淮颂一言不发。外面正巧狂风大作，连门窗都开始震动。

阮喻听到电话那头的声音消失，问："你在听吗，许律师？"

许淮颂轻咳一声："网络信号不好，你再说一遍。"

她终于找到了正确的资料，按灭客厅的顶灯后飞奔回卧室，进了被窝才答他："哦，没事了。"说着盘腿坐好，翻开邮件内容对应的页码，"我们开始吧。"

阵雨来得快，去得也快，窗外的雨势没多久就小了下去，渐渐恢复了平静，只剩窗沿的水珠还在孜孜不倦地滴落。

这样大雨初停的画面，在高中三年的记忆里多得数不清。

大操场看台的栏杆、教学楼走廊的窗台、升旗台上的升旗柱，都曾有这样的水珠悬而不落。

阮喻不喜欢下雨，却喜欢看雨后初晴的样子。

她记得她在日记本里写过那么一句话——你身上干净耀眼的少年气，晴朗了我少女时代所有的雨季。

"你在做什么？"许淮颂的声音忽然响起，可能是说了一堆话，却发现她没在听。

阮喻回过神，低低地"啊"了一声："我在看……雨停了。"

"嗯。"

阮喻没戴耳机，语音通话是外放的。卧室内的声音在静谧的夜里显得格外清晰。

许淮颂说："第三段。"

"这一段是背景交代啊。"

"嗯。"

"我觉得这个设定没必要解释，哪所高中还没个严厉的教导主任了？难道你……"

"我什么？"

"我是说……你以前的学校没有吗？"

"不记得了。"

"哦……"

水珠时不时地滴答一下打在遮雨棚上，营造出催眠的氛围。

阮喻不记得自己是什么时候开始困得眼皮打架的。她只知道，当她被清晨的鸟鸣叫醒，看到枕头边手机屏幕上显示的时间"05：52：00"时，她结结实实地惊叫了一声。

紧接着，手机那头传来了一阵窸窸窣窣的声音，是被子和衣物摩擦的动静，随后，许淮颂略带沙哑、不太爽利的声音响了起来："你干吗？"

"……"

阮喻吓坏了，这声音感觉像是他在自己身边醒来了一样。

她连忙拿起手机解释："我昨晚好像不小心睡着了……"说完心里一阵奇异，"你为什么不挂语音？"

许淮颂叹了口气："那我应该也是那时候睡着的吧。"

"……"

一个案子能谈得这么不走心，他俩这也是没谁了。说好的这座城市的精英呢？

她"哦"了一声，因为这古怪的氛围而不自在，正准备挂断语音通话，忽然听见许淮颂那头传来一阵突兀又刺耳的"嘀嘟——嘀嘟——"。

阮喻一愣："什么声音？"

"救护车。"

"为什么会有救护车？"

许淮颂似乎翻了个身："我在医院。"

许淮颂输完液已经临近中午。刘茂和陈晖来医院病房的时候，他刚被护士拔掉针头。

陈晖递给他一盒粥，又替他把病床上的笔记本电脑搬开，目光掠过没关的屏幕时，稍稍一愣："咦，救护车音乐试听？颂哥，你查这个干吗？"

许淮颂打开粥盒，淡淡地说："没什么，就是突然想听歌了。"

刘茂瞥了瞥许淮颂这惨淡的脸色，摇了摇头：“听救护车的音乐找刺激？你这人啊，没本钱就别找刺激了。你说你，在美国就养出这么个胃来？”

许淮颂不以为意：“职业病而已。”

刘茂呵呵一笑：“我也是律师，我怎么没病？小陈，你也没病吧？”他讽刺完又说，“知道胃不行，还一口气吃十几块年糕，喝一整瓶伏特加，我要是个姑娘，像你这种没分寸、不惜命的男人，打死我都不要。”

陈晖不知道刘茂意有所指，瞪大了眼说：“茂哥，你代入的角度还挺特别。”

“一边去！”刘茂觑了陈晖一眼，把他支开了，然后问许淮颂，“昨天警察来过了？”

许淮颂咽下一口粥，点头。

“我以后再也不敢放你一个人出去耍酒疯了。”刘茂摇了摇头，“大半夜的，你真的敲了好几户302的门？”

这不是重点。重点是他敲了这么多户302的门，却完美避开了那一户“正确答案”。

见过找人敲错门的，没见过敲错这么多门都没找到人的。这个酒，他未免醉得太有水平了。

刘茂：“可惜了。”要是走对了门，说不定今天就轮不到他来照顾许淮颂了。

话音刚落，一名护士敲开了病房的门：“许先生，有位姓阮的女士来探望您。”

刘茂面露惊讶。

许淮颂朝护士点点头，在护士转身离开后，接了他的话：“不可惜。”

刘茂忽然明白了许淮颂的意思。

许淮颂在法庭上是怎样的人？他是步步为营，处处算计，秉承着“如果不能一针见血，就等于一败涂地”的原则的人。他可以接受失败，却不允许自己有任何失误，所以拒绝一切不合时宜的冒进。对他来说，情场如法庭。所有耐心细致的铺垫与渲染，都是为了最后的一锤定音。而现在还不到落锤的时候，所以他反而要庆幸自己没敲开那扇门。

许淮颂把粥盒盖上，递给刘茂，叫他帮忙放进柜子里。

与此同时，走廊里，阮喻一只手拎着保温盒，一只手怀抱文件，慢慢朝病房的方向走来。

阮喻刚一靠近病房，刘茂的声音就传了出来：“我哪儿知道你还没吃午饭？你也没说一声。”

“说了，在微信上。”许淮颂肯定地回答。

阮喻在离门一米左右的位置停住，低头看了一眼手里的保温盒，一时无语凝噎。

看来许淮颂是病糊涂了。他是在微信上说了，却是对她说的。

她就说嘛，为什么她在挂断语音后，会收到一条看上去口吻极其熟稔，态度十分理直气壮的消息：“中午给我带碗粥。”

这条消息下面还附带了医院的定位和病房号。

敢情他是把打算发给刘茂的消息误发到了她这儿？那现在怎么办，她是进去还是不进去？

阮喻在走廊上踌躇着，听见刘茂不低的声音再次响起：“行，我去给你买。”说完朝门外走来。

阮喻来不及躲闪，被刘茂撞个正着，只好干笑一下：“刘律师。”说着提起了手里的保温盒，“买粥？”

阮喻就这么被刘茂领了进去。

许淮颂正背靠软枕，敲着电脑键盘，看上去像在忙工作，见她进来，眼底闪过一抹讶异之色。

“那个，门没关，我听到你们讲话了……”阮喻晃了晃手机，“许律师，你把消息发给我了。这是你的粥。”

许淮颂似乎愣了一下，低头滑开手机看了一眼，“哦”了一声，补上一句：“麻烦了。”

阮喻放下保温盒和怀里的文件：“那我先走了。这份文件是反调色盘的最终定稿，我顺便带来了，等你身体好点再看就行。”

刘茂“哎”了一声阻止她：“大热天的，这趟算你替我跑的冤枉路，我请你吃冰。”

阮喻摆手说不用，但在刘茂退一步，提议“那坐会儿吃点水果再走吧”的时候，没好意思再次拒绝。

刘茂招呼她在一旁的休息椅坐下，然后把保温盒放到许淮颂面前的桌板上，替他旋开盖子。

刚一打开保温盒，一阵馥郁的桂花香扑鼻而来，双层的盒子里，一层装了白粥，一层装了红豆沙。

这是什么稀奇的吃法？

许淮颂却好像对这种吃法非常熟悉。他用湿纸巾擦干净了手，把红豆沙慢慢倒在白粥上。

一种“多余”的孤寂感盈满了刘茂的心头。他好奇地问：“这是你们那儿的特产吗？”

刘茂的措辞是“你们”，许淮颂却很自然地“嗯”了一声。

阮喻吓得不轻：“许律师怎么知道我也是苏市人？”

“了解过。”许淮颂舀起一勺粥，用她当初的话回敬了她。抬头看她的脸色都快白了，他又补充道，“你的微信资料。”

哦，对，她的微信资料里，地区一栏写的是苏市。

阮喻松了一口气，掩饰似的笑着转移话题：“糯米不容易消化，我没用，口感可能差点，你凑合着吃吧。”

“嗯。”

刘茂更觉得自己多余了，正打算悄悄离开，却看到刚才被支开的陈晖回来了，一见阮喻就惊喜地说道：“阮小姐，你也来看颂哥啊？”

阮喻心想这纯属乌龙，但又不好直接说自己不是来看许淮颂的，只好点头说对。

陈晖冲她笑了笑，扭头发现许淮颂面前换了一种粥，奇怪地“咦”了一声。

“帮我拿下纸巾。”许淮颂及时打断了陈晖即将问出口的疑问。

刘茂离床头柜近，把整盒纸巾都递给了许淮颂，然后拍拍陈晖的肩：“走了，律所还有事呢。”

陈晖“哦”了一声，临到门口又突然回头：“对了，颂哥，你今天凌晨三点发的那封邮件我看了，晚点就把资料给你。”

阮喻一愣。凌晨三点她肯定不省人事了，许淮颂不是说他也睡着了，所以才没挂断语音吗？

她目光一顿，紧接着听见许淮颂质疑道：“凌晨三点？你梦游了？”

刘茂的反应快到令人叫绝：“小陈，你记错了吧？那是我发的邮件。”

阮喻：“……”

这群律师，一个个的，连消息对象都弄不清楚，她怎么这么替他们的委托人担心呢？

“是吗？”陈晖摸着后脑勺，将信将疑地出了门，到了停车场一拍大腿，“不对啊，茂哥，我记得是颂哥给我发的邮件没错呀！”

刘茂拉开车门：“有点眼力，你是不想在律所干了？”

陈晖忽然明白过来，上车后，他一边系安全带，一边说：“这么说来，颂哥一碰上阮小姐就很奇怪。就说他刚回来那天吧，他非要我在阮小姐上车后演个戏，说张姐碰上了麻烦。后来我拨他语音，问什么时候去接他，结果他莫名其妙地回答‘没吃’……”

刘茂着实惊异于许淮颂的心眼，想了想，给他发了条消息：“为了避免许大律师被爱情冲昏头脑，特此发来提醒。按照正常流程，这两天该把反调色盘定下来了。”

病房里，刚喝完粥的许淮颂拿起手机，看完刘茂发来的消息沉默了一下，回复：“知道。”

他知道他和她就像被一刀斩成两半的藕，除了案子，再没有其他牵连。但他也知道，案子总有告一段落的时候，而这个终点，已经近在眼前。

阮喻见许淮颂吃完，主动帮忙收拾起餐具，再次说："许律师，你好好休息，我先走了。"

许淮颂点点头，翻开文件，等她拎着保温盒走到门口，又说："等等。"

阮喻回头，目光中带着疑问。

许淮颂："你的稿件，一直缺了一个章节。"

稿件确实缺了一个章节，是女主角梦见男主角的章节。阮喻心脏猛地一跳，竭力镇定下来："没有吧？"

许淮颂却根本没给她蒙混过关的机会："你把第二十三章确认一下。"

"现在吗？"

许淮颂点了点头。

她硬着头皮走回去："可我手头没有稿件。"

"网站后台也没有？"

他一个男律师，为什么连女性文学网的后台都清楚？阮喻慢吞吞地用手机打开了网站后台。眼看逃脱无望，但至少可以找块遮羞布。于是她说："网有点卡，我等会儿回去的路上发给你吧。"

"这里有无线，密码是四个六四个八。"

阮喻暗暗吸了口气，咬咬牙。

三分钟后，她把章节内容复制粘贴到文档里发给他，然后说："给你了，那我先走了。"

许淮颂对着电脑皱了皱眉头。

阮喻："怎么了？"

"太长了，眼睛疼。"

他好像是因为胃疼才住院的吧？

"那你休息好了再看。"

"你念吧。"

阮喻揉了一下耳朵："你说什么？"

许淮颂合上眼，提了下被子，躺下了半边身子："我大致记得原作，你念一遍，我确认没问题，就可以结束工作了。"

"……"

他是没问题了，但她会有问题的。阮喻连假笑都挤不出来了："我确认过，这章没有问题。"

"最危险的地方往往是最安全的地方，反之也同样。"

阮喻反驳不了，只能在心里默默点头。行吧，不就是读一段尴尬的小说情节嘛，一辈子很快就过去了。

她关上房门，放下保温盒，拿起手机清了清嗓子，用机械式的女声读道："第二十三章……"

阮喻刚读完“章”字，许淮颂就睁开眼说：“算了，不用了。”

其实他只是想激一激她，想让她知难而退，坦白说开，谁知她真是打定了主意不认。

阮喻不明所以地停住，下一刻，病房的门被人敲响。

护士隔着门说：“许先生，有位姓陶的女士自称是你的母亲，正在向咨询台询问你的病房号。”

来不及溜之大吉的阮喻，不得不与小说男主角的母亲和妹妹正面相遇。

房门一打开，三位女士面面相觑了一瞬，陶蓉和阮喻同时向对方点头致意。

许怀诗愣愣地盯着阮喻看了半天，似乎认出了她：“啊……”

“许怀诗。”许淮颂直起身板，沉着脸看了她一眼，“今天周五，你逃课了？”

许怀诗的注意力被她哥的声音拉回，一把挽住陶蓉的手：“哪儿能啊？妈批准的！你看你回国了也不回苏市，还得我们特意过来。”

陶蓉轻拍了一下许怀诗的手：“你哥忙。”又看了一眼杵在原地的阮喻，“这位是？”

阮喻这才发现自己还保持着紧握手机的姿势，她连忙放松绷紧的身体，主动打招呼：“您好，我是许律师的委托人，来这儿跟他谈工作。”

许淮颂默认了她的这个身份，叫陶蓉和许怀诗坐：“我说了没大事，就是水土不服。”

“这都住院了还……”陶蓉的眼眶泛红，说到这里顿住，大概顾忌到外人在场，没往下讲。

阮喻意识到自己的存在妨碍到了这家人，正打算离开，却见许淮颂看向了许怀诗：“你去洗点水果来。”

“哦，好。”许怀诗点点头，转身去拿床头柜上的水果篮。

“知道在哪儿洗吗？”在阮喻准备开口告辞的时候，许淮颂又问了许怀诗一句。

“我出去……”许怀诗说到一半反应过来，她这哥哥，为了多留人一会儿真是使尽浑身解数了。她到嘴边的那句“问护士就好了”顿住，改而迷茫地转了转眼，“找找看？”

阮喻见状忙道：“我带你去吧。”

许怀诗嫌弃地看了许淮颂一眼。为了她哥，她都成智障了。

“麻烦你了。”许淮颂朝阮喻道了声谢，在许怀诗跟上阮喻的时候拿食指一指，提醒她管牢嘴巴。

许怀诗冲许淮颂扮个鬼脸，跟着阮喻一起出了门。

阮喻带着许怀诗往茶水间走，一路上用余光打量着她。

许淮颂不是独生子，这点她以前就知道，但这个妹妹具体比他小多少，她不太清楚。这次看到许怀诗穿着苏市统一的高中校服，她才大致明白，应该是十六七岁的年纪。

阮喻心里升腾起一种不好的预感——苏市一中的校史馆好像有她的照片，许怀诗该不会刚好在那儿就读吧？

两人到了茶水间，阮喻想着来都来了，干脆也挽起袖子，帮许怀诗一起拆果篮。

看许怀诗洗水果的手法十分娴熟，阮喻随口问："你经常做家务吗？"

"对啊，都是被我哥'迫害'的。"

"他不是一直在美国吗？"

"那他也有办法。"许怀诗叹了口气，压低声音说，"远程遥控，跟魔鬼似的……不过我帮着点妈妈是应该的啦。"

阮喻笑了笑，当目光掠过她身上的校服时，心中的危机感再次升腾起来："你在哪儿念高中呢？"

"苏市一中。"

许怀诗脱口而出后猛地屏住了呼吸——这算不算违背了她哥叫她"闭好嘴"的交代？她小心翼翼地抬头看阮喻，却发现阮喻的神情比自己更心虚。得了，都是被她哥支配的天涯沦落人，又有谁比谁过得更好一点呢？

想到这里，许怀诗对阮喻的歉意更深了一层："姐姐，你委托我哥的案子解决了吗？"

"快了，就等开庭了。"

"有碰上什么困难吗？"

"缺了一样原本计划中的证物，不过没什么影响。"

许怀诗低低地"哦"了一声。

她知道缺少的证物是什么，是她原本该向法院提供的，买卖大纲的证据。但买卖大纲这件事本身就是假的，她造不出交易记录来，而且作伪证是违法的，许淮颂严令禁止她胡来，所以她只能表示自己不方便提供。

还好她哥拿到了一份电话录音作为新证据。而阮喻也考虑到矛盾主要集中在苏澄那儿，便不再追究她。

许怀诗没法正面致歉，只好说："你放心，有什么麻烦就都交给我哥，他很厉害的。"

阮喻点点头。在回去的路上，许怀诗好奇地问："姐姐，你长得真好看，你有男朋友了吗？"

"还没有呢。"

"那你想找什么样的男朋友？"

阮喻沉吟了一会儿，半开玩笑地说："跟你一样嘴甜的。"

许怀诗心底咯噔了一下——糟糕，她哥成天只知道发短信，连嘴都张不开，还指望他嘴甜？这岂不是直接出局了啊？

回到病房，阮喻稍微逗留了一会儿就提出离开。

虽然陶蓉和许怀诗都客客气气地请她多坐一会儿，但一家子里插进一个外人，大家都觉得别扭，所以她还是早点走了。

病房里只剩下一家三口。

许怀诗立刻兴致勃勃地八卦起来："哥，你这次回国是不是因为阮学姐？"

许淮颂瞥了她一眼，似乎是默认了。

见陶蓉满脸疑惑，许怀诗挽过她的胳膊解释道："妈，我跟你说，我哥在追刚才那个姐姐呢！"

陶蓉又惊又奇地看向许淮颂。

"妈，你是不是一点都没看出来？"许怀诗嘟囔，"阮学姐肯定也还没看出来，我哥这进度也太慢了……"

许淮颂轻咳一声："少说两句，没人当你是哑巴。"

兄妹俩斗着嘴，一旁的陶蓉像是想到什么，神色变幻着问道："既然这样，淮颂……你这是打算回来了吗？"

许淮颂点点头："是有这个打算。"

陶蓉愣怔片刻，好似欢喜过了头，一双眼都起了泪意，连忙起身道："妈去趟洗手间。"

许怀诗松开陶蓉的胳膊，等她出了房门后，继续给许淮颂支招："哥，阮学姐真的喜欢高冷的男生吗？可是我刚才问她，她说喜欢嘴甜的。也就是说……你得既高冷，又嘴甜？"许怀诗皱眉想了想，觉得这要求确实怪为难人的，"哎，你好好加油吧！"

许淮颂闭了闭眼："在加了。"

逃过了"公开处刑"的阮喻暗暗发誓，开庭之前决不再跟许淮颂碰面。

三天后，刘茂带来了好消息，称被告彻底放弃，连答辩状都交不出来，法院已经确定了开庭日期，就在一个星期后。

见这件事也快告一段落了，阮喻放松下来，打算去郊区看看爸妈。

阮爸爸和阮妈妈是一对退休教师，年轻的时候四处支教，风里来雨里去，什么苦都吃过。因为心向支教事业，两人很晚才回到苏市一中任教，安稳下来后才要了孩子。两人老了以后终于打算享享清福，于是在阮喻高中毕业时申请了提前退休，跟她一起搬到了杭市。

杭市宜居，尤其是爸妈居住的郊区，阮喻大学毕业后原本也想搬过去，正好方便她清净地写作，结果被她爸赶出了家门。她爸问她，跟他们在这里养老，是不是想遁入空门？

她只好自己在市区租房子。

阮喻回到家的时候，看到妈妈正在厨房忙活，爸爸戴着一副老花镜，正在细细修剪院子里的花草。一见她来，阮成儒就招呼道："喻喻，最近跟小刘处得还好吗？"说着递给她一把修花剪刀。

她放下包，接过剪刀上前帮忙，边说："他人挺好的。"

阮成儒眼底刚闪过一抹喜色，又听见她的下半句："当朋友不错。"

阮成儒的脸色一下子黯淡下来，"哦"了一声，过了一会儿又暗示道："律师这职业好，哪天你碰上麻烦，还能替你出头。"

她爸妈一个腿脚不好，一个心脏不好，所以阮喻一直不肯把笔名告诉他们，怕他们因为网络上的糟心事而受刺激，瞎操心。但阮成儒这话说得，倒让她有一种其实他老人家什么都知道的错觉。

阮喻打了个马虎眼，含糊地说："您就这么盼着自己女儿碰上麻烦吗？"

阮成儒一剪刀下去，换了话题："我跟你妈商量着这两天回趟苏市。"

"这都快到梅雨季节了，您这风湿又得犯了，一来一回地做什么？"

"老房子下个月就拆了，你妈天天翻那些老照片，我说就那么几步路，干脆回去一趟。"

"那我陪妈回去，您在家歇着。"

阮成儒不置可否，叫她把这些花草好好打理打理，然后捶着腰转身进了家门，到厨房小声跟曲兰说："喻喻说她陪你回苏市，你看，要不跟小刘打个招呼，叫他趁机表现表现？"

阮喻在开庭之前陪妈妈回了一趟苏市老家。

出行的前两天，她接到刘茂的电话。他说这几天刚好要去苏市走访一桩案子，问她们要不要同行。阮喻一听就知道这是爸爸在乱点鸳鸯谱，有心拒绝却不能。

因为刘茂在电话里说之所以邀请她，是考虑到阿姨的身体不好，挤高铁怪累的。她不为自己着想，也得替妈妈着想。

于是出行当天一大早，刘茂开车接上了她们母女俩。

刘茂开车时十分专注，除了最初见面时打了招呼，一路上也没有和她们多说话。

下了高速路进入苏市后，阮喻把老家的定位发给他，听见他说："你那儿离淮颂的外婆家挺近的啊。"

她没想到刘茂连许淮颂外婆家的地址都知道，下意识地看了一眼身边的妈妈。

曲兰当初也是苏市一中的教师，文理科分班前，教过许淮颂一个学期的语文课。不过她对刘茂的话并没有什么特别的反应，大概是不记得这个学生了吧。

阮喻假装不知情地眨了眨眼："是吗？这么巧啊。"

车里的插曲很快被阮喻淡忘。到了老家附近，她陪妈妈来回逛了一圈，临近中午时，问妈妈想去哪儿吃饭。

曲兰说："既然来了，不如顺道回一中看看，就在校食堂吃午饭吧。"

阮喻紧张起来。今天是周二，许怀诗肯定在学校，如果她们碰见了，岂不是可能"掉马"？但她也没有什么理由能够拒绝妈妈，只能硬着头皮答应下来。

中午十二点，阮喻带着曲兰来到苏市一中的校食堂附近。曲兰来得低调，没有通知老同事们，也特意避开了教师食堂。

这个时间正好是学生用餐的高峰期。远远望去，身穿蓝白色校服的学生进进出出，三三两两成群结队，朝气蓬勃。阮喻不禁一阵感慨。

她低头扫了一眼身上的连衣裙，发现自己和这里格格不入，便跟曲兰开玩笑说："年轻真好啊，妈，你看我都老了。"

曲兰瞟了阮喻一眼："你都老了，那妈怎么办？"

"我去借套校服来，您穿上了，还会有人来问您'同学，请问艺术馆怎么走'呢。"

"嘴贫。"

阮喻笑盈盈地挽着曲兰的手向前走，在靠近食堂门前那一排倒剩菜的泔水桶时，听见一个女生对另一个女生说："你这鸡腿都没啃干净，浪不浪费啊？"

被质问的女生嘀咕："哎呀，你不懂……"

阮喻忽然有些失神。那个女生不懂的事，她觉得她可能懂。

她以前也是这样，站在食堂窗口前点菜时明明想好了要吃鸡腿，但余光看见许淮颂走来，想到自己啃鸡腿的样子，手指不自觉就转了方向。打完菜后，连端餐盘都像成了一门艺术。

年少时的她仿佛长着一双雷达似的眼睛，无时无刻不在人群中寻找他。可一旦找到了他，又会迅速撇过头，假装没看见他，然后把自己的每一个举手投足，都做成自认为完美的模样。

阮喻失着神进了食堂排队，轮到她的时候，毫不犹豫地指着红烧鸡腿跟食堂大叔说："三个。"

她要把那些年没吃够的肉都补回来。

周围排队打饭的学生向她投来诧异的目光，阮喻有点不好意思，对曲兰说："妈，你太瘦了，要多吃点肉。"

曲兰低声对她说："就你机灵！"

母女俩找了个靠近角落的位置坐下。

学生食堂里没有装空调，只有十几台大电扇哗啦啦地吹着。阮喻拿起筷子，准备好好与餐盘里的三个鸡腿"打个照面"，忽然听见一个男声传了过来："许怀诗，刚才跟你走一起的那个大帅哥是谁啊？"

阮喻一下子偏过头，看见不远处一个板寸头的男生端着餐盘，正跟许怀诗讲话。

还真能碰上啊！

她埋下脑袋低调吃饭，听见那边许怀诗的回答："这么帅，当然是我亲哥咯！"

阮喻惊得差点呛出一口饭来，下一秒就瞥见许淮颂端着餐盘上前，在许怀诗的对面坐了下来。

那个板寸头的男生还说了些什么，她没听清，因为此时此刻，她满脑子都在嗡嗡作响。

曲兰看她不对劲，问她怎么了，询问的声音引来了许淮颂的目光。

在他目光扫过来的那一刻，阮喻连忙低头抬手，一边紧紧用手遮住自己的脸，一边对妈妈摇头示意自己没事。

长桌那头，许淮颂似乎没有发现什么，对面的人说："吃快点，吃完送你回家。"

许怀诗应了一声。

听到这里，阮喻明白过来，过几天就是高考了。为了腾出教室作为考场，高一高二的学生会有一个小长假，估计许淮颂是来接妹妹回家的。

她把头发拨到右侧，遮住半边脸，再拿起筷子时，觉得盘子里的饭菜已经索然无味。一顿饭吃得紧张兮兮，还要在曲兰面前强颜欢笑。

时隔八年，再一次跟许淮颂在这间食堂一起吃饭，却和以往的每一次一样，结果都是没吃饱。

等许家兄妹端起餐盘离开食堂，阮喻才彻底松了口气。

吃过午饭，曲兰打算回去了，但阮喻怕许淮颂还没走远，刻意拖着妈妈在学校里转悠。没想到这一转，就在教学楼附近遇见了一中的副校长何崇。

当年何崇是阮喻的英语老师，和曲兰及阮成儒夫妻俩关系非常亲近。他一眼认出曲兰，又惊又喜地责怪她怎么来了也不提前打声招呼。

两人叙起旧来，何崇一路上和曲兰谈天说地，笑得和蔼："今天真是稀奇了，刚才我还碰上了我过去班上的学生，说起来也巧，还和阮喻是同一届的。"

阮喻知道何老师说的十有八九就是许淮颂。因为当年，全年级只有她所在的九班和许淮颂所在的十班是文科班，所以他们有不少科目都是由同一个老师教授的。

阮喻有意避开重点，笑着说："何老师桃李满天下，这哪儿有什么稀奇的。"

母女俩被邀请到了校长办公室，正好是午休时间。不一会儿，曲兰的一群老同事全都闻讯赶来，把办公室挤得满满当当。

阮喻觉得这场面不太适合她这一代的人，于是提出去校园里转转，晚点再跟曲兰碰面。

校长办公室距离大操场不远，出门后经过一段蝉鸣鼎沸的林间小路就到了。今天的太阳不大，阮喻一路绕到操场，在看台上坐了下来。

绿茵场上，一群男生正在踢球。

她拿出随身携带的便笺本和笔，在上面写起字来：“六月五日，天气阴。今天回了苏市一中……”

刚写到这儿，操场那边突然传来一声高喝：“小心！”

她一抬头，看见一个足球直直飞向看台。所幸足球“咣”的一声撞在了她跟前的栏杆上，然后落了下去。

阮喻被这动静吓了一跳，心脏后知后觉似的猛地一蹦。

始作俑者飞快朝她跑来，到了看台下，喘着粗气仰头问她：“学姐，你没事吧？”

阮喻一愣。这不是刚才在食堂跟许怀诗说话的那个板寸头男生吗？他怎么知道她是学姐？

她起身上前，摇头说没事，又问：“你为什么叫我学姐？”

对方笑着露出一口大白牙：“哦，那我叫错了，应该是学妹。”

阮喻被逗笑了。看来那句“学姐”也不过是他随口一说而已。

见阮喻笑笑不答，男生抱着足球继续问：“学妹，你在这儿干吗呢？”

阮喻晃了晃手里的便笺本：“来这儿采风，记录生活。”

“采风？你是画家，还是作家啊？”

“算是写手吧。”

“是写什么的？”

“言情小说。”

“那你很懂女生吗？”

阮喻一噎。

男生似乎来了兴趣，把足球扔给同学，三两步爬上看台，来到她身边：“你教教我怎么哄女孩子开心呗？”

阮喻失笑：“你念高几？”

“高二。”

“你这都准高三了，还想着这些呢？”

他觑她一眼：“没劲，大人都一个样。”

阮喻被他气笑了：“你刚才还喊我学妹呢？”

“你不教我就不是学妹了。”男生从栏杆缝隙钻下看台，把碍事的校服外套脱下来，随手扔在了操场跑道上。

阮喻上前两步，喊道：“你叫什么名字啊？”

男生头也不回，背对着她隔空挥手：“赵铁，车失轶，不是铁！”说完又加入了绿茵场上的战局。

阮喻又在看台上坐了一会儿，在便笺本上写下：“高考结束后，约她去毕业旅行吧。”

写完后，她撕下这张纸，走下看台，把它塞进了赵铁的外套衣兜。

做完这些，阮喻接到了刘茂的电话，他说实在不好意思，他在走访的时候遇到了几个重要客户，得送他们回杭市。

“啊，这样。”阮喻想了想说，“没关系的，我订两张高铁票就……”

“等等。”刘茂打断她，“我这儿还有个空位，够送阿姨了，要不还是叫她坐我的车吧，坐起来舒服点，你自己回去路上小心。”

这倒也行。她“嗯”了一声：“那就麻烦你了。”

等曲兰和老同事们叙完旧，阮喻陪她到附近的商场与刘茂会合。

曲兰原本打算和阮喻一起坐高铁，但考虑到那样的话，回到杭市后女儿还得特意送自己回郊区的家，觉得麻烦，于是接受了刘茂的好意。

母女俩和刘茂接上头时已接近傍晚。曲兰临走时叮嘱阮喻注意安全，随时报平安。

阮喻与妈妈分别后，准备打车去高铁站，却发现天空飘起了雨丝。

她把伞给了妈妈，只得回头进商场再买一把。但这来回一折腾，雨反而下得更大，即便撑着伞也毫无用处。

倾盆大雨噼里啪啦地打在伞上，坑坑洼洼的路面很快积起了一摊摊泥水。

昏黄的天，漫天的雨。阮喻艰难地站在路边用打车软件打车，过了一会儿接到了曲兰的电话：“喻喻，下大雨了，你打到车了吗？”

“妈，你放心吧，我买了伞，也有司机接单了。”

她话音刚落，一辆跑车飞驰而过，轮胎滚过坑洼的路面，一摊泥水溅上了她白色的裙摆。

阮喻憋住了那口气，因为不想让曲兰担心，挂了电话后却攥着手机发愁。

这天气，哪有人接她的单啊？

她把伞柄夹在肩头，用纸巾擦了擦裙摆，然后不停地刷新打车软件的接单页面，正着急可能赶不上高铁，忽然看见一辆保时捷卡宴速度不慢地朝她驶了过来。

有了刚才的遭遇，阮喻当即后退避让，没想到车一下子减了速，临近坑洼时缓缓通过，然后彻底停在了她的面前。

后车窗被降下，许怀诗的脑袋探了出来：“真是你呀，阮姐姐！你怎么在这儿啊？”

阮喻一愣，看见了驾驶座上的许淮颂。她忙答：“我在打车，准备去高铁站。”

许怀诗招呼她："那你上车啊，我们送你去！"

阮喻还在纠结，前车窗也降了下来，许淮颂面无表情地说："这里不能停车。"

她一连"哦"了两声，赶紧收伞走过去，走到半路看见许怀诗冲自己摆了摆手："后面坐不下了！"

阮喻只好转头打开前门，上了副驾驶座。

车是崭新的，她拉开车门的瞬间就发现了，所以坐下后更不好把湿淋淋、脏兮兮的伞放下来，以至于伞上的水珠全滴在了她的裙子上。

许淮颂踩下油门，看她一眼："随便扔着吧。"

阮喻说了句"谢谢"，然后不那么随便地把伞轻放到脚下，又听见他说："安全带。"

后座的许怀诗突然凑上前来："哥，很多小说里的男主角，这个时候都会亲自帮女主角系安全带的。"

"……"

阮喻连忙一把拉过安全带："我自己来就行了。"

因为知道许淮颂为什么会在苏市，所以她从头到尾都没明知故问。

片刻后，许淮颂一只手打方向盘，一只手打开储物箱，从里面拿出一条干净的白毛巾，递给她。

她愣了愣才接过，又说了句"谢谢"，然后慢慢擦去裙子上的泥渍和水渍。

许淮颂"嗯"了一声，说："先送怀诗。"

毕竟是蹭了人家的车，阮喻不好意思说她可能会赶不上高铁，只盘算着要是来不及就改签。

然而，当许淮颂把许怀诗送回家，卸下放在后座的大包小包，再回到驾驶座的时候，阮喻听见他说："要不不去高铁站了，直接回杭市吧。"

阮喻多问了一句："你也刚好回去吗？"

"嗯。"

"那你吃晚饭了吗？"

"到了再说吧。"许淮颂发动车子，顿了一下又偏头问，"还是你想现在吃？"

阮喻摇摇头："我在商场吃过下午茶，不饿。"说着，她拿出手机退了高铁票。

天已经彻底黑了。道路两旁的路灯散发着黄灿灿的光芒，红绿相间的交通信号灯投射在挡风玻璃上，映得车内一片光影交错。

大雨倾盆而下，车前的雨刷器来来回回地重复着机械动作，使两人之间的氛围显得更加安静，安静到困意开始滋生蔓延。

直到驶离灯红酒绿的市中心，阮喻隐隐要打瞌睡时，突然吸了一口凉气，打破了车内的平静。

许淮颂偏头看了她一眼：“怎么了？”

“你是不是无证驾驶啊？”

看她紧攥着身前的安全带，一副人身安全受到了严重威胁的样子，许淮颂似乎笑了一下：“现在才想到，晚了吧？”

确实晚了。阮喻也是瞥见前面那辆车贴着“新手上路”的标志，才记起之前许淮颂因为没有驾照，而叫刘茂送他去酒店的事。

阮喻僵硬地扭过头看他：“长途……这样不好吧？”

许淮颂叹了口气：“我考了。”见她满脸质疑，他又解释道，“我有美国驾照，回国后只需要通过科目一就行。”

哦，怪不得这么快。

阮喻放下心来，这才意识到——许淮颂刚才是在开她玩笑？“高岭之花”也会开玩笑？

她用余光悄悄瞥他，辨别不清那副金丝边眼镜后，他眼底的真实情绪。但他看起来好像心情不错。

她又叮嘱道：“那我们还是别上高速了吧？”

许淮颂“嗯”了一声，注意到她打了个哈欠，却还强撑着眼皮紧盯路况，说：“我在美国开了八年车。”

“嗯？”

“所以你不用觉得现在闭上眼就会没机会再睁开。”

“……”

阮喻干笑一声，觉得还不够缓解空气里的尴尬，又干笑了一声。

被许淮颂呛真是太惨了。这一天天的，刘茂是怎么忍的呢？

但阮喻觉得，自己这时候更不能睡了。生命安全一旦得到保障就合上眼皮，可不就坐实了她之前对他的怀疑？

于是，为了缓解困意，她掏出手机，想了想，发了一条拍马屁的朋友圈来弥补过失：“大雨无情，人间有情，向所有乐于助人的英雄致敬！”

配图是一张《流星花园》里的剧照截图：道明寺在杉菜离开后，可怜巴巴地站在大雨里，被淋成了“泡面头”的场景。

她刚发完这条朋友圈，底下就跳出来一条回复，来自李识灿。自从上次的乌龙事件后，李识灿就加了她的微信，不过这阵子也没主动联系她。

看着那句“谁又被你发好人卡了”，阮喻手指一顿，不知道回复什么，随手发了一个表情。退出朋友圈后，她看到消息栏有一条新信息。

来自千和影视编辑：“温香，你真打算放弃这本书？寰视给了新价格，并且愿意购买目前未完成的版本，按照你原本的大纲思路请专业编剧续写，后期不需要你操任何心。”

她看了一眼身边的许淮颂，默默打字：“不好意思啊，我真的不想卖这个 IP。”

对方很快回复：“你不打算听一下新价格吗？”

软玉：“多少啊？”

接着，屏幕上跳出一个巨额数字，惊得阮喻的下巴差点磕到手机上。

许淮颂偏头看了她一眼。

她把报价截图发给沈明樱，得到了这样的回复：“这都不卖，你脑子进水了？就算不是为了‘钱’途，你也要考虑前途啊。网文圈能让你混一辈子吗？你迟早要走出去面向更多群体或者转型。”

阮喻得承认，她对此有点心动。她也是个俗人，也在乎钱。之前放弃这本小说的连载已经损失了一大笔收入，并且为了跟出版公司解约，支付了不少违约金，她哪能不心疼？而且此前灵感耗尽的一整年也让她意识到，她确实不可能一辈子当网文作者。挣脱瓶颈的机会已经摆在眼前。

她攥着手机，看向许淮颂：“许律师，我想请教你一件事。”

“嗯。”

“寰视有意购买我的 IP，你觉得我该答应吗？”

许淮颂沉默了一会儿，不答反问：“你有什么不答应的理由吗？”

唯一的理由还不是顾忌他。但仔细想想，直到现在他都毫无察觉，难道把书拍成电影就会让他恢复记忆？何况等电影上映，或许他们早就成为毫无交集的陌路人了吧？

阮喻点点头，下了决心：“那就卖吧。”

等她回复完消息，她难得地听见许淮颂主动发问：“如果改编成电影，结局会是什么？”

阮喻想了想，说：“这都还没开始改编，我也说不准。”

“按原著呢？”

阮喻回忆起来。按她原来的构想，故事的最后，两个文科兄弟班相约毕业旅行，女主角精心策划了一场表白，打算在旅途中向男主角说明心意。而当她怀抱着满腔的勇气和期许奔赴旅行，却发现男主角缺席了。

就跟现实一模一样。

只不过在她的小说里，男主角的缺席将被赋予某种理由，但现实里，阮喻想，许淮颂没有出现，可能是因为对包括她在内的苏市一中没有任何留恋吧？

她把这个结局说了出来，问：“是不是有点虐？”

许淮颂握在方向盘上的手慢慢收紧，张了张嘴又闭上，最后“嗯”了一声。

阮喻却非常释怀地笑起来：“但其实是个 Happy Ending（圆满结局）。”

“怎么说？”

“因为女主角会放下男主角的。”

这个世界上最难治愈的从来不是失恋，而是暗恋。因为在暗恋中，你没有努力过，没有被拒绝过，你对你们的结局永远保留着幻想的权利，所以你将会永远作茧自缚。

可一旦你鼓起所有的勇气去尝试，结果被彻底击垮希望，那么这场难以好转的暗恋，也就成了能够治愈的失恋。

世界很大，岁月很长。女主角会放下男主角的。

许淮颂有那么十几秒的时间没有呼吸。

车速表的指针跟着划过了“100”。

他忽然想起之前看见过一位作家评价阮喻的文字通透。是的，她活得太通透了。她看似胆小，却在明知他要赴美念书的情况下，并不认为那是无法逾越的障碍；她看似怀旧，却没有真正为过去的一切感到遗憾或后悔。

“快超速了啊，许律师！”

阮喻的高声提醒打断了他的遐思，许淮颂减了速，良久后说：“制作方不会接受这个结局的。”

阮喻不明白他意有所指，但非常认同地点点头：“我也觉得。”

等阮喻再次睁开眼时，外面的世界已经风清月朗。杭市没有下雨，车停在了她家公寓楼下。她迷迷糊糊地揉了揉眼睛，意识到自己刚才睡着了，而许淮颂安安静静地坐在驾驶座，并没有叫醒她。

阮喻惊讶地问：“我睡了多久？你怎么不叫醒我？”

“我刚踩下刹车准备叫你。”

她疑惑地看了眼手机，发现明明已经很晚了，远远超过了这趟车程所需的时间。

许淮颂瞥了一眼她，解释道：“路上堵车了。”

原来是这样。阮喻解开安全带，推开车门说：“谢谢你啊，许律师，那我先上去了，你回去的路上注意安全。”

许淮颂却没有应声，顿了一下说：“我饿了。”

阮喻脚下一歪，回过头来，神情诧异。

这句“我饿了”，她怎么硬生生听出一种“我受伤了”的味道？

她反应过来：“哦，我睡糊涂了，忘记你还没吃饭。那……那你要上去吃点东西吗？”

许淮颂点点头，跟她下了车。

第四章 你想有男朋友吗

俗话说得好，“一回生二回熟”。这次阮喻少了一些拘谨，请许淮颂进家门后，甚至非常顺手地打开鞋柜，拿出了一双男式拖鞋递给他。

自从之前李识灿和许淮颂接连来过她家后，她有次逛超市，就顺便买了男式拖鞋以备不时之需。

许淮颂的眼底浮现出笑意，在她转头进厨房的时候说：“你先去换衣服吧。”

阮喻低头看了一眼自己满是泥渍的裙摆，叫他在客厅坐会儿，转身进了卧室。关门的刹那，她突然意识到自己心有点大。

这么个大男人就一门之隔，她就这样在房间里毫无顾忌地换衣服？

这么一想，阮喻故意制造出连续咳嗽的声音，以噪声作掩饰，悄悄把房门反锁上了。

但门外的许淮颂还是听见了一声细微的“咔嗒”。他愣了愣，被阮喻这一出气笑，起身离开了沙发。

等阮喻出来，就见客厅空无一人，而许淮颂正在厨房的水槽前洗碗——是她今天吃完早饭没来得及洗的碗。

一种强烈的负罪感油然而生：看看，人家明明是这样日月可鉴的正人君子！

她赶紧上前去：“你洗什么碗啊？”

许淮颂搁下几双干净的筷子，擦干手说：“饭费。”

就冲他这不吃白食的态度，阮喻非常用心地给他下了一碗汤面，青菜、肉丝、虾仁、蛋皮，这色泽搭配，比红绿灯还有诚意。

许淮颂吃完面后又要去洗碗，被她拦住了：“你这手太金贵了，还是我来吧。”

“金贵？”他反问。

“偶像剧里不是常说，弹钢琴的手是不能受伤的吗？”

“……”

许淮颂没有问她是怎么知道他会弹钢琴的。不问也知道，她肯定又会回答网上有报道。

阮喻拿了碗筷去厨房，他坐在客厅若有所思，用手机发了个消息给陈晖：“帮我准备一台钢琴。”

陈晖：“哇！颂哥，你还会弹琴？真是多才多艺啊。”

许淮颂没有回答，靠着椅背叹了口气。

他哪儿还会弹钢琴？八年没碰，如今的他连五线谱都不太认得了。现在他考完了驾照，是时候练回老本行了，然后还要一边学习、刷题，准备参加国内九、十月份的法考。

不知道阮喻笔下的男主角，有没有像他这么接地气的。

许淮颂看了一眼时间，起身走到厨房，敲了敲门板：“我回去了。”

阮喻正在洗碗，转头看了他一眼，冲干净手说：“哦，好，我送你下楼。”

许淮颂停住了脚步。在她眼里，恐怕他连朋友都还算不上，所以她才这么客气。

“不用。”他拒绝了她的好意，顿了一下又问，“大后天开庭吧？”

“嗯，对啊。”

“那天我在旧金山有庭审。”

阮喻觉得他今天话有点多，想了想才明白他话的意思。他大概是想说，他没法出席她的庭审。不过这有什么的？他就算在，也不可能坐上律师席。

阮喻说：“没关系啊，有刘律师呢。”

许淮颂“嗯”了一声，转身换鞋出门，下了楼。

阮喻站在水槽前继续洗碗，听见楼下车子发动的声音，朝窗外望了一眼，看着那辆卡宴缓缓驶出小区，在夜色里渐渐缩小成一个小点，最后彻底消失不见。

她的脑海里忽然浮现郑愁予的一首诗——“我打江南走过，那等在季节里的容颜如莲花的开落……我达达的马蹄是美丽的错误，我不是归人，是个过客。”

阮喻低头看了一眼手里的碗，后知后觉地意识到许淮颂要回美国了。那么，这是不是他们的最后一面？

他始终是不属于这里的人。

阮喻把洗干净的碗筷收起来，转身窝进沙发躺下，闻到一丝若有若无的男性气息，迅速爬起来挥手，企图把它驱散。

气息好不容易散了，她解锁手机，却看到阴魂不散的许淮颂又点赞了她今天的那条朋友圈，有那么点“我接受了你的马屁”的意思，点赞时间是一分钟前。

一分钟前？

她打开聊天框，发消息过去：“许律师，你开车不要玩手机啊，现在国内抓这个抓得很严的。”

许淮颂：“知道了。”

软玉：“那你怎么还玩？”

许淮颂：“你先发的消息。”

软玉：“你可以先不回啊。”

许淮颂就真的没回复了。阮喻抓抓头发，得不到回复的感觉，好像确实不怎么样……

一时无事可做，她转头去浴室洗澡。洗完出来，她又看了一眼手机。

微信的图标上有个红色的“1”。

许淮颂：“到酒店了。”

阮喻点进输入框，斟酌了半天，最后只发出一个字：“好。”

两天后，案子正式开庭。岑思思连答辩状都没提交，更不用说出庭了。本次庭审不过是走了个流程。原告证据齐全，被告又放弃申辩，一个星期后，法院宣判阮喻胜诉。

她把结果公布在微博上，彻底了结了这件事。

当天晚上，阮喻被刘茂约到市中心吃饭。

这顿饭，刘茂的说辞是庆功，她接受的原因也是为了感谢刘茂这阵子为了案子忙前忙后。

至于许淮颂，她想他人在美国，所以在出发前给他发了条消息，告知判决结果，并向他道谢。

许淮颂回复过来的是语音：“我晚点也……”

话到这里戛然而止，因为背景音里插入了一个女声：“淮颂，你看……”

“看”字落下，语音中断。三秒后，这条消息被撤回。

阮喻有点蒙。什么情况？

她盯着手机静等了几分钟，没有得到回复，于是装作没听到刚才的语音消息，打字问："许律师，你撤回了什么？"

许淮颂："没什么。"

然后就没了下文。

不知怎的，阮喻心头一堵，以至于进到餐厅后都有点心不在焉。

那个女声听起来很年轻，所以不是陶蓉。她说着非常地道、标准的中文，所以应该是中国人。她叫的是"淮颂"，所以他们应该很熟。

这个人跟许淮颂会是什么关系？

到了案子尘埃落定，要和许淮颂结束一切交集的此刻，阮喻才意识到，这一个月以来，她从来没了解过他目前单身与否。

现在仔细回想起来，当初跟许淮颂视频时，有次他说要去做饭，结果走开没两分钟就拿来了一盘通心粉。那么这顿晚饭一定不是他自己做的，也就是说，他当时不是一个人在家。

还有那只橘猫，他说自己不是猫的主人。她那会儿想，大概是朋友寄养在他那儿的，可现在想来，也说不定是女主人的呢？

阮喻细细回忆起这一阵子她所看到的有关许淮颂的种种，越发觉得自己当初在胆战心惊的非正常状态下忽视了太多。虽然她所忽视的这些，在委托人和代理律师的关系里，好像并不重要……

这时，刘茂在她面前晃了晃手："怎么了？"

阮喻回过神，发现自己已经游魂似的在他对面坐了很久。负责点餐的服务员在一旁笑望着她，似乎在等她给意见。

她低低地"啊"了一声，看了一眼菜单上眼花缭乱的勾选，说："够啦，两个人哪吃得完这么多？"

刘茂一阵诧异："两个人？"

这回换作阮喻蒙了："不是吗？"

"我刚才不是说，淮颂晚点也会来吗？"

她竟然完全没听见。阮喻目光闪烁着说道："我的意思是我胃口小，可以忽略不计……"

服务员接过阮喻递来的菜单走了。

阮喻为了掩饰尴尬，喝了一大口水，然后问："许律师不是回旧金山了吗？"

"他昨天忙完那边的案子又来了。"

"哦，挺辛苦的啊，他以前也经常这样来来回回？"

刘茂笑了笑："没有，一年回来一次吧。"

"那他在美国……"

"成家了吗"这四个字还没问出口，阮喻的手机响了起来，是沈明樱打来的。餐厅里有点吵，跟刘茂打了个招呼后，她起身走到餐厅门口接起电话："明樱。"

话音刚落，阮喻看到许淮颂的车停在了门口。

但阮喻没来得及理会，因为沈明樱的声音听上去很焦急：“你快看微博！”

“怎么了？”

“岑思思在直播自杀，网友说她是被你逼的！”

阮喻惊得膝盖一软，脚下一滑，踩空了一级台阶。胳膊肘被一双有力的手及时扶住。

许淮颂站在她面前，问：“怎么了？”

阮喻愣愣地抬起头，嗫嚅道：“岑思思自杀了……”

在她公布判决书的今天，岑思思自杀了。

阮喻颤抖着手打开微博，发现直播内容已经被屏蔽，拨打岑思思的手机号码，也无人接听。

“谁能联系上她的家人？你仔细想想。”许淮颂依旧非常镇定。

对，有一个人。阮喻立刻拨打了李识灿的号码。

电话立刻被接通，李识灿的声音也很不稳定，喘着粗气说：“我已经知道了，联系了她爸爸，顺利的话，她应该已经被送到市一医院了。”

阮喻不清楚具体情况，问：“她是怎么……”

“你别着急，应该没出大事。”

李识灿那边听起来也很忙乱，挂断电话后，阮喻看着脚下的台阶发呆，迟迟没回过神来。

她手机的音量调得不低，许淮颂听见了李识灿的答话，沉默了片刻，说：“走吧。”

阮喻抬起头来：“去哪儿？”

“市一医院，第一时间知道结果，比站在这里干等好吧？”

阮喻跟许淮颂上了车，来到了市一医院。

市一医院看上去很平静，并没有因为接收了一名自杀的患者而掀起惊涛骇浪。然而，闻着医院浓重的消毒药水味，阮喻的步伐实在沉重得难以挪动。

许淮颂让她在一旁等着，自己上前询问咨询台的护士。还没得到结果，医院大门的方向传来一阵嘈杂声。他和阮喻同时回头，发现一群记者举着摄像机和话筒，正簇拥着一个戴口罩的男人，七嘴八舌地提着问题。

阮喻一眼就认出，被记者们围在当中的那个人是李识灿。李识灿也看见了站在大厅明亮处的她，飞快地拿出了手机。

五秒后，阮喻的手机一振，收到了李识灿的消息：“别在这里，走。”

许淮颂一眼瞥见这条消息，皱了皱眉，在记者如潮水般涌入大厅的瞬间，拉着阮喻往医院后门走。

阮喻被他扯得踉踉跄跄，但脑子还在飞速旋转。电光石火的一刹那，她好像明白过来，在靠近停车场时停了步子：“李识灿这是要引导舆论？”

按照目前的舆论态势，阮喻这个原本的受害者，很可能会被炮轰成加害者。所以李识灿或许打算向记者公开他和岑思思的纠葛，把脏水泼到自己身上。毕竟一个流量明星的讨论度，肯定比她这个小小的网文作者大多了。

许淮颂没有说话，似乎是认可了她的猜想。

阮喻干巴巴地眨了两下眼，抽回被他牵住的手，转身就走。

许淮颂追上去把她拉回来：“你做什么去？”

“不能让他自毁前程吧？”

许淮颂轻吸一口气，攥着她的手腕说：“他是成年人了，该为、也能为自己的行为和决定负责。”

两人无声地僵持了一阵，隐隐听见那边的李识灿已经开始回答记者的问题。

阮喻叹了口气。

许淮颂松开手，垂下眼去：“对不起。”

阮喻并没有听懂这句“对不起”背后的含义，低头看了看自己被攥红的手腕，说：“没关系。”

两人回到车里等消息。

小半个钟头后，李识灿发来了微信消息：“她已经脱离危险了，记者也都被轰出了医院。你在哪儿？我来找你。”

阮喻看了一眼许淮颂：“他要来找我。”

许淮颂“嗯”了一声，发动车子：“报我的车牌号，让他的助理把保姆车先开出去，他自己走安全通道到地下车库。”

这是调虎离山之计。

车子迂回地驶向地下车库。没一会儿，李识灿一个人来了，还换了一身打扮，坐进了许淮颂的车后座。他关上车门后，密闭的空间内气氛异常凝重。

阮喻扭过头，一时竟然不知道先说什么。

还是李识灿先开口：“人都已经救回来了，你还露出这副表情干什么？她这么大张旗鼓地开直播，原本就不是真的想自杀。”

阮喻当然明白这个道理，可是：“那你现在怎么办？”

“她计划了很久，就是为了把你和我先后拉下水，我本来就没办法独善其身，倒不如将计就计，不遮不掩，先一步控制舆论。”

阮喻皱了皱眉，还想说什么，却见李识灿把头转向了许淮颂：“这位是许律师吧？”

许淮颂：“嗯。”

“当初曝光岑思思那事，原来不是你做的？”

许淮颂摇了摇头，透过后视镜对上了李识灿的眼神。

四目相接，两人都明白了究竟。

其实，当初李识灿只发布了微博长图并控制了部分舆论，并没有爆料苏澄是温香学妹这件事。

那天在视频通话中看见许淮颂，李识灿猜测此人与阮喻的关系非同一般，并且看起来正在参与阮喻的案子，于是联想到爆料是许淮颂的手笔。

之前，阮喻询问时，李识灿发现她对此事并不知情，出于一种“不愿为他人作嫁衣”的隐秘心情，他吞吞吐吐地没有说清楚。而许淮颂在那天确认了李识灿的身份后，自然认为网络上的一系列动作都是李识灿的意思。他出于同样的理由，也没有与阮喻深入讨论这件事。

结果到头来，原来是岑思思自己曝光了自己，为的就是提早营造出受害者的形象，做好铺垫，再在判决书下来的这一天大闹一场。

许淮颂和李识灿无奈地对视一眼。

不知内情的阮喻还有点迷茫。但眼下显然不是解释这些复杂前情的时机。

李识灿率先打破僵局：“不要紧，小场面，我的团队会解决这件事。你早点回去休息吧，这几天就别看微博了。”

阮喻点点头。等李识灿离开后，她身心俱疲地仰靠在椅背上。

许淮颂把车开出停车场，往她公寓的方向驶去。

车子驶入茫茫夜色之中，昏暗的车内，两人一路无话。到了阮喻家楼下，许淮颂刹停了车，一眼看到一辆黑色轿车停在那里。

阮喻实在疲惫，没太注意周围。她推开车门下去时，被许淮颂拦住：“等等。”

她顿住脚步，看见他松开安全带下车。另一边，一个西装革履的男人也从黑色轿车的驾驶座走了下来。

对方几步走到她面前，问道：“是阮小姐吗？”说着指了指车后座上的人，“岑小姐的父亲想跟您谈谈。”

许淮颂绕到阮喻身前：“有什么话可以跟我谈。”

对方露出疑惑的表情：“您是？”

“我是她的律师。”

司机回头看了一眼车上的人。岑荣慎点点头，从后座下来，拐杖点地，缓缓踱到两人面前站定，沉甸甸的脚步，气势迫人。

阮喻下意识地往许淮颂身后躲了一小步。

但下一刻，预料中的对峙并没有发生。这个年过半百的男人向他们郑重地鞠了一躬，足足有九十度，然后直起身板说：“阮小姐，非常抱歉给你造成困扰。我替思思向你致歉，同时也作为思思的父亲向你致歉。是我平时对她疏于关心和管教，才造成了今天这样的局面。”

阮喻没想到会是这样的场面，一时没接上话。

许淮颂让开一步，没再挡在她面前。

岑荣慎向许淮颂点了下头，似乎是表示感谢，接着说：“我也是今天才拿到诊断报告，确认思思患有严重的精神疾病，因此她经常做出偏执和过激的行为，不仅仅是针对你。当然，和你说这些并不是希望得到你的同情或理解，错了就是错了，你有权利追责，我们也有义务赔偿。我今天来找你，只是认为你应该得到这个交代。”

阮喻的目光闪烁了一下，沉默片刻，点了点头：“谢谢您。”

岑荣慎笑了笑，估计平时是不苟言笑的人，所以扯起嘴角来显得有点生疏：“判决书上的赔偿协议我已经了解，此外，我愿意再支付你一笔精神损失费，或者你还需要什么别的补偿吗？”

阮喻摇摇头：“我只希望把这件事的影响降到最低，我，还有李识灿的生活都能尽快恢复如常。”

“这个不用你开口，是我们应该做的。”岑荣慎这回笑得自然了点，“识灿这小子，也是个倔脾气……你放心，我会配合他澄清事实真相，必要时也愿意公开思思的病情。”

说到这里，岑荣慎看了一眼许淮颂，大概是在征求他的意见。

许淮颂和煦地笑了一下：“关于赔偿我没有意见，只是冒昧请问岑先生，您今晚是怎样找到这里的？”

岑荣慎神情一滞，摇摇头示意自己糊涂了：“老了，记性不好了，差点忘了最重要的一件事。我来这里，还是为了提醒阮小姐，你的住址是我在思思的笔记本上发现的。我不清楚她是不是还有过其他偏激行为，这两天会确认她近来的所有对外联络记录，好好排查。但为安全起见，希望你暂时不要住在这里。由此造成的费用，我愿意全力承担。”

阮喻抬头看了一眼公寓楼302室漆黑一片的窗子，克制着心惊胆战说：“好。”

岑荣慎跟两人点头道别，转身上车走了。

阮喻还没从岑荣慎最后的话里回过神来，就听许淮颂说：“走吧，上楼拿点衣服。”

“嗯？”

“先去我那儿吧。”

阮喻全程处于出神的状态，机械式地听从了许淮颂的一切安排。

等拎着包到了许淮颂住的酒店，房门被房卡刷开，传来“嘀”的一声响，她才从今晚的混乱中彻底缓过劲来，震惊地说：“我为什么不去明樱那儿？”

许淮颂用一脸“你问我，我问谁”的表情看了她一眼。

说曹操，曹操到。阮喻的手机铃声响起，沈明樱刚好在这时候打来电话，问："人怎么样了？"

阮喻握着手机答："没事了。"

"你回家了吗？"

"家里可能不安全，我没回去。"

"那你在哪儿？你来我这儿住啊，我把男朋友撵出去。"

阮喻沉吟了一下，眼睁睁看着手里的包被许淮颂抽走，提进了门，只好先跟他走了进去。

房门被"吧嗒"一声合上，沈明樱敏锐地说："你去酒店开房了啊？"

"嗯。"阮喻挣扎了一下，拿远手机，看向转身拿起水壶的许淮颂，"要不我还是去明樱那儿吧？"

许淮颂瞥了她一眼："我开了一晚上车了。"言下之意，他累了。

许淮颂说完这话就去烧水了。与此同时，沈明樱的声音从手机听筒里炸响："妈呀！男人！阮喻，你出息了啊！"

阮喻赶紧捂住手机的麦克风，小声说："不是你想的那样。"

"不，我希望是我想的那样。是刘律师吗？你不是跟他去吃饭了？"

阮喻怕这时候说出是许淮颂，沈明樱的尖叫能让她穿帮，只好说："我明天跟你解释。"说完就匆匆挂断了电话。

四周归于寂静，阮喻站在原地，仔细环顾了一圈房间。

这是个高级套房，客厅和卧室被隔成两间，客厅的东侧设有阳台和料理台。阳台上甚至还有一架钢琴，算得上是简易公寓了。

这里大概是许淮颂前阵子长期居住的地方。

阮喻走到料理台边，提议说："我还是去楼下开间房吧……"

许淮颂蹲下来打开冰箱门："我会去的。"

她摸摸鼻子，不好意思地"哦"了一声："那房费由我来出。"

许淮颂抬眼瞥了她一眼，没有接话，反问道："你要吃点什么？我这儿只有速食。"

阮喻这才想起自己还没吃晚饭，但可能是饿过了头，她现在毫无食欲："什么都行。"

许淮颂拿出一盒速食米饭和一袋速食咖喱，帮她热好，然后拿走了笔记本电脑和一只猫篮。

阮喻的目光落在猫篮上，往里看了一眼，发现上次视频通话看到的那只小橘猫正在睡觉。她压低嗓门，用气声说："你把猫带来了啊。"

跨国运猫得办不少手续，他还真是不嫌麻烦。

许淮颂点点头，走到门口又回头交代："床单和洗漱用品都是新的。我晚上不睡，有事叫我。"

他昨天刚回国，大概要倒时差吧。

阮喻“嗯”了一声，在他走后胡乱扒了几口饭，简单冲了个澡，抓紧时间上床休息。但真正要睡时，她又陷入了疲惫到极点反而无法入眠的状态。

其实她有点认床。

阮喻拿出手机，避开微博图标，点开微信，在消息列表中划了一圈，不知不觉转到了许淮颂的对话框。

光标一闪一闪地，她输入：“许律师，忘记跟你说谢谢了，今天多亏了你。”

许淮颂：“没事。”

软玉：“那我睡了，你夜里要是需要拿什么东西，可以叫醒我。”

许淮颂：“晚安。”

阮喻愣了愣，许淮颂居然还会跟人道晚安啊？

带着奇异的心情，她也回了一句：“晚安。”

下一秒，许淮颂：“睡吧。”

咦，许淮颂今天怎么这么像她以往在小说里塑造的那种、绝不让女方结束对话的三好男主角？这朵“高岭之花”今天中了什么邪？

阮喻默默想了一会儿，脑袋渐渐发沉，终于睡了过去。等她再醒来时，却像被鬼压床过一样，难受得透不过气，整个人无法动弹。

卧室里依然漆黑一片，她艰难地抬起手，拿起手机看了一眼，发现已经是凌晨两点。掌心和手机的温差很快让她意识到自己发烧了。这一个月来的所有压力，终于在今晚这场闹剧的刺激下彻底爆发。

阮喻几乎没有力气说话，只觉得渴得发慌。她掀开被子下床，费力地走到客厅找水。看见矿泉水又怕喝凉水加重病情，于是转头再找水壶。可是水壶不知道被放到哪里去了，她头昏眼花的，半天也没找到。

想起许淮颂说过他不会睡，她拿出手机勉强打字：“许律师，你把水壶放哪儿了？”

许淮颂：“应该在橱柜第二层，没有？”

她蹲下去翻找水壶，刚拿到，往水壶里灌了水并插上电。房门外突然响起一声“叮咚”，同一时刻，她再次收到消息：“是我，开门。”

阮喻脑袋发晕，拖着步子过去拉开房门，哑着嗓子说：“我找到了，麻烦你了啊。”

许淮颂一眼看出她的脸色不对劲，下意识地伸手探了下她的额头，然后皱了皱眉，关上门进来：“发烧了怎么不说？”

阮喻的喉咙干得像在冒烟，几乎无法说话，只挤出一句：“没大事。”

许淮颂让她坐到沙发上，回头去翻行李箱，拿出耳温枪在她耳道里测了一下。看到数字显示“38.5”后，他的眉头皱得更紧：“我送你去医院。”

“挂急诊太折腾了……”阮喻摇了摇头，她现在只想喝口热水，然后倒头大睡。

许淮颂叹了口气，转身打电话，大概是给前台的，叫人送什么东西来。

阮喻看他没打完，自己起来准备去倒水，走到一半被他一把拦住："坐回去。"

她又倒头瘫回了沙发，看着他把调好水温的水递到自己嘴边，来不及顾忌什么就低头去喝。

喝完一杯，她的喉咙舒服了一些，听见许淮颂问："还要吗？"

她摇摇头，在沙发上缩成一团。

许淮颂到卧室给她拿了一条毯子盖上，又开门去取退烧药和退烧贴。就这么一来一回的工夫，却发现阮喻歪在沙发上睡着了。

他把她扶起来，原本是想叫她起来吃药，没想到她出于惯性一倒，就这么倒进了他的怀里。她滚烫的脸颊隔着衬衣贴在他的胸膛上，一下子把他也烧得心跳加速。

许淮颂的心脏跳得太响了，响到他都忍不住担心她可能会被心跳声吵醒。

他深呼吸了一下，一只手拿着倒好药水的量杯，一只手虚虚地揽住她，生平第一次正面叫她的名字："阮喻。"

她好像听见了，皱了皱眉，但依旧半梦半醒地没有睁开眼。

他只好把量杯凑到她的嘴边，说："把药喝了。"

阮喻似乎残存了一点模糊的意识，抿抿唇，慢慢喝了下去。

许淮颂放下量杯，想让她躺回沙发，又像贪恋什么一样迟迟没有动作。最后，他低下头，下巴抵在她的头顶，说："我想抱你回房间，可以吗？"

阮喻睡着了，自然没有回应。

许淮颂轻轻滚动着喉结，一只手托起她的小腿，另一只手拦腰将她横抱起来。

从客厅到卧室的这短短一段路，他走得很慢很慢。理智告诉他，乘人之危不是正人君子所为，可脑海中还有另一个声音，叫他去做小人。

直到发现阮喻在他怀里缩成一团，似乎觉得冷，他才加快脚步，把她安置在床上，替她盖好被子。低头看了一眼自己皱巴巴的衬衣——她的脸曾贴过的位置，忽然觉得怅然若失。

许淮颂拿来退烧贴，贴在阮喻的额头上，然后在床边坐了下来。

压抑了一晚上的心事，就这么毫无征兆地决了堤。

许淮颂能想象李识灿是怎样喜欢阮喻的。

那个人就像一名冲锋陷阵的射手，没有迂回曲折，没有弯弯绕绕，一记又一记地射出直球，哪怕不得分也乐此不疲。

可是他不一样。

他始终站在场外远远地观望，设计着这个环节该如何带球过人，那个环节该如何密集防守，模拟着怎样突破才能万无一失。所以结果是，这么久了，他还停在原地。

他不敢轻易尝试射门，不敢轻易说出那句话，是因为他只给自己一次机会。如果被拒之门外，他想，他可能不会有勇气尝试第二次。

其实他并没有表面上看起来那么强势。步步为营，是由于内心怯懦。

也许阮喻的读者都好奇男主角缺席那场毕业旅行的原因，想象着背后有一个多么令人心酸的误会或苦衷。但实际上，根本没有什么特别的理由。

上高中时，爸妈闹离婚闹得撕破脸皮，争夺着一儿一女的抚养权，最终两人协商决定一人抚养一个。爸爸要到美国定居，那时候，妹妹偷偷哭着跟他说，她不想跟爸爸去。

那就只能他去。

他知道自己即将离开，所以他不可能对阮喻说："虽然我高中毕业后就要定居美国，但你能不能和我在一起？"

当时的他根本没有能力决定自己的生活，所以无法说服自己，仅仅因为一点单薄的喜欢就去影响一个女孩的未来。

那场毕业旅行，是他主动放弃的。

他不喜欢告别，不喜欢充满仪式感的最后一面，不喜欢尝一点甜头，然后在无尽没有她的时光里，去品味无止境的苦涩。

"如果不能全给我，就全都别给我。"

就像张惠妹的歌里唱的那样。许淮颂就是这样的人。

那些年，他唯一的失控，只有十八岁的那场元旦跨年烟火。

许淮颂静静地望着在床上蜷缩成一团的人，忍不住伸出手靠近她的脸颊。但他的手太冰了，阮喻在睡梦中也感到了寒意，偏头躲开了。

他的手僵在那里。

不知过了多久，寂静的房间里响起一句叹息般的低喃："你能不能……再喜欢我一次？"

阮喻是在震惊中醒来的。

她隐约记得自己做了个梦，梦中的她置身于火海，脚下是一道裂缝，裂缝尽头是一片白茫茫的冰天雪地，许淮颂站在那里，伸手摩挲她的脸，问她："你能不能再喜欢我一次？"

她脑子里"轰"的一声响，从被窝里钻了出来。

这是什么诡异的梦？她……她魔怔了啊！

阮喻呆坐在床上很久，直到断成两截的记忆被拼接到一起，她才意识到，原本该在沙发上的自己回到了床上，而现在天已经亮了。

那么问题来了。

阮喻环顾了一圈，没有发现房间里有第二个人的痕迹。她换好衣服，蹑手蹑脚地下了床，却怎么也找不到拖鞋，只好光脚踩着地毯走了出去，悄悄移开一道门缝向外探看。

脚下忽然响起一声："喵——"

阮喻循声低下头，看见那只橘猫小小的一团窝在门前，正仰着脑袋眼巴巴地望着她，似乎是饿了。

她条件反射般地蹲下来想要揉猫，手刚伸出去却又顿住："我刚退烧，还是不摸你了。"说完又念头一转，"哦，你是不是听不懂中文？I mean that I'm sick. Emmmmm, where is your…"

她已经多年不用英语，"your"了半天，没想起"主人"一词该怎么用英语表达，犹疑地接上："…your daddy？"

"在这里。"忽然，一双鞋撞进她的视线里。

阮喻一僵，缓缓站起身来，看见许淮颂一只手拿着一杯水，另一只手端着一个盘子，站在她面前，看上去有些无奈。她觉得，他似乎在克制着自己没有对她发出"你是不是烧傻了"的质疑。

许淮颂垂眼看见阮喻光着的脚，把水和早餐搁在茶几上，转头去沙发边拿她的拖鞋。

阮喻的呼吸一下子窒住。不用问了，不用问她是怎样回到床上的了。拖鞋都在沙发边，还有什么别的可能？

许淮颂弯腰把拖鞋放在她跟前，然后走开去拿耳温枪："来吃早餐吧。"

阮喻一边穿上拖鞋，一边说："许律师，昨晚给你添麻烦了，谢谢你把我扛进去。"

作家就是不一样，用词精准到位，一个"扛"字就把所有旖旎的可能全都消除干净。

许淮颂当然不至于强调是"抱"，拿起耳温枪在她耳道里测了一下，看见温度显示"37.0"后，转头用笔在便笺纸上记录了下来。

阮喻愣了愣，凑上去看，发现纸上密密麻麻的一排数字：3：00——38.2；3：30——37.8；4：00——37.5；4：30——37.3……

她磕磕巴巴地问："这……这是什么？"

她并不是有意明知故问，而是太惊讶了，才这样脱口而出。

"退烧药退烧效果的研究报告。"在她瞠目结舌的时候，许淮颂补上一句，盯着她说，"你信吗？"

当然不信。

阮喻紧张地吞咽了一下，捋了捋刘海，避开他的视线，回房间去刷牙洗脸了。

她觉得她和许淮颂之间的气氛莫名地有点诡异，有点像她做的那个荒唐的梦。这种异样感直到洗漱完毕也没有消散。再次走到客厅，阮喻看着许淮颂忙碌的身影，默默在沙发上坐下，低头拿起盘子里的一只奶黄包塞进嘴里压惊。

恰此时，小橘猫“喵呜喵呜”地走了过来，要抢她手里的早饭。

许淮颂走上前，蹲下来一把抱起了它：“你的早饭不在这里。”说着把它领去了料理台。

阮喻嚼完一个奶黄包，没话找话：“它叫什么啊？”

许淮颂正倚着料理台给猫喂食，回头说：“Tiffany。”

“还挺特别。”她继续没话找话地评价。

“不是我取的。”

哦，对，阮喻又记起那个自己没弄清楚的问题了。她想了想，问：“你把猫带来了中国，猫的主人不会觉得无聊吗？”

许淮颂的目光扫了过来，眼底从原先的淡漠到现出星星点点的笑意：“他还有 Judy、Amy、Nalani。”

“这么多猫啊……”阮喻干笑一下，埋头继续啃奶黄包。过了一会儿，她听见许淮颂的手机响了。

他接通语音通话，说的是英语。

阮喻的英语听力严重退化，竖着耳朵听了半天，仍然只听出几个零碎的单词。

许淮颂挂断电话后解释道：“家里漏水了。”

“那怎么办？”

“没事，家里有人。”

阮喻默默喝了一口水。她的猜想得到了证实，果然，许淮颂不是单身。她昨晚竟然还做了那种违背道德的梦……

她加快了吃早饭的速度，狼吞虎咽地吃完起身说：“许律师，谢谢你的早餐，打扰你一晚上了，我先走了。”

许淮颂放下猫，说：“等我五分钟，处理完家里的事，我送你。”

“不用不用，我已经不烧了，自己打车就行。”阮喻转身去卧室拿包，有那么点落荒而逃的架势。

许淮颂没有阻拦，在外间打开电脑，拨通了一个视频通话。

阮喻一出来就瞥见他的电脑屏幕上出现一颗剃着平头的脑袋，同时传来一句热情洋溢的“Hey! Hanson!”。

一个牙齿很白的黑人小哥。

许淮颂看了她一眼，不慌不忙地对着镜头，一字一句地说：“Where is the water leaking from?”

这回阮喻听清楚了，他在问水是从哪儿漏的。

所以他刚刚说的“家里有人”是指——

许淮颂回头说：“我室友。”

阮喻拖着长音“哦”了一声。

许淮颂对着电脑没说几句就挂断了视频通话，然后拿起桌上一沓资料往外走：“走吧。”

“你不睡觉吗？”阮喻跟上他的脚步，“疲劳驾驶很危险的。”

“我休息过了。”许淮颂把手里那沓资料递给她，“你翻一翻，感兴趣的话，现在顺便去看看。”

阮喻一头雾水地接过资料：“看什么？”

“看房。”许淮颂拉开了房门。

阮喻抬起头，一眼看见门外站着一个身材高挑的年轻女人，一只手正抬在半空中。她愣了一下，对方好像也有点错愕，却很快恢复自然，垂下手跟许淮颂笑着说：“巧了，我刚要敲门。”

几乎在第一时间，阮喻就辨认出了这个声音。

此刻，站在房门外，穿着一身干净利落的职业装的，就是那条被许淮颂撤回的语音消息里跟他说话的人。

对方说完话后，目光在阮喻身上一落。

许淮颂顺势侧身让开一步，做了个手势，向对方介绍道：“阮喻。”然后对阮喻说，“这是我在美国的同事，吕胜蓝，吕小姐。”

“你好。”

“你好。”

两人点了点头，互相致意。阮喻心里闪过一丝微妙的奇异感。按商务礼仪来说，许淮颂的介绍顺序似乎把亲疏关系弄反了吧？

许淮颂却似乎没有意识到这一点，神情毫无波澜地问吕胜蓝：“什么事？”

吕胜蓝拿起手里一个医用纸袋晃了晃：“听前台说你半夜要了退烧药。”

许淮颂没有接受，也没有拒绝，而是转头问阮喻：“要不要带点药回去？”

“不用啦，谢谢。”阮喻摆摆手。

许淮颂朝吕胜蓝点了点头。

吕胜蓝弯弯眼睛一笑：“那你们忙，我回房间工作。”

许淮颂再次点头后，一边关上房门往电梯走，一边跟阮喻解释她手里的资料：“搬家是必要的，我昨晚联系了刘茂，让他推荐了几间房，暂时选出了这两套。”

阮喻有点惊讶，愣了愣神后赶紧道谢，又听他说：“这两套房都离这里不远，如果你不累的话，可以去看看。”

房子确实该尽快换了。她现在的身体状态不错，又不好辜负两个律师半夜替她选房的好意，于是答应下来。

许淮颂的标准相当苛刻，经过他精挑细选后剩下的房子，基本上都到了只需要做最后一步确认的程度。

第一家在一栋十一层的小高层住宅，周边环境和设施条件都很优越，房子的性价比在杭市这个地段高得出奇。唯一让人怀疑的是，男房东在看到两人时表现得很冷淡，像是谁欠了他的钱一样。

阮喻倒不在意这个，但许淮颂仅仅礼貌性地在房子里转了一圈，就叫她走了。

下楼后，她奇怪地问："我觉得房子不错，房东不热情不是反而让人安心吗？"

许淮颂扬了扬眉："你没发现是因为我在？"他把手机解锁给她看，"昨晚房东可不是这个态度。"

阮喻凑过去看，手机屏幕上是许淮颂与房东的短信记录。她发现许淮颂全程以她的口吻——一个独身女性的身份与房东交涉，而那时候的房东甚至热情到发了 emoji 表情。

她捣蒜般点点头，一脸"你说得对"的神情。下一秒就见他手机屏幕上跳出房东发来的新信息："小姐，我这房子是租给单身女性的，就是怕你们这样的小情侣玩起来没分寸。你昨晚不是还跟我说你符合条件吗？"

看得出来，担心小情侣干柴烈火搞破坏什么的，很可能只是房东用来遮羞的借口。

许淮颂无声冷笑，打字："不好意思，我凌晨刚脱单。"

房东："那等你什么时候单身了再来租，我给你留着。"

许淮颂："谢谢，下辈子吧。"

阮喻："……"

从昨晚到现在，许淮颂怎么一直这么奇怪呢？他好像一下子话多了起来，而且突然对她好得出奇。

阮喻纠结了一下，郑重仰起头，盯住了他："许律师，我想冒昧问一句。"

"什么？"

"你……你是不是……"她似乎有点难以启齿，"我的意思是，你有没有可能……"

许淮颂的目光闪烁了一瞬，心脏陡然跳快了一拍。他昨晚才下定决心，要开始慢慢学着打直球，难道今天就要说破心意？

就在他的心跳快要达到炸裂的临界点时，阮喻眼一闭心一横地接了下去："被人'魂穿'了？"

"……"

许淮颂的脸蓦地黑了下来。

“不好意思，不好意思……我唐突了。”见许淮颂脸色不好，阮喻非常羞愧地转过身去。

许淮颂在她身后调整了一下呼吸，说：“上车，去下一家。”

阮喻回过身，小心翼翼地瞅了他一眼，“哦”了一声。

许淮颂开车前往下一家。

第二套房子位于一栋二十多层的高层住宅里，与阮喻原先的公寓只隔了一条大马路，地理位置上博得了她的好感，而且这里的安保也比原先的旧小区好很多。

看房时，阮喻这次学着许淮颂的样子，特意留心观察了房东夫妇。夫妇俩就住在套房的隔壁，妻子热情好客，丈夫稍微寡言一些，但也很和善，看起来没有什么问题。

许淮颂里里外外看了一圈后，要求房东太太出示房产证。对方并不介意他的谨慎，配合地拿出了证件。

许淮颂向房东太太道谢后，表示考虑一下，再次叫走了阮喻。

等电梯的时候，阮喻小声问：“这间好像可以？”

许淮颂点点头：“可以留作备选，再打听打听别的。”

阮喻“嗯”了一声，跟着他进了电梯。

电梯里面还有一个从楼上下来的、浓妆艳抹的年轻女孩。电梯门一合上，一股浓郁的香水味顿时扑鼻而来。

因为味道过于刺激，阮喻没忍住打了个喷嚏。

许淮颂稍稍侧身，不动声色地替她挡住了气味的来源，虽然并没有太大用处。

阮喻感激地看了他一眼，因为香水味太难熬，她只好一直盯着电梯面板上跳动的黄色数字，期盼电梯快点到一楼。

“11。”

“10。”

“9。”

“8。”

“8。”

“8。”

……

“咦？”她刚发出疑问，许淮颂也发现了不对劲，下意识地扶上她的肩。

下一刻，电梯突然震动了一下，顶灯熄灭，狭小的空间陷入一片死寂。

紧接着，另一边的年轻女孩“啊”地惊叫一声。

阮喻原本也想惊叫，但她现在叫不出来了。

揽在她肩头的那只手带来的震撼超过了电梯故障。她大脑缺氧，呼吸困难，连手脚都开始打战。

许淮颂以为阮喻是太害怕了，反而将她护得更紧，然后凭借紧急指示灯的照明，不慌不忙地用另一只手按下报警按钮。

电梯却在这个时候突然往下滑了一截。

这下，阮喻和那个女孩同时叫出了声。

许淮颂刚想说“没事的”，旁边那个女孩就先哭了起来，她一边紧攥扶手，一边喊：“我的妈呀，我还没谈过恋爱，没跟男人牵过手、亲过嘴就要死了，到死都是一只电灯泡，呜哇！”

阮喻：“……”

阮喻也不知道现在跟这个女孩子解释她不是电灯泡，会不会让她好受一点。

许淮颂忍着耳膜的刺痛，抬手想再按一遍报警键，却被那女孩阻止：“不可以！会坠亡的！”说完，她冲到门边，“要不我们一起试着扒开门？”

许淮颂：“这位女士，从理论上讲，电梯坠到底的可能性只比一般人买彩票中五百万稍微大一点，扒开门才更容易让人身体对半分离。”

阮喻听了他的话忍不住打了个寒战：“你别吓她了……”

对面的女孩又呜哇呜哇地哭号了起来。

阮喻赶紧安慰女孩：“小妹妹，别哭了，其实我也还没有男朋友呢，我都二十六岁了……”

“真的吗？”她看着许淮颂护在阮喻肩头的手，又鬼哭狼嚎起来，“那你好歹还有人追，呜哇……”

追？阮喻还没来得及细究这个字，电梯门就缓缓开启，外界的光亮瞬间涌入电梯间，物业人员松了口气，上前问他们：“几位业主都没事吧？”

“我们没事，那位女士可能有事。”许淮颂看了一眼身后两腿抖如筛糠的女孩，带着阮喻走了出去。

其实阮喻的腿也是软的，只不过有个比她胆子更小的人在一旁，才没让她在许淮颂面前过于狼狈。

走到光亮处，阮喻脱离了许淮颂的人工支撑，低下头，留给他一个头顶：“谢……谢谢啊。”

许淮颂没接话，开始接受物业的询问，向随后到来的维修工说明情况。

阮喻正想回头安慰一下刚才那个女孩，却见女孩突然像想起什么一样，猛一拍手：“哎呀，糟了，我还要去寰视试镜呢！”说着，她抹了一把脸，带着一手背的睫毛膏拔腿就跑。

“哎……”阮喻追出几步，想提醒女孩妆花了，结果没赶上，只好随缘了。

这段小插曲很快过去。回到车上，两人谁也没提在电梯里的事。

许淮颂把阮喻送到了沈明樱家楼下。临别时，阮喻问他："你有没有支付宝账号？"

"做什么？"

"给你房费。"

许淮颂噎了噎："你先记下我手机号，过后我去申请。"

"你办国内手机号了啊？"

"嗯。"

阮喻存下许淮颂的号码，备注为"许律师"，推开车门准备下车时，忽然听见他问："你想有吗？"

"啊？"她一头雾水地停住，"有什么？"

她不是已经有他手机号了吗？

许淮颂沉默了一会儿，摇头示意没什么："进门后发个消息给我。"

阮喻低低地"哦"了一声，一路神游天外，细细琢磨着许淮颂说的那句"你想有吗"到底是什么意思。上楼后，等沈明樱开了门，阮喻一把攥住她的胳膊问："明樱，你想有吗？"

沈明樱满头问号："我没打算要孩子呢，怎么了？"

"啊！"阮喻短促地惊叫了一声，自言自语道，"他是这个意思吗？可是他为什么问我想不想要孩子？"

沈明樱的眼珠子差点瞪出眼眶："他昨晚在床上问你的？"

阮喻严肃地摇摇头："不是，是刚才在车上。"

"天哪，你们都这么激烈了？"沈明樱扶着阮喻的肩，从上到下打量了一遍。

"……"

阮喻还没来得及解释，手机铃声突然响起——许律师来电。

她怎么又把他给忘了！

阮喻连忙接通："我到了，我到了，忘记给你发消息报平安了……"

"那我走了。"

他还没走？阮喻快步走进沈明樱家，打开阳台窗户向下张望，正好对上许淮颂的目光。

他已经下了车，正仰头看着楼上，看样子是因为她没及时报平安，所以打算上来。

电话里传来一句："别探出来。"

阮喻缩回了头。

倒是沈明樱好奇地探出头去看，与许淮颂来了个惊天地泣鬼神的对视。

阮喻生怕沈明樱惊叫出许淮颂的名字，一个字来不及说就掐断了电话。

下一刻，沈明樱果然“啊”了一声，呆呆地俯瞰着楼下，直到那辆卡宴消失在视野里才回过头说：“我现在可以问了吗？”

阮喻知道沈明樱怕是压不住惊了，撇着嘴说：“你问吧……”

“跟你开房的是许淮颂啊？”

在沈明樱家的沙发上，阮喻坦白从宽地讲述了长达半个小时。

听阮喻事无巨细地说完，沈明樱也陷入了沉思：“高冷男神一夜跌落神坛为哪般？”

阮喻抱着抱枕凑上前去：“如果自作多情一下的话，会不会……”

“可是你们高中三年半点交流都没有，之前那一个多月也没擦出什么火花，现在忽然之间，也没个承上启下的过渡，他怎么就喜欢上你了？”

阮喻摸了摸自己被许淮颂揽过的肩：“我这不也是觉得奇怪吗？这要是写在小说里，一定会被读者吐槽感情线过渡不自然。”

“……”

都这时候了，还想着搞创作呢？

沈明樱想了想，说：“哎，从昨晚到今天，在他所有表现古怪的场合里，你是不是都处于相当脆弱的状态？”

“对。”

沈明樱不提还好，这一提，阮喻回想起过去的十二个小时，真是她倒了血霉的“至暗时刻”——不管是岑思思自杀，还是她半夜发烧，又或者是电梯故障，都符合沈明樱说的这一点。

“在这种情况下，他作为一个有担当的男人，对你产生一些保护欲倒也正常。况且他算是你的代理律师，这些事情又都属于案件留下的烂摊子。我觉得要验证他的心思，还得看你以后不再处于弱势的时候，他会怎样表现。”

阮喻觉得沈明樱说得有道理，不知是什么滋味地“哦”了一声。既然一时想不到答案，干脆也就不去想了。

之后两天，阮喻暂住在沈明樱家，开始专注于找房子。只是跑了好几个小区，都没发现比那套高层住宅更合适的。

她想，电梯故障应该不是问题，发生了一次故障，说明它会得到物业的重视，之后将更安全。

于是这天下午，她给许淮颂发了条消息：“许律师，我决定搬家了，但还没收到岑先生的答复。你说我现在回公寓打包行李安全吗？”

许淮颂：“我明早有空。”

这是要来帮她搬家的意思吗？阮喻把聊天记录拿给沈明樱看，询问她的意见。

沈明樱咋舌："许淮颂这律师当的，'售后服务'也太好了吧？那你就接受了呗，刚好看看他对你到底有没有别的意思。"

许淮颂稳妥的办事风格的确给了阮喻很大的安全感，她也害怕再遇到与岑思思有关的意外。捏着手机思虑再三，阮喻决定厚着脸皮，再次享受一次委托人的待遇："那又要麻烦你跑一趟了，你几点方便？"

许淮颂："八点半吧。"

次日一早，八点半，阮喻坐上了许淮颂的车。

沈明樱原本想跟他们一起去，说是让她用那双装了爱情雷达的眼睛观察观察许淮颂。

阮喻担心沈明樱没有做好表情管理，被许淮颂看穿了心思，到时候会尴尬。再加上沈明樱也是许淮颂的校友，两人碰面会增加她"掉马"的风险，所以她还是决定独自和许淮颂前往旧公寓搬家。

到地方后，为了安全起见，许淮颂陪她上了公寓楼。进门后，他坐在客厅等她打包行李。

阮喻给他倒了一杯水，转身去卧室忙活，打算先从衣物开始收拾。

因为常年宅在家，她的衣物并不多，只是冬天的外套比较大。为了方便，她打算用压缩袋装。她把厚衣服从衣橱里取了下来，放在床上，正要去外间找压缩袋时，膝盖擦到了床沿，碰掉了一件呢大衣。

"当啷"一声脆响，有什么东西从大衣口袋里掉了出来。

阮喻低头一看，忽然呆住。

掉出来的是一个白色U盘。是那个记载了她小说大纲乃至所有细节情节、本该丢失在咖啡馆的白色U盘。

阮喻愣了半天，弯腰把U盘捡起来，摊在手心，目不转睛地盯着它。

她想起来了——清明假的最后一天，杭市下了雨，正闹倒春寒，天气冷得反常，所以她出门时穿上了这件呢大衣。之后，妈妈突然来了，她从咖啡馆匆忙离开，很可能顺手把U盘放进了大衣口袋。再后来，杭市天气转暖，这件呢大衣被她收进衣橱，再也没有穿过。

抄袭事件爆出的时候已经是五月了，她根本没想到要去冬衣口袋里找U盘，所以才会误以为它丢了。

现在U盘找到了，那么也就是说，她的大纲从头到尾都没有失窃？

阮喻傻站在原地，满脸震惊，忽然听见房门被敲响。

许淮颂似乎听见了房间里磕碰的动静，站在门外问："怎么了？"

阮喻回过神来，打开房门，摊开手心："许律师……我记录大纲的U盘没有丢，这表示什么？"

许淮颂低下头，目光凝滞。

有那么一瞬间，他想亲手揭开自己的面具。

其实不只是这一瞬间。早在之前，当他明知故问她怎么知道他是苏市人的时候，还有刻意让她当面念小说的时候，他就这样想过。

他想，如果她最终演不下去，他也可以放弃。

但她始终在掩饰，而他的谎言就像雪球一样越滚越大。每当他想逼迫自己一次，就又会想象到她得知真相后，因为他近乎病态的处心积虑而害怕的模样。

在许淮颂沉默的间隙，阮喻在心里设想着其他的可能性。她问："有没有可能是什么计算机高手使用了某种技术，不声不响地入侵了我的电脑？"

"理论上讲有可能。"

"实际上呢？"

许淮颂不想再编织更多的谎言，于是实话实说："谁会那么无聊？"

"岑思思啊。"阮喻却没有把许淮颂的话当作否定的反问，只是想着，岑思思连她的住址都翻了个底朝天，也不是没可能入侵她的电脑。

许淮颂把到嘴边的坦白又咽了回去，搁在身侧的手捏紧再松开，松开再捏紧，最终转身回了客厅。

阮喻没注意到许淮颂的不对劲，沉浸在自己假设的世界里——如果连大纲也是岑思思偷盗去的，那么《她眼睛会笑》的作者"写诗人"在其中又扮演了怎样的角色？

假使"写诗人"和岑思思是一伙的，可她当初又怎么会主动给刘茂送情报？

阮喻想不通这个矛盾点。打包完基础的行李，送到新公寓，跟许淮颂分别后，她拿出手机联系了李识灿。

李识灿昨天给她打过一个电话，提了下公关的进展，说岑思思做的这件事社会影响太差，事发时就很快被屏蔽，所以波及面不算太大。他的善后工作也进行得很顺利，目前事情基本上都已经解决了。

阮喻是真心感激他，在电话里询问，她能做点什么。

李识灿说，请他吃个饭吧。

她知道自己欠下的人情根本不是一顿饭能还清的，自然一口答应下来。两人当时说好，等李识灿忙完演唱会的工作就约个时间。

只是这顿饭还没请，她又得麻烦他一件事了。

电话接通后，阮喻开门见山地问："学弟，你方便给我岑思思她父亲的联系方式吗？"

那天晚上，岑荣慎并没有留下自己的电话号码。她昨天收到一笔赔偿金，但汇款账户是之前就提供给被告的，她并没有直接与岑家联系过。

李识灿在回答之前先问："出什么事了吗？"

“他前两天说要替我排查危机，我想了解一下进展。”除此之外，她想顺便确认岑思思当初是不是找人入侵过她的电脑。

“我大致知道情况，岑叔叔在排查岑思思对外联络记录的过程中没有发现问题，但他做事比较谨慎，所以还没给你最后答复。另外，他打算请国外的心理治疗师在催眠中针对岑思思的过往行为与她对话，从而确认事实。只是她现在身体状况不好，暂时无法接受出国治疗，所以这件事就耽搁了。”

说到最后，李识灿还是把岑荣慎的号码给了阮喻，但阮喻已经了解了情况，也就没急着联系岑荣慎，决定再等等。毕竟站在为人父亲的角度去想，岑荣慎已经够焦头烂额了；而站在事件责任人的角度来看，他也已经尽力了。

阮喻待在两室一厅一卫的新公寓里整理行李，等忙完已经下午两点多，想起自己还没吃饭，打算下楼买点外食。

没想到刚走出公寓楼，阮喻就碰见了前几天和她、许淮颂一起被困在电梯里的那个女孩孙妙含。

孙妙含今天没有化浓妆，比起那天的妆容，素颜似乎更衬她精致的五官。

一见到阮喻，她立马又惊又喜地走上前来：“是你啊，姐姐，你也住这栋楼吗？”

阮喻正要说自己是新搬来的住户，就被对方紧紧握住了双手。

孙妙含满脸感激地说：“你和你男朋友真是我的福星！”

孙妙含的重音落在最后，所以阮喻在解释“不是男朋友”之前先疑惑地问：“福星？”

“我那天不是去寰视试镜吗？到了那儿才发现妆哭花了，原本想卸了重化，结果没来得及上妆就轮到我了，只好素颜进去……”

阮喻猜到了结局：“进了吧？”

孙妙含连连点头：“进了以后我才知道，他们最近就在找素颜风格的。”

阮喻笑着说恭喜，接着又说：“是你命里有时终须有，跟我和我朋友有什么关系？”

“咦？”孙妙含眨眨眼，“你们还只是朋友呢？”

阮喻莫名其妙地点点头：“不然呢？”

“虽然那天你说你还没有男朋友，但我以为经过那种患难见真情的时刻，他应该跟你表白啦！”

阮喻笑着想解释没那回事，笑到一半却突然顿住。她的耳边忽然拼接起了一组对话。

“小妹妹，别哭了，其实我也还没有男朋友呢，我都二十六岁了……”

“你想有吗？”

“你想有”和“吗”之间缺失的部分，难道是“男朋友”？

那么，“你想有男朋友吗”的下一句，是“你觉得我怎么样”，还是“我给你介绍一个”？

刹那间的灵光乍现，让阮喻愣在原地半天，直到听见孙妙含的问话：“姐姐，你怎么啦？”

“没……没事。”阮喻摇了摇头，跟孙妙含道别后，游魂似的往外走。

一刻钟后，她发现自己又绕回了公寓楼下，而她的手里，并没有一点食物。

另一边，许淮颂正在酒店套房的客厅里和吕胜蓝谈工作。

吕胜蓝这次接到一起境外投资相关的纠纷案，因为需要到中国实地调查案情，所以和许淮颂一起回了国。现在她遭遇瓶颈，正在向他请教如何突破关键。

许淮颂听完吕胜蓝的叙述后没有说话，打开了笔记本电脑，开始打字。五分钟后，他把电脑屏幕转向她：“你联系这个人，应该能争取到调查机会。”

吕胜蓝笑着看了他一眼：“结果还是麻烦你动用了许叔叔的人脉。”

“没关系。”

他的态度一如既往地公事公办，客气又疏离，但吕胜蓝隐隐察觉到一丝不正常。看着他不太健康的脸色，她忍不住问：“你是不是又犯胃病了？中午没吃饭吗？”

许淮颂确实没吃饭。送阮喻到新家时正接近饭点，她说请他吃个饭表示感谢，但他当时心烦意乱地想着 U 盘的事，所以说了下次。

回到酒店后，他一忙起来也就忘记了吃饭的事。现在胃正绞痛着。

不等他回答，吕胜蓝站了起来：“你的药在哪儿？卧室吗？我帮你拿。”

“不用。”许淮颂撑过一阵绞痛，站起来，“你回去办案子吧，我自己来。”说着转身进了卧室的卫生间，支着洗手台缓劲，不出片刻，已经淋漓地出了一层冷汗。

同一时刻，阮喻饿着肚子坐在电脑前，把和许淮颂的微信对话框开了又关，关了又开，最后给沈明樱发了一条消息：“你说，当一个男人问一个女人‘你想有男朋友吗’的时候，他的隐含意思到底是‘A. 你觉得我怎么样’还是‘B. 我给你介绍一个’？”

消息发出后，暂时没有得到回复。她心不在焉地用右键点击那条内容，打算“转发”，想换个朋友问问。

结果因为刚才一直在点击许淮颂的对话框，勾选好友的时候脑子一卡壳，直接点了处于列表第二位的他。按下“发送”键后，阮喻幡然醒悟，手忙脚乱地去点“撤回”，看到对话框里显示“你撤回了一条消息”，刚松口气，却见对方回了消息：“B。”

阮喻愣在了电脑前。

酒店里，吕胜蓝在许淮颂的电脑上打出这个“B”字后，匆匆删掉了消息记录，朝卧室的方向说：“那我先走了，你注意身体。”

胃里的绞痛来得又急又烈，许淮颂服下药后，开门确认吕胜蓝已经离开，于是换了身衣服，掀开被子躺上了床。他觉得自己可能真的有点病态了。自从阮喻盖过这床被子以后，他就特意跟酒店打了招呼说不要换。

想到这里，他拿出手机来看，下一刻却忽然停住。

微信消息列表的第一栏，显示他发送了一条消息给阮喻。但点进去一看，她在他的账号发出这个“B”之前就已经撤回了一条消息。

三秒钟后，他回过神，下床走到客厅，查看电脑。

电脑版微信里，他跟阮喻的对话框被删掉，记录显示为空白。

激烈的庭辩要求充分把控时间，这个职业习惯使他能够清晰地确认，他绝对没有放任吕胜蓝在这里待太久。从他因胃痛难忍匆匆走进卧室，到听见房门被关上的声音，应该只有一分钟左右。

再对比手机显示的，他的账号发出那条消息的时间，意外就发生在这一分钟内——真相显而易见。

吕胜蓝从小在美国长大，不了解中国人常用的微信。她以为删掉了电脑版的聊天记录就万事大吉，却不知道手机版微信上有同步备份。而事发时间又太短，她明显是未经思考就做出了冲动行为，没工夫了解清楚究竟。

许淮颂深吸一口气，闭了闭眼，拿起手机打字：“你撤回什么？”

那边很久没有回复，在他正要打电话过去的时候，阮喻回道：“我发错啦，所以就撤回了，不好意思啊，许律师。”

他相信她是真的发错了。吕胜蓝也一定从她的撤回中明白了这一点，确信她过后不会主动提及，所以才敢这么做。

但这就越发说明，这条消息非常关键。

只是现在，阮喻可能把他这句话理解成了“你为什么撤回”，而不是“你撤回了什么”。

他失去了咬文嚼字的耐心，拨通了她的电话。

那边过了很久才接，可能是在斟酌什么。可是他没有余裕的时间去斟酌了。在看到这个“B”字的一刹那，他浑身的血液仿佛凝固，现在整个人都像被一种未知的恐慌包围着，以至于完全感受不到原本剧烈的胃痛。

许淮颂换了个方式，开门见山地问：“我的意思是，我没有收到你的消息，你撤回了什么？”

“啊？”阮喻显然也很惊讶，“那你怎么回我了？”

“不是我回的。”许淮颂重新问了一遍，“你撤回了什么？”

那头许久没有作声，过了一会儿说：“那也没关系，反正本来就是发错了……”

许淮颂放弃了无用的拉扯，转身朝房门外走去：“你在新公寓吗？”

半个小时后，阮喻听见了门铃声。

从起初收到许淮颂回复的“B”字，怀疑他在委婉地告诉她不要自作多情，到后来接到他的电话，感受到他无法隐忍的急切，再到这等待的半个小时里不停揣摩接下来可能发生的事，推翻一种可能，重来，推翻另一种可能，再重来——她像坐了一趟起起落落的过山车。

到这一刻，她突然有点不敢去开门。

阮喻走到门前，看了一眼门镜，隔着这块两人之间最后的屏障说道：“你……”

“你开门。”

许淮颂此时的声音听起来相当平静，已经没有了刚才电话里那种急切的味道。

阮喻这才敢开门。

然而下一秒，她整个人被一股巨大的拉力扯向前，落入了一个她曾无数次幻想过的怀抱。只是这个怀抱并没有她想象中那么温柔——许淮颂几乎是用浑身的力气在抱紧她。

阮喻连惊叫声都没来得及发出，只能感受到他落在她肩窝处的灼热呼吸正刺激着她的神经末梢，一寸寸入侵她的肌肤。

她在大脑宕机五秒后，开始企图往后缩。

许淮颂感受到了阮喻的动作，立刻松了手，但他的目光仍然凝滞在她的脸上。

阮喻仰起头回望他，在短短一瞬间，她仿佛从他的眼里看见了风起潮涌、惊涛拍岸，看见了白瀑悬空、飞珠溅玉，看见了无数激烈壮阔的波澜，最后，看见了自己。

只看见自己。

有人说，人的眼睛是会说话的。这一刹那，他明明什么都没说，她却好像读懂了所有。尽管她还摸不着头脑，为什么突然之间，许淮颂好似对她产生了这样一种仿佛已经压抑了很久很久的情绪。

震惊过后，阮喻张了几次嘴，终于低声问：“你怎么了……”

许淮颂像个讨不到糖吃就不肯放弃的小孩，重复了一遍：“我想知道你到底撤回了什么。”

明明用了“到底”这种词，可是阮喻觉得他的语气一点也不强硬，反而像是有点受伤。

原本发现他没看到消息时，她是打死都不愿跟许淮颂透露自己到底发了什么的。可是这一刻，在这样的刺激和震撼中，她做了一个连自己也无法理解的举动——把手机递到了他的手上。

手机屏幕停留在她和沈明樱的对话框。

沈明樱的最新回复是："谁问你这个问题了？还是你写作需要做调查？我觉得A和B也可以是同一个答案啊。"

A和B可以是同一个答案。"我给你介绍一个"的后面也可以是"你觉得我怎么样"。

阮喻心情忐忑地等着许淮颂的反应，然后看见他的目光从手机屏幕上移开，盯住了她的眼睛："嗯，A和B不是同一个答案吗？"

他的反问平静得出奇。

阮喻的大脑却再次陷入停摆。人在极度紧张的情况下可能会产生一种物极必反的状态，比如说现在，她明明已经慌乱到不知道手和脚该放在哪里，却依然保持着静止。

足足十秒过去，她总算挤出一个笑来："咦，我都傻了，怎么让你干站了这么久……"说着，她招呼他进来，"我刚整理完一部分行李，家里还没怎么打扫，你直接穿鞋进来就好。"

阮喻说完以后回过头，发现许淮颂还站在门口，她疑惑地问："你不进来吗？"

许淮颂终于跨过了那道门槛。

"我给你倒杯水吧！"阮喻把他请到沙发上坐下，转身要去厨房，走开两步又回头，指了指他手里那部属于她的手机，挤出个笑来，"瞧我这记性，忘记手机在你那儿了，还给我一下？"

拿到手机后，阮喻快步走进厨房，关上门，差点腿一软磕在地上。她拍了拍胸脯压惊，然后靠着门板，拿出手机颤抖着打字。

软玉："SOS！呼叫沈明樱！"

软玉："紧急情况，请求组织支援！"

软玉："这不是演习！"

软玉："重复一遍，这不是演习！"

沈明樱被阮喻的夺命连环call震了出来："咋咋呼呼地干吗呢，许淮颂要跟你表白啊？"

软玉："恐怕是的！"

或者说，其实他已经表白完了？

沈明樱："……我就随口一说，你来真的？"

沈明樱："你现在需要速效救心丸吗？"

阮喻捂了捂如同脱缰野马似的心脏："我还撑得住。"

沈明樱：“那你打算怎么办？”

阮喻有些无奈，她要是知道，至于躲进厨房吗？

沈明樱：“他是认真提出交往了呢，还是只跟你表露了喜欢的意思？”

软玉：“后者。”

沈明樱：“那你对他什么感觉？”

软玉：“你这么突然问我，我也说不上来啊……”

原本，她是真的放下了对许淮颂的感情，但从那一晚许淮颂突然转变态度起，她就控制不住地揣测他的意图。

因为这一切太不可思议了，她没有放任自己去深思，去探究自己希望他抱有哪种意图。

但就像硬币落地的那一刻，你能明白自己究竟想要的是正面还是反面。刚才在看到那个“B”字的瞬间，她意识到，她期待的可能是“A”。

只是这种期待到底是“旧情复燃”还是“惯性使然”，她也说不清。

毕竟许淮颂好像突然变了一个人，不再是她从前认识的那个他。用过去的感觉去衡量现在的他，让她觉得自己有些人格分裂。

沈明樱发来了消息：“好了，甭管是什么感觉，这么多年终于有了机会，你就试试拿下他，大不了觉得不合适再拜拜，这样以后也不会有什么遗憾。如果你现在直接逃避或拒绝，我保证，你一辈子都会惦记着。”

阮喻在一堆文字里找到了重点，重复道：“拿下他？”

沈明樱：“对，拿下他，而不是被他拿下。”

阮喻和沈明樱一来一回讨论了半天，结束后，并没有着急打开厨房门，而是回头慢吞吞地烧水。

烧完后，她倒了一杯白开水，呼吸吐纳，放平心态，然后拉开门。

沙发上的许淮颂在厨房门打开的瞬间抬头，盯住了她。

阮喻垂了垂眼，回想着沈明樱的教诲，面色平静地问：“谁拿你的微信回了我消息啊？”

许淮颂没有遮掩：“你见过的那个同事。”

“吕小姐啊。”阮喻把水放到他面前的茶几上，没了下文。

在许淮颂以为阮喻会继续追究、询问下去的时候，她并没有按套路出牌，突然打住了。而他就像挥空了一杆球，力气使出去了，低头却发现球正悠闲地躺在草地上晒太阳。

过了一会儿，阮喻终于开口，说的却是：“她看起来业务能力挺强的。”

“……”

业务能力是指什么？许淮颂张了张嘴又闭上，觉得这话怎么接都会“送命”。

半晌过去，他直言道：“她是我大学同学兼律所同事，除此之外，我跟她没有别的关系。这件事，你想怎样处理都行。”

“处理什么？”阮喻反问。

许淮颂再次挥空了球杆，但他不能再往后退了。他问：“你不生气吗？”

“你比较生气吧？”阮喻笑了笑，看了眼手机上的时间，“五点了啊。”

“怎么了？”

阮喻谨记着“占据主场优势”的重要性，装模作样地摆出个架势：“出去吃个饭？”

这是许淮颂挥空的第三杆球。他打算把吕胜蓝的事情从头到尾解释清楚，阮喻却一次又一次地巧妙避开。那种一拳砸在棉花上的落空感，让他从刚才如同脱水般难受的状态中脱离出来。

到这一刻，如果还判断不出她是故意的，他就太愧对自己的职业了。

她刻意表现得如此落落大方，是为了避免自己因过于在意而落于下乘，同时以退为进地试探他。果然这样一来，她连开口都不用，就让他沉不住气交了老底。

虽然无论她是歇斯底里地质问他，还是委委屈屈地哭一场，结果都一样，但他竟然像个变态一样，有点享受她这样的心机。

许淮颂瞥了一眼厨房。其实他以为她刚才是躲在厨房思考怎样拒绝他，结果她这外柔内刚的行事风格一次次出乎他的意料，连他的胃也在她和胶囊的作用下恢复了平静。

许淮颂忍住笑意，拿起桌上的水喝了一口。

阮喻的气势矮了一截。这人喝个白开水怎么还喝出了限量版金王马爹利的优雅质感？刚才还勒得她差点背过气去，现在表现得这么淡定是什么意思？

既然硬的不行，那她来软的？阮喻暗暗琢磨了一下语气，说：“我还没吃午饭……”

许淮颂果真顿住了：“为什么没吃？”

阮喻正要回答，忽然听见他接着说：“我是忙着工作没吃，你也忙？”

她一愣：“你这个胃还敢不吃饭？”

对话进行到这里，两人同时拿起手机起身。

人是铁，饭是钢，一顿没吃还坐这儿闲得慌？到头来两人都饿着肚子，还互相卖惨，这不是神经病吗？

两人一前一后地走出家门，许淮颂忽然问：“你会开车吗？”

“驾龄七年了，但没敢上过路，怎么了？”

“想让你开我的车去，我刚犯过胃病，怕开车出岔子。”

“那你来的时候……”

“来的时候是一个人。”

许淮颂这话像一记软锤，直直撞在阮喻的心上，撞得她又酸又麻，一阵眩晕。

阮喻半天没说上话，连脚步都虚浮起来，最后晕晕乎乎地说："那打车吧……"

吃饭的地方是阮喻挑的。许淮颂刚刚犯过胃病，所以她只能找了一家砂锅粥店。

点菜的时候，他万事不管，一切随意，她也就没谦让，拿着笔在菜单上一路虚画下来，然后陷入了难题。

皮蛋瘦肉粥，皮蛋不行，腌的伤胃。

滑蛋牛肉粥，牛肉不行，不容易消化。

艇仔粥，海鲜不行，万一胃里有炎症呢？

阮喻抬起头："你好像只能喝清粥了。"

"可以，你点你吃的就行。"

阮喻开始挑自己的——

排骨粥，排骨不行，啃起来不太雅观。

膏蟹虾粥，虾蟹不行，吃完嘴里会有味道吧？

鸡丝粥，鸡丝不行，万一塞牙缝了呢？

她再次抬起头，严肃而决绝地说："我也喝清粥。"

许淮颂眨了两下眼："你确定？"

阮喻十分肯定地点了点头。

点完单没一会儿，服务员就给两人端上来了一锅热气腾腾的清粥和几碟配菜。

许淮颂拿起粥勺，先给阮喻盛了一碗，然后再盛自己的份。

两人默不作声地喝起粥来，喝到一半，许淮颂接到一个电话。他没有避开阮喻，开口就说："我是，您好，何老师。"

何老师？那不就是苏市一中的副校长，他们曾经的英语老师？

阮喻立刻竖起耳朵听。没想到这时她自己的手机也响了——妈妈的来电。

过了饭点，砂锅粥店里没什么人，环境很安静，两人一起接电话，声音难免彼此干扰。阮喻准备起身走远一点，结果被许淮颂虚虚地点了一下，那个手势的意思是让她坐在原地接电话，他去外面。

等他说着话起身离开后，阮喻才接起了电话。

曲兰说："喻喻，我和你爸爸刚才接到何老师的电话，他这星期五过五十大寿，请我们一起去苏市参加生日宴。"

阮喻神色一滞，立刻联想到刚才许淮颂接到的电话："我一定要去吗？"

"估计何老师本来也想不起你，可上回你在一中刚跟何老师碰过面。怎么了，你有工作要忙？"

“也不是……”

阮喻苦着脸搅动碗里的粥。其实，既然打算跟许淮颂发展感情，那他们是校友这件事，估计也快要说开了。但人家才刚开口半句，她就暴露了自己暗恋他多年的事，岂不是很没面子……

曲兰继续说：“老师特意邀请了你，这点礼貌还是要有的，没事就去。”

许淮颂刚好在这时候接完电话回来，阮喻抬头跟他对视了一眼，匆忙转移话题：“妈，你吃饭了吗？”

“吃过了，我正跟你爸喝酸梅汤呢，妈说的话你听进去没有啊？”

许淮颂已经在她对面坐了下来。

阮喻：“哦，我也想喝……”

“怎么了这是？你跟妈在这儿装选择性耳聋呢？”

“没有没有……”阮喻又看了对面的人一眼，“我想想，回头再跟你说，先挂了啊，妈。”说完，她就匆忙挂断了电话。

许淮颂重新拿起粥勺，优雅得像拿起刀叉准备吃牛排——又是那副乾坤自在心中的从容姿态。

见她挂了电话，他抬头看她一眼，问：“你想喝什么？”

“我妈做的酸梅汤。”阮喻轻咳一声，开始套话，“你跟以前在国内的老师还保持联系吗？”

“之前没有，上回在母校碰到就留了联系方式。”

“老师到现在还记得你啊。”阮喻冥思苦想着该怎么把话题绕到正确的方向，结果越聊越干巴。

还好许淮颂的下一句话正中她下怀：“老师请我去参加生日宴。”

她作恍然大悟状：“那你会去吗？”

许淮颂抬头，看到她眼里星星点点的，一副很期待他说“不去”的样子。他沉吟了下：“看看跟工作有没有冲突吧。”

“也是，忙就不去呗！”阮喻连连点头。

许淮颂忍着笑“嗯”了一声。

这顿饭的后半程，阮喻吃得心不在焉，但结束后，她还是没忘记重要的事情，想起了约他出来吃饭的关键目的，按计划说：“你出来这么久，猫在酒店会饿吗？四个月的猫正是成长期，营养要均衡些，光吃猫粮有点单调，你要不要给它带点别的吃食回去？”

人啊，突然话变多通常是有原因的。许淮颂弯了弯嘴角。

正当阮喻以为自己的“醉翁之意不在酒”被看穿了，却听他说：“那你帮我挑点适合它吃的，跟我一起回去一趟吧。”

阮喻就这样顺理成章地跟他回了酒店。临要进电梯时，她开始了下一步计划：“哎，我忘了吕小姐，她吃过了吗？”

“不知道。”

“她是不是跟你一样，忙起工作就不吃饭？要不我们从楼下带点吃的给她？”

许淮颂瞥了她一眼：“你要带的。”言下之意，跟他没有任何关系。

阮喻点点头，在酒店大堂精挑细选了一份叫“盛夏白莲”的时令套餐，又单点了一杯“浓情绿茶”。等服务员打包好了，她拎着袋子进了电梯，询问过许淮颂后，按下了十五层的按钮。

阮喻正暗暗给自己鼓劲，没想到，到了十五层，电梯门“叮”的一声打开，恰好见吕胜蓝拎着一只行李箱站在外面。

两人目光对上，吕胜蓝先礼貌地笑了一下，向阮喻和许淮颂点头致意，然后推着行李箱进来，按下一层的按钮，接着转过头对许淮颂说：“我处理完工作了，回美国。”

许淮颂“嗯”了一声，没有说别的话。

阮喻明白了，吕胜蓝是因为工作才跟许淮颂一起来中国的。虽然许淮颂还没有戳破她下午做的那件事，但她显然意识到他已经发现了，知道当面对峙谁也不好看，所以自己主动退避离开。

要不是碰巧，吕胜蓝不会跟许淮颂打这个照面。

阮喻忽然觉得，她也没必要送出这份充满暗示意味的午餐了。

电梯里谁也没有再说话，三个人的呼吸都很轻。等电梯到达一层后，阮喻和许淮颂没有动。

而吕胜蓝再次向两人点头，率先拎着行李箱走了出去。

第五章

狐狸与兔的较量

夏天的晚风带着青草的气息，像极了八年前，吕胜蓝在大学里的白鸽广场第一次见到许淮颂的场景。

对他一见钟情的那个瞬间，她从未想过自己会走到今天这个地步。

这一路走来，她就像打了一场长达八年的仗，每一步都迈得小心翼翼。

因为许淮颂太聪明了，跟他打交道的时候，她必须时刻保持一百二十分的警醒。一旦她的行为、眼神甚至语气有一丝企图越界的嫌疑，许淮颂就会用那种看似绅士温和，实则毫不留情的方式拒绝她。

其实，她从来没有正面开口过——稍加试探就遭遇了壁垒，她很清楚开口后的结局。

只是原本她想，他总有一天要成家的。八年了，他一直没有交往对象，他爸爸在痴呆之前也很中意她，把她视作准儿媳。那么到最后，他真的没有可能选择她吗？哪怕只是将就。

她觉得她可以等。

直到一个多月前，他突然回了一趟国。

起先她以为是他国内的家人出了什么事。几经打探，她才从他的室友，也是他们共同的同事嘴里套出话——他在中国打了个来回后，常和一个说中文的年轻女人视频通话。

她安慰自己，这大概是工作原因进行的视频面谈。可是之后不久，她得知他再次回到了中国，并且让助理准备了一笔资金用来买车，甚至带走了美国驾照。

那个时候，她开始慌了。

直觉告诉她，许淮颂对那个女人绝对不是一时兴起。甚至很有可能，在所有她一厢情愿的时光里，他也对另一个人这样动过情。

当他再次要从旧金山离开的时候，她不露痕迹地以工作为由，跟他坐同一班飞机回了中国。她要去确认内心的怀疑。

然后她看见了那个女人。在酒店房门外，那样不言而喻的情境。

许淮颂甚至没给她一丝自欺欺人的余地。

他立刻表明立场，先介绍阮喻，并直呼其姓名，再介绍她，客气地称她为“吕小姐”。远近亲疏，身份关系，一目了然。

许淮颂根本不会在礼节上犯这样低级的错误，所以他是故意的。

那一刻，她觉得自己嫉妒得快疯了。

也就是那一天的刺激，让她克制、压抑了八年的情绪彻底爆发，以至于她在看见阮喻发来的那条消息，敏锐地猜测到前因后果时，发送了那个致命的“B”。

那个让她在八年里第一次犯蠢、出错的“B”。那个让她在感情里掉价到三流，彻底出局的“B”。

走出酒店的那一刻，吕胜蓝又回头看了一眼。她记得，刚才进电梯时，楼层面板上没有亮起的数字，这说明，他们就是往十五层来找她的。

并且，应该是许淮颂默许、纵容着阮喻来找她的。

阮喻找她做什么呢？所有身处爱情中的女人，都知道这个答案。

吕胜蓝苦笑了一下。

原来要跟许淮颂这样的人发展亲密关系，除了努力比他聪明之外，还有一条捷径，那就是像阮喻一样，让他愿意为了你，变得不聪明。

阮喻和许淮颂随后也出了电梯。

阮喻来酒店就是为了找吕胜蓝，现在目的达成了，就以“有点困，就不上去了”为借口提出了回家。

她没打算真的进入许淮颂的房间。她这次的心态太不一样了，距离他刚才疑似表白不到四个小时，这么快进入对方的私密空间，她恐怕会慌到心跳骤停。

许淮颂也没勉强：“那我先上去放东西。”

“你车都不在，回去休息吧，不用送我了。”

“我的意思是……”许淮颂突然起了玩心，似笑非笑地说，“先上去放东西，然后休息。”

阮喻愣了愣，皮笑肉不笑地牵起嘴角：“那许律师再见。你的车，我会请代驾开到酒店。”

这疏远的称呼和安排，她还真是知道怎么以牙还牙。许淮颂低咳一声：“我开玩笑的，你在大堂等我五分钟。”

阮喻不买账了：“不用了，五分钟够我打到车了。”

“那我不上去了，”许淮颂眼底露出几分无奈的神色，“走吧。”

“好吧，”阮喻好像这才舒服起来，“你还是先去喂猫，我在大堂等你。”

许淮颂看了她一眼，转身进了电梯间，然后又回头看了她一眼，大概是在确认她没有口是心非。

阮喻朝他努了努下巴，示意他快去。电梯门合上的一瞬间，回想他临走时的那两眼，她紧抿的唇不自觉地一点点上扬，最后偷笑着走到休息区，在沙发上坐了下来。

金碧辉煌的大堂顶灯将四周照得一片敞亮，这个时间来往的人不多。坐了一会儿，她看见两名保洁员推着一车打扫用具从她面前经过。

其中一人对另一人交代：“1922 房客人的床单还是不换，别弄错了。”

阮喻一愣。1922，那不是许淮颂的房间号吗？他为什么不换床单？

一句话的工夫，两名保洁员已经从她面前走过，走远后她就听不见下文了。

她快步上前，跟在她们身后假装同路，然后顺利地听见了那人的回答：“这都三天了……”

两人还说了什么，阮喻再没听到，因为她已经出神地停了下来——三天前，她睡过那床被子啊。

被许淮颂送回家后，阮喻就一个人纳闷上了。

静下心来想，连她睡过一晚的床单都舍不得换，先不说这种痴汉行径是不是许淮颂的作风，单从这件事来看，他应该早就喜欢她了吧？

他是从什么时候开始喜欢她的？在酒店那晚之前，他似乎一直没有流露出明显的信号。

阮喻洗了个澡，因为清粥不饱腹，所以她拆开了那份带回家的“盛夏白莲”当夜宵，一边一筷子一筷子地吃着，一边在手机上刷起朋友圈。

刚刷新朋友圈，她就看见刘茂一分钟前发的一条动态：“同样是律师，差别怎么就这么大呢？”

文字下面配了一张图，是两张日程表的对比。左边那张表上密密麻麻的安排，右边那张表只在明天和本周六有两项工作安排，其中周六那列，显示是早上九点到下午一点有个重要的视频会议。

阮喻顿时精神起来。周六中午就是何老师的生日宴，右边这张日程表该不会刚好是许淮颂的吧？

她在下面留言："一周就两项工作计划，这是哪儿来的神仙律师呀？"

至坤刘茂："我们许律师。"

阮喻放下筷子，兴冲冲地给曲兰回电："妈，周六我会去的，你和爸爸在家里等我，我们直接打车，大周末就不去高铁站挤了。"

那头的曲兰一声声应下。

挂了电话，阮喻哼着歌收拾碗筷，打开电视调到中央五套看世界杯，心情很好地发了一条朋友圈："绿茶配世界杯，边熬夜边养生。"

配图是茶几上那杯"浓情绿茶"和背景里的壁挂式电视机。

许淮颂秒回："白莲呢？"

阮喻看了一眼已经被自己吃空的餐盘，脸不红心不跳地打字："吃不下了，在冰箱里。"

许淮颂："那我明天来吃早饭。"

"……"

她现在去酒店再点一份"盛夏白莲"还来得及吗？

阮喻艰难地咽了一口绿茶，忽然看见刘茂过来插了一脚，回复许淮颂："带我一个？"

许淮颂："嗯，睡吧。"

言下之意显而易见：做梦。

阮喻差点笑出眼泪，揉揉眼睛，转瞬又看到底下的一条评论。

她高中时的老班长周俊回了一条消息："这是什么情况？"

周俊好像是在问她和许淮颂的"情况"。

阮喻后知后觉地意识到，除了刘茂之外，她和许淮颂还有共同好友。

也对，当初两个班一起毕业旅行，作为活动组织者的班长肯定加了大家的 QQ，后来微信关联 QQ，可能也就加了部分人的微信好友。

糟了。阮喻眼疾手快地删掉了这条朋友圈。

她刚松了一口气，却很快意识到这样做没用——就算删掉朋友圈，许淮颂还是会收到周俊回复她的提示通知。

果然，下一秒，许淮颂发来了消息："你跟周俊认识？"

阮喻避重就轻地回答："我们以前在苏市住在同一片。你也跟他认识？我听刘律师说，你外婆家好像也在南区那块。"

许淮颂："嗯，看完球早点睡。刚才说笑的，明早我有工作安排，不用等我。"

她就这样轻松过关了？阮喻轻舒一口气，正乐呵着，忽然从杯中的绿茶品出了不一般的味道。一个连她睡过的被子都不肯放过的男人，居然对她的男性朋友提出的奇怪问题表现得这么轻巧？他对刘茂不是挺凶的吗？

电视屏幕上，球员一脚射门进球。阮喻的脑袋也像被人按下了什么开关，豁然开朗起来。

她翻开刘茂那条关于日程表的朋友圈，重新品味了一遍。

为什么刚好在她犹豫去不去参加何老师生日宴的时候，刘茂会无意间帮她做了“去”的决定？

这也太巧了。

然而刘茂本身不会故意这么做，因为他根本不晓得何老师的存在，除非这一切是唯一的知情人——许淮颂的授意。

那许淮颂又怎么晓得她也受到了邀请？难道他已经知道她是何老师的学生了？

可是既然如此，他又为什么不直接跟她挑明，而要用这种迂回的方式，诱使她去参加这个生日宴呢？

他似乎非常清楚，她不想去是为了避开他，以防小说的事情被揭穿。

推测到这里，答案呼之欲出。

电视机里传来球迷们疯狂的欢呼声，然而在阮喻的世界里，所有的尖叫与庆祝都成了遥远的背景音。

她惊讶地捂上嘴，半晌后，自言自语了一句：“难道我早就‘掉马’了？”

周六，阮喻还是按原计划接了爸妈去苏市。

这几天，她对自己有没有在许淮颂面前暴露身份这件事反复思考，最后发现所有假设都是无意义的，真正能找到答案的地方是这场生日宴。

如果他以“工作计划临时有变”为由出现在宴席上，那么她想，世界上不会有这么多的巧合，他应该早就知道自己是她小说里的男主角，这是怕她当缩头乌龟，所以故意引导她去参加宴席的。

但如果他没有出现，那么这一切就只是她的无稽脑洞。

中午十一点半，阮喻到达苏市，在酒店门口和爸妈一起下了车后，第一时间瞄向附近的停车场——没见到许淮颂的车。

阮成儒觑她一眼：“看你心不在焉一路了，一下来就东张西望的，找什么呢？”

“我这是在侦察敌情，保卫您和妈的安全。”阮喻笑着挽过曲兰的手，“我们上去吧。”

一家三口被酒店侍应生带到了何崇订的宴厅。

因为从杭市过来，三人到得比较晚，二十几桌的宴厅已经满满当当都是人。还没开餐，人们三三两两地聚在一起叙旧聊天。很多人围着何崇说话。

阮喻的眼睛跟机枪似的在宴席上一顿猛扫。确认没有目标后，她轻吐一口气。

看她把许淮颂想成什么人了。想想他这几天，一天不落地跟她道“早安”“午安”“晚安”，那劲头，要是早就知道真相，哪会像看猴子一样，看她上蹿下跳地演戏呢？

人性不会这样险恶卑劣的。

于是，阮喻跟着爸妈上前去跟何老师打招呼。

一个照面过后，阮成儒和曲兰被何崇拉着跟一群老同事说话去了，而她突然听见身后传来一个声音："阮喻？"

她回过头，发现老班长周俊站在不远处，见她望过来，惊喜地说："嗨，还真是你！我就猜今天这日子说不定能碰上你！"

周俊走上前来继续说："真是好久不见了啊。你说你去年也不来参加同学聚会，真不够意思！"

阮喻笑着跟周俊打招呼："我那阵子刚好忙，下回有空一定来。"

"你现在还待在杭市呢？"

"对，今天特意过来的。"

"这么说……"周俊的语气里浮现出八卦的意味，"许淮颂也在杭市？"

阮喻点了点头。

周俊立刻兴奋地压低声音说："我代表二〇一〇届九班、十班的全体同学八卦一下，你俩这是？"

阮喻不好意思地一笑。她跟许淮颂还没个定数，周俊这个问题，她着实有点难答。

她捋了一下刘海，撇过头去，正打算用一个模糊的说法搪塞一下，目光掠过宴厅大门，忽然看见一个熟悉的身影。

阮喻的笑容立刻凝固。

周俊一愣，顺着她的目光看过去："哎，这不是许淮颂吗？你们不是一起来的啊？"

周俊的声音不低，一下子引起了许淮颂的注意。

许淮颂看过来，与呆滞的阮喻对上了眼，然后皱了皱眉，似乎感到疑惑不解，上前来问："你怎么在这儿？"

她怎么在这儿，他心里真没点数吗？

阮喻缓缓抬眼看他："我来参加高中老师的生日宴，你怎么也来了？"

许淮颂微微眯了一下眼："我也是。"

周俊在旁边一头雾水，插嘴道："这是怎么了？搞了半天，你俩不知道你们是校友啊？"

两人都没说话。周俊摸了摸后脑勺，一脸稀奇的样子，比了个手势："来，那我介绍一下啊，二〇一〇届十班许淮颂，九班阮喻。"

"这也太巧了吧！"阮喻笑呵呵地克制着内心即将喷发的小火山，看了一眼同样神情讶异的许淮颂，做最后的确认，"哎？可是，你今天不是有会吗？"

许淮颂一脸从容地解释："工作计划临时有变，所以来了。"

果然是这个理由！

阮喻差点被他完美无瑕的演技骗过去，从前发生的一幕幕却在此刻轮番浮现于眼前——

许淮颂明知故问“你怎么知道我是苏市人”的样子；许淮颂“碰巧”来到一中食堂，“碰巧”让刘茂接走她妈妈，“碰巧”在大雨里像个英雄一样开车救了她的样子；许淮颂在医院病房里假装病弱，让她念小说的样子……

当年的高冷男神，居然是这种表里不一、心机深沉的人？

为什么付诸深情那么多年，她从前一点都没发现呢？

阮喻感觉自己快哭了。现在眼睛里将流未流的泪，都是她当年在日记本里用尽想象描绘他时脑子里进的水。

亏她满心以为自己爱上了斯文优雅的花泽类，结果现在发现对方骨子里还是个幼稚的道明寺！

许淮颂看着阮喻脸上的神色变幻，淡淡地眨了眨眼，一如既往的气定神闲：“怎么了？”

阮喻深吸一口气，低头看了看自己的鞋。

他还好意思问“怎么了”？她真想用这双七厘米高的细高跟，一脚踩穿他脚上锃光瓦亮的皮鞋啊！

当阮喻在脑海里模拟起这报复的一幕时，身后传来了阮成儒的声音：“喻喻，快过来坐。”

许淮颂往她身后看了一眼：“你先去，我跟何老师打个招呼。”

先去？他的意思是他随后就到，要跟她坐同一桌？

身后又传来一声“喻喻”，阮喻看了看许淮颂和周俊，说：“那我先过去了。”然后坐到了曲兰的左手边。

何崇坐在自家亲戚那边，而阮喻一家坐的这一桌大多是苏市一中的退休老教师。

阮喻坐下后，向几位认识的老师一一问好。没过多久，就见许淮颂和周俊肩并肩走来。

他们这一桌，阮成儒右手边的位置还空着。

阮喻斜着眼睐，果然，在周俊即将碰到那把椅子的时候，许淮颂一个骚气走位，“漂移”到了她爸爸的旁边。

阮成儒自然而然地抬起头看。

阮喻正要看好戏，想看看许淮颂打算怎么打招呼，没想到下一刻先听见她爸爸开口了：“哎？这是……淮颂？”

阮喻：“……”

爸，您争点气啊，您怎么能先打招呼呢？而且这都过去八年了，您为什么还记得这个学生？

许淮颂稍稍弯腰，低头说：“阮老师？”他将身为晚辈的谦恭表现得淋漓尽致，语气中又带着一丝恰到好处的不确定。

“快坐。”阮成儒眯着眼笑，“好多年不见你啦，我记得你当时毕业后去了美国，是吧？”

阮成儒这话一说，同桌的几个老教师也隐隐记起了许淮颂，一个个笑着说：“淮颂？哎，四十周年校庆晚会，台上弹钢琴的是不是你？”

“哎哟，真是越长越俊了！”

“当年那成绩也是好得没话说，一边准备出国，还能考文综第一呢！”

许淮颂的人气实在太旺，阮喻和周俊加起来都比不上他一个，满桌人的目光都聚焦在他身上，大家连筷子也不动了。

许淮颂向老师们礼貌地点头致意，一个个回答他们的问题。

最后是曲兰提了问：“淮颂现在在做什么行业啊？”

许淮颂侧过身面朝曲兰道：“我之前在美国做律师，今年刚有回国发展的打算。”

阮成儒的眼睛在听见“律师”两个字时微微一亮。

阮喻从这个熟悉的眼神里看出了一丝异样，果不其然听她爸接了下半句：“小许这么年轻有为，成家了吗？”

虽说老师与多年前的学生重逢，一般也就关心事业和家庭这两方面，但阮喻知道，“小某”是阮家默认的，阮爸爸相看女婿时的标准称呼。

许淮颂坐下不到一分钟，她爸对他的称呼竟然就从“淮颂”升级成了“小许”。她爸这个样子，考虑过“小刘”的感受吗？

许淮颂注意到阮喻的动作，越过重重障碍看了她一眼，然后答：“还没，老师。”

阮成儒点点头，接着跟许淮颂聊了几句别的，说到事业问题时，扭头看了一眼阮喻：“喻喻，瞧瞧人家小许，跟你同一届的，现在发展得多好！”

其实这也就是家长们对“别人家孩子”的一种客套式夸赞，听听就好，许淮颂却在阮喻开口前，谦虚又认真地接上：“没有，她比我发展得要好。”

阮喻的目光缓缓滑了过去，跟许淮颂对视了一眼。

一旁的周俊也嗅到了浓郁的八卦气息，停下跟身边老师的寒暄，侧着耳朵来听。

阮成儒果然提出了疑问：“你跟我们喻喻认识啊？”

“对，不过我之前不知道我和她是校友，不然今天应该送你们来这里的。”

阮成儒和曲兰对视一眼。

阮喻憋着一股气，一口气喝了半杯橙汁。演，接着演，使劲演。

许淮颂又跟阮成儒说："等这边结束后，我陪她送您和曲老师回去吧。"

这种情况下，叫她"阮喻"太显生疏，不够向长辈表明自己的心意，叫"喻喻"又太亲昵，可能让阮喻感到不舒服，所以许淮颂用了一个含糊不清的"她"字，简直是面面俱到。

插不上话的阮喻又喝了半杯橙汁，暗暗磨牙。

曲兰笑呵呵地接上："那多麻烦啊，你要是顺路，送喻喻就好了，我和你阮老师住在郊区呢。"

许淮颂笑着说："不麻烦，郊区空气好，顺带兜风了。"

"那你们回去可就晚了，多不安全！"

"您放心，我送她到家门口。"

许淮颂这些见机讨好的话可真是没完没了。阮喻没忍住，插了一句嘴："之前怎么没见你送啊？"

许淮颂稍稍侧身，看着阮喻认真回想了一下："嗯，前两天是只送到楼下。"

曲兰一愣之下笑出声，捏捏阮喻的手腕，低声说："人家小许送你到楼下，你还嫌不够啊？"

阮喻小声顶嘴："楼下又不是家门口，我在上楼的过程中也可能遇到危险呢！"

"你这孩子，还强词夺理上了！"

"没有，我是应该送上楼的，以后记得了。"许淮颂笑着看了阮喻一眼，说完被一旁的周俊用手肘撞了一下。

周俊朝许淮颂悄悄竖了个大拇指，压低声音道："兄弟，高啊，我过几天也要带女朋友见家长了，你给我支两招？"

许淮颂还没说话，抬头看见阮喻在曲兰耳边说了句什么之后忽然起身离席。看阮喻一路往洗手间的方向走去，他朝周俊点了一下头，示意失陪，也离开座位跟了上去。

阮喻是喝多了橙汁才去洗手间的，当然，也是为了去冷静冷静。

自从戴上有色眼镜看人以后，她越来越发现那人简直不是人。她现在根本分不清，许淮颂在她面前哪段是真情，哪段是演技。

瞧瞧他那花言巧语，一套一套的，指不定讨好过多少小姑娘和她们的爸妈呢。

阮喻在洗手间里冷静了好一会儿，刚走出去，一眼就看见许淮颂守株待兔似的站在外间的盥洗台边。

"你……"阮喻轻拍了拍心口，"吓死我了……"

许淮颂笑了一下："躲在里面骂我呢？"

阮喻在心里翻了个大白眼，摇头却摇得很自然："骂你做什么，你干什么亏心事了吗？"

“那等会儿一起去给何老师敬酒祝寿？”

“你不是还要开车吗？”

“以茶代酒。”

“那好啊。”阮喻笑眯眯地说，“我们这一桌只有三个小辈，叫上周俊一起吧。”

许淮颂噎了噎。

阮喻眨眨眼，神情无辜：“怎么了？”

“没事。”

扳回一局，她心里舒坦了些，一边跟他往回走，一边说：“你发现没，我爸可喜欢给我相看对象了。”

许淮颂点点头，又听她说：“之前刘律师也是我爸介绍给我认识的。”

“我知道。”

“那你知道，我爸喜欢刘律师什么吗？”

许淮颂想了想，道：“因为他是律师？”

阮喻意味深长地摇了摇头，说：“因为他为人忠厚老实，心眼好，花头少，不浮夸，不会欺负人，行动胜于言语。”

“……”

许淮颂轻咳一声，低头看了看阮喻，似乎想从她脸上找到什么蛛丝马迹。但阮喻看起来好像只是单纯叙述，没有任何指桑骂槐的意思。

再回到宴席上，许淮颂一改之前的进攻态势，除了被问到以外，很少主动开口。倒是阮喻发现，每次侍应生上菜，但凡她多看一眼，那盘菜就会在接下来的时间里一次又一次地被转到她的面前。

有一回，她瞅准那盘龙井虾仁即将到她面前的时机，偷偷斜着眼看了看右边，就发现许淮颂的手刚好从转盘上移开。

坐在两人中间的阮爸阮妈彼此对视一眼。

——看这样子，两个孩子刚才是闹了点不愉快？

——是吧？咱们喻喻看起来好像还没答应小许呢。

生日宴结束后，远道而来的阮成儒和曲兰被何崇邀请去喝下午茶。许淮颂打算趁这时间回家看看陶蓉，就暂时和阮喻分开了。

一直到下午三点半，结束了各自行程的两人才重新会合，准备一起回杭市。

阮成儒和曲兰还在茶馆门口与何崇难舍难分，阮喻走开几步，朝许淮颂招招手，示意他过来。

许淮颂不明所以地走近，低下身子。

阮喻立刻凑到他的耳边小声说：“知道我为什么特别遵守交通规则，在安全方面尤其小心吗？”

“为什么？”

“都是我爸教育的。”

于是回去的路上，许淮颂全程目视前方，全神贯注地开车，一句打岔的话也没说。

后座的阮爸阮妈再次对视一眼。

——看这样子，不愉快还没闹完呢？

——那这次就先不留小许在家吃晚饭了吧？

失去了一顿关键晚饭的许淮颂还不知道自己被阮喻“摆了一道”。送完两位长辈后，他和她一起回市区简单吃了点，然后把她送回了公寓。

天色已经昏暗，阮喻踩着七厘米的细高跟鞋奔波了一天，又累又困，也没工夫给许淮颂下绊子了。她掩嘴打了个哈欠，迷迷糊糊地向他挥手再见，伸手去推车门。

许淮颂看了阮喻一眼，刚要跟着她下车，却被她抬手制止：“我中午开玩笑的，不用送我上楼。”说完，她关上车门，转身往灯火通明的公寓楼走去。

许淮颂顿了一下，还是下了车。结果刚走进一楼大厅，就看到她一个人傻站在电梯前，歪着脑袋瞧着什么。

他走上前问：“怎么了？”

阮喻闻声回头，指了指贴在墙上的A4纸：“电梯在检修，不能用。”

许淮颂瞥了一眼那张检修通知，又看了看另一边的安全通道：“那走楼梯吧。”

“十……十二楼啊。”

“你走不动？”

阮喻一噎：“走得动。怎么走不动？”她撇着嘴往安全通道的门走去，没想到经过许淮颂身边的时候，却见他蹲了下来。

“上来，我背你。”见她愣住，许淮颂低声催促，“快点，我还要回去准备视频会议。”

怎么背个人还不忘立霸道总裁的高冷人设，会不会好好说话了？

阮喻气哼哼地爬了上去，决定累死他。但刚被他背起来，她就后悔做了这个决定。因为这个前胸贴后背的姿势，似乎太亲密了……

阮喻微微仰起上半身：“要不我还是下来吧……”

“别乱动。”许淮颂回头瞥了她一眼，“你这么仰着，我反而更累。”

阮喻又被许淮颂这句话的语气坚定了把他累死的信念，在他转回头去的时候，对着他的后脑勺悄悄做了个鬼脸。

没想到许淮颂竟然敏锐地再次回过头来，吓得她一嗓子阻止了他：“老回头干吗，你……你看路啊！”

许淮颂低头笑了一下，开始稳步上楼，看上去似乎非常轻松。

阮喻慢慢克服了亲密接触的拘束感，低下头在他耳边说："这么熟练，看来你没少背女孩子啊。"

许淮颂回头看了她一眼："背过我爸而已。"

阮喻本来是开开玩笑，打探打探他的情史，这下倒是哽住了，半晌才再次开口："叔叔现在还好吗？"

许淮颂一步步上楼，一边回答："就那样，他在美国靠护工照顾，智力很难恢复了，但只要不再突发脑梗，也没什么大问题。"

阮喻皱了皱眉，问出了藏在心底很久的疑问："我想问个问题，你要是觉得冒昧，不答也没关系……"

"离婚了，我爸妈，十年前。"不等她问，许淮颂就已经一口气答完。

阮喻低低地"嗯"了一声，听见他说完这句以后喘起了粗气——他们已经到十楼了。

她很慢很慢地压低身子，以极小极小的幅度，一点点圈紧了他的脖子，像是一个安慰他的动作。

许淮颂低头看了眼她的手臂，弯了弯嘴角，没有说话。

终于走到了十二楼。两人从安全通道的门走出去，没想到一眼看见电梯门缓缓地打开，从里面走出了同住十二层的房东夫妇。

阮喻惊讶地脱口而出："电梯不是在检修吗？"

房东太太也讶异地瞪大了眼，解释道："电梯的检修时间是早上六点到七点，晚上这个时候人流大，物业不会停电梯的。"说着又笑了笑，"楼下电梯面板不是亮着灯吗？"

"……"

对哦。难道是因为她刚才太困，看错了时间？

房东夫妇笑着进了家门。

阮喻怔在许淮颂的背上没动："你……你也看错了吗？"

许淮颂回过头，笑着反问："你说呢？"

就像一排多米诺骨牌被人轻轻推下一块，紧接着，一长溜蜿蜒的小木块一个接一个翻倒，直到最后一块落地——这句"你说呢"恰好产生了这样的效应。

而阮喻的心就是那最后一块骨牌。

有时候，不是最炽烈直白的情话才最动人心弦。掩藏在山路十八弯之后的风景可能比直道上的更加绚烂、震撼。

两人静止了很久。久到很可能，如果没人开口，他们会保持着这个姿势直到有一方精疲力尽。

然后许淮颂笑了一下。

阮喻磕磕巴巴地问："怎……怎么了？"

“你知道你的心跳快得像在给人捶背吗？”

“……”

他怎么就非要戳穿她呢？

阮喻飞快地从许淮颂的背上挣脱下来，拿出钥匙开了门锁，小跑进去，“啪”的一声合上门，靠着门板欲哭无泪。

不争气啊不争气，白天还想着好好磨这老狐狸一阵呢，结果到了晚上，人家随便一撩，她就败下阵来了。不行，这样不行。阮喻深呼吸了两次，让自己的心跳平静了些，然后回头重新打开门。

许淮颂果然还站在门外没走。

她扒着门沿探出头去：“那你知道，陆地上跑得最快的十种动物里，竟然有野兔吗？”

许淮颂似乎对阮喻想一出是一出，没头没脑的疑问感到相当不解，但还是认真答道：“不知道，没有研究。”

阮喻接着意味深长地说：“看起来胆子很小、很好欺负的兔子，跑起来时速能达到五十英里，和狮子的速度差不多。而在这十种动物里，狐狸根本没有上榜。”

许淮颂皱了皱眉：“所以呢？”

“所以……晚安啦！”

阮喻弯了弯眼，再次关上门，留许淮颂一个人在这道思考题里凌乱。

回到家洗过澡，阮喻舒舒服服地躺上床，忽然听见一阵手机振动的声音。

她以为是许淮颂到酒店后发来的报平安信息，打开手机却看到一封来自寰视的邮件。准确地说，是一封邀请函，寰视邀请她下周二去参加《好想和你咬耳朵》的剧本创作会议。

下周二也就是大后天了。

阮喻托着腮斟酌起来。《好想和你咬耳朵》的电影改编权早在六月初就签给了寰视。她原本卖出这个 IP，主要是想为自己开辟一条新的事业线，从网文圈走向更广阔的发展平台。但因为男主角的原型就在身边，她觉得自己很难若无其事地投入后续的创作，所以跟寰视表示过，她可能不会参与编剧工作。

因此，寰视的这封邀请函大概也就是象征性地问一问，看她有没有改变主意。

本来她是不会改变主意的，但巧就巧在，今天她刚好验证了一件事，由此想起当初问许淮颂是否该答应把这个 IP 交给寰视时，他回答的那句“有什么不答应的理由”。

那个时候他就知道她在小说里写的男主角是他，可他还是愿意让这个故事以这样的方式讲给更多人听。那她为什么还要畏首畏尾？

阮喻下了床，打开手机给寰视回了邮件表示感谢，并称下星期二会准时参加。

发出邮件后，阮喻收到了许淮颂的微信消息。

许淮颂："那狐狸就多追一追兔子吧。"

她对着屏幕一点点笑起来。

星期二，阮喻准时到达了寰视影业。

寰视独栋的办公大楼在这块寸土寸金的地界显得相当显眼。阮喻在一楼前台报上姓名后，立刻有一名秘书模样的人前来接待她，向她简单介绍了楼层的分布，最后带她到了七楼的会议室。

会议室里已经坐了大半的参会人员，看桌上红底黑字的台签，主位是电影出品人，次位是制片人，接下来一排坐的是编剧与编审。

阮喻的台签在相对靠后的位置，头衔是剧本顾问——那天她回复邮件后，制片人郑姗非常高兴地给她安排了这个位置。

会议室里静悄悄的，偶尔才有几句窸窸窣窣的人声，阮喻的入座也没有引起什么波澜。

不久后，剩下几人也陆陆续续到了，最后进来的是制片人，屋子里的人顿时起立大半。

郑姗看上去很随和，打着手势说："都坐吧，不好意思各位，魏董有事耽搁了，这次的会议我们先开。"

魏董是本该坐在主位的电影出品人，也是寰视的董事之一。

大家都表示理解，有活络点的编剧说了几句场面话。

阮喻是后来加入剧创团队的，难免话少一些。似乎是看出了阮喻的拘谨，郑姗先向众人介绍了她："这位是原著作者温香，从今天起，她将作为剧本顾问加入我们的剧创团队。"

"各位老师好。"阮喻起身跟众人点头致意。

身边传来几声"真年轻啊"的夸赞，会议室很快又恢复了安静。

郑姗开玩笑地说："一个个都太拘束了！我们的剧创团队很年轻，平均年龄不到三十，你们这是年轻人该有的样子吗？"说完，她叫身边的秘书放映 PPT，继续说，"既然都这么闷，我先给你们爆个料。"

投影仪将一张高清舞台照投到了幕布上。

阮喻抬起头，忽然一愣。

照片上的人穿着白衬衫，戴着一副细边眼镜，坐在一架三角钢琴前，正低着头演奏钢琴。

在阮喻反应过来之前，郑姗说："大家可能不太认得出来，他跟现在挺不一样的，这是出道前的李识灿，大一时候在校园‘十佳歌手’大赛上的表演，看出来像谁了吗？”

“哎哟！”终于有人打破了沉闷的气氛，“这不是我们的男主角嘛！”

阮喻一惊。

郑姗笑起来：“看看，还是小鲜肉有吸引力。”

“郑总，我们的男主角定了李识灿啊？”

“嘘……基本敲定了，咱们内部消化消化就够了，好了，开始会议。”

郑姗话音刚落，阮喻的手机传来振动的声响，显示是许淮颂的消息。

现在不方便回消息，于是她把手机放进衣兜，拿着会议手册陷入了沉思——天哪，男主角竟然要定李识灿。

散会已经十二点了，郑姗似乎很忙，匆匆赶去别的地方谈事，没来得及多招呼众人，叫秘书给大家安排了午餐和休息室。

但阮喻觉得自己可能不需要这边的安排了，因为手机里，许淮颂在一个小时前就发来了一条消息：“我到寰视附近了，散会叫我。”

阮喻谢过了秘书，给许淮颂回了一条消息，然后坐电梯下楼。出电梯的时候，听见前面两位会议上的编剧正低声讨论着什么。

其中一个说：“流量明星是好，但李识灿前阵子不是刚卷入什么自杀事件的丑闻吗？我听圈里朋友说，那件事影响蛮大的，公司不满他擅作主张，可能暗地里减少了他的活动和代言……”

“这你就不懂了吧，那叫……”

再往下的话，阮喻就没再听清了。

她皱了皱眉，拿出手机，翻开李识灿的微博来回看了一圈，除了好一阵没更新微博以外，没发现什么异样。而她跟他的微信对话框，也停留在他说“都解决了，没什么负面影响”的那条消息上。

许淮颂的消息恰好在这个时候跳了出来：“来门口。”

寰视的门口不好停车，她只好暂时搁下李识灿的事，匆匆走了出去。

等阮喻上了车，系好安全带，许淮颂轻踩油门发动了车子：“这会开得比我平时都久。”

阮喻还在思考男主角选角的事，随口“嗯”了一声：“剧创会议开十个小时也是常有的事，今天是头一次开会，还算是轻松的。”

许淮颂敏锐地察觉到她有点心不在焉，偏头看了她一眼。

阮喻正在暗暗计较该不该将男主角定了李识灿的事告诉许淮颂。选角结果是内部消息，直接说出来好像不太好，可是不说，许淮颂之后知道了会不会气得想要进军演艺圈？

她清了清嗓子，先迂回着说：“你对演员选角有没有什么看法？”

许淮颂一边把车往附近餐厅开，一边目视前方答：“我应该有什么看法？”

“嗯……你看过我的小说嘛，可以参考参考你的意见。你觉得目前娱乐圈里，有没有什么合适的人选可以胜任男女主角？”

许淮颂沉默了一会儿：“不了解，应该没有吧？”

他这是真想自己上啊？

阮喻嘴角一抽：“可是电影总得从娱乐圈里挑出人选来啊，又不可能真拉上会计、医生、律师这些门外汉去演。”

这语气在许淮颂听来有那么点意有所指的阴阳怪气，他脚下半踩刹车，放慢了车速，看了她一眼。

阮喻挺直背脊：“我说错了吗？”

“没有。”许淮颂握着方向盘皱了皱眉，似乎在思考什么。

阮喻觑他一眼，继续说：“那要是剧组选了个你不喜欢的男明星来演男主角，你作为……作为这个小说得以摆脱抄袭纠纷的功臣，会不会有点后悔让我卖掉 IP？”

许淮颂把车开到路边，这回彻底刹停了车，盯着她说：“你现在是在告诉我，李识灿要演你的男主角？”

“……”

这可是许淮颂自己猜到的，跟她没关系。

阮喻撇开头，眼望着车顶碎碎念：“不是我透露的内部消息，不是我透露的内部消息……”

许淮颂很快意识到自己刚才反应过激了。

仅仅作为小说得以摆脱抄袭纠纷的功臣，他并不该对男主角的选角问题产生这种程度的不满情绪。然而，阮喻并没有对他刚才的过激反应表示质疑。从她的表现来看，甚至也默认了——他有理由生气。

所以说，她知道他生气的理由。

就像世界上有万千种动物，她偏偏拿狐狸来比喻他一样。

许淮颂慢慢将手从方向盘上松开，转头打量起她来，目光里透着一股探究的意味。

阮喻在这样的探究中意识到他似乎发现了什么，缩着脖子缓缓偏过头，但转念又挺直了背脊——只许他看破不说破，她就不行吗？

她一理直气壮，许淮颂就避开了目光，可能到底是他理亏在先。

他目视前方，紧皱眉头，沉默了一会儿回到正题：“他一个唱歌的，演什么戏？”

阮喻歪着身子托着腮，手肘撑在驾驶座和副驾驶座之间的储物箱上，状似不解地问：“帮人打官司的，不也演戏吗？”

许淮颂垂下头，见阮喻把巴掌大的脸凑在他眼前，一副得意扬扬、毫无警觉的模样。他忽然伸手捏住了她的下巴。

阮喻吓了一跳，在他的食指即将抬起她下巴的那刻飞快后撤。安全带的作用让她猛地弹回座椅。

许淮颂失笑："你干吗？"

阮喻捂着下巴强装镇定："那你干吗？"

许淮颂思索了一下："捏蚊子，你下巴上刚才停了一只蚊子。"

"我也捏蚊子。"她说着回头看了一眼，"我背上刚才也有一只……"

许淮颂忍笑，重新发动车子，开出一段路后，又不死心地问："你没有一票否决权？"

阮喻愣了几个数的时间才明白过来，他还在揪着李识灿的事不放。她觑他一眼："我一个小作者哪有一票否决权，你这不是为难人吗？"

许淮颂没再多说，似乎接受了现实。过了一会儿，他换了个话题："过几天就是端午了。"

"端午怎么了？"

"你不回郊区？"

"我是自由职业者，又不用非得挑节假日回家。我一般都把这种日子留给我爸妈以前的学生。逢年过节，总有一帮一中的优秀学子上门看望他们，我去了都不一定能挤进门。"

许淮颂笑了笑："那我这样的，算不算一中的优秀学子？"

"……"

阮喻把自己绕进了坑里，这下她即便想拒绝也没办法了。

而且，许淮颂因为李识灿被选为电影男主角这件事，站在了一个"受到伤害"的制高点。这时候从他嘴里提出的要求，她也不好拒绝。

所以周五晚上，许淮颂特意来接她一起去商场买礼物时，她就没能说个"不"字。

三个小时后，礼物装满了后备厢。一部分是单独为阮家买的，还有一些准备了两份。许淮颂计划明天去阮家，后天或大后天回苏市，给妈妈和妹妹也送些节礼。

从商场回到家后，阮喻开始思考该怎么给爸妈打个招呼，以免他们受到惊吓。但转念一想，她爸爸可能只会感到惊喜，不会受到惊吓。

于是，她给家里拨了个电话，只说明天过去，有人送她，没多说其他的。

刚挂了电话，手机一振，她收到了李识灿的消息："学姐，我端午有假了，你能把欠我的饭还了吗？"

阮喻一直记着欠李识灿的这顿饭，只是在等他的时间，她于是当即答应下来："没问题，不过明天我得回去看爸妈，后面两天假期你方便吗？"

李识灿："那就后天吧。我也不光为吃饭，还想跟你聊聊岑思思的事。她已经在德国接受了进一步的心理治疗，诊断结果这两天就会出来。

岑荣慎之前与阮喻联系过一次，表示基本可以确定岑思思并没有威胁他人人身安全的行为。但阮喻对大纲失窃的事情始终耿耿于怀，所以委婉地提出请求，希望岑荣慎在后续的心理治疗中能够帮她确认岑思思到底有没有找人入侵过她的电脑。

心理治疗这事急不来，所以阮喻也一直没催，不过现在看来，这事应该有结果了。

阮喻打字回复李识灿："好。"

第二天清早还不到七点，许淮颂就开车到了阮喻的公寓楼下。

临出门的时候，阮喻想起他多半没按时吃早饭，随手带了两颗刚出锅的白煮蛋下楼。

许淮颂看她一上车就掏出两颗蛋来，愣得连开车都忘了。

在这个心照不宣的日子里，她给他两颗白煮蛋是什么意思？难道这又是一道"狐狸和兔子"的阅读理解题吗？

阮喻看了他一眼："怎么了？你不吃白煮蛋吗？"

许淮颂暗暗咀嚼着这句话背后可能包含的深意，一时没有回答。

阮喻以为他挑食，自顾自地说："好多人都不吃白煮蛋，明明很补来着。"

"补……"许淮颂喉结一滚，"补什么？"

补什么？阮喻一下子说不上来，印象中记得爸妈一直告诉她，吃白煮蛋会变聪明。

她的沉默在许淮颂的眼里，俨然成了另一种难以启齿的意思。他缓缓眨了两下眼，不太确定地说："我应该，不用补……"

"哦。"

也对，他已经够聪明了，再补不得成精了？

既然他不吃，阮喻也就没有勉强，把白煮蛋装回饭盒里，说："那等会儿吃早午饭吧。"

许淮颂"嗯"了一声，发动车子，一脚油门踩下去，却开歪了一截路，他愣了愣，重新摆正方向盘。

假期交通拥堵，这也是两人一大清早出发的原因。错开了高峰，车很快开出市区，正是顺利的时候，许淮颂的手机突然响了起来。

阮喻下意识地偏头去看，发现联系人显示的是吕胜蓝。

许淮颂低头看了一眼，没有用蓝牙耳机，而是直接开了免提接通电话。

然而，在电话接通的那一刻，扬声器里却传来一阵刺耳的救护车鸣笛声。

几乎是一瞬间，许淮颂就意识到发生了什么，迅速把车靠边停下。

与此同时，吕胜蓝喘着粗气的声音也响了起来：“淮颂，叔叔脑梗复发，护工阿姨叫了救护车，我刚接到消息赶过来。”

许淮颂沉默了两秒钟，问：“情况怎么样？”

“现在还不太清楚，我想着先知会你一声，必要的话你再回来，有消息我随时告诉你。”

阮喻从“必要”这两个字中体会到了问题的严重性，僵在副驾驶座上一动不动。扬声器里传来的杂乱脚步声和她听不太明白的英文，似乎也印证了这一点。

电话那头，吕胜蓝转而跟什么人说起了英文：“Here!”然后她就匆匆挂断了电话。

车里的气氛凝重得连空气都像冻结了一样。

许淮颂皱了皱眉，偏头说：“我可能得……”

“你现在把车开回酒店拿护照，我帮你买机票。”阮喻打断他，拿起他的手机，做出这样清晰的决断，但她的手还是有些颤抖。

许淮颂“嗯”了一声，把车掉头往市区开回去，然后听见她问：“锁屏密码？”

“你生日。”

阮喻心里急，生怕买不到最早的航班，差点连自己的生日是几号都忘了，第二遍才输入正确，然后找到他常订机票的 APP，飞快搜索着。

“最早一班航班是十点二十分，估计赶不及，下午两点半的可以吗？”

“可以。”

“付款密码？”

“309017。”

此刻报出这串数字的许淮颂，和听见这串数字的阮喻，谁都没心思在意它的意义。

许淮颂开着车一路往回赶。幸好这个时候市区的车流量依旧不大，一个小时后，他们就回到了酒店。

进了酒店房间，许淮颂匆匆走到卧室拿护照，阮喻跟在后面说：“你直接把车开去机场，酒店这边要是有什么事，我会帮你处理好。”

许淮颂拿到护照后起身，在她面前站定：“我可能来不及送你回去了。”

“我这么大个人，还不会自己回家啊？”

许淮颂“嗯”了一声，揉了揉她的头发：“自己路上小心，我会跟刘茂打个招呼，你给他报平安，知道吗？”

“知道了。”阮喻把他推出房门，“你赶紧走吧。”

许淮颂没有多说，快步出了门。

等许淮颂离开，四周静悄悄的，阮喻独自站在房间里，这才后知后觉地感到一阵慌乱——为着旧金山那头，等待着许淮颂的未知数。

她在原地呆滞了半天，也不知多久过去，忽然听见一阵门铃声。

以为是许淮颂又回来了，阮喻一边开门，一边说："你放心好了，我自己……"说到这里，她忽然顿住。

因为门外站着的不是许淮颂，而是拎着大包小包的陶蓉和许怀诗。

门里门外的人都是一愣。两边还没来得及打招呼，许怀诗就惊呼出极其暧昧的一声"哇"。

阮喻一阵尴尬，原本到嘴边的一句"阿姨"都咽了回去。

倒是陶蓉微笑了一下，化解了阮喻的不自在："你好，我是淮颂的妈妈，请问淮颂在吗？"

阮喻跟着一笑："我记得您，阿姨。他有点急事回旧金山了，刚好和您错过了。"

"急事？"陶蓉脸色微变，"是工作上出了什么岔子吗？"

"不是……"看大家这么干站着也不是个事，阮喻让开一条道说，"您和怀诗先进来坐吧。"

阮喻把两人请到沙发上坐下，让她们把大包小包搁下。

陶蓉跟阮喻解释："我怕提前说了要来，他不想我们折腾，反而特意开长途车回苏市，所以没打招呼就来了。"

阮喻发现，陶蓉说这话时把自己的姿态放得很低，好像自觉身为许淮颂的母亲，还不如一个出现在他房里的女人跟他亲近。或许是分开了太多年，母子俩之间有些隔阂。

阮喻替许淮颂解释道："他原本就想着你们，打算端午假期回趟苏市，节礼都买好了。"说着，她一指客厅里堆放在一起的礼盒，"只是还没定哪天回去，所以还没跟你们说。"

陶蓉远远望了一眼，笑了笑："这孩子……"

阮喻见两人干坐着，起身说："我给你们泡杯茶。"说着，她就去料理台忙活了。

过了一会儿，阮喻听见身后传来脚步声。陶蓉不太自然地走上前来，压低声音，迟疑地问："旧金山那边，是他爸爸出了什么事吗？"

阮喻小幅度点了点头，轻声说："好像是旧病复发。"

那边正在玩手机的许怀诗听见这点细微动静，回头嘟囔："妈，你跟姐姐说什么悄悄话呢？"

陶蓉回头瞪了许怀诗一眼。

阮喻看出陶蓉不想当着许怀诗的面聊这些，笑着转移话题："你们这大老远地来，还是给淮颂打个电话吧。"

“不用了，他这会儿肯定急着开车，就别跟他说了，我们马上就走。”陶蓉说着，低头看了眼阮喻拆茶叶的手，“你也别忙了。”

阮喻也就没坚持，倒了一杯白开水给陶蓉。看陶蓉接过去时魂不守舍的，她小声补了一句：“您别太担心了。”

被看穿心思的陶蓉稍稍笑了笑，过了一会儿重新打起精神：“你跟淮颂处得还好吗？”

阮喻知道今天这种情况，做家长的不多想都难，正斟酌自己该怎么解释，陶蓉却似乎误会了什么，连忙说：“你要是觉得他哪儿不好，多担待点，这孩子以前没有谈过恋爱，很多事情可能不懂。”

阮喻愣了愣，脱口而出：“这么多年他都没谈过？”

提到这个，陶蓉的拘束稍减：“据我所知，没有。华人在国外做律师很不容易，不拿出点成绩服众，很多时候会受到歧视。尤其是他爸爸出了事以后，他凡事都得靠自己，浑身的劲都使在事业上，哪还有心思谈恋爱呢。”

阮喻“嗯”了一声。这时候她在意的，却不是她好奇已久的许淮颂的感情史。她心里酸酸涩涩的，有种说不上来的滋味。

陶蓉却还在往阮喻的心上浇水：“其实淮颂在性格方面有点缺陷。”她说完像是怕吓到阮喻，又解释道，“我不是指病理性的缺陷。”

“嗯？”阮喻不解地看向陶蓉。

陶蓉笑着叹了口气：“我跟他爸爸的事，他跟你说了吧？”

阮喻点点头。

“这事对他的成长或多或少有影响，所以他的性格上难免有畏缩的一面，也许有时候会让你觉得不够直接果决，但那往往是他太在意一件事的表现。希望你见谅，这是我和他爸爸做得不好。”

阮喻轻轻拍了拍陶蓉的手背以示宽慰：“我知道了，您放心吧。”

两人又聊了一会儿，阮喻的手机响起来。是刘茂打来的电话，问她是不是还在酒店。她握着手机答了一句“在”。

刘茂：“那你就在那儿等吧，小陈很快就到了，淮颂让他送你回家。”

阮喻噎了噎：“大过节的，怎么还麻烦上小陈了，我自己可以回去。你叫……”她说到这里停顿了一下，看了一眼陶蓉，拿远手机问她，“阿姨，你们是怎么过来的？”

“我们坐高铁来的。”

“那回去的时候——”

“哦，对。”陶蓉转头对沙发上的许怀诗说，“怀诗，你快看看能不能把回程的票改签到今天。”

不用看了，按节假日的客流量，这时候是不可能有机会改签提前的，除非一路站回去。

阮喻重新拿近手机："现在真的要麻烦小陈了，你叫他过来吧。"

不久，陈晖就到了酒店。阮喻跟他打了招呼，连声道谢，然后把坚持不留下吃饭的陶蓉送到楼下。

许怀诗欲言又止了一路，临到车边时，拽住陶蓉的胳膊："妈……我来都来了，能不能在这儿玩两天啊？"

"妈留你一个人在杭市能放心吗？跟我回去，改天你哥在的时候再来。"

许怀诗噘着嘴跟陶蓉上车，一脚刚迈进车里，又回头可怜巴巴地看了阮喻一眼。

接收到许怀诗的求救信号，阮喻想了想，还是上前了一步："阿姨，如果怀诗想在杭市待两天，我会照顾她的。"

许怀诗不晓得爸爸的事，不像陶蓉那样心事重重，乐得留了下来。当阮喻问她想去哪儿玩的时候，她摇了摇头："天太热啦，节假日的景点到处人山人海，我其实就想跟姐姐你聊聊天，我们回楼上或者去你家吧。"

阮喻没想到许怀诗也是个宅女，想了想，给爸妈打了个电话，说临时有点事，改天再过去，然后问："那你是想待在你哥这儿，还是去我家？"

"这里离你家多远呀？"

"不堵的话半个小时车程吧。"

"肯定堵！算了，我坐车都快坐吐了。"

最后两人很没追求地原路返回了房间。

许怀诗把肩上的书包放下来，拿出一沓白花花的卷子，苦兮兮地说："姐姐，你不用照顾我，我有作业照顾了，你忙你的吧。"

阮喻失笑。许怀诗可能误以为阮喻跟许淮颂住在一起，却不知道她在这里根本没什么好忙的。能做什么呢？她无所事事地杵了一会儿，记起了许淮颂的那只橘猫，打开卧室门一看，它果然窝在里面。

见阮喻把猫抱出来，许怀诗惊讶地说："哇，我哥真是转性了，他以前超烦打理猫毛狗毛的！"

阮喻一愣。许淮颂以前不是挺喜欢猫的吗？

许怀诗兴冲冲地跑过来玩猫："它叫什么呀？"

"它现在只有一个英文名，我们要不给它取个中文名，入乡随俗？"

"那你取啊姐姐，我听我哥说你是作家，可有文化了。"

取个猫名还能怎么有文化？阮喻想了想："跟Tiffany押个韵，叫皮皮吧。"

"皮皮——不错，又可爱又顺口！"

"不过不知道你哥同不同意。"

"姐姐取的名字，他敢不同意？"

说曹操，曹操到，两人刚提到许淮颂，许淮颂的电话就打了进来。

阮喻一看来电显示，立马接通："叔叔情况怎么样了？"

"还在抢救室。"许淮颂反过来安慰她，"会没事的。"

阮喻低低地"嗯"了一声："那你专心开车，别打电话了。"

"我听陈晖说，你跟怀诗现在在我那儿？"

"对，我们俩岁数加起来都过四十了，不用你操心。"

许淮颂似乎笑得有点无奈："怕你无聊，跟你说一下，我电脑的密码也是你的生日。还有房间里的其他东西，你都随便用。"

挂了电话，阮喻终于找到了一件可以做的事。她把许淮颂的电脑搬到了客厅，在输入密码的时候却顿了一下，似乎想起了什么。

既然许淮颂把她的生日设成了手机和电脑的密码，那么，他刚才报的付款密码有没有特殊的含义，会不会也跟她有关联？

309017……

出于一丝期待的心情，阮喻开始尝试把这串数字与自己联系起来。

30——想不出。

90——没头绪。

17——她还蛮喜欢这个数字，因为高中时的学号就是它。

想到这里，阮喻忽然怔在电脑前。

她是 309 班的 17 号。

这串数字难道是这个意思？可她没有在小说里透露过这样详细的真实信息，许淮颂是从哪儿查到的？阮喻百思不得其解，又不好在这个节骨眼上拿这种无关紧要的小事去问许淮颂，只得暂且按捺下内心的疑问。

临近饭点，因为许怀诗懒得出门，又在赶作业，阮喻叫人送了点生鲜来，给她做好吃的。

许怀诗被做饭的香味勾得心思浮动，放下语文卷子跑到料理台，看阮喻熟练地煎着三文鱼，激动地感慨："姐姐，你这煎鱼的水平能赶上餐厅大厨了吧！你怎么什么都会啊！"

阮喻一边给鱼翻面，一边冲她笑了笑："夸人这事倒是不如你会。"

许怀诗看得食指大动，忍不住拿出手机来录像，镜头从色泽金黄的三文鱼慢慢上移，拍摄到阮喻执筷的手，然后是阮喻的侧影："这光影真是绝了，我可太有摄影天赋了……不过，主要还是姐姐长得好看。"拍完之后，她保存下来问，"姐姐，我能不能把这个小视频发朋友圈啊？"

阮喻笑得随和："可以啊。"

许怀诗立刻打开朋友圈，编辑了一段视频文案："觊觎我哥美貌的一中美少女们都死心吧，看好了，这才是我未来的嫂子！"

秀完未来的嫂子，许怀诗高高兴兴地趴到窗台吹风。往下一望，她发现了一个惊喜："呀，姐姐，你快来看！"

阮喻将煎好的三文鱼装盘，走到窗边望出去，发现负责酒店绿化的园丁正拿着高压水枪给树木浇水。在阳光的照射下，洋洋洒洒的水雾中赫然出现一道彩虹，仿佛预示着什么好消息。

阮喻抓住时机，拿手机把这一幕拍了下来。正准备发给许淮颂，但又担心会打扰到他开车。直到确认他的航班已经起飞，她才发送了这张照片，并附上了两个字："送你。"

知道许淮颂要在十几个小时后下飞机，阮喻没有再管手机。到了晚上，她和许怀诗躺在一张床上夜聊。

因为不放心许怀诗一个人住在酒店，阮喻留了下来，拜托保洁员换了床单，并拿了两床被子来。

许怀诗乐得跟阮喻亲近，最好还能跟她睡一个被窝。晚上"夜神仙"似的不睡觉，兴奋地跟她讲学校里的八卦。

凌晨一点多了，阮喻打了个哈欠："好了好了，明天再聊，睡吧。"

许怀诗精力旺盛，一点也不困："那姐姐你先睡，我再刷会儿微博。"

阮喻"嗯"了一声，翻了个身，迷迷糊糊快睡过去的时候，忽然听见身边的人倒吸了一口冷气。

阮喻吓了一跳，回头问："怎么了？"

许怀诗攥着手机说："我在微博上看到一条通缉令，竟然有个杀人犯在杭市潜逃，还好我们今天没出门。"

信息时代，很多犯罪事件都会传播到网络上，也不是什么稀奇事。阮喻困得又打了个哈欠："放心，现在社会治安情况还是不错的。"说完，她倒头睡了过去。

因此，阮喻并没有听见许怀诗之后的嘀咕："咦……我怎么看这个嫌疑人的一寸照有点眼熟呢？"

可能还是有点认床，加上旁边多睡一个人不习惯，阮喻第二天醒得异常早。天才蒙蒙亮，她第一时间就去摸索床头柜上的手机。

微信没有收到新消息，倒是有一条来自陌生号码的短信："我有急事找淮颂，你跟他在一起的话，麻烦帮我转告一声。周俊。"

短信是之前在生日宴上跟她碰过面的老班长发来的，发送时间是凌晨两点零七分。这个时间，许淮颂还在飞机上。

但按理说，他们现在应该已经取得联系了。

阮喻给许淮颂发消息确认："下飞机了吗？"

许淮颂："刚出机场，怕你还在睡觉就暂时没回消息。"

许淮颂："爸爸暂时脱离危险，转到 ICU 观察了，我现在过去。"

阮喻松了口气，忍不住想，彩虹果然能给人带来好消息。

她回复道：“那就好。对了，周俊在找你。”

许淮颂：“我看到了，他的手机关机了，有事应该会再找我。”

两人结束了对话。阮喻心里的大石头终于落了地，轻手轻脚地下了床，刚放松地舒出一口气，就听到身后的床上传来窸窸窣窣的动静。

许怀诗醒了，揉揉眼说：“姐姐，你起得好早啊！”

“不好意思，我吵到你了。”

“是我哥下飞机了吗？”

“嗯，你再睡会儿。”

许怀诗从阮喻放松的神情里看出了端倪：“麻烦解决了？”

“暂时是，但还不能掉以轻心。”

许怀诗听到阮喻这话顿时没了睡意，再联想到昨天陶蓉跟阮喻讲悄悄话的样子，她爬起来皱了皱眉：“是不是我爸出了什么事？”

阮喻一噎。她的演技真那么拙劣？

“哎呀，”许怀诗叹了口气，“我都这么大了，你们干吗还瞒我这种事，那爸爸是暂时脱离危险了吗？”

阮喻只好实话实说：“嗯，放心吧，有你哥在呢。”

许怀诗低下头，过了一会儿，她咬咬唇说：“姐姐，有人说我爸是造多了孽，才会得这种病的。”

阮喻不知道这个突如其来的“有人”是谁，但她看出了许怀诗的倾诉欲。她回到床边坐下，问：“谁说的？”

“一位被害人的家属。”许怀诗叹了口气，“哎呀，我不该跟你讲这些的，等下你会觉得我哥也不好了。”

阮喻听得稀里糊涂：“什么事？你可以跟我讲，我不会因为这个对你哥哥有看法的。”

许怀诗犹豫了一会儿，才抱着膝盖说：“我爸爸他……他以前是刑辩律师，给很多杀人犯做过辩护。我爸和我妈分开不是因为第三者插足，而是因为他们观念合不来。我妈不理解我爸的职业，也不能接受拿着杀人犯的钱生活……我也很怕我爸爸，不喜欢他……”

阮喻哽了一下：“那你哥呢？”

“他当时应该是为了我才跟爸爸出国的，但后来他对爸爸到底是什么看法，我和妈妈也不知道。后来他跟爸爸一样读了法律，做了律师。我妈心里其实……”

许怀诗没有继续说下去，阮喻却大概明白了，这恐怕才是母子俩之间产生隔阂的根源。

“但我哥不是刑辩律师，你不用害怕。”许怀诗补充道。

阮喻揉了揉许怀诗的脑袋："就算他是刑辩律师，我也不会害怕的。"

"姐姐，你不觉得刑辩律师是那些坏人的帮凶吗？"许怀诗不解地问。

阮喻摇了摇头，尽量用浅显的语言解释："每个职业都有各自的职责，刑辩律师的职责就是通过为犯罪嫌疑人辩护来维护司法的公正性。正义不仅仅是不放过任何一个'坏人'，也必须做到不冤枉任何一个'好人'，必须做到在量刑的时候既不过轻，也不过重，这就是法庭上控辩双方'对抗'的意义。否则你想想，为什么有的犯罪嫌疑人经济困难，无法承担律师费，法院还要为他们申请法律援助呢？"

许怀诗皱了皱眉，似乎觉得阮喻的话有道理，但又似乎还是不太理解："可是很多人都说我爸爸昧着良心赚钱……"

"每个行业都有可能存在道德缺失的人，律师这个行业当然也有。但如果你想知道你爸爸是个怎样的人，应该自己去求证，而不是只听别人说，对吗？如果因为那些只是一些不清楚事实或不愿意相信事实的人的非议，以致你错怪了你爸爸，是不是也会后悔？"

"好吧，我知道了……"许怀诗耷拉着眉眼点了点头，过了一会儿重新打起精神来，"先不说这些不开心的了，姐姐，我们早饭吃什么呀？要不今天我来给你露一手？"

阮喻走到厨房去翻找食材，想到这两天要安排许怀诗的吃住，给李识灿发了一条消息致歉，推迟了原定的饭局。

李识灿说没关系，又回复："既然这样，我等会儿先把心理治疗的诊断结果用电子版传给你。本来是保密的，岑叔叔为了让你放心，破例让我发给你。"

等洗漱完，阮喻的邮箱收到了一封邮件，邮件里还有附加内容："基本确认，岑思思并没有找人入侵你的电脑，当初是偶然发现两部作品的相似性才借机大做文章。"

阮喻皱了皱眉。如果是这样，她的大纲还能被谁窃取？或者说，也许大纲确实没有丢失？

那这又意味着什么？

许怀诗洗漱完走到客厅，看到阮喻脸色不对劲，忙问："姐姐，我爸爸那边不会出什么事了吧？"

"不是，是我那个案子的事。"阮喻大致向许怀诗解释了事情的前因后果。

许怀诗听完后张了张嘴又闭上，陷入了反反复复的欲言又止。她没想到，阮喻到现在还在查这件事。

许怀诗拿出手机翻开微博，想着要不干脆眼一闭心一横，把这个微博号递到阮喻的眼前，向她承认错误。只是这样一来，她怕是要被未来嫂子讨厌了。

许怀诗正纠结着，掌心的手机忽然振动了一下，显示一条微博推送。是有关昨晚那个通缉令的后续报道。报道说，经查证，嫌疑人与被害人是恋人关系，双方疑似驾车从苏市到杭市走亲访友。

许怀诗一眼看见“从苏市到杭市”几个字，轻吸一口气。这么巧，嫌疑人居然还是从他们苏市来的？她被这条微博推送转移了注意力，再次翻到那条附加了照片的通缉令，发现上面确实写了嫌疑人的籍贯。只是昨晚她只关注了照片，没太认真看通缉令上的文字。现在读一读——男，26 岁，苏省苏市人，身高约 176 厘米……

跟她哥同龄的苏市人，说不定她还真见过呢。

许怀诗点开照片放大，仔细看了起来。

阮喻见许怀诗埋头研究着什么，一脸苦大仇深的样子，问她怎么了。

许怀诗指着手机屏幕说：“我好像在哪儿见过这个人，可是我记不起来了……”

阮喻顺着许怀诗的手势靠过去看：“嗯？这是我高中时候的班长，你怎么会有他的照片？”

许怀诗张大了嘴：“啊，那可能是之前我在学校校史馆那面历届优秀毕业生留名墙上找你照片的时候，见过他的这张一寸照！”

阮喻也没来得及追究许怀诗为什么要去校史馆找自己的照片，而是奇怪地问：“所以这照片怎么了？”

许怀诗抖着手退出全屏，把手机递过去，给阮喻看新闻。

阮喻扫了一眼内容，怔怔地盯着新闻界面喃喃：“怎么会，这不可能……我们前阵子还见过，不对……他今天凌晨还联系过我，是不是搞错了？”

阮喻头脑发蒙，惊得半天没回过神，许久过后才反应过来——没错，难怪周俊用的不是自己的手机号，他自己的通信设备应该被警方监控了。

阮喻拿出手机，准备再看一下周俊给她发的那条短信，忽然接到一个号码有点眼熟的电话。那头的男人说：“你好，请问是阮喻女士吗？”

阮喻认出这个声音，立马答道：“方警官吗？我是。”

“你现在方便说话吗？有些情况要跟你了解一下。”

方臻的语气里带了一丝不确定，阮喻猜测方臻也许是为了周俊而来，但也不能排除他们现在在一起的可能性。

阮喻：“方便，您是要问周俊的事吗？”

“对，警方目前正在通缉这名犯罪嫌疑人，我们刚刚查到他在今天凌晨两点零七分用他人的手机联系过你，请问你这边有没有关于他的消息？”

“没有，我也是刚刚才知道他的事。”

“希望阮女士不要知情不报。”

“您放心，绝对不会。”阮喻犹豫着补充道，“不过，也许我一位朋友那儿有进一步的消息，我需要联系他一下。”

“是许先生吗？”

“对，周俊凌晨联系我就是为了找他。”

“我们也正在联系他，但他的手机暂时无法接通。”

“他在旧金山，你们可以拨打他的美国号码。”阮喻不会背许淮颂的美国号码，看了一眼许怀诗。

许怀诗立刻意会，把号码写给她。

挂断电话后，阮喻坐在客厅沙发上打开了微信。

她怕耽误警方查案，不敢打许淮颂的电话占线，于是发了条微信消息给他：“周俊后来联系过你吗？”

暂时没得到回复，她拿起手机翻新闻，一边看新闻，一边觉得不可思议。

两年半同窗生涯，周俊作为班长，给她的印象一直是热心开朗又乐于助人。前段时间生日宴上再见，也没发现他有多大的变化。

当时的周俊，还笑嘻嘻地开她和许淮颂的玩笑。

这样的人怎么会杀人潜逃？而且，被害人还是他的女友。

许怀诗也很害怕，皱着脸问：“姐姐，他为什么要找我哥啊？”

这句话问到了点子上，阮喻想了想，说：“因为你哥是律师，事发地点在杭市，他应该想到了你哥，想向你哥求助。”

上回碰面的时候，许淮颂在阮成儒面前提过自己的履历，周俊一定也听到了。而且据许怀诗说，许爸爸曾经是刑辩律师，如果周俊刚好知道这一点，那他就更有理由选择向许淮颂求助。

阮喻正等着许淮颂的回复，却听手机再次响了起来，不是许淮颂，也不是警方，而是妈妈。

电话接通，曲兰先开口了：“喻喻啊，你起床了吗？”

“起来了。”

“哦，妈跟你说一声，你今天别特意过来了。”

阮喻愣了愣。她昨天只是跟妈妈说自己要照顾朋友的妹妹，改天再去看他们，并没有说定是今天。

曲兰的声音是笑着的，但这一瞬，一种莫名的恐惧忽然占据了阮喻的心头。

在这一阵莫名其妙的心慌中，阮喻咽下了差点脱口而出的质疑，直起身板，从沙发上缓缓站了起来，顺着曲兰的话问：“怎么了，你和爸爸不在家吗？”

“在是在的，就是这大过节的，又有学生来看我和你爸爸了。你之前不是说要带一个小妹妹过来吗，怕不太方便。”

阮喻有足足五秒钟没有说话。她呆呆地握着手机，把曲兰这句话反复回味了两遍，在这个节骨眼上联想到了一个可怕的可能。

想到这里，阮喻后背起了阵阵寒意，手也开始颤抖起来：“哦，这样啊，那我就不过去了……”

“好，那妈先挂了啊。”

“等等……”

“嗯？”

阮喻紧紧攥着手机，竭力克制着自己的情绪，保持声音的稳定：“我看今天好像要下雨，你和爸爸注意关好门窗。”

“放心吧，我们知道的。”

电话到这里被挂断。阮喻腿软得站不住，跌坐到了沙发上。

许怀诗跟着紧张起来：“怎么了，姐姐？”

“我妈好像是在暗示我，周俊在她那儿……”

许怀诗惊得寒毛直竖：“那……那我们是不是应该报警啊？”

“对，报警……”阮喻点点头，努力让自己冷静下来，颤抖着手给方臻回了个电话。

刚跟方臻说明完情况，挂断电话，手机铃声再次响起。

是许淮颂的来电。

阮喻接通电话，本来还好端端的，一听到他的声音就哭了：“淮颂，警方联系你了吗？周俊他……他好像去了我爸妈那儿……”

电话那头沉默了片刻，然后传来一个非常镇定的声音：“别怕，你静下心来，仔细听我说。”

第六章 比你想我更想你

十五分钟后，一辆警车开到了酒店楼下。

方臻上楼来请阮喻："阮女士，方便的话，请你跟我们去一趟现场，配合本次的抓捕行动。"

阮喻点点头，一旁的许怀诗担心地问："警察叔叔，那边现在什么情况，我姐姐去了会不会有危险啊？"

"目前嫌疑人暂时处在稳定状态，特警已经在住宅附近待命，但如果立刻实施抓捕，阮先生和曲女士的人身安全仍然可能受到威胁。我们请阮女士配合是为了实现和平劝服，尽量避免武力冲突。警方一定会竭力保护现场所有人的安全，这位小同志，请你相信我们。"

"可电视上不都是让谈判专家去劝服嫌疑人的吗？"

"我们的谈判人员会在同一时间就位，但考虑到嫌疑人在逃期间曾先后向许先生和阮女士求助，我们认为阮女士在取得嫌疑人信任这件事上具有不可替代的价值。当然……"方臻转向阮喻，"阮女士没有配合的义务，如果你有疑虑，可以留在场外等消息。"

阮喻摇摇头："我跟你们走。"

许怀诗拽了一把阮喻的衣摆："姐姐，那你千万要当心。"

阮喻轻拍了一下许怀诗的手："放心，你哥在电话里说的跟警方是一个意思。你好好待在这里，饿了就煮点面条吃。"

阮喻和方臻下了楼，上了警车的后座。

方臻向阮喻询问了几句家里的情况，听完后，拿起警用对讲机和什么人沟通了一下，然后回头说：“你父母非常有智慧，也非常镇定，给警方争取到了相当充裕的时间。目前住宅内没有出现异常情况。”

听出这位说话文绉绉的警官正在笨拙地安慰人，阮喻勉强笑了一下：“谢谢……方警官，方便的话，我可以了解一下案件的详情吗？”

方臻本就打算在车上与阮喻梳理案情，以便在劝说过程中，阮喻能够更加顺利地理解警方给出的提示。于是他点了点头，说：“嫌疑人和被害人是在昨天早上八点从苏市驾车来杭市的。公路的监控显示，驾车人是嫌疑人，但方向盘上除了出现频率最高的1号指纹外，还有属于被害人的2号指纹，所以不排除在监控缺失的路段，被害人也曾有过驾车行为的可能。”

“行车记录仪疑似被人为破坏，内存卡也丢失了，因此我们无法确定完整的行车路线，但导航记录显示，嫌疑人和被害人的目的地正是你父母家附近。”

原来周俊这次是带女朋友来看老师的。

阮喻皱了皱眉，继续听。

“案发地点是郊区一段靠近山区的偏僻小路，因为缺少监控，当时发生的具体情况暂时无从得知。被害人的尸体被发现在车外，致命伤在头部，由钝器打击造成。经过比对确认，凶器是车内一把疑似用作紧急救生的羊角锤。握柄上再次检测到与方向盘上一致的1号指纹，以及属于被害人的2号指纹。”

阮喻十指交握，食指来回摩擦着指甲盖，像在缓解空气中飘浮的紧张压抑，不敢做任何深想。

“被害人的手机同样被发现在车外，其中有一条关键的通话记录，是在案发当时十点三十二分，被害人打给她父亲的。被害人在电话中大声尖叫呼救，来回重复着‘救命啊，放开我，周俊’这样的话。另外，在被害人的指甲缝里还发现了一小块皮肉，疑似是案发时从凶手身上取下的。这块皮肉的DNA以及两个1号指纹，都需要在抓捕到嫌疑人后进行比对确认。”

虽然方臻的用词基本严谨客观，称证据还需经过比对确认，但听到这里，再结合周俊事后潜逃、拒不配合的事实，证据已经存在一定指向性，所以警方才会把周俊列为重大嫌疑人。

车辆急速驶向郊区。阮喻隔两分钟就做一次深呼吸，好不容易放平心态，快到家的时候，忽然听见对讲机里响起一阵骚动。

阮喻立刻坐直身体，方臻也严肃起来，用对讲机向那边询问情况。

对讲机里传来一个女声：“嫌疑人发现曲女士报警了，受了刺激，用水果刀挟持阮先生上了四楼平顶天台，我们的人已经绕背攀爬到天台就位，谈判也在进行中，但暂时没有效果。”

“我三分钟后到。”方臻回头看了一眼，以为阮喻可能被吓哭了，却发现她只是正襟危坐，目视前方一动不动，“阮女士，请你一定……”

“我相信你们。”阮喻抢先说出了这句话，并向他点了点头。

抵达目的地后，阮喻跟方臻下了车，一眼望见自己家楼下被人群围得水泄不通。一部分是周围的邻居，正被警方引导疏散，另一部分是正在准备防护工作的消防人员和医护人员。

充足气体的救生垫已经就位，云梯消防车和救护车也正从不远处驶来。

整个环境嘈杂得让人头晕目眩。

曲兰被警察保护在外围，回头看见阮喻来了，哭着喊：“喻喻啊，你爸爸他……”

阮喻小跑过去，看到楼顶上的周俊挟持着阮成儒站在天台边缘，背对着这边，正与另一侧的特警和谈判人员对峙，情绪似乎很激动。

阮喻拍了拍曲兰的背，咬着牙让自己镇定下来：“妈，我们不怕。”

方臻拿来警用隐蔽型耳机，让现场的女警给阮喻戴上：“李旻，你跟阮女士讲一下情况。”

李旻一边给阮喻调试装备，一边嘱咐：“嫌疑人现在一看到警方，情绪就很激动，完全听不进去任何话，所以我们的人得暂时从背面撤离。等会儿消防人员会协助你上云梯，由你跟嫌疑人进行一段短暂沟通。上去之后，你尽量安抚、稳定他的情绪。”

阮喻点点头，一旁的曲兰阻止她：“喻喻，你不能上去，你不是怕……”

“没事，妈。”阮喻摇摇头，看向李旻，“李警官，你继续说。”

“谈判人员会通过这个耳机跟你保持通信，你和嫌疑人的所有对话都能准确无误地传到下面。你要记住两点，第一，量力而行；第二，警方保证不会让你和人质受到伤害，最差的结果——”李旻说到这里停住，伸手指了一下对面的楼顶。

阮喻从李旻的眼神里猜测出，那里可能安排了狙击手。最差的结果不会是她和爸爸受伤，而是警方在不得已时击毙嫌疑人。

阮喻打了个冷战，点点头：“我明白了。”接着，她在专业人员的协助下爬上了云梯。

原本在天台的特警已经隐匿到房子的背面，周俊刚放松了一些，看见云梯缓缓升高，他再次攥紧刀子贴紧阮成儒：“你们别上来，别上来！”

阮喻赶紧朝上喊话：“周俊，是我，我是阮喻！只有我一个人！”

听见她的声音，周俊的手微微颤了一下，下意识地往天台里侧倒退一步。

阮成儒明明是人质，这时候反而笑了一下：“孩子，别怕，喻喻一个小姑娘，不会伤害你的啊。”

云梯升高，阮喻终于得以跟他们平视。她先跟阮成儒对视了一眼，再摊开双手给周俊看：“周俊，你别怕，只有我一个人，我什么也没带，真的。”

似乎是因为受到了始料未及的安慰，在听了这样两句“别怕”后，周俊握刀的手变得不太稳。他红着眼眶看着阮喻：“你……你上来干什么？”

阮喻藏在耳朵里的耳机传来指令：“告诉他，你相信他。”

她立刻接上：“因为我相信你。”

周俊的目光闪动了一下，却又很快黯淡下来：“没有人会相信我，等警方拿到我的DNA，就更没有人会相信我了……”

阮喻皱了下眉头。耳机里再次传来谈判专家的声音：“问他为什么。”

“为什么？”

“行车记录没了，指纹是我的，她……”周俊说到这里，牙齿打起战来，“她指甲缝里那块肉也是我的，那通电话里说的也是我的名字……太巧了，全都太巧了，所有证据都指向我是凶手，既没有监控，也没有目击证人，谁还会相信我？”

“既然这样，你为什么要向淮颂求救？”

“因为我没有杀人，我真的没有杀人！”周俊的情绪再次激动起来，一双布满血丝的眼睛已经显现出失常的疯癫之色，“许淮颂他爸爸不是能把黑的说成白的吗？他能帮我……他能帮我的，是不是？”

阮喻紧紧攥着云梯的扶手，一字一句地说：“周俊，没有人有权利把黑的说成白的，同样的，也没有人有权利把白的说成黑的。能够决定黑白的，只有事实本身。只要你没有杀人，再多的巧合都不能给你定罪。你要相信警方，相信检察机关，好吗？”

“我不相信他们……他们在通缉我，他们全都在通缉我！”

“大家找你只是为了调查清楚事情的真相，难道你不想知道真相吗？”阮喻紧紧盯着周俊的眼睛，带着一丝诱导的语气，把耳机里传来的话尽可能自然地表达出来，“她是你很重要的人，对不对？你不想配合警方一起找到真凶，给她一个交代吗？”

“真凶……会有真凶吗？”周俊忽然笑了一下，“她半路跟我吵架，我们分开之前，她说一定有办法让我后悔……这就是她让我后悔的方式，没有真凶，根本没有真凶！”

“有真凶！警方已经排除了被害人自杀的可能，如果凶手不是你，那就一定有别人。”阮喻回忆起方臻给她讲过的那通电话里的细节，“周俊，你想想，她最后那通电话有没有可能其实是打给你的？她说‘救命啊，放开我，周俊’，其实她的意思也许不是‘放开我，周俊’，而是‘救命啊，周俊’……”

周俊的眼底露出不可思议的神情：“你说什么……”

“你说你们当时因为吵架分开了，对吗？也许你们分开后，她独自驾车遇到了真凶。因为知道你是离她最近的人，所以她想打电话向你求救。可是操作手机的时候，由于真凶的阻挠，她误把电话拨给了远在一百多公里外的爸爸。这通电话并不能证明你有罪，其实她可能是在向你求救，而不是让你放开她。她在生命的最后一刻早就忘了你们的争吵，只是想向你求救……”

周俊张着嘴愣在原地，手一松，那把水果刀直直地落了下去，底下的人群里传来一阵惊呼。

隐蔽在房子背面的特警迅速翻上天台，上前制伏了周俊。

云梯上，阮喻强撑着的腿一下子软了下来，“咚”的一声闷响，膝盖磕在栏杆上。与此同时，云梯移近天台，离她咫尺之遥的消防人员上前把她接下来，再去接阮成儒。

云梯缓缓下降的时候，阮喻回过头，望了一眼平顶天台的方向。

在那里，周俊跪在地上，双手捂着脸，指缝里淌下淋漓的泪水，口中不停地重复着一句话：“她没有拿死来报复我，她没有拿死来报复我……”

抓捕行动成功了，可是这一刻，阮喻心里的石头并没有落下，反而越堵越难受。原来周俊误以为女友打算制造一系列证据，用自己的死亡来报复他，所以才会潜逃。那么，即使他被无罪释放，今后又该怎样在自责和懊悔中继续生活？

这样的失之交臂，这样的天人永隔啊。

嫌疑人归案，现场在小半个钟头后彻底恢复平静。

阮喻给许淮颂发了条消息报平安，然后又匆匆跟着警察去做笔录。

阮成儒和曲兰被医护人员送到医院做了全身检查，确认没有受伤后，两人被警车安全接回。

阮喻半途得知许怀诗已经在许淮颂的安排下，被刘茂送回了苏市，于是也就决定今晚留在爸妈这边。

三人到家已经是下午四点多，进家门的时候，阮成儒见母女俩都是一副惊魂未定的样子，笑呵呵地说：“哎呀，不知道的人看了你们这个样子，还以为我没被救回来呢！”

“瞎说什么呢？”曲兰狠狠地飞了阮成儒一个眼刀子。

“就算是瞎了，那也不是哑了，还不许我说话了？”

阮喻左手揽着爸爸，右手揽着妈妈，好声好气地劝架：“好了好了，别吵了，大过节的呢，我们晚上吃点什么啊？”

阮喻言谈间刻意避开下午的闹剧，但阮爸阮妈都看得出来，她这是还没缓过劲，故作轻松着。

曲兰：“家里的菜不少，这就给你做去。”

“算了，别忙活了，我突然想吃方便面。”阮喻笑着把曲兰和阮成儒推回房间，“你们休息会儿，五点到了我来打蛋煮面，我现在先回房间打个电话。”

阮成儒觑她一眼：“给谁打？小许吗？人家在旧金山，现在都凌晨一点多了！”

“我知道啊……”阮喻撇撇嘴。

曲兰觑一眼阮成儒：“凌晨一点怎么了？就是凌晨两点、三点、四点，那他也得接我们喻喻的电话！”

“就是！”

阮喻拿着手机回到房间，靠着门板拨通了许淮颂的语音通话。

这一刻，阮喻想起了今天中午，他在电话里跟她说的话。他并没有教她到底该怎样做，只是告诉她，一定要相信警察。

远水解不了近渴，他是律师，不是神。在这个时候，阮喻只有全心信任并积极配合警方，才能解决问题。

他说，如果警方带她去现场，那么，他们不是让她去救爸妈，而是让她去救周俊。一旦挟持事件发生，警方必然有把握解救人质，但可能是在击毙嫌疑人的前提下。

她在这次事件中的存在，是为了保护嫌疑人。

所以，她不用害怕嫌疑人。

语音在两秒之内被接通，阮喻拖着长音咕哝出声：“许淮颂……”

因为在医院，此时又是深夜，许淮颂的声音压得很低，听起来特别温柔。他问：“怎么，做了一回女英雄，我就从‘淮颂’变成了‘许淮颂’？”

他在开玩笑纾解她的疲惫和后怕，阮喻虽然笑不出来，但对他的声音相当受用：“嗯，你再多说两句。”

“说什么？”

“什么都行。”

“什么都行？”

这种时候，难道不应该来几句甜言蜜语，好好安慰一下她吗？阮喻没了耐心，催促道：“对啊，你快说呀。”

许淮颂笑了一下：“我不是在说吗？这是怎么了？”

“哎，听不出来吗？”阮喻叹了口气，“我想你了啊。”

阮喻花了近十一年，才终于在这惊心动魄的一天即将落幕时，说出了这句“我想你了”。

她并不是突然转了性，而是这一天，在目睹了一场令人抱憾终生的失去后，她忽然意识到，在感情中不应该过于计较公平与输赢，不应该过于在意谁占据了上风，谁先开口或者谁先低头。

因为你永远不知道，当你在感情里计较这些时，会不会有一场突如其来的灾难，让你们彻底、永远地分离，连计较的机会也失去。

所以，在还能说“想你”的时候，一定要说给他听，就算输了也没关系。

阮喻话音刚落，电话那头仿佛世界静止，听不见一丝回音。她愣愣地眨了两下眼，刚要移开手机查看信号，就听见许淮颂说：“信号没断。”

许淮颂靠着医院走廊的栏杆，从暖黄的光晕里抬起头，慢慢地站直了身体。

信号没断，是他的脑回路断了。

他忽然说：“等我一下。”然后匆匆走向走廊的尽头，下了楼梯。

阮喻一头雾水，过了好半天才听见那头的脚步声停了，一个微微喘着气的声音响起：“我也是。”

“什么？”她都快忘记刚才说到哪里了。

“我也想你，或者……可能比你想我更想你。”许淮颂一字一顿地说完，然后下意识地屏住了呼吸。

直到那头的阮喻笑了一声，他才彻底放松紧绷的身体，重新开始放心地喘气。

阮喻带着笑意问：“为什么要跑一圈才说？”

“刚才在病房外，走廊里有值班护士。”所以起先明明听出她希望得到安慰的意思，他也装着傻，没有说露骨的话。

“那怎么了？她们听得懂中文吗？”

“……”

他忘记了。

许淮颂低头笑了一下：“今天消耗太大，可能有点犯糊涂。”

“消耗什么？”

他神色无奈地说：“你说呢？”

阮喻嘟囔道：“我不知道才问你啊。”

许淮颂不得不说得清清楚楚：“担心你。”

阮喻又笑了一声。看吧，有话直说也没那么难嘛。阮喻继续说：“可是当时在电话里，你明明很冷静，还说警察会保护我，用不着担心。”

许淮颂：“那是安慰你的。”

即使她出事的概率只有万分之一，只要那个概率存在，就足够让他无法坐立。

已经两次了，她永远不会知道，隔着千山万水听见她不好的消息，他有多无力、窒息。他只是为了安慰她，假装自己很冷静而已。

许淮颂移开手机，翻到预订机票的页面，截了一张图给她。

阮喻收到消息一看，发现那是一班旧金山时间晚上十一点飞往中国的航班。

在接到她电话的五分钟内，他就买了回国的机票。只是后来确认了她平安的消息，他才没有赶去机场。

阮喻鼻子酸酸的，呼吸时，声音里也多了一点哭腔。

这点哭腔提醒了许淮颂，他的声音变得有点严厉："以后在电话里，如果你非要哭，先说清楚话再哭。"

被他这语气一激，阮喻的感动刹那间灰飞烟灭。

许淮颂继续说："你可能没什么事，但我的心跳会先被吓停。"

阮喻"哦"了一声："知道了，你回病房看着叔叔吧。"

许淮颂举着手机站在路灯下，望了一眼住院部的方向："没关系，护工在，情况已经基本稳定了，他现在睡着了。"

"这么喜欢站外面喂蚊子啊？"

"嗯，上次把你下巴上的那只捏死了，觉得过意不去，趁这机会照顾照顾它的同胞吧。"

"……"

阮喻笑了笑，拿着手机从门边离开，舒了一口气，倒在床上。

听见这窸窸窣窣的动静，许淮颂问："你在做什么？"

"累，躺一会儿。"她叹了口气说，"其实我今天很害怕，腿都软了，我之前不知道居然要上云梯……"

"你上了云梯？"许淮颂有点诧异，"你不是恐高吗？"

这回轮到阮喻感到奇怪了："你怎么知道的？"

当年一中四十周年校庆那天，许多学生被老师安排去布置接待会场。可能是工作太多，老师分配任务时随机安排，没有考虑太多，就这样阮喻被分配到一个系彩带的任务，需要把彩带缠绕在窗沿的杆子上。由于她不敢爬得那么高，所以四处找人换任务。

然后许淮颂去了。

等她找到替换的人回来，抬头看见彩带已经被系好，还以为是谁干错了活。

许淮颂在夜色里沉默了很久，最终抬头看着天上的一轮上弦月说："等我回来就告诉你。"

什么啊？神神秘秘的。阮喻不知道许淮颂在卖什么关子，但她是真累了，也没深想，在床上翻个身，想到什么说什么："你说周俊会怎么样？下午我去做笔录，看他进了审讯室，半天没出来。"

许淮颂已经从警方那边大致了解了案情，说："只要他没有杀人，一定不会冤枉他。只是现有证据指向他，他的主观解释仅仅是一面之词。要洗脱嫌疑得有新的证据，办案需要一定的时间和过程。"

阮喻的喉咙一哽："一般多久能出结果？"

"各案情况不同，很难说定数，不过我们也不是干等着，现阶段律师就可以介入了。"

“你不能当他的辩护律师吧？”

“不能。”别说他还没参加国内法考，就算考过了，他也不是专业的刑辩律师，“辩护律师的事情我已经让刘茂安排了，等我过两天回国再跟他们讨论详情。”

许淮颂一直“喂”蚊子“喂”到凌晨两点多才回病房。

阮喻精神高度紧张了一整天，和父母吃过晚饭后便早早洗漱休息，结果没想到做了一夜的噩梦。于是第二天一早，看到她黑眼圈的曲兰和阮成儒便把她赶回了市区。

这里离案发地点太近，阮喻胆子本来就小，住在这栋房子里，估计会一直做噩梦。她也觉得是地理位置的原因，回到市区可能会好一些，而且还能把皮皮从酒店带回来照顾，所以听从了父母的话。

可没想到，即使在市区，一旦离开热闹的环境，回到安静的地方，尤其是入夜之后，她依然觉得身心不适。

因为沈明樱这几天刚好在外地给网店进货，阮喻孤零零的，身边没有一个说话的伴，只能和皮皮相依为命。连续两晚，她都靠着和许淮颂连麦才能勉强入睡。

她的黑夜是许淮颂的白天。许淮颂白天一边在医院处理工作，一边远程陪伴阮喻。偶尔他这边有些响动，关闭了一会儿麦克风，她醒来便会慌张，他于是立马开麦解释，然后重新陪她入眠。

许淮颂有点担心阮喻的状态，所以到了第三天，许爸爸从ICU转到普通病房，能吃能喝，一切正常了，他开始思忖回国一趟。

刚好这天吕胜蓝来了医院，病房的隔间里，吕胜蓝见许淮颂戴着耳机在通话中，不方便说话，于是她在手机上打了字，拿给他看：“我忙完手头的案子了，接下来几天可以多来医院，你要是有事就先回国吧。”

许淮颂看了一眼她的手机屏幕，一时没接话，似乎在顾虑什么。

吕胜蓝继续打字：“许叔叔是我入行的恩师，这次的案子也多亏了许叔叔的人脉才能这么顺利，我多照顾他一些是应该的。再说了，医院有护工在，我只是看着点，不麻烦，你放心吧。”

许淮颂刚要打字回复她，耳机里传来阮喻的梦呓，她好像又哭醒了。他没来得及打字，立刻对着麦说：“做噩梦了吗？我在这儿。”

那头阮喻的声音含含糊糊，过了好半天才缓过来：“嗯……没事，我起来倒杯水……”

“嗯，你先打开床头灯，记得穿拖鞋，走路当心，别喝凉水。”许淮颂的语速放得很慢，好像也不是真要嘱咐她什么，只是保持声音不断，好让她走到客厅的时候不会感到害怕。

等阮喻喝完水重新回到床上，许淮颂又说："盖好被子，继续睡吧，我不挂电话。"

过了一会儿，阮喻的呼吸变得绵长均匀，许淮颂想她应该能安睡片刻了，于是轻轻关了麦克风，然后抬头对一旁坐了很久的吕胜蓝说："不好意思。"

吕胜蓝摇摇头表示没关系，思量着问："她出了什么事？"

许淮颂简单说了两句前因后果。

吕胜蓝问："她是不是当时表现得太镇定了？"

"怎么说？"

"我对这方面有些研究，像她这样的情况，事发当时如果强行克服、抑制了自己的应激反应，事后很可能引起心理反弹。"

许淮颂皱了皱眉："你的意思是，她需要心理医生吗？"

"那倒不至于，但如果她身边现在没有人，也没有足够重要的事转移注意力，这种状态持续得久了，对身心健康还是有很大影响的。我建议你最好请人照顾她几天，或者尽早回去看看她。"

许淮颂本来也在考虑回国，便向吕胜蓝道了谢，拿出手机，打开了订机票的界面。

阮喻第二天清早醒来时，发现和许淮颂的语音通话已经断了。

消息框里有一条他的留言，来自半个小时前："我现在准备起飞了，会在你今晚睡觉前赶到的。你好好吃饭，在家等我。"

阮喻刚从昏沉疲惫的睡梦中苏醒，神志还没完全清醒，盯着手机看了好一会儿才反应过来，许淮颂这是特意为她回国了。

那他爸爸在医院里怎么办？她急忙给许淮颂发消息，告诉他不用着急回来。

消息发出后却久久没有回应。显然，许淮颂的航班已经起飞了。

阮喻只好作罢，在床上清醒了一会儿。她正准备起床去洗漱，忽然听见手机一振，收到一条微信消息，来自许怀诗。

前几天，许怀诗被刘茂送回苏市时，向刘茂要了阮喻的微信。

许怀诗："姐姐，我给你寄的快递现在在派送了，你记得签收一下。"

阮喻心痒难耐地打字："到底是什么啊？"

许怀诗前天向她要了地址，说有一样很重要的东西要寄给她，但又不肯说是什么，足足吊了她两天胃口。

许怀诗："你等会儿就知道啦。"

阮喻刚收到这条消息，门铃就响了。

她披上衣服匆匆下床，打开家门，从快递员手里接过一个小巧的包裹。跟快递员道了声谢关上门后，她被好奇心驱使着，先没急着去洗漱，第一时间拿剪刀拆开了包裹。

剥开一层又一层仔细而郑重的包装，阮喻打开最里面的那只小盒子，看见了一部看起来十分陈旧的老年机。

这手机大概是十多年前的款式，是当年老街巷里骑着三轮车，拿大喇叭循环喊着“回收旧手机、报废手机”的人，常常会收入囊中的那种非智能手机。

阮喻差点以为自己穿越了。

她愣了愣，给这部老年机拍了个照，把照片发给许怀诗：“你是不是寄错快递啦？”

许怀诗：“没有，姐姐，你开机看看草稿箱吧。”

小女孩真会玩花样，这是变着法子给她写情书吗？

既然是要仔细看的东西，阮喻打算慢慢来。因为夜里做噩梦出了一身冷汗，她先去洗了个澡，没想到从浴室出来以后，手机里多了许怀诗发来的新消息。

密密麻麻的文字，篇幅几乎占据了整个屏幕：

“姐姐，你看到了吧？对不起，是我在老家意外发现了这部手机，擅自偷看、改编了草稿箱里的故事。也是我胆小，不敢承认，在你陷入抄袭纠纷的时候撒谎隐瞒了事实。还是我，为了验证你的身份，偷偷查了你的姓名。”

“这样的我已经够差劲了。这次在杭市跟你相处了一天一夜，看到你还在为这件事费心追查，我想我要是再不跟你坦白，就得永远差劲下去了。”

“姐姐，你不原谅我也没关系，讨厌我也没关系，但我哥在事发第四天才知道这件事。他放下马上要开庭的案子赶回国，原本是打算跟你说明真相的，只是看你一直装作不认识他，他就迟迟没有开口。”

“所以，如果可以的话，请你一定要原谅他。”

“他是真的，真的很喜欢你啊。”

看完满屏的文字，阮喻握着手机傻在原地。

明明每句话她都看懂了，但它们连在一起表达了什么意思，她似乎一下子有些难以理解。

再往上翻，许怀诗还在这条消息上面附了一张截图，界面显示是一个微博账号的后台：一个写诗的人。

在原地傻站了两分钟，阮喻呆滞又迟缓地转头拿起了茶几上的那部旧手机，开机，点进短信的草稿箱。

327 封未发送的草稿。

她来回翻了一圈，随手点开一条来看。

——郑老师拿给我们班的那篇考场范文，是你写的吧？

什么考场范文？阮喻皱了皱眉，有点不解，继续翻。

——你爸爸问我为什么老在 301 弹琴，我没敢说，是因为从那间琴房的窗户望出去，刚好能看见你。

阮喻眉头松开，按在手机方向键上的手指一滞，这下她好像明白了，这些草稿是谁写给谁的。

——你的座位换到了窗边，为了在走廊罚站时看你，我迟到了。

——你还来操场上体育课吗？我已经跑了五圈了。

——花泽类不吃炸鸡吧？

——你说喜欢雨后初晴的天气，那校庆的时候，我弹《After The Rain》吧。

——你们班那个揪你辫子的男生问我要英语作业，我没给他抄。

——艺术馆楼下那只猫一直在叫，我喂它吃了罐头。可其实我不喜欢猫。

——我要去美国了，有没有什么办法，能让你至少记得我。

——那牵一次你的手吧。

不太美妙的按键音嘟嘟响着，阮喻紧紧盯着手机屏幕，眼下长睫不停颤动。她扶着沙发慢慢坐了下来，浑身的力气仿佛被这一条条短信抽干。

她明白了。

为什么她的大纲没有丢失。

为什么他的付款密码是 309017。

为什么他知道她恐高。

可她还是难以相信。

唯一能与这些短信对应上的只有她的记忆。然而此刻，她所有的记忆都变得遥远模糊，不真实起来。

对于那些年的全部认知，因为这些短信，被生生拆分成了两个版本。

两个完全不同的版本。一个属于她，一个属于许淮颂。

如果这些短信上的内容都是真的，为什么她当初一点也没发现？她怎么可能一点也没发现？

阮喻陷在沙发里，像急于求药的病患，来来回回翻着三百多条草稿，企图找到一条能够直接证明许淮颂当年曾为她做过什么的证据。

最后，她看到了这样一段话："你分到我们班的同学录，没有给我的。他们回收的时候，我自己夹了一张进去。运气好的话，你会看到吧？"

同学录……

阮喻蓦地站起来，放下手机，跑进房间。

她从老家阁楼的旧箱子里带回来的，除了当年的日记本，还有一些杂物，也包括一本同学录。

那本同学录里是一整沓厚厚的活页，拆开后，可以把里面五颜六色的模板纸一张张分给别人。她当然没有分给许淮颂。她以为他根本没怎么注意过她。就连传给十班的那几张，也是因为纸太多用不完，她随手拿去给认识的同学帮忙分的。

毕业季里，同学录满天飞，填的份数多了也就逐渐变了味，到后来，除了少数关系特别要好的同学，大家都开始不走心，随意画个笑脸，写句“要记得我呀”就敷衍了事。所以回收之后，她第一时间也没仔细看。

原本毕业后是一定会翻阅同学录的。可毕业旅行的时候，许淮颂缺席了，那天过后，高中时代的所有纪念物就都被她丢进了箱子，有意回避了。

阮喻打开房间的储物柜，拿出那本同学录，蹲在地上疯狂地翻找。

一大沓五颜六色的纸被翻得哗啦作响，直到一张白色的模板纸映入眼帘，她的手像被按下了暂停键，悬在半空一动不动。

这张与其他张色调格格不入的纸上，没有填写包括姓名、星座、血型、爱好在内的任何信息。纸上只有短短一句话。字迹工整，落笔遒劲，她一眼就认出了这是谁的笔迹。

他说：“愿你在五光十色的明天里欢呼雀跃，就算我什么都看不见。”

阮喻瘫坐在地上，一瞬间热泪盈眶。

晚上十点，阮喻一个人坐在灯火通明的客厅里，攥着两部手机发呆。这个时间，许淮颂应该已经下飞机了。可他没有给她发消息，而她也没有主动联系他。

不知道为什么，她觉得他们现在可能有着一样忐忑的心情。

许怀诗虽然自作主张寄来了哥哥的手机，但不会一声招呼不打，至少应该跟许淮颂“先斩后奏”。

所以，许淮颂在下飞机的那一刻就知道她已经清楚了真相。

时间一分一秒地流逝，已经十点半了。

他在怕什么呢？怕她责怪他吗？

她原本是应该责怪他的。这么久的欺瞒，这么久的沉默。可是当她像个傻子一样又哭又笑地读完那三百多条未发送的短信时，忽然就觉得，什么都不重要了。

被骗也好，被“套路”得团团转也罢，这些已经过去的所有，都没有“他现在要回来了”这一点重要。他要回来了，她不用生活在他看不见的明天里，这才是对她来说最重要的事。

阮喻在房间里来回踱步，最后咬咬牙，拨通了许淮颂的电话。然后，一串电话铃声在离她很近的地方响了起来。这诡异的动静吓得她下意识地惊叫了一声，迅速按下挂断键。

下一秒，家门立刻被敲响，伴随着许淮颂的声音：“怎么了？”

“……”

阮喻拍着心口去开门，苦着脸说：“吓死我了，你怎么来了也不出声，像拍恐怖片一样……”

这个意外的插曲打破了两人之间本该微妙的气氛。但很快，许淮颂的沉默不语又把她重新拉回到刚才的忐忑里。

两个人一个站在门里，一个站在门外，四目相对，一时无言。

半分钟过去，许淮颂望着她的眼睛开了口：“对不……”

“许淮颂。”阮喻忽然打断了他，哽咽着说，“我们重新认识一下吧。”

谁都别再演了。

他不要再戴着面具瞻前顾后，她也不要再为了占据主动权使计套路。

他们应该用真实的面目，坦诚地拿出全部的自己，重新认识一下。

许淮颂一时没反应过来，愣了愣。

阮喻闭了闭眼，鼓起酝酿了一整天的勇气，朝他伸出手，摆出一个“握手”的姿势，说：“你好，我是毕业于苏市一中高三九班的阮喻，曾经非常喜欢你，现在……”

“等等。”许淮颂打断了她。

阮喻的眼底掠过一丝错愕。

紧接着，许淮颂原本紧绷的表情松懈下来，他忽然笑了一下：“这种话，应该由我先说。”说着，他也朝她摆出一个“握手”的姿势，“你好，我是毕业于苏市一中高三十班的许淮颂，曾经非常喜欢你，现在，比曾经更喜欢你。”

阮喻鼻子一酸，仰头望着他，撇着嘴傻站了半天没动。

许淮颂低头看了一眼自己悬空的手：“这手还握不握？”

她刚打算说“握”，却听他立刻接了后半句：“不握的话，抱一下吧。”说完，他就势握住她的手，把她往怀里一带。

阮喻惊呼一声，与此同时，楼道拐角处传来“砰”的一声闷响，不知谁的脑袋撞上了墙。

保持着拥抱姿势的两人齐齐扭头。

拐角处，那位之前在电梯里“鬼哭狼嚎”的女高音选手探出了半个身子，捂着额头冲他们说：“不好意思啊，我刚从外面锻炼回来，走的楼梯，听见你们好像在对剧本演戏，就好奇了一下，对不起，对不起，打扰了……”

许淮颂、阮喻：“……”

阮喻僵着手脚，缓缓离开了许淮颂的怀抱，整了整衣服，又理了理头发，朝孙妙含干笑一声：“对，我们是在对剧本呢！刚演完一幕，我们先进去抠一下细节。”说着，她扯着许淮颂的衣袖把他往屋里拉。

公共场所，被听墙角也怨不得谁了。

门关上，阮喻捂住了发烫的脸：“脸丢大了……”

没想到许淮颂忽然从背后靠了过来，低下头认真地问：“进来了，要抠什么细节？”

这句暧昧不清的话，一定是许淮颂故意的。

通过那327条未发送的短信，阮喻得出结论，这个人的内心远比表面上看起来要温柔，但也远比表面上看起来要坏。

七分绅士三分痞，一箭直穿少女心。

现在这个节骨眼上要抠什么细节？合他的意，研究怎样拥抱更加符合人体构造原理，然后练它个千遍百遍？

阮喻朝许淮颂皱了皱鼻子，故意不接他的话："我是有个想不通的细节要抠。"说着，她转头拿起桌上的那部老年机，"我很好奇，它在重见天日之前，到底是怎样安然度过这么多年的？"

可能是被"套路"怕了，阮喻说这话的时候，眼神里带着一丝怀疑，像在担心许淮颂还藏着什么猫腻。

"我走的时候把手机电池拆下来，和手机一起放进密封盒里了。"许淮颂笑了笑，"当然，这还要问问手机制造商，是怎么制造出这样的奇迹的。"

阮喻跟着笑了起来，心里有些怅然，又有些释然。

他们的确遇见了奇迹。

下达文件指定拆迁的市领导，多年不坏的手机，把短信内容写成小说的许怀诗，闹大抄袭事件的岑思思，这些所有的角色在这个奇迹里缺一不可。

奇迹的开始是什么？是许淮颂用心保存了这部手机，是他在离开的时候，潜意识里留了一丝关于她的希望。

奇迹的开始，是他没有放下她。

阮喻在原地默默感慨了很久，才发现两人进屋半天了还干站着。她虚虚地指了指许淮颂衬衫上第四颗扣子的位置——胃的位置："说了半天，你不饿吗？"说着，她转头去了厨房。

许淮颂笑着跟进去："我在飞机上吃过了。"

"那我不做夜宵了？"阮喻拿起一盘裹好蛋糊和面包糠的翅根给他看。

许淮颂愣了一下，然后明白了她为什么要做这个，笑着说："做吧，我吃。"

阮喻一边系围裙，一边忍着笑叹气："三百多条短信，居然有二十几条提到了炸鸡，你说你上学时候怎么就这么点追求呢？"

许淮颂轻咳一声，解释道："是学校食堂太难吃了。"

"可是炸鸡吃多了不也腻吗？"

"所以那时候我们还外带小火锅。"

阮喻洗着手，惊讶道："在哪儿吃？"

"艺术馆。"

难怪许淮颂藏着掖着不肯让她知道他的真面目。钢琴王子变火锅少年，真不是一点点幻灭。

阮喻摇头看了他一眼。

许淮颂有点被气笑的样子："是你说要重新认识一下的。"

“那当年你们吃火锅的时候，要是有人来了怎么办？”

“我弹琴掩护。”

“……”

阮喻笑过以后又叹了口气：“真想回到十六岁。”

“做什么？”

告诫十六岁的阮喻擦亮眼睛，许淮颂其实不是她以为的男神？

但阮喻说的是：“跟你混啊。”她笑盈盈地看了他一眼，“我高中过得太安分了，没劲，跟着你又有炸鸡吃，又有火锅吃，这日子应该很有趣。”

许淮颂认真地思考了一下：“不被你爸‘打死’的话，确实很有趣。”

两人同时笑出声。

过了一会儿，阮喻开始倒油点火：“如果我爸妈不是我们学校的老师，我还真不一定……”

她说到一半没说下去。但许淮颂懂了。

她是想说，她不一定那么安分、那么听话，说不定哪天鼓足了勇气，就主动去认识他了。

厨房里陷入了沉默。两人好像都在想象那个“如果”。

许淮颂觉得自己没有把握。他能在不清楚她心意的情况下选择离开，但如果她主动表明心意，他还能那么一走了之吗？应该做不到了吧？

锅里咕噜噜热起来的油打断了阮喻的想象。她打开油烟机，准备炸翅根，并让许淮颂走远一点。但他偏不肯挪步。等她把一盘翅根炸完，他的衬衫上已经全染上了油烟气。

起初味道还不明显，等吃完夜宵后，炸鸡没了，炸鸡味却犹存。原本该睡觉的皮皮开始骚动起来，一个劲往许淮颂身上蹭，阮喻这才知道问题出在了哪里。

餐桌边，她托着腮坐在许淮颂的对面，远远看着橘猫蹭他，感慨道：“这是真正的人间烟火气啊。”

许淮颂抱着猫笑道：“那你请我洗个澡吧。”

阮喻托着腮的手一顿，收敛了闲适的坐姿，看着面前的一人一猫，回想起先前许淮颂跟她连着视频给猫洗澡，最后给自己也洗了个澡——他还真是怪会勾引人的。

如今不再隔着屏幕，这面对面的，洗澡的引申含义是……留宿？

她心里打起鼓来，磕磕巴巴地接话：“你……你也没带换洗的衣服啊……”

“带了。”

阮喻左看看，右看看——不对吧？她记得很清楚，他刚才抱她的时候是两手空空的。

“在楼下车里。”许淮颂解释道。

看来，许淮颂这是准备了两套方案。如果她接受了他，他随时能够把衣物行李拿上来；反之，也不会让自己显得太性急，给她压力。

阮喻的目光变得有些闪烁。

见她并没有直接拒绝，许淮颂放下猫，站起来往门外走："我去拿。"

"哎……"在他经过她身边的时候，阮喻一把扯住他的衣袖，抬起头，用含含糊糊的声音问，"你这是要……留宿吗？"

许淮颂提起另一只自由的手，食指和中指并拢，往她的脑门上轻轻一按："想什么呢？"

"没想什么啊。"她腰杆笔直地说，"你要留宿的话，我得去整理客房吧。"

许淮颂笑笑："我留，不宿，最近作息乱七八糟的。"他又解释，"你不是睡不好吗？我就是为这事飞回来的，难道还要回酒店跟你语音吗？"

阮喻低低地"哦"了一声："那你去吧。"等他离开后，她飞快地掏出手机跟沈明樱求援。

沈明樱："用不着收拾客房。很多情侣在确定关系的初期，面对住宿问题都会选择矜持，比如住酒店非要订个标间。但事实证明，等到夜深人静的时候，两张床一定会变成一张床，结果就是两人挤在一张小小的床上，一起思考为什么之前不直接订个大床房。所以，如果你现在收拾出了客房，到时候一定也会后悔白费了力气。"

看完这段经验之谈的阮喻陷入了沉思，一直等到许淮颂回来也没思考出个所以然。

看她坐在原来的位置上一动不动，许淮颂走过来的时候眼神明显深了几分。

对上这个眼神，阮喻后知后觉地意识到，自己好像被沈明樱坑了。

不管最后发展成什么样，也不管许淮颂今晚需不需要休息，她收拾出客房来至少是个态度问题。她要是连收拾都不收拾，跟主动邀请许淮颂到她的房间来睡觉有什么区别？

不妙！她猛地站起来，扭头就要冲进客房。

许淮颂像拎小鸡一样，轻轻拎住她的后颈衣领："刚才不忙，现在忙什么？很晚了，洗澡去。"

阮喻缩着脖颈回过头去："我还要准备换洗衣服，很磨蹭的，要不你先？"

"也行，我很快。"许淮颂点点头，拿着事先准备好的洗漱用品进去了。临要关上浴室门时，他又补充了一句，"我在飞机上睡了八个钟头，晚上真的不睡，你别收拾了。"

阮喻"哦"了一声，转身去准备换洗衣服。准备完之后，一时无事可做，她便开始在客厅里走来走去，以此来消解心底的紧张。

等许淮颂出来，就看见她眉头紧锁，来回踱步，右手握拳，敲击着左手掌心，一副思考大事的模样。

听见浴室门“啪嗒”一声响，阮喻回过头，发现许淮颂还是整整齐齐地穿着衬衫和西装裤。只不过因为换了拖鞋，裤脚被卷起了一截，露出了光裸的脚踝——皮肤白得刺眼，骨骼轮廓带着一点恰如其分的性感。

阮喻飞快地移开目光，抱起一个衣篓，一言不发地快步进了浴室。

这一个澡洗得人耳听八方，心神不宁。明明隔着一道厚实的门板，阮喻却总觉得每一滴水落下的声音都会在许淮颂的耳边响起。

不知是因为热水的冲淋，还是因为脑袋里止不住的遐想，阮喻越洗越觉得脸颊滚烫，呼吸发闷。当她洗完澡，顶着红扑扑的脸深呼吸了几次，像做贼一样轻手轻脚地出来，却看见许淮颂在阳台上找晾衣竿晾衣服。

所以，在她心慌意乱地听着门外动静的时候，他根本没有像她一样心猿意马，而是全程淡定从容地忙着洗衣服？

这种行为虽然让人很放心，但是，这是一个男人面对心仪的女人——而且是心仪了这么多年的女人时，应该有的正常反应吗？

听见身后的开门声，许淮颂回头看了她一眼：“你还出来做什么？赶紧去睡，我就在客厅办公。”

这就……完了？

阮喻茫然地“哦”了一声，转身回了房间。在床上躺了十分钟，听到外面真的一点声响也没有，拿出手机，再次给沈明樱发了消息。

沈明樱：“……”

沈明樱：“这样都没发生什么？”

沈明樱：“他是不是最近很累？”

软玉：“好像是，他说他最近作息乱七八糟的，不过这表示什么？”

沈明樱：“他现在不行。”

“……”

阮喻正仰面平躺着，冷不防看见沈明樱发来一句语不惊人死不休的话，手一抖，手机劈头盖脸地砸了下来。

她被砸得发出“哎哟”一声痛呼，这下，门外的人终于有了反应。许淮颂在她房门上敲了三下，问：“怎么了？”

阮喻捂着脑门，疼得缩成一只虾子，苦着脸提高了声音回答：“没事，手机砸脸上了……”

门外安静了一会儿，才再次传来许淮颂的回话：“早点睡。”紧接着，是一阵脚步渐渐远去的响声。

阮喻这下也顾不上疼了，拿出手机噼里啪啦地打字：“我刚才手机砸脸上了，他都没进来关心我！”

沈明樱：“你手机为什么会砸脸上？”

软玉："他为什么不进来关心我？"

沈明樱："哎哟，人家绅士一点嘛，你就嚷嚷为什么这么冷淡。要是真怎么样了，说不定又要哭着说，这才刚开始交往呢，怎么就动手动脚的。做你男朋友也挺不容易的啊。"

沈明樱发完这段话就去睡了，留阮喻一个人缩在被窝里，攥着手机咬嘴唇。

门外的许淮颂也眉头紧锁，手指时不时地在笔记本的触控板上滑动一下。面前的电脑屏幕上，是满屏中英文交织的心理学术报告。

虽然吕胜蓝当时只是提了一嘴，并说应该没大碍，但他还是在回国的路上见缝插针地向一位做心理医生的高中同学咨询了阮喻的情况。

对方告诉他，就算是看一部恐怖片也可能存在后怕期，所以阮喻这几天的表现还不能说明问题，建议多观察一阵子。如果情况没有好转，反而愈演愈烈，再考虑是否进行进一步诊断。

这个观察是指，看阮喻在脱离他的陪伴后能否正常入眠。

原本许淮颂应该在不知会她"这是个测试"的情况下，留她独自在家，并且不与她连麦。但他不太放心她，于是折了个中，变成现在这个状态——留她一个人在房间，他在门外随时待命。

因为不想打扰她休息，他没有打开客厅的顶灯，只点了一盏落地灯办公。电脑屏幕的光线因此显得格外亮，盯久了，眼睛疼得发酸。看完第十篇心理学研究报告后，许淮颂摘下眼镜，捏了捏眉心，忽然听见手机振动了一声。

一条来自特别关注的微博。

温香："打上 1000 分了。"

附图一张微信小程序"跳一跳"的战绩。

"……"

他在这里费着眼睛研究她的心理状态，她却视他如无物地在房间里打游戏，还跟粉丝秀战绩？

许淮颂冷静了一下，没冷静下来，戴上眼镜起身去敲门。

里面传来一阵窸窸窣窣的响动，还有阮喻的声音："怎么啦？"

"开门。"

阮喻飞快地钻出被窝，坐起来理了理自己的头发和衣服，再点亮床头灯，把灯罩稍微调整了一下方向，然后才说："我没锁门。"

许淮颂按下门把，站在门边严肃地说："零点半了还打游戏？"

阮喻坐在床上眨眨眼睛："你怎么知道得这么快，你把我设置成特别关注了啊？"

这不是明知故问吗？许淮颂也不跟她绕弯子："当然。"

"我睡不着就打几盘。"

听她说睡不着，许淮颂心里一紧，视线从她身上一晃而过时，忽然觉得哪里不太对劲。

房间里没开顶灯，只有一盏暖色调的床头灯亮着。灯罩的位置好像被人调整过，导致光源此刻全都集中在阮喻身上，给她的脸打出了一种柔光的效果，格外衬她的肤色。

许淮颂一愣之后，低头笑了一声。

阮喻眨了眨眼："我说我睡不着，你笑什么啊？"

许淮颂没回答，转身关掉了客厅的落地灯，再走回来的时候反问道："我陪你睡的话，你就睡得着了？"

房门被他反手关上，他笑得意味深长，阮喻一下子失去了言语能力，有了一种引狼入室的危机感。

还真像沈明樱说的一样，既怕他不来，又怕他乱来。

幸好并没有发生令她担心的事。许淮颂只是在她的床沿坐了下来："好了，我就坐这儿，你可以放心睡了。躺下，把手机交给我。"

温柔的指令似乎比严肃的指令更让人受用，阮喻乖乖交出手机，钻进被窝躺了下来。

空调设置在温和宜人的二十八摄氏度，许淮颂的身体遮挡了床头灯的大半光源，周围的亮度恰到好处。两人身上同款沐浴露散发的香味在空气里达成了一种和谐的共振，闭上眼睛细细感受，有种如沐春风的舒适感。

阮喻捏着被角，抿嘴偷偷笑了一下，对这个不疏远又不过分亲密的距离十分心满意足。

许淮颂瞥见她扬起的嘴角，伸手把她额前的刘海拨开一些，另一只手拿出手机，给那位医生同学发消息："都有心思谈恋爱，'套路'男朋友进自己房间了，心理阴影的问题应该不大了吧？"

对话框上方"对方正在输入"的提示亮了半天，对面似乎正在绞尽脑汁地组织语言。最后，屏幕上跳出两行掷地有声的痛斥。

朱磊："你咨询就咨询，大半夜非要塞人一嘴狗粮？你女朋友是没阴影了，我现在有阴影了，懂吗？"

许淮颂对着手机笑了一下，笑过之后却突然觉得背脊有点发凉。头一侧，就见阮喻正睁大眼睛看着他。

他下意识地按下锁屏键，结果这一幕看在她眼里似乎更像心里有鬼的表现。阮喻不太高兴地问："大半夜的，你跟谁发消息啊？"

"朋友，男的。"他立刻回答。

"那你怎么一脸……"少男怀春的表情？

许淮颂愣了愣，笑起来："因为我在跟他聊你。"

"聊我什么？"

"你不会想知道的。"

阮喻来了精神，皱了皱眉，从被窝里爬起来：“你在说我坏话？”

“没有。”

阮喻瞥了他一眼：“不说拉倒。”

“说。”许淮颂笑了笑，清了清嗓子，“在聊我被女朋友‘套路’进房间的事。”

“……”

看她一脸“石化”的表情，他带着有点无辜的眼神，压低声音补充了一句：“我说了，你不会想知道的。”

阮喻的脸一下子热了起来，深吸一口气，一把提起被子，背对着他钻进被窝，闷在里面说：“你可以出去了。”

许淮颂笑着靠过去：“生气了？你要是不打破砂锅问到底，我也不会戳穿你。”

阮喻捂住耳朵，不听。

许淮颂再靠过去一点：“好了，是我自己要来陪你的，行了吧？”

“你再提这事，客厅也别待了！”

“不说了，你出来，闷在被子里睡不好。”

阮喻并不是在闹脾气不出来，而是她的脸现在太烫了，红得像要滴血一样，只能闷着不动。

许淮颂不知道原因，撑着手肘去扯她的被子。

“哎呀！你干吗……”她死死抓住这层“遮羞布”不让他动，最终还是被他拽了出来。她一边喘着气捋头发，一边恨恨地瞪着他。

许淮颂笑道：“我旧手机里三百多条短信，那么多‘套路’都被你看光了，我也没说什么。”

“那是你活该，谁让你之前美滋滋地看我小说，还逼我念……”她说到这里猛地住口。

这真是哪壶不开提哪壶啊。

果然，下一秒，许淮颂轻轻“嗞”了一声，如同失忆一般问：“我逼你念什么了？”

她转头就要躺下：“没什么，睡觉。”

许淮颂拉住她的胳膊：“说清楚再睡。”

阮喻顿了一下，觉得这事确实有必要说清楚，于是竖起三根手指，做了个“发誓”的手势：“那我郑重声明，那段内容纯粹是为了戏剧效果虚构的，我绝对没有做过那种……那种……”

许淮颂低头笑了一下，用轻到自己都听不清的声音说：“可是我做过。”

“你说什么？”

他抬起头，笑笑：“我说，你编得还挺像样的。恋爱没谈过半个，吻戏写得那么逼真？”

阮喻捋了捋刘海，挺直腰背，虚张声势："那当然，没吃过猪肉，还没见过猪跑……"她说到这里，忽然看见许淮颂摘掉眼镜靠了过来。

阮喻一头雾水，盯着近在咫尺的人说："你……你干吗？"

许淮颂眨了眨眼，睫毛在她的眼底投下一片阴影，他看着她笑了笑，说："想喂你吃猪肉。"

不等她反应过来，唇上一软一凉——许淮颂斜坐在床上，一只手撑着枕头，一只手捧着她的脸，吻上了她的唇。

阮喻的心脏瞬间停跳了一拍，猛然间头晕目眩，分不清东南西北，下意识往后退了一步。

于是，他没有深入，一触即分。虽然唇与唇分开了，但鼻尖还和鼻尖碰在一起。

这样近的距离，两个人都停止了呼吸。

阮喻揪住床单，手一点点攥紧，因为不敢喘气，脸颊涨得通红。

许淮颂弯起嘴角，用鼻尖点了一下她的鼻尖，然后离开了她，微微斜着头，一副泰然自若的模样。

他显得太气定神闲了，就像八年前在烟火下一本正经地撒谎，看上去没有半点心虚。

可是阮喻不行。她被刚才那个蜻蜓点水似的吻，还有他现在的眼神惹得发晕，眼前仿佛有五颜六色的烟火同时炸开。她转头就要逃下床。

许淮颂从背后拉住了她，把她扯进怀里，让她的左耳贴住了他的胸口。

阮喻愣了愣，片刻后，听见头顶传来他含笑的声音："看表情是看不出来的，你要听。它真的比烟花炸得还猛。"

阮喻是在右半边床上睁开眼的。

天已经亮了，她明明睁开了眼却像没醒来，浑身轻飘飘的，记忆还停留在昨晚，停留在那个吻结束后，在她耳朵里噼里啪啦炸开的，许淮颂的心跳。

昨天晚上，她在他的怀里待了很久，跟他说了很久的话，聊着高中的事，一直到不知不觉睡着。

卧室忘了拉上双层窗帘，清晨的日光透过半透明的轻纱，照得整个房间充满了一种不真实的虚幻感。阮喻发了很久的呆才回过神，她缓缓偏头，看见了左半边床上的人。

许淮颂背靠软枕，合着眼，看起来似乎睡着了。他没有进她的被窝，就穿着衬衫、西裤坐在被子外面。

阮喻记得，昨晚她好奇地问他，当初是怎么注意到她的。

许淮颂说答案很没意思，不是她想象的那种，最后才在她的追问下说了实话。

原来一切的起源，不过是军训时候在男生宿舍，他下铺的同学说了一句：“咱们老班的女儿长得蛮可爱的，你们谁有兴趣去交个朋友？”

并没有想象中惊心动魄的浪漫邂逅，只是青春期的男孩子们之间的一句轻松调侃而已，确实很平凡。但就像这个太阳照常升起的早晨一样，所有的平凡都因为与他有关而变得珍贵。

阮喻看了许淮颂一会儿，蹑手蹑脚地爬出被窝，想把他摆成平躺、舒服的姿势。手刚碰到他的肩，却见他忽然睁开了眼。

她一个激灵缩回了手：“你这醒得还怪吓人的……”

许淮颂睁着睡意蒙眬的眼笑了笑，轻轻抬了一下她的下巴：“你在干吗？”

“想让你躺下睡，我要起床了。”

她确实到了起床的时间，但许淮颂最近作息紊乱，昨晚又坐了大半夜，天亮才犯困，现在正是想睡的时候。

“那我再睡一会儿。”许淮颂点点头，躺了下去。

阮喻下了床，帮他把卧室的遮光窗帘拉上，然后出去洗漱。

但许淮颂没能睡上多久，刚睡沉没一会儿，就被一阵手机的振动声吵醒了。他闭着眼去摸索床头柜，半天才拿到手机，眯着眼接通电话，低低地“喂”了一声。

电话那头瞬间死寂，三秒钟后，传来一个奇异的声音：“哎？打错了吗？”

许淮颂蓦然睁眼，从床上坐了起来，移开手机一看。屏幕上显示的备注是“爸爸”。但对面当然不是他爸。

这是阮喻的手机。不是阮成儒打错了，是许淮颂接错了。

听筒里接着响起一句疑问：“没打错啊……”

许淮颂深吸一口气。没想到之前端午节精心准备了一番，却白忙活一场，最终在这猝不及防的时刻直面了“老师变老丈人”的挑战。

还没来得及正式拜访，就在清早这样暧昧的时间点跟阮喻的爸爸打了个照面，绝对不是理想的兆头。

许淮颂在进退之间犹豫了片刻，还是认了，重新移近手机，低咳一声说：“老师，您没打错，我是淮颂，您等一下。”

电话那头这回沉寂得更久了。过了一会儿，响起一阵窸窸窣窣的声音，像是阮成儒和曲兰正在召开紧急会议。

许淮颂拿着手机，如同拿着一颗定时炸弹一般轻轻走出房间，移开了厨房的门。

阮喻正在厨房煎蛋，回头看见他，还讶异了一下：“怎么起来了啊，不是说要再睡……”

许淮颂立刻做了个手势打断她，举起手机给她看，比嘴型：“你爸。”

阮喻惊得睁大了眼，也跟他比嘴型：“你怎么接了？”

许淮颂面露无奈：“接错了。”

阮喻一把关了火，冲上去夺过手机："爸。"

电话那头紧急会议的声音随之停止，阮成儒清了清嗓子，仿佛什么也没发生过，说："哦，喻喻啊，你在哪儿啊？"

阮喻望着天花板认栽："在家……"

"自己家吗？"

"对……"

阮成儒若有所思地"哦"了一声。电话两头同时没了人声，只剩微弱的电流音唱着尴尬的独角戏。

阮喻用食指狠狠地戳了许淮颂的肩膀，听见电话那头曲兰接了过去："喻喻啊，你爸给你打电话是想问问你，周俊那孩子现在怎么样了？"

"他还被拘留在杭市，具体情况我也不太清楚。"阮喻看了一眼许淮颂，想着干脆破罐子破摔吧，"要不，我让淮颂跟你们说吧。"

"哎，好。"

阮喻把手机递给了许淮颂。

许淮颂认真回答曲兰："曲老师，我们律所的同事已经接手了这个案子，提了会见申请，最迟今天中午之前能跟他见上面，了解案情。"

"那孩子还没法出来是吧？"

"对，公安机关还在侦查。"

电话那头传来一声叹息："这孩子，我总觉得他做不出那种事……"

"您别太担心，这事我会盯着。之后为了调查情况，我们律所的同事可能会去拜访您和阮老师，了解一下前几天的情况。"

两人聊完后挂断电话，许淮颂刚要把手机还给阮喻，掌心却再次传来了振动。他低头一看，发现这次来电备注是：李识灿。

许淮颂眯了眯眼。这一前一后两个电话，要是能颠倒个顺序倒是挺合人心意的。

阮喻看见李识灿的来电也有点意外："他一般没事不给我打电话的。"说着，她伸手从许淮颂的掌心里抽手机。

第一下却没抽出来。

看见许淮颂百般抗拒的眼神，阮喻哭笑不得："干吗呀你，我开免提，行了吧！"

许淮颂这才松了手。

阮喻接通电话，扬声器里传来李识灿的声音："学姐，我才听说前几天郊区的新闻，你那儿现在没事了吧？"

阮喻："没事了。"

"那就好，有什么需要帮忙的随时跟我说啊，别怕麻烦我。不知道消息传到你那儿没有——我还得谢谢你给了我出演电影的机会呢。"

李识灿不提这茬还好，他这一提，许淮颂的脸色更难看了。

阮喻看了许淮颂一眼："这事我之前听制片人说起过，你的团队已经敲定这个项目了吗？"

"对，过几天就去签合同……"电话那头似乎有人在催李识灿上妆，他应了一声后匆匆说，"学姐，我得先去忙了。"

"好。"

短暂的通话结束，阮喻哄人似的轻轻拍了拍许淮颂的手背："演戏而已，演戏而已……"

许淮颂认命地叹了口气，眯着一双困倦的眼转过身，似乎打算继续去睡觉。

阮喻拉住他，让他先吃个早饭。

许淮颂留在客厅喝了一碗粥，趁消化时间，顺便在餐桌上用手机处理了几封邮件，然后熬不住困意又回房躺下。

阮喻开始在客厅工作，窝在沙发上用平板看编剧发过来的剧本，忙到中午只草草吃了一个面包。

直到黄昏时分，她才伸了个懒腰，准备起身活动活动。

经过桌边，阮喻发现许淮颂放在桌上的笔记本电脑一直没关，也没插上电源。

担心电脑里会有未保存的文档，万一电脑自动关机丢失进度就不好了，于是她坐下来输入屏保密码，进去确认。结果这一眼却看见了满屏的心理学研究报告。

阮喻愣在原地，仔细看了几行报告上写的相关症状，恍然明白过来。

许淮颂刚好在这时候起床，打开了卧室门。

两人四目相对，阮喻第一反应是紧张，怕许淮颂误会她在查他的电脑，可是一看他那个无奈的眼神，她就知道他根本没往那方面想。

他不过是在懊恼自己忘记关掉文档，被她发现了。

阮喻心底一软，踩着拖鞋走过去，到他面前伸手环住了他的腰："许淮颂，你真好。"

许淮颂抱着她低低地笑了下："饿不饿？"

"有点，你也饿了吧，我去做晚饭。"

"别忙了，我带你出去吃吧，吃完再送你回来，然后我去律所讨论周俊的案子。忙完可能就近回酒店，你今晚自己睡，睡不着的话跟我通语音。"

阮喻点点头，"哦"了一声。

许淮颂低头看她一眼，琢磨了一下她的表情："你想跟我一起去？"

"也没有……"阮喻笑着仰头看他，"我就是想问问，你们缺不缺小助理？那种可以帮忙端端茶水、做做记录，不吵不闹，长得还挺可爱，有可能让人看着看着就迸发出火花灵感，一举破案的小助理。"

许淮颂轻轻"嗞"了一声："破案是警察的事，不是律师的。"

阮喻扭头就走："当我没说。"

许淮颂拉住她的胳膊："不过，适当的刺激有可能激发人脑的潜能，这个，律师也需要。"

阮喻回过头眨了眨眼："什么刺激？"

许淮颂笑笑："我们律所……有很多单身男士。"

跟阮喻一起吃完晚饭后，许淮颂给刘茂打了个电话，确认负责周俊案的同事是否在律所。得到肯定的回复后，他便开车过去了。

刘茂转头将这个消息在律所里一说，办公室里的律师们，原本三三两两伸着懒腰，准备下班的，都齐齐顿住动作，仿佛被命运扼住了咽喉。

刚关掉台灯的一位律师率先把灯重新打开，说："突然想起来还有个文件没发，你们先走吧。"

紧接着，刚合上笔记本电脑的一位律师也一拍脑袋："哎，瞧我这记性，漏了个报告没做。"说着也坐了下去。

一瞬间，整个办公室如风过草伏。

一分钟后，律所里的所有人都回到了半个钟头前井然有序的状态，只是噼里啪啦的键盘声和哗啦啦的翻书声显得更加激情饱满了。

有一个美国时差的老板能怎么办呢？刘茂提着公文包站在门口叹了口气，也回了办公室。

前台的两个年轻女孩也忙活起来。

"你说许律喜欢喝什么？"

"咖啡吧？"

"浓缩？美式？拿铁？摩卡？"

"每种都准备了就错不了。不过，你这么兴奋干什么？"

"哎呀，上次许律回国，你肯定不在吧？见过本人，你现在就不会这么淡定了！"

半小时后，本人出现。

前台两人刚要以八颗牙的完美笑容热情迎接，可咧嘴笑到一半，只露了四颗牙就愣住了——

律所正门，他们的许律牵着一个女孩子，脚下生风地来了。

被牵着的女孩子全程没看路，偏头笑着跟他说话。上台阶的时候，他手上使了把劲，扯了她一下："走路看脚下。"

女孩子撇撇嘴，把手从他掌心抽回，有那么一丝强词夺理的架势，嘟囔道："还要我看脚下……手是白给你拉的吗？"

然后她们惊讶地看见，向来以严肃面目示人的许律笑着把人家女孩子的手又给夺了回来："那我看。"

两人连四颗牙的笑容也没了，振作了一下才恢复正常的表情，在许淮颂和阮喻经过前台的时候齐声说："许律好！"

许淮颂停下来点点头，跟她们说："叫两个人去我车里把夜宵分给大家吧。"

两人连连应好，在许淮颂离开大厅以后才垮下脸来："世界上最遥远的距离，是上一眼刚沦陷，下一眼就失恋……"

"是我在这里为他准备了浓缩、美式、拿铁、摩卡，他却为我带来了重磅狗粮……"

两人抱头痛哭一声。

许淮颂带着阮喻上了二楼，站在门外往里望了一眼。立刻有一群人起身招呼："许律。"

许淮颂朝他们点点头，回头对阮喻解释："这边是办公室，会议室在楼上。"

阮喻也对朝她投来目光的众人点了点头，偷偷扯了扯许淮颂的袖口，示意他赶紧走。

他低头看了一眼她的手，笑了笑，转身上楼，路上问她："给你找个休息间，还是你想跟我去会议室？"

"去会议室吧，周俊的案子我也算是知情人，说不定能给你们提供一些线索。"

许淮颂点点头。

两人到达会议室时，刘茂、陈晖和另一位名叫张玲的女律师已经在里面等候。几人互相打过招呼后，有助理进来送咖啡。

阮喻见状，欲言又止地看了许淮颂一眼。

对上阮喻的目光后，许淮颂接咖啡的手一顿，摆摆手示意不喝："给我白开水吧。"

刘茂看看阮喻，又看看他："你终于知道养胃了啊。"

许淮颂掀眼瞥了瞥刘茂："你一个做民诉的在这儿干吗？"

"哎？那你一个法考都没考过的在这儿……"

许淮颂飞了个眼刀子过去，刘茂立马打住，顾及着许淮颂的面子没说下去。

阮喻抿着嘴，抬头望向天花板，忍住笑意。

茶水到位，几人进入正题。

负责周俊案子的刑辩律师正是张玲，看上去四十出头，相当干练的模样。阮喻听陈晖称呼张玲为"张姐"，觉得有点耳熟，想了想记起来，许淮颂第二次回国那天，她从陈晖口中听过这个称呼。那天张玲似乎在工地上碰到了麻烦。

阮喻回想的时候，张玲递给许淮颂一沓文件，说："我跟委托人谈完以后梳理了这份资料，你先看看。"又转头对陈晖说，"小陈，讲一下细节。"

陈晖走到白板前，拿起记号笔，一边写关键信息，一边讲："按委托人的说法，被害人遇害时，他本人并不在现场。案发前二十分钟左右，正在驾车的他与被害人起了言语冲突，因此，他把车停在山路边，下车透气。"

"冲突原因？"许淮颂问。

"被害人在车上翻看委托人的手机，发现了几条暧昧短信，疑似是证明他出轨的证据。"

"出轨行为确实存在吗？"

"确实存在。"陈晖点点头，"委托人说是一个月前，他在与被害人激烈争吵后做出的酒后冲动行为，之后就与对方断了联系，也就是俗称的'一夜情'。"

许淮颂："继续说案发当天的情况。"

"委托人称他下车后，被害人也跟着下了车，双方从言语冲突演变为肢体冲突。警方从被害人指甲里提取到的那块皮肉，就是被害人当时从委托人小臂上抓下来的。"

"冲突过后，被害人放狠话说'一定有办法叫你后悔'，然后回到车上驾车离开。五十分钟后，站在路边的委托人接到被害人父亲的电话。被害人父亲是在接到女儿的求救电话后，无法再次联系上她，于是在这段时间里报了警，并通过多个渠道取得了委托人的手机号。"

"在这通电话里，被害人父亲开口质问委托人，情绪非常激动。通过对话，委托人得知半个小时前，被害人曾在电话中向父亲求助说'周俊，放开我'。委托人当时马上联想到那句'一定有办法叫你后悔'，误以为这是被害人故意设计的一出戏。"

"于是委托人拨打了被害人的手机，那通电话被已经赶到案发现场的警方接通。委托人这才意识到被害人真的出事了，也是在那通嘈杂的电话里，他隐约听见了'行车记录仪的内存卡丢失，发现一把羊角锤'这样的话。"

"委托人怀疑被害人故意拿死来报复他，猜测她打算通过指甲里的皮肉、羊角锤的指纹，以及那通打给父亲的电话来栽赃嫁祸给他。所以委托人挂断电话后选择了躲藏，并在半夜迫于无奈，借了路边夜宵店老板的手机向颂哥你和阮小姐求助。"

许淮颂皱了一下眉头："是什么导致他坚定地认为这是被害人的报复？光凭一句威胁性话语，他不至于得出这个结论。"

"对，这是本案的关键点。"陈晖点点头，"据委托人陈述，他之所以这样认为，是因为被害人曾经有过类似的行径。"

"在一个月前的那次争吵中，两人不欢而散之前，被害人曾经向他发出过同样的威胁，并确实在朋友圈发布了割腕的照片。虽然最后证明被害人只是小打小闹，吓唬他，但这件事还是给他留下了心理阴影。"

"这是对委托人有利的证据。那条朋友圈还在吗？"许淮颂立刻问。

“删了，不过也许有目击者，或者有机会恢复，这个还有待进一步确认。”

“警方那边的进展呢？”

“暂时没发现第二嫌疑人，警方有理由怀疑嫌疑人篡改了真实情况。毕竟被害人和嫌疑人发生肢体冲突的证据确凿，但被害人是否曾独自驾车离开无从考证，因为这辆车平时是被害人和嫌疑人共同使用的，方向盘上本就存在两人的大量指纹。再加上从常理上讲，驾车属于相对安全的行为，驾车状态下被害的概率确实相对较小。”

阮喻听到这里皱了皱眉头。

许淮颂捕捉到阮喻表情的变化，问：“怎么了？有看法可以说。”

“我就是觉得……”阮喻迟疑着说，“‘驾车相对安全’这个说法虽然合理，但不太合情。一般情况下，驾驶人当然是强势群体，可在这个案子里，得考虑到驾驶人是一名刚刚得知男友出轨的女性。”

许淮颂点点头：“你继续说。”

“根据委托人的描述，我觉得被害人应该是个性情急躁、容易冲动的人。我在想，她怒气冲冲驾车离开后真的能把车开出多远吗？如果我是她，知道男友……”

许淮颂听到这里低咳一声，眼神露出疑问。本来挺严肃的场合突然变得诡异起来。

阮喻看了许淮颂一眼，摸了摸鼻子：“我是说，被害人在情绪失控的情况下，可能很快就把车停下来了，意外也许就发生在她停车后呢？不过我就是随便发散一下思维……”

张玲：“我们办案就是大胆假设、小心求证，我也有同样的推测，只是还没找到证据支持。”

许淮颂“嗯”了一声。除了拿自己代入这个例子以外，阮喻这番推测是挺值得认可的。

张玲最后总结道：“目前我们了解到的情况就是这些。”

许淮颂翻阅着资料，又与张玲探讨了一些细节问题，直到接近十点，看到阮喻掩嘴打了个哈欠。他合上文件说道：“不早了，今天就到这里吧，大家辛苦了。”

张玲和陈晖下了楼。看到两人回来，楼下的律师们如释重负。

有人感叹：“不错嘛，十点不到就结束了，我以为按照许律的作息，你们要聊到三更半夜。”

陈晖一边收拾资料，一边“啧”了一声：“这你们就不懂了，知道什么叫‘短板效应’吗？许律平时睡觉的时间是在半夜，但人家阮小姐困了，那许律可不得按女朋友的作息来吗？”

有人八卦道：“刚才那个真是许律的女朋友？”

“我怎么觉得这姓氏这么耳熟呢，前阵子我们所是不是接了个阮姓委托人的案子？”

“这么一说好像是见过啊，刚才我就觉得她很眼熟来着。”

“怎么回事？律师和委托人原来是能成事的吗？为什么我这么多年接了这么多桩案子，一朵桃花都没有？”

“能不能叫许律给我们讲讲追求委托人的心得啊？”

“就许律那种冷淡的性子，估计是女方倒追的吧？”

许淮颂和阮喻下楼时，刚好听见这最后一句话。

阮喻还没怎么反应，原本要拐下楼的许淮颂沉默了几秒，松开她，转身进了办公室。

一群八卦人士立刻变得严肃起来：“许律好！”

许淮颂“嗯”了一声，在门边静静地站了很久，久到众人以为他要因为这些闲言碎语发火时，他却笑了笑，说：“第一，在完整履行律师职责与义务的基础上，在可有可无的环节，适当迁就委托人的情绪和诉求。”

众人一愣，都是一头雾水。

许淮颂继续侃侃而谈：“第二，规划会面时间。比如选择接近饭点的时间约见委托人，谈完案子后有一定概率获得和她吃饭的机会。”

有人低声“哗”了一声，明白了他在回答什么。

“第三，争取独处的机会。除了必须有两名律师在场的环节，在其他无关紧要的情况下，可以让同行的同事接一通紧急电话，编个借口先行离开，接着顺理成章地与委托人单独谈案。”

这时，不知是谁带了个头鼓掌，整个屋子里一阵掌声雷动：“许律，高啊！”

“当然，切忌因私误公，切忌违背职业操守，并且一切都要在尊重对方意愿的前提下进行。”许淮颂朝他们点点头，“好了，早点下班吧。”

许淮颂说完一回头，发现楼梯边的阮喻蹙着眉头，紧盯着他的眼睛，目光闪烁。

许淮颂牵过她的手往楼下走：“怎么，知道我当初故意支开陈晖骗你，委屈了？”

“这个不重要了……”阮喻撇着嘴摇摇头，“我又不在乎被不认识的人议论，你干吗……”

干吗为了维护她的颜面，特意去解释到底是谁追谁的问题。

许淮颂笑着轻轻刮了一下她的鼻子：“我喜欢。”

第七章 补给你一个回忆

回到公寓已经近十一点，阮喻洗完澡就睡下了。许淮颂的时差还没倒过来，依旧在客厅拿笔记本电脑工作。

半夜的时候，阮喻醒了一次，打开房门看到许淮颂还坐在电脑前敲键盘，并且神情异常严肃。

许淮颂听见动静抬起头，一看见她，紧绷的脸蓦然缓和："怎么了，睡不着吗？"

她摇摇头示意没有，帮他把客厅顶灯打开："美国那边还有很多案子没忙完吗？"

"嗯，不过我现在在看周俊的案子。"

阮喻走到他旁边坐下："是有新线索了吗？"

许淮颂摇了摇头。

阮喻揉了揉困倦的眼，托着腮，脸上有些不解："那你这是在看什么？"

许淮颂一时没有作答，过了一会儿才偏过头来解释："我在看，这个案子，跟十年前我爸经手的那个有点像。"

阮喻的睡意一下子消失得无影无踪："怎么说？"

"同样没有监控，没有目击证人，同样是现有证据都指向唯一的嫌疑人，同样是嫌疑人拒不认罪，并且有一套听起来相当戏剧性的说辞。"

"那十年前的那位嫌疑人，后来怎么样了？"

“因为缺乏决定性证据被无罪释放，现在应该还生活在苏市。”

“真凶呢？”

许淮颂低下头无奈一笑：“谁知道呢？也许真凶就是那位嫌疑人，也许另有其人。”

“十年了都没有结果，那被害人家属……”阮喻没有说下去。

许淮颂毫不避讳地答：“被害人家属认定嫌疑人就是真凶，而我爸是助他脱罪的帮凶，闹了我们家整整两年。如果不是后来我爸移居美国，可能直到现在都不会消停。”

阮喻一个写书的人听到这里竟也一时词穷，不知道该说什么安慰的话，只好轻轻摩挲了一下他的手背。

许淮颂偏过头笑了笑：“没什么，被害人家属有这样的反应太正常了，因为我爸的辩护确实对案件的走向有非常大的影响。”

“再说，对十年前的普通大众来说，无罪推定还是一个很模糊的概念。你告诉他们，判刑不是一个萝卜一个坑，不能单纯因为嫌疑人是唯一的，就认定嫌疑人有罪，他们不一定理解。”

“即使是现在，空谈的时候，也许不少人会认可疑罪从无，认可犯罪嫌疑人的人权，认可程序正义，但当血淋淋的惨象真的摆在眼前，多数旁观者的情感倾向还是会战胜客观判断，更何况是被害人家属。”

“那你爸爸呢？”

“我以前也一直在想这个问题，我在想，他到底知不知道，犯罪嫌疑人究竟是有罪的还是无罪的。可是后来我发现，这个问题也许根本没有答案。因为律师不是神，所以他们的认知未必就是真相，更多时候，他们的‘知道’也是‘不知道’。没有神的能力，却又不被允许拥有人的感情，或许这就是很多刑辩律师的处境。”

说到这里，许淮颂把目光投向了电脑屏幕：“我想试着走一遍我爸走过的路，然后把这个答案告诉我妈，虽然……晚了十年。”

阮喻点点头，凑过去挽住他的胳膊：“那我陪你。”

许淮颂垂眼看着她笑了笑：“先去睡觉。”

“我明天在家又没事。你不倒时差吗？等你倒过来了，我们就同步作息了。”

许淮颂沉默了下才答：“过几天。”

阮喻打着哈欠点点头，抱过一只抱枕，靠着他肩膀陪他继续工作，也不知什么时候睡了过去。再一睁眼，天光大亮，日上三竿，她躺在床上。

不用想也知道，她是被许淮颂抱进来的。

阮喻下了床打开房门，看见许淮颂还是跟昨晚一模一样的姿势，还在敲键盘。

“许淮颂，你真是不要命啦！”她走过去，用手挡住他的电脑屏幕，“还不睡觉？”

许淮颂抬起眼来：“我昨晚睡了一会儿。”

“真的？”

“真的，在你床上，你抱着我不撒手。”

“律师说话可是要讲证据的。”阮喻转头回到卧室，扒着被子埋头一阵狂嗅，企图确认床上有没有留下他的气息。

许淮颂跟了进来，笑着说：“好了，骗你的，我现在睡。”

她回头瞪他一眼，忍着气说：“那干脆吃了早饭再睡。”

阮喻转头去厨房做早饭，许淮颂又跟了过去：“我打个电话。”

“打电话跟我报备做什么？”阮喻把奶锅架上燃气灶，奇怪地眨了眨眼，说完像想起什么，“等等，你给谁打？”

“吕胜蓝，让她帮忙传些资料给我。”

难怪。阮喻大方地挥了挥手：“我是公私不分的人吗？放心打吧。”

许淮颂拿起手机拨通了电话：“你好，我找吕律。”

阮喻突然回头：“你说什么？”

睿智如许淮颂也愣了愣：“什么？”

电话那头的吕胜蓝接通了，阮喻示意许淮颂先讲正事。等他挂掉电话后，阮喻才问：“你刚才叫她什么？吕吕？”

许淮颂噎出笑来：“是吕律。”

阮喻尴尬地笑了笑，把热好的牛奶和三明治递给他：“我就是觉得这称呼怪好听的，特别指出一下……”

许淮颂“嗯”了一声，端起早餐，带着笑意走向餐桌。

等许淮颂吃过早饭睡下，阮喻又开始在客厅工作，针对昨天看完的几幕剧本写好修改意见并传给寰视。傍晚时分，她接到回复，那边邀请她明天参加第二次剧本会议，会议时间为全天。

她答应下来，算着许淮颂已经睡够了八个小时，起身去房间里叫他。结果一打开房门，刚好听见他放在床头柜上的手机响了起来。

许淮颂被吵醒，伸手摸索着手机。

阮喻走进去，帮他拿起手机看了一眼：“没有备注，是苏市的号码。”

许淮颂还没完全清醒，眯着眼说：“帮我接一下。”

阮喻接通电话，一耳朵听见对面传来许怀诗的声音：“哥！”

“怀诗啊？你哥在睡觉，有什么事吗？”

那头的许怀诗因为惊讶低声“啊”了一下：“是阮姐姐吗？”

阮喻笑道：“那还有哪个姐姐会帮你哥接电话？”

“没有啦！姐姐，你能帮我叫下我哥吗？我现在在警局。”

“警局？”

许淮颂立刻清醒了，坐起来接过手机：“你跟人闹事了？”

“哥，不是我闹事，是我同学打架进了警局。”

“那你去干什么？”

“哎呀，他是因为我跟人起了争执，才替我出头的……”

“你同学那边，有老师和家长过来处理吗？”

“都在路上了，我就是提前跟你说一声，等会儿老师肯定又要联系妈妈，这回你帮我兜着行吗？”

“没你的事，兜什么？”

“哥，你不知道，这回打架的同学，就是上次跟我一起在琴房被逮的那个，老师又要冤枉我早恋了！上回我解释了半天，咱妈到现在还将信将疑呢……”

许淮颂叹了口气：“那你等会儿报我的号码。”

“好嘞！还有哦，我们期末考试结束了，后天开家长会，你说这家长会，要是咱妈来开，不还是要露馅？”

“许怀诗。”许淮颂咬牙切齿地说，“你别得寸进尺，我来回四个小时就为了给你开家长会？”

许怀诗提高了声音对着手机喊：“阮姐姐！姐姐你在旁边吗？你看见我哥这精明算计的嘴脸了吗？这种人，你跟他谈谈恋爱就好了，绝对不要嫁给他哦！”

许淮颂：“……”

他的手机音量开得不低，阮喻原本就听了个八九不离十，忍着笑说：“要不你就去一趟吧。”

许淮颂叹息一声，对许怀诗说：“具体时间告诉我。”挂下电话后，他问阮喻，“看来后天一天都得待在苏市了，你明天想做点什么？”

阮喻眨了眨眼，听这意思，他好像是正式向她发起了约会邀请？

可惜——

“我明天要去寰视开会……”

许淮颂想了想，道：“那要不你后天跟我一起去苏市？”

阮喻不知道许淮颂为什么突然变得黏人了，想着反正后天没事，就跟他一起去了苏市一中。

家长会时间定在下午，因为要占用教室，准高三的学生们大多在宿舍休息。

许淮颂先去报告厅听讲话，阮喻就到学生宿舍找许怀诗，给她们宿舍的女孩子带了西瓜。

许怀诗招呼几个同学来吃，然后把阮喻拉到一边悄悄地说：“姐姐，你这回可救了我的命了，我以后全靠你罩着了。你说的话，在我哥那儿最管用。”

阮喻笑了笑，问：“后来你那个同学怎么样了？”

“批评教育完就完了呗。”

“他受伤了吗？”

“嗯……”许怀诗一边啃西瓜一边答，“皮外伤，还好。不过他妈妈看我的眼神，就像那种电视剧里‘给你五百万，离开我儿子’的样子，我真是冤枉……”

阮喻被逗笑：“你那个同学还挺仗义，叫什么名字？有机会我也认识认识。”

“赵铁。”许怀诗脱口而出，说完“呸”了一声，“不是，是赵轶。”

阮喻一愣，觉得这名字有些耳熟：“车失轶？”

“对啊，怎么啦？”

阮喻摇摇头示意没什么，脑海中却浮现出上次来苏市一中时，在绿茵场上碰见的那个男孩子。她记得自己临走时在他的校服兜里塞了一张字条。

阮喻看着许怀诗眨了眨眼，透过宿舍的窗户望向了远处那片绿茵场，豁然开朗。

因为近期考试，许怀诗被陶蓉没收了手机，她在宿舍闲得待不住，百无聊赖之下，借阮喻的手机打了两个小时游戏。看着其他家长陆续来接孩子，许淮颂却还没出现，她有点着急地问：“我哥会不会被老师留下来了？”

“不会吧？你不放心就拿我的手机给他发个消息。”

许怀诗指了指掌心的手机，确认道：“那我点开你的微信啦？”

“开吧，又没什么秘密，记得跟你哥说是你就行。”

“我要是不说是我，他会不会‘宝贝’‘甜心’一顿叫？”许怀诗说完，自顾自地抖了一下，摸了摸胳膊上的鸡皮疙瘩，“咦……好肉麻，我不要吃狗粮。”

许淮颂哪儿这么叫过她啊？阮喻哭笑不得。看许怀诗打完字不久，手机连着振动了两下，问：“他回了什么？”

许怀诗看了一眼屏幕，顿了一下才说：“哦，他说还得有一会儿，我们无聊的话，可以去学校里逛逛，透透气。”

“你想去吗？”

“去呗，坐了一下午，闷死我了！”

两人一起出了宿舍楼，这个时候已经接近傍晚，逛了一圈倒也没觉得热。

许怀诗一路上跟阮喻讲着学校里的趣事。路过艺术馆时，她像想起什么一样，拉着阮喻往里走。

阮喻奇怪道：“怎么了？”

“给你看样东西。”许怀诗神秘兮兮地带着阮喻来到301琴房，打开门指着钢琴说，“在那后面。”

阮喻失笑：“那后面是我给你哥写的情书啊。”

许怀诗摇摇头：“你再去看看嘛！”

阮喻只好钻到钢琴的后边去看，这一眼，就看见墙上原来那行字母的下面多了一行用涂改液写的字母：XHSYXHRY。

——许淮颂也喜欢阮喻。

和上面那行发黄、陈旧的字迹相比，这行字迹是崭新的，是谁写的不言而喻。

阮喻傻傻蹲着看了一会儿，笑着起身回头说：“你哥好幼稚啊。”

话音落下，原本站在阮喻身后的许怀诗却不见了，取而代之的是瞬间黑了脸的许淮颂。

阮喻一骇：“吓死我了，你怎么来了……”

许淮颂扬了扬眉：“我要不来，能听到你这么真心地评价我？”

阮喻弯弯眼一笑，企图转移话题蒙混过关：“怀诗呢？”

“去教室拿书了。”

“那你怎么知道我们在这儿？”

“你逛学校能不来这儿吗？”

他这是什么笃定的态度？她本来还真没打算来。故地重游什么的，那是失意的人才做的事。

热恋中的人不怀旧，因为现在就很好。

“你可别冤枉我了，是怀诗拉我来的……”阮喻说到这里，恍惚间明白过来什么，怀疑地看了看他，拿出手机查看微信聊天记录。

软玉：“哥，你那边什么时候结束啊？我借了姐姐的手机给你发消息。”

许淮颂：“快了，你找个借口约她到301琴房，叫她看钢琴后面，然后把我这条记录删掉。”

许淮颂：“还得有一会儿，你们无聊的话，就去学校里逛逛透透气。”

阮喻抱着肚子笑倒在钢琴边：“我看说你幼稚都是抬举你呢！”

许淮颂眨了眨眼，上前拿过她的手机一看，一阵气噎。

在他理想的设计中，事情的发展应该是——阮喻在看到他写的那行字后热泪盈眶，然后他适时出现，朝她张开双臂，等她扑进他的怀里。接着，他把她环在钢琴前，跟她说——我想在这儿补你一个回忆。

两人一起完成一场富有告别过去、承前启后含义的恋爱仪式。

但现实是，阮喻的眼泪是笑出来的。

许淮颂站在原地，静静平复胸腔里乱窜的气息。

阮喻背靠着钢琴，终于抹着眼泪止住了笑，见他脸色难看得像能挤出墨汁来，上前挽住他的胳膊说：“好了好了，我看到那行字了，我很感动，真的。”

许淮颂觉得她还不如不加这一句。他低头瞥瞥她：“你知道现在涂改液很难买吗？”

阮喻又想笑了，努力憋住了说：“那我给你辛苦费。”

“辛苦费就不用了，在这儿补我一个回忆吧。”

阮喻一愣：“这怎么补啊？”

许淮颂低头盯住了她的唇：“你说呢？”

阮喻滞了滞，松开他的胳膊，离他远了一步，紧张地眼神躲闪：“我说什么……”

许淮颂不说话，跟着她上前一步。

阮喻慌忙又退一步，这一步退到了没盖琴盖的钢琴边，手掌摁上琴键的高音区，安静的琴房里激起一声清脆的琴音。

她结结巴巴地道：“这……这是学校呢。”

许淮颂笑了笑，牵起她的一双手，让她圈住他的腰，然后说：“还是我补给你吧。”说着，手撑着琴沿慢慢低下头去，靠近她。

夕阳从窗外照进来，暖色调的光充满了整间琴房。

阮喻总觉得，这个氛围中的这个吻，可能会和之前蜻蜓点水的吻不一样，会将她带入一个全新的世界。因为忐忑，她的睫毛不停地颤抖，圈在许淮颂腰后的手紧紧攥着他的西装外套，把衣摆攥得皱巴巴。

就在许淮颂要吻到她的那一刻，一个青涩的男声在门外的走廊响起：“许怀诗，你扒着门干吗呢，做贼啊？”

……

两人顿住，齐齐偏头看向门口。

扒着门上小窗口的许怀诗一溜烟就跑，一路着急忙慌地喊：“啊呀！赵轶，你真是我的克星，我要被我哥打死啦！”

从学校到家的一路上，许怀诗看着许淮颂极具杀伤力的眼神，缩在车后座瑟瑟发抖。

阮喻缓和着车里的气氛：“我们要不要去哪儿吃个晚饭啊？”

许淮颂指了指后座：“车后面有零食，你饿了就先吃点，等把她送到家，我们就回杭市。”

许怀诗噘起嘴小声说：“哥，你连一顿饭也不愿意跟我吃了……”

许淮颂从后视镜看她一眼：“我是有事。”

许怀诗不太相信地“哦”了一声，趴上前去跟阮喻聊天：“姐姐，你最近干吗呢，忙吗？”

阮喻点点头：“我昨天开了一个剧本会议，剧本筹备基本进入正轨了，之后的一段时间隔三岔五就得去寰视。”

“哇，那你有碰上什么大人物吗？”

“制片人在电影行业还挺有名气的。”

“那出品人呢？”

阮喻摇摇头：“不太了解，两次会议都没碰上，听说姓魏，是寰视的董事。”

“真厉害。”许怀诗一脸崇敬，“不过你这么忙，是不是没时间跟我哥谈恋爱了？我哥这阵子不会要独守空房了吧？”

许淮颂张了张嘴想说什么，又咽了回去。直到把许怀诗送回家，他才重新开口：“跟你说件事。”

阮喻刚解开安全带，探身过去从后座拿零食，听见这有点严肃的语气一愣，拎着薯片转回头问：“什么？”

“我今晚要飞美国。”

阮喻正色起来：“是叔叔身体出了什么状况吗？”

“没有。”许淮颂倾身过去，帮她把安全带系上，“是计划中的工作，后天有个庭审。”

“我还以为什么大事呢，你去就是了。”阮喻松了口气，但说完后又隐隐觉得不太对劲，“怎么了，你是要去很久吗？”

“之后在那边还有别的案子得忙，需要调查取证的工作没法远程完成。我从一个月前开始就没有接新案子了，但遗留下来的这些案子必须做完。”许淮颂的语气里带了一丝抱歉的意味，“这次需要离开两到三个星期，接下来的半年时间里，我可能也时不时就要像这样过去十天半个月。”

阮喻点点头。他这么多年在国外的事业，本来就不可能短短两个月不到就收尾。律师这个行业又有特殊性，手头已经接下的案子总要一桩桩办好，对委托人负责。

她笑着说：“没关系，两三个星期眨眨眼就过去了，你时不时过去一趟，我还不容易看腻你呢！”

“……”

许淮颂一噎，发动了车子。

“你既然早就打算今晚走，怎么不提前告诉我？”

“早告诉你，让你早早不高兴起来？”

说的也是。难怪他前几天刻意不倒时差，还特意问她想做点什么，又黏黏糊糊地把她带来了苏市，在艺术馆跟她……索吻。

阮喻拆了一包薯片，喂了一片到他嘴里：“以后有什么工作安排可以早点告诉我，我又不是三岁小孩，不会跟你闹不开心的。你要是早说了，我刚才就……”

“就什么？”

阮喻笑着摇摇头示意没什么，开始吃起薯片来。

两人抓紧最后的相处时间，回程聊天聊了一路。

直到抵达杭市，许淮颂把她送上公寓楼，站在家门口说："我不进去了，陈晖五分钟后就来接我去机场。"

"那你记得在机场吃点东西啊。"

许淮颂点点头，目送她进屋，帮她关上家门。

门即将完全合上时，许淮颂忽然停住，阮喻也伸手去握门把手——两人一个推一个拉，将这扇门重新打开。

阮喻先开口，声音闷闷的："抱一下……"

许淮颂迈过门槛，还是进了屋。

阮喻抱住他的腰，把脑袋埋进他的怀里："在那边好好吃饭。"

许淮颂一只手揽着她，一只手揉揉她的头顶："这话你在车上说了八遍了。"

"那你听进去没啊？"

"嗯。"

"我会算好旧金山的时间，你准时把饭菜照片拍给我。"

"知道了。"许淮颂笑着抱了她一会儿，在心里计算着时间的流逝，不得不打断道，"陈晖可能在楼下了。"

阮喻"哦"了一声，松开了他。

许淮颂摸了摸她的脸颊，转头要开门，手握上门把再次顿住，回过头来。

阮喻："怎么了？"

"我可以……"他犹豫着望向她的眼睛，"吻完你再走吗？"

有那么几秒钟的时间，阮喻仿佛石化了，身体静止了，内心却如同山呼海啸，巨浪滔天——这种问题为什么要问？这叫人怎么回答呢？直接点不行吗？

阮喻张了张嘴，合上，又张了张嘴，重复了三次后，心一横，闭上了眼睛，一脸的视死如归。

许淮颂笑了一声。

阮喻愣愣地睁开眼来："你什么意思……"

话到这里被堵住。因为许淮颂吻了下来。

这一吻猝不及防，阮喻惊得下意识地咬紧了牙关，与此同时，明显察觉到了他的停顿。

他停下了原本预谋的动作，退开一些，转而用手掌托住她的后脑勺，拇指抚上她的耳郭，慢慢地摩挲着，像是诱哄，又像是安慰。

一阵过电般的酥软刹那间袭倒了阮喻，她不自觉地仰起头，闭上眼，松开了牙关。

许淮颂再次吻下来的时候，没有再遇到任何阻碍。他的入侵如同春风过境，带来了一场绵绵密密的细雨，在辗转之间，把茫茫草色描绘得淋漓尽致，让人想要溺死在这湿热的温柔里。

分开的时候，他依旧充满仪式感地在她的唇上流连了一下，轻轻一点。

阮喻睁开眼，迷迷蒙蒙的眼底氤氲起一层水汽。

许淮颂看着她的眼睛，声色喑哑地说："我走了。"

阮喻点点头，目送他离开，门合上的一瞬，浑身一软，反身倚上门板。

一门之隔外，许淮颂也背靠上门板，垂下眼，轻轻滚动了一下喉结。

十几个小时的失联时间，两人谁都没从这个吻里彻底回过神来。

第二天中午，阮喻正坐在电脑前修改剧本，收到了许淮颂的消息："落地了，两个小时后可以视频。"

消息下面还附上了飞机餐被吃干净的照片。

阮喻回了个"好"字，算好时间，一个钟头后去厨房做午饭，只是没想到还没做完就听见客厅的电脑传来微信语音邀请的声音。

她举着锅铲匆匆跑出去，看是许淮颂打来的，接通后喘着气跟那头说："不是说两个小时后吗？"

许淮颂那边的视频背景是车后座，他显然还没到家："刚才接到电话，等会儿要去律所开个临时会议，我只有路上的时间了。"看阮喻的锅铲上还沾着酱汁，他又问，"你在做饭？"

阮喻点点头，把锅铲放到一旁干净的碟子里，坐下来说："我刚焖了几只鸡翅，正在收汁呢。"

许淮颂透过镜头看了一眼厨房的方向，说："看着点时间，别焦了。"

短暂的分离激发了人的情话细胞，阮喻几乎脱口而出："焦了就焦了嘛，几只鸡翅还能比你重要吗？"

许淮颂明明很受用，却因为司机在前面，尽量克制着自己的表情，只是稍稍牵了牵嘴角，说："真要把锅烧干了，可能就不是你一个人的事了。"

"什么意思？"

"你看头顶。"

阮喻抬头望向天花板，看见上面安装着一个白色的烟雾报警器，感叹道："我住了这么久居然都没注意到。"

"我跟房东确认过小区的安保系统和消防系统，一旦触发了这个烟雾报警器，你们整栋楼的警报都会响。"

阮喻想象了一下那个画面，觉得丢不起这个人，赶紧拿着锅铲起身说："我还是先去照看我的鸡翅吧。"

许淮颂笑着看她冲进厨房，等她盛了鸡翅和米饭回来，对她说："吃吧。"

"我吃饭，你干吗呢？"

"看你吃。"

阮喻刚要说"这有什么好看的"，却发现他的目光落在她的唇上。

她脸一热，立刻埋下头去扒饭吃。

许淮颂把手肘支在车窗边沿，叹了口气。有个词叫"食髓知味"，他开始后悔在分开前跟她讨那颗糖吃了。

许淮颂接连一阵都在忙案子，跟同样忙着改剧本的阮喻见缝插针地视频通话，白天黑夜，两人都跟打仗似的。

小半个月后，阮喻再次到寰视开会，刚一下公寓楼，就碰见个熟人——是住在楼上的孙妙含，穿着一身海蓝色的制服裙，看起来像极了高中生。

阮喻跟她打招呼："大清早去哪儿呢？"

孙妙含神秘一笑："去寰视见大佬，参加一个重要面试。"

"你不是已经通过试镜了吗？"

"上次过了好几个女孩子，这次是寰视的魏董亲自来给新电影挑选角色，能不能定还不好说呢。"

魏董？那不是她电影的出品人吗？一个奇异的念头闪过了阮喻的脑海："这身打扮是寰视要求的？"

孙妙含摇头："是我打听来的消息，据说他们正在筹备的新电影是以高中校园为背景。"

阮喻不可思议地笑了笑。

"怎么了？"孙妙含低头看看自己，"我打扮成这样不好看吗？"

阮喻摇摇头示意不是，想了想，说："你梳个马尾辫吧，可能会有锦上添花的效果。"

想起上次试镜就是阮喻带给自己的好运，孙妙含立刻接受了她的建议，欢欢喜喜地梳了个马尾辫"出征"了。

阮喻没有和孙妙含同路。如果真像她猜测的那样，孙妙含要去应征她电影的女主角，那两人一起出现在寰视的门口，在有心人看来就有点微妙了。

到了寰视，阮喻从出租车下来，正巧碰见一辆保姆车缓缓驶进去。

她原本没太在意，因为影视公司出现明星的保姆车太寻常了。没想到，当她走进大厅，小跑向即将关闭的电梯时，却看见李识灿站在里面。

李识灿身边的助理眼疾手快地按了开门键，好让阮喻赶上这部电梯。

李识灿笑着叫了她一声："学姐。"好像一点也不意外在这里碰见她。

但仔细一想，其实阮喻也不应该感到意外。魏董亲自来挑演员，被预选为男主角的李识灿又怎么会不来？

“这么巧，”阮喻冲李识灿笑笑，走进电梯后向他的助理道谢，“谢谢。”

“客气了。”

李识灿问：“你到几楼？”

“七楼。”

一旁的助理抬手按了数字“7”。

电梯里没了声响，过了一会儿，李识灿说：“我去十九楼跟魏董谈合同，下午如果没别的安排，也会来七楼看看你们的剧本。”

“好。”

说话间，电梯“叮”的一声响，停在了七楼。阮喻朝电梯里的两人点点头示意告辞，走了出去。不料一过拐角，差点撞上一个西装革履的男人。

她及时刹住脚步，向对方道歉：“不好意思。”

一抬头，对上一双鹰隼般锐利得有些骇人的眼睛。

看上去年约三十的男人朝她点了点头，嘴角一扬：“没关系。”接着与她擦肩而过，径直走进了电梯。

没过多久，阮喻的手机振动起来。

李识灿：“刚才那个就是魏董，你注意别跟他靠近。”

阮喻一边往会议室走，一边打字：“靠近？”

李识灿：“就是别和他单独相处的意思。你不是圈里人，跟他不存在太多利害关系，能避就避，不能避也要提高警惕。我这么讲，你明白吧？”

他的用词比较含蓄，但阮喻听懂了，回复：“我知道了。”

这次会议一开就是到下午一点。到一点半的时候，剧创人员才在会议室吃上了盒饭。

一份盒饭，四菜一汤再加一份甜品，都是制作精细的高级料理，属于盒饭中的精品配置。听说是魏董请大家吃的。

会议室里的大家一阵感慨，都在夸这个出品人出手大方。

因为事前得到了李识灿的提醒，阮喻没太参与这个话题，一边揉着发酸的颈椎，一边埋头吃饭。快吃完的时候，她听见手机振动了一下。

还是李识灿发来的消息：“你还在七楼吗？”

她答了一句“在”，没再得到回复，过了一会儿就看见制片人郑姗的秘书拎着满手的奶茶来了，说是请剧创人员喝的。

阮喻想到什么，拿出手机，发了个消息给李识灿：“谢谢啊，破费了。”

李识灿：“客气什么。”

接着，他又说：“上午魏董和几个导演看了一批新人女演员，等会儿要去你们会议室，让你们也参考参考意见。”

软玉：“怎么参考？”

李识灿：“应该是抽剧本让她们念几段台词，走走戏吧。”

阮喻想到了孙妙含，问：“你看见一个叫孙妙含的女孩子了吗？”

李识灿：“没注意，我在休息室吹了一上午空调。”

阮喻攥着手机思索了片刻，问道：“我跟那个女孩子认识，等会儿在大庭广众下打照面会不会不太好？我不太懂娱乐圈的规矩。”

阮喻知道自己对选角一事不具备话语权，但耐不住候选人可能会有所遐想。在选角的关键时刻，万一孙妙含和她打了照面，结果最终被选中了，日后指不定被人非议有后台。

这种冤枉亏，还是不吃的好。

李识灿回复：“那你去茶水间避一避吧，他们下去的时候我跟你说。”

得了情报后，阮喻在十九楼的人来之前，拿上杯子去了七楼走廊尽头的茶水间，刚好在这时候接到了许淮颂的消息：“我到家了，开完会了吗？”

阮喻把杯子放到咖啡机上，打字回：“还有下半场，现在在茶水间休息呢。”

下一秒，她立刻接到许淮颂的视频邀请。

她走到门口，探头往会议室方向一看，发现演员已经到了，正人挤人热闹着，而走廊里也没别人，于是她轻轻关上茶水间的门，接通了视频，举着手机抱怨道：“开会开得我颈椎好疼。”

那边许淮颂正在脱西装外套。旧金山的夏天夜里只有十几度，到家才能穿单衣。他笑了笑说：“等我回去。”

“回来干吗？”

“上门服务推拿。”

听着这接地气的用词，阮喻笑出声来，一边揉脖子，一边说：“等你回来我都疼死了，我还是自己写写‘米’字吧。”

说着，她开始做上下左右的扭脖子运动。结果不知扯到哪根筋，发出“哎哟”一声痛呼。

“怎么了？”许淮颂的语气紧张起来。

“扭疼了……”

阮喻刚苦着脸说完这句，忽然听见身后“啪嗒”一声响，茶水间的门被推开了。

她诧异地回过头，看见李识灿呆愣而僵硬地站在那里，和她手机屏幕里同样微微怔住的许淮颂打了个跨洋照面。

又是三人一同出现在视频通话里，又是一场明明很安静，却又惊天动地的国际会晤。

阮喻满脸窘迫，举着手机的手抬也不是，放也不是。

这两个人，谁来救救她？

可是谁也没救她，两人隔着屏幕静静地对望着，都像望出了神一样。

阮喻只能保持着这个动作挤出一个笑容，对李识灿说："不好意思啊，我占了茶水间，你要用吗？"

李识灿回过神，摇摇头解释："不用，我经过附近听到声音，以为你出了什么事才来的……"

这好端端的，能出什么事？阮喻一愣之下记起李识灿之前的提醒，再联想到刚才自己的呼痛声，明白了过来。

她刚要说点什么，李识灿已经朝手机屏幕里的许淮颂点了点头："打扰了。"说完，他不等阮喻说话就退了出去，把门带上。

阮喻回过头，摆正手机，朝许淮颂眨了眨眼。

许淮颂没有提刚才的插曲，沉默了一会儿，说："我下星期五回来，晚上去你那里。"

这才星期一，到下星期五其实还有近半个月。不过阮喻忙着剧本的事，倒也没觉得时间过得有多慢。

过了中伏，转眼入了八月。星期五晚上九点，阮喻又一次从寰视开完剧本会议出来，因为没赶上末班公交车，她只好打车回家。

许淮颂刚好在这时候打来电话，说他再过一个小时就到家。

车上闲来无事，两人便通了一路的电话，小半个小时后，阮喻下车，手机只剩百分之五的电量。

她对电话那头的许淮颂说："等会儿就见面了，不跟你腻歪啦，我要进公寓大楼了。"

许淮颂应了一声"好"，然后挂断了电话。

阮喻拐进公寓大厅，看见电梯门恰好要合上，便快走几步按了一下上行键，正准备跟里面的人说句"麻烦了"，刚一张嘴忽然愣住了。

电梯里站着一男一女，都是她认识的人——寰视的董事魏进和孙妙含。

孙妙含看见阮喻，眼睛一下子瞪大了，神情显得有些惊恐。魏进却好像并没有认出阮喻，他背靠扶手，一只手揽着孙妙含的腰，另一只手抚唇，微眯着眼，姿态闲适。

阮喻脚步一顿，随后攥着包僵硬地走了进去，默默站在电梯角落，也装作没有认出两人的样子。

狭小的空间内，气氛凝固得让人窒息。

或许只有阮喻这样觉得。因为她从余光中发现魏进侧着头，把鼻尖搁在孙妙含的头顶，轻嗅着她的发香，似乎完全不在意旁人的存在。

直到"叮"的一声响，电梯停在了孙妙含住的十五楼，阮喻才意识到，住在十二楼的她根本忘了按楼层按钮。

魏进揽着孙妙含走了出去。

阮喻刚抬手按下“12”，忽然看见走得手僵脚硬的孙妙含回过头，看了她一眼。

四目相接不过一瞬，电梯门便自动缓缓合上，下行到了十二层。

阮喻走出电梯，摸索包里的钥匙，颤抖着手打开了家门。

昏暗中，她的眼前仿佛浮现出刚才孙妙含看她的那一眼。楼道里亮起的感应灯照清了那一眼的意思——如果她判断得没错，那应该是恐惧，还有求救。

阮喻魂不守舍地点亮了客厅的灯，背靠着家门呆站了很久，拿出手机拨通了李识灿的电话，微微发颤地“喂”了一声。

那头的李识灿立刻意识到她声音的不对劲，问道：“怎么了？”

“你上次让我离魏董远一点，具体是因为什么？”

“你那边出什么事了吗？”

“没，不是我……”阮喻喉咙发干地吞咽了一下，“你能不能跟我细讲一下，是因为潜规则，还是别的什么？”

“不只是潜规则。我听过一些传言，说他有点暴力倾向……”李识灿似乎有点难以启齿，“那方面的癖好。”

阮喻一哽。

“听说他以前‘玩废’过一个女艺人，靠钱压了下来，跟对方家里和解了。”李识灿说到这里顿了一下，“你到底怎么了？有事跟我说。”

“我刚才看见魏董进了孙妙含家，她好像不是自愿的……”

“你确定？”

阮喻回想着说：“我不能完全确定，担心万一是误会，报警反而会害了孙妙含。可是如果我没看错……”

“你先别急，”听阮喻急得快哭了，李识灿连忙做出决断，“你的考虑是对的。这样，我先想办法去试探试探，看看那边是什么情况。”

“好，我等你消息。”

挂断电话后，阮喻攥紧了手中的手机，等待着李识灿的回音。

时间在一分一秒地流逝，因为忐忑，她的心跳得飞快，浑身上下的血液都在急速涌动。

两分钟后，李识灿发来一条语音消息：“我给魏董打了个电话，电话只接通几秒就被挂断了，那边好像有东西翻倒的响动……”

阮喻浑身涌动的血液仿佛在一瞬间凝固，惊惧带来的恶寒从后背升腾而起，让她狠狠打了个激灵。

在这阵寒意里，阮喻迅速意识到，警察过来需要时间，如果那些响动真的意味着此刻楼上正在发生什么，那么身处这栋楼的她可能是能最快解救孙妙含的人。

李识灿显然也想到了这一点，紧接着又发来一条语音消息：“学姐，你千万别一个人上楼，太危险了，我再想想办法……”

李识灿让她不要一个人上楼，可是多等一分钟，孙妙含就可能遭受不可估量的伤害……

阮喻用力攥着手机，指甲一点点嵌进肉里，眼前一遍又一遍地不断掠过孙妙含当时看她的眼神。

那样的眼神，像一个溺水的人，想要抓住最后一根稻草。

阮喻闭了闭眼，下定决心的一刻，她的视线无意间扫过天花板上的那个白色烟雾报警器。

她记得……前阵子许淮颂说过，一旦这个报警器被触发，整栋楼的警报都会响起。

阮喻的目光闪动起来，顿了一下后，她转头冲进了厨房。

很快，楼道警报响起，刺耳的铃声伴随着此起彼伏的开关门声，把整栋楼从静谧中惊醒。

楼道里传来居民的喊话：“着火了吗？哪儿着火了？”

“快跑下去，别坐电梯！”

“走安全通道，到这里来！”

安全通道里响起了纷杂的脚步声。

整栋楼里，唯一没有出门的阮喻站在客厅的餐桌上，举着一口冒浓烟的锅，对着烟雾报警器咳得直掉眼泪。

不一会儿，她所在的1201室门禁对讲机响了起来。

阮喻看了一眼对讲机的方向，努力克制着狂跳的心脏，在心里暗暗计数——不能让警报响太久，事情闹大了可能引来消防车，谎报火情造成消防资源浪费那就是大罪过了。

她在心里默数了几秒，刚打算盖上锅盖，灭掉这滚滚的浓烟，头顶的喷淋头却忽然启动，喷洒出巨大的水花。

阮喻被淋了个正着，来不及擦脸，跳下桌子就跑过去接通对讲机。

一个语速飞快的男声从对讲机里传了出来：“这里是消防控制室！请问楼上是否有火情？”

阮喻咳得差点说不出话，哑着声音含含糊糊地说：“对不起，我的菜烧煳了……”

电话那头的人似乎松了口气，转头跟其他人说：“关闭警报，通知居民，1201室的喷淋系统启动了，快手动关闭阀门！”

喷淋系统关闭得没那么快，不过短短一分钟不到，客厅就水漫金山了。

阮喻及时抢救了笔记本电脑，正浑身湿透的时候，听见家门被敲响。

与其说是敲门，更准确地说，是砸门。

她踩着积水跑去开门，以为是物业的人来了，按下门把手就飞快地说：“对不起，对不……”

然而，站在门口的人是许淮颂。

他的衬衫解开了两颗扣子，额前的头发全粘在一起，看见她安然无恙，闭了闭眼，把手撑在门框上，扶着边沿喘着粗气。

阮喻心头一震，忽然不能言语。

两人还没来得及说上话，两名物业人员就赶到了。一名进了阮喻家处理喷淋系统，另一名在门口询问详情。

阮喻着急地问：“请问这栋楼的居民都疏散下楼了吗？”

物业人员严肃地点点头：“阮女士，请你说明一下情况，我们必须给现在身在楼下的居民一个说法。”

她有点紧张，支支吾吾地说：“对不起，我在家做菜，锅起火了……”

物业人员往门里边望了一眼，疑惑地问：“厨房起烟确实可能触发烟雾报警器，但喷淋系统只有在高温情况下才会启动，您确定您刚才只是在做菜吗？”

“我着急忙慌地把起火的锅拿到了客厅，所以……”阮喻胡乱抹了一把脸上的水，朝物业人员鞠了一躬，“真的很对不起，我会对这件事全权负责，下楼去给大家道歉，必要的话也会支付赔偿金。”

许淮颂皱了皱眉头，拦在她的身前，对她说：“你去擦擦，换件衣服，好好待在家里，我来处理。”说着转身跟物业下了楼。

十分钟后，物业人员紧急修复了喷淋系统，并与阮喻约定了后续维修的时间后离开。

看到许淮颂还没回来，阮喻把因没电自动关机的手机拿进干燥的卧室充电，打算给许淮颂打个电话，问问他楼下的情况。拨通号码后，却发现他的手机也因没电关机了。

她只好披上衣服，准备下楼去看看。

临出门前，阮喻头昏脑涨地想起应该跟李识灿说一下情况，于是又急匆匆回头发了一条微信消息给他：“事情暂时解决了，我现在去看看孙妙含。”

这么一来一回耽搁了一些时间，已经有不少居民从楼下陆续返回家中。阮喻走到家门口的时候，刚好碰见隔壁房东一家坐电梯上楼。

看见阮喻满脸的歉意，慈眉善目的房东太太走上前来，笑着对她说：“幸好不是火灾，没事，楼里的警报以前也这样响过，大家就当锻炼身体，做个消防演习。”

阮喻知道房东太太是在安慰她，感激地点点头：“给你们添麻烦了，屋里如果有什么东西损坏，我会请人修好，照价赔偿的。”

房东太太摇摇头示意没关系，问："楼下那个是你男朋友吧？"

"嗯。"

"很不错的小伙子。我们疏散逃生的时候，他一个人逆着人流往上跑，被拦也不听，只说：'我女朋友还在上面。'"

阮喻鼻子一酸，原本就因为吸入烟雾而发红的眼眶更加湿润。

等房东一家进了家门，她快步走到走廊窗口往下望，隐约看见底下还剩零星几个居民，仍在跟物业讨说法。

路灯下，许淮颂似乎在向他们道歉，跟人一个接一个九十度鞠躬。

阮喻揩了揩湿润的眼角，转身跑进电梯。下到一楼的时候，许淮颂也从外面回来了。

她没来得及顾忌这是公共场合，扑上去一把抱住他，把头埋进他的怀里："让你受委屈了。"

许淮颂摸了摸她的后脑勺，低头笑笑："委屈什么？不是真火灾，还有道歉的机会，不好吗？"

阮喻吸了吸鼻子，把他抱得更紧。

短暂的拥抱过后，她抬起头来："你有见到孙……"

她话没问完，一个女声从许淮颂背后的方向传来："对不起……"正是孙妙含的声音。

阮喻迅速松开许淮颂，探身去看，发现孙妙含眼眶通红，头发也乱糟糟的。

"没事吧？"阮喻走上前问。

孙妙含摇摇头示意没事，眼泪却啪嗒啪嗒地开始往下掉。

阮喻搂着孙妙含的肩膀拍了拍，低声问："他人呢？"

"走了……"孙妙含一边抽噎，一边答，"警报响的时候，我趁乱跟邻居一起跑下楼，看见他开车走了。"

阮喻"嗯"了一声，想了想，偏头对许淮颂说："我先送她上楼。"

考虑到有许淮颂这个异性在场，不方便询问孙妙含细节，等走进她家，阮喻才开口："今晚到底怎么回事？"

这一出口，她先看到孙妙含家客厅一团乱，翻倒的落地灯，打碎的玻璃杯，扯散的枕芯……

这无疑是强奸未遂。

阮喻的胸腔一阵发堵，不忍心再问下去。

孙妙含抹了抹眼泪："他是寰视的高层，之前看了我的表演，说很欣赏我的演技，有意捧我做女主角。今天晚上，他带我去跟一个导演吃饭，结束以后说送我回家……"

"我真蠢，连这种话也听不懂，以为真的就是送我回家而已，等进了电梯，他开始动手动脚，我才……"

孙妙含说到这里没再继续，也许是不愿回想或者难以启齿，她垂下眼咬了咬嘴唇，弯腰拿起扫帚，准备清扫地上的碎玻璃。

然而这些都是罪证。

阮喻轻轻挡了下孙妙含的手："要不要去报案？"

许淮颂进了阮喻家后，也开始打扫。

客厅到处是积水，家具湿了不少，要全部弄干也是个大工程。

他正拿着一块吸水毛巾擦沙发，忽然听见卧室传来振动声，进去一看，发现是阮喻正在充电的手机在响，屏幕显示是李识灿来电。

许淮颂静静地站在一旁，没有去接，却很快又听到第二通电话响起。

接连三通电话后，许淮颂不得不选择接听。他刚拿起手机，就听见那头的李识灿气喘吁吁地说："终于接电话了，你要吓死我吗……"

许淮颂的一声"喂"噎在了嘴边。

李识灿听这边没声响，着急地说："你那边现在是什么情况？事情真的解决了吗？我到你家楼下了。"

许淮颂终于答话："她已经没事了。"

电话那头一下子沉默了。

足足十秒过去，站在一楼电梯门前的李识灿才干笑了一声，确认道："许律师？"

"嗯。"

"她刚才给我打过一个电话，后来我就联系不上她了，我不放心，所以……"

"嗯，她去邻居家了，手机放在房间里充电。"

李识灿彻底放下心来。刚才收到阮喻的消息之后，他打电话过去确认却没得到回应，还疑心那是别人拿阮喻手机发的假消息。

既然许淮颂回来了，想来是没问题了。

李识灿握着手机点点头："没事了就好，那我就回去了。"

"嗯。"

电话挂断，许淮颂轻轻放下手机，低头看了一眼手机屏幕上显示的十几个未接来电。

事发当时，阮喻最后一通电话的联络人不是他，而是李识灿。

不知怎么，他的脑海里同时浮现出那天李识灿以为阮喻出事，冲进茶水间的画面。整整十分钟，许淮颂就这么站在一片昏暗的卧室里一动不动。

直到家门"啪嗒"一声被打开，阮喻在客厅叫他："淮颂？"

许淮颂张了张嘴，却没有出声。

"你在房间里吗？"阮喻穿上拖鞋，踩着积水疑惑地往里走。刚推开卧室的门，还没来得及看清什么，就被一股力道扯了过去，背抵上墙。

昏暗中，熟悉的男性气息扑面而来。接着，许淮颂的唇落了下来。

她吓了一跳，想问怎么了，许淮颂却已经交缠上来，迅猛、直接、不留余地地吞噬了她所有的气息。他把她牢牢压在墙上，与她紧密贴合，一丝缝隙不剩，以至于她完全失去了喘气的空间，几乎快要窒息。

阮喻被动地接受着这个吻，口齿间全是他的温热，脑袋里一阵又一阵泛起浪潮，迷迷糊糊中却感觉到他在颤抖。

他在这样强烈的攻势下颤抖。

明明是一个侵略者，他却在害怕、恐慌着什么，似乎想要从这样的亲密中得到一个安全的信号。

阮喻渐渐喘不过气来，抬起手来推他。但这次许淮颂没有停下。

他放过了她的唇，辗转把吻落在她的耳后，滚烫的手掌开始在她的腰后游移。片刻后，他的右手从她的衣摆探入，逐渐上移。

阮喻浑身一颤："你怎么了……"

许淮颂执拗地动作着，直到那颗顽固的纽扣彻底缴械投降。阮喻吓了一跳，去夺他的手。

他顿住动作，蓦然静止成一座雕像。

寂静的房间里，所有的热烈刹那间灰飞烟灭，只剩彼此的喘息交织在一起，与客厅滴滴答答的水声遥相呼应。

过了片刻，许淮颂松开手，后退了一步。

失去倚靠的阮喻膝盖一软，差点沿着墙滑下去，被他扶了一把才站稳。

此刻，她无法去思考许淮颂为什么突然失控，这短短一分多钟的亲密接触已经让她的大脑陷入缺氧状态。

阮喻感受着体内仍在涌动的潮水，一张脸涨得通红，视线变得飘忽不定，左看右看，最后垂眼盯住了自己的鼻尖。

许淮颂落在她身上的目光和她背后松开的排扣，让她有些无所适从。

就在阮喻犹豫要不要伸手去扣的时候，却见许淮颂先动了，抬手绕到了她的后背。

他的掌心烫得惊人，让她瑟缩了一下，但他手上的动作是细致的。

与刚才的狂风骤雨不同，他隔着她的外衣找到她的排扣，捏住排扣的两头，轻轻摩挲辨认形状，仿佛打算把它们重新扣上。

这笨拙又温柔的动作如同一记软锤砸在阮喻的心上，让她觉得心脏又酸又胀。

其实她只是太紧张了，一时有些慌乱才叫了停。想到自己刚才的举动一定伤到了许淮颂，在他还在费劲与扣子作战的时候，她忽然伸手抱住了他。

许淮颂动作一顿，低头看她。

阮喻小声咕哝："这样扣不上的……"

许淮颂的手还捏着排扣没松："什么？"

"可以……"她把头埋在他的胸前，声音闷在他的衬衫里，吞吞吐吐地说，"可以伸进去扣……"

许淮颂的喉结滚动了一下，"嗯"了一声，重新探入她的衣摆，一路绕开她光滑的皮肤，企图一针见血地找到排扣。但这并不容易，似乎是担心再次亲密接触引起她的抗拒，他迟迟没有下手。

在这无声的拉扯中，阮喻的心扑通扑通地跳着，她轻轻咬了咬下唇，说："也可以碰我的……"

许淮颂又吞咽了一次，沉默片刻，"嗯"了一声，下手去摸索。

再次肌肤相贴的一瞬，两人同时打了个战栗。

许淮颂终于把扣子扣好，退了出来。他没有解释自己刚才的行为，低着头说："你先洗个澡，我打扫客厅，时间久了会漏水到楼下。"

阮喻点点头，平复着脸上翻涌的热意，转身去了浴室。

等她洗完澡出来，一片狼藉的客厅已经恢复了整洁。

许淮颂正拿着吹风机，吹她放在茶几上的一沓做了很多文字批注的稿件。看到她湿着头发从浴室里出来，他按停吹风机，拿在手里晃了晃。

阮喻走过去，刚要接过吹风机，忽然见他手一缩："坐着。"

她坐上椅子，仰头问："你帮我吹吗？"

许淮颂"嗯"了一声，右手打开吹风机，调到中温，左手揉上她的头发，一缕一缕把它们理顺。

阮喻像曾经被他伺候过的猫，舒服地眯起眼，歪着脑袋枕上他的手臂。

许淮颂也没觉得妨碍，一声不吭地拨弄着她的头发。

等到头发吹干，吹风机聒噪的声音停下，她睁开眼望向他："许淮颂。"

"嗯。"

"你真好。"

许淮颂的目光微微闪了闪，看上去依旧情绪不高："可能别人也很好，只是没有这样对你好的机会。"

阮喻不解地眨了眨眼，想问他什么意思，却看他放下了吹风机，对她说："不早了，去睡吧。"

她确实又累又困，打了个哈欠，问："那你呢？"

"我洗个澡，然后也睡。"许淮颂指了指客房，"刚才整理好房间了。"

怎么突然收拾出了客房？阮喻意外地随着他这一指看过去，见他转头进了浴室，莫名感觉有些压抑。这间客房好像不动声色地拉远了两人之间的距离。

她暗自琢磨着，去厨房热了一杯牛奶，在许淮颂洗完澡出来的时候递给他："你是不是心情不好？在美国发生了什么事吗？"

许淮颂笑着揉了揉她的头发："没有，只是坐飞机累了。"说着，他拿起牛奶走向客房，"你早点休息。"

阮喻望着他的背影皱起了眉头。

不对，这与美国的事没关系，也与累也没关系，他似乎是在她去了一趟十五楼之后才开始不对劲的。

那是哪里出了问题？

阮喻转身回到自己的卧室，躺进被窝里，一阵郁闷。她躺了好一会儿都没能睡着，于是摸索到床头柜上正在充电的手机，用指纹解锁。

她立刻看见了十几个未接来电，都是来自李识灿。

阮喻看了看来电时间，又翻了翻通话记录，恍然大悟。

她在床上坐了一会儿，觉得这事不能就这么算了。如果就这样放任下去——一个宁愿在草稿箱里写327条短信也不肯说一句"我喜欢你"的男人，遇到这种事会先憋死自己，然后把女朋友也憋死。

她翻身下床，轻轻走到客房外，把耳朵贴在房门上。

听了半天辨不出动静，正犹豫是不是明天再说，半夜不睡的皮皮来了，在她脚边发出一声"喵呜"。

她立刻做了一个"嘘"的手势，但房里的许淮颂已经听见了响动，朝外问："怎么了？"

阮喻踌躇了两秒，说："我能进来吗？"

得到肯定的答复后，她按下了门把手。

许淮颂坐起来点亮了床头灯，还没开口问话，就见她深呼吸一下，关上门小跑进来，爬上了他的床。

他愣了愣："睡不着？"

阮喻点点头。

"那怎么办？"

她都爬上他的床了，他还问怎么办？阮喻豁出去了："你不请我进被窝吗……"

许淮颂挪了一下位置，掀开被子："这样就能睡得着了？"

阮喻点点头，钻进去躺了下去。

这是两人真正意义上的第一次同床共枕，但许淮颂抬手关了床头灯后，与她隔了半臂，井水不犯河水的距离。

阮喻心里闷得慌，思忖着怎么打开话匣子，过了一会儿说："你知道十五楼出了什么事吗？"

"嗯，大概猜到了，你做得很好。"

"那你知道对方是谁吗？"

"我认识？"许淮颂偏过头来，这下似乎有点讶异。

“我之前在车上跟你和怀诗提过一嘴，是我那部电影的出品人。”

许淮颂在黑暗里皱起眉头。在这之前，他以为这只是一场普通的见义勇为。然而，对方是她电影的出品人，那么这件事的后续也许就变得复杂了。

阮喻此刻的想法却和他不在一个频道。她继续解释道：“上回李识灿之所以冲进茶水间，就是因为当时我和魏董在同一个楼层。他提醒过我不要跟这个人走太近，所以今天遇到这样的状况，我第一反应就给他打了电话。我想着他跟魏董认识，也许会有办法……”

许淮颂搁在被子里的手一颤，似乎在后怕什么，侧过身来面对她：“有这么个危险人物在，你怎么没早跟我说？”

“你在美国，我说了也只是给你徒增烦恼。我注意着没跟他接触，你看今天之前也没出什么事。今天之后，你就在我身边啦。”

许淮颂闭了闭眼，把她拉进怀里，一字一顿地强调：“这种事，以后第一时间让我知道，不管我在美国还是西伯利亚。”

“你去美国还不够，还要去西伯利亚啊？”

“……”

许淮颂捏起她的下巴，肃着脸道：“举个例子，跟你说认真的。”

阮喻笑着抬起手，搂住他的脖子：“嗯，知道了，那你还难受吗？”

被戳破心事的许淮颂沉默下来。

发现他没有正面应答，阮喻很快递去一个台阶，转移了话题：“这客房的空调不好用吗？你开了几度，怎么这么热啊？”

但这话题转移得并不巧妙——被戳破另一桩心事的许淮颂再次无言以对。

阮喻爬起来想去找空调遥控器，被他一把拽了回去。

许淮颂轻轻咬了咬牙：“不用调了，十八度，够低了。”

“那怎么还……”阮喻问到一半住了嘴。

还能是为什么呢，再问就蠢了。一个心照不宣的答案在两人之间蔓延开来。

万籁俱寂的夏夜里，两颗心脏像在赛跑一样，跳到了同一个频率。但谁也没有脱离彼此的拥抱。

最后，还是许淮颂跑赢了。

阮喻担心地问：“你这个心率，不会出事吧？”

他拿指关节轻轻地敲了一下她的额头：“死不了。”

阮喻捂了捂脑门，动作间，手肘不小心擦撞到他，感觉他浑身绷得更紧了。

这么睡一晚得多难受。

阮喻：“要不我还是回去睡吧……”

“你见过兔子进了狼窝还能被放出去的吗？”

“你不是狐狸吗？”

“这种时候，狐狸也得变成狼。”

"可是狼就干瞪眼，又不下嘴，这不是暴殄天物吗？"

许淮颂噎了噎："别乱说话。"

阮喻一愣，然后听见他叹了口气："狼没带餐具。"

阮喻在这句"没带餐具"的爆炸性威力下，再也没敢多说一句话。

一晚上折腾来去，实在是身心俱疲，她倒是没过多久就睡了过去。

这一觉安然睡到天明，阮喻被一阵门铃声吵醒。她睁开眼，迷迷糊糊地推了一下身边的人："有人在按门铃吗？"

许淮颂动了动，却睁不开眼，不知昨晚熬到几点才睡着，皱皱眉头"嗯"了一声。

阮喻揉揉眼，掀开被子下床，嘴里嘀咕："大清早的，会是谁啊？"

"我去吧。"许淮颂最后还是拦住了她，挣扎着起身下床，穿上拖鞋出去，看了眼门镜，回头说，"十五楼的。"

阮喻匆匆出来，看见孙妙含顶着黑眼圈站在门外，看上去一夜未眠的憔悴模样。

对上两人惺忪的睡眼，孙妙含不好意思地说："打扰你们了。"

阮喻摇摇头示意没事，把人请进来："考虑好了吗？"

昨晚阮喻问孙妙含要不要报案，之后打算怎么办，孙妙含说得考虑一下。

孙妙含进门后也没坐，开门见山地说："考虑好了，姐姐，因为我没受到实质性的伤害，还是决定不报案了……我怕万一拿不出足够的证据，到时候反而惹来麻烦……"

阮喻看了一眼许淮颂。他的眼神告诉她，孙妙含所说的可能性是存在的。

阮喻问："可是这样的话，你昨晚是躲过去了，之后怎么办呢？"

孙妙含垂了垂眼："我不跟寰视签合同了，也不待在杭市了，打算回老家找别的工作去。"

阮喻面露惋惜。

孙妙含笑了笑："你也别替我可惜，那种人拍出来的电影能有什么好名声？这电影以后估计还会有很多问题，我不拍说不定是好事。"

孙妙含并不知道阮喻就是电影的原著作者，说话自然直来直去，阮喻对此并不介意，只是有些不解："你指的是什么问题？"

"昨晚我听见魏董跟导演说，那个 IP 当初陷入抄袭纠纷就是他一手炒作起来的，之后他还打算继续拿这些事做文章，结合李识灿一起炒作。"

什么叫抄袭事件是魏进一手炒作起来的？阮喻呆呆地眨了两下眼，看向许淮颂。

孙妙含临走之前，阮喻嘱咐她把跟寰视的联系都断干净。她点点头说知道了，出了门又折返回来："姐姐，其实昨晚有一点我觉得很奇怪……"

“嗯？”

“昨晚警报响的时间不长，物业很快就跟大家解释清楚了误会，但在那之前他就已经开车走了，走得急匆匆的，我总感觉是不是有别的原因……”

阮喻回头看了一眼许淮颂，想问问他有没有什么想法，恰好这时候，孙妙含的手机响了。

孙妙含接通电话，没多久就红了眼圈：“姑姑，我真的不想报警，算了吧……”

电话那头传来一个愤怒的女声：“这是什么世道，受欺负还不能报警了？你等着，警察很快到你那边，你跟他们好好说，一定要把那畜生抓进去吃牢饭！”

挂断电话，孙妙含深吸一口气，忍着泪说：“姐姐，我得先上楼了，我老家的姑姑知道这事气坏了，帮我报了警。”

阮喻拍了拍孙妙含的肩膀，目送她进了电梯，转头看见许淮颂脸上沉思的表情，问道：“我还能做点什么帮帮她吗？”

许淮颂没有直接回答这个问题，而是看着她的眼睛说：“假如孙妙含提供的证据不足以支持对魏进的控告，那么她刚才提到的‘麻烦’也可能会发生在你身上。毕竟按你昨晚说的情况，你和魏进打过照面，他不难猜到你参与了这件事。而且你和寰视的关系被合同绑着，将来很难全身而退。”

阮喻听到这里明白过来，许淮颂是在为她考虑风险。

“即便如此，你也想帮她吗？”许淮颂确认道。

阮喻毫不犹豫地点了点头：“只要她有需要，救人总要救到底。”

许淮颂静静地注视着阮喻，片刻后，伸手揉了揉她的发顶：“好，那我先去十五楼看看情况。”

阮喻和许淮颂到十五楼的时候，一男一女两位民警正在向孙妙含询问情况。门口拴着一条警犬。

阮喻小声跟许淮颂说：“怎么还带着警犬来了？”

话音刚落，两位民警转过头来，阮喻一眼看去，发现都是熟面孔。

方臻看见阮喻诧异了一下，他身边那名叫李旻的女警也很快认出了她，惊讶道：“哎，阮女士，又见面了啊！”

“方警官，李警官。”阮喻跟他们打招呼。

看到阮喻的目光时不时落向那只警犬，李旻解释道：“误会，误会，报案人说嫌疑人作案后逃逸，我们以为需要追踪，就把它带来了。”

“不好意思，我姑姑不太清楚具体情况……”孙妙含露出抱歉的神情，向两名警察说明了事情的经过。

方臻和李旻听完后，又询问了作为证人的阮喻一些细节问题，最后希望确认一下昨晚魏进碰过的物件。

孙妙含从厨房拿来一袋垃圾："碎杯子和枕芯被我收拾了，都在这儿……"她刚说到这里，门口的警犬忽然狂吠着要朝她扑来。

她吓了一跳，惊叫着丢掉了手中的垃圾袋。

方臻和李旻迅速上前，一个安抚警犬，一个检查垃圾袋。

方臻戴着手套，一边低头小心地翻找里面的杂物，一边问："里面有血迹吗？"

孙妙含吓得不轻，结结巴巴地说："没……没有啊，我没有受伤……"

警犬还在吠，怎么都停不下来，方臻回头说："让新新来闻。"

李旻解开了牵引绳。这只叫新新的警犬立刻扑了上来，鼻尖一一蹭过垃圾袋里的杂物，最后蹭出了一截烟头。

方臻和李旻对视一眼，问孙妙含："这是你抽的烟吗？"

"不是，我不抽烟，是他……"

许淮颂看着那截烟头，皱了皱眉："你刚才说，魏进昨晚听到警报后就匆匆离开了？"

孙妙含点点头，不解地望向阮喻，不明白这两者有什么必然的联系。

见屋里几位专业人士同时严肃起来，阮喻也不敢吱声。

过了一会儿，方臻把这截烟头装进了证物袋，跟李旻说："拿去毒品鉴定中心。"

孙妙含惊得倒吸了一口冷气。

方臻问："孙女士对魏先生这方面的作风有没有过了解？"

孙妙含睁大眼睛摇摇头，低声说："我只记得，昨晚他是一边抽着这支烟，一边……"她说到一半就难以启齿了，求助似的看向阮喻。

阮喻接上："我听一个朋友说，魏先生在那方面好像有特殊癖好……"

"不排除他使用毒品来助兴，寻求生理刺激的可能。"许淮颂面不改色地接过话，"方警官，如果可以的话，我希望警方充分考虑当事人和证人的人身安全。我不赞成这个案子从'性侵'入手直接传唤魏先生。"

方臻点点头："如果鉴定结果符合猜测，我们会申请秘密调查。"

结束这边的谈话后，许淮颂让阮喻联系了岑家。

岑荣慎得知他们打算就之前的抄袭旧事再做调查，于是邀请两人到公司。

岑家以房地产起家，发展到现在已是当之无愧的"家大业大"，对包括游戏、旅游、电影在内的各行各业都有投资。

两人到公司的时候，岑荣慎正在开会，忙完才过来接待他们。许淮颂直奔主题，希望查证当初岑思思购买"水军"和热搜的记录。

出于愧疚，岑荣慎对这件事始终全力配合，很快让秘书传来了相关资料：

“许律师，我确认到的记录只有这一部分，我想应该是不完整的。”

许淮颂看了一遍记录，沉默片刻后答：“岑先生，可能这就是完整的记录了。”

“许律师的意思是？”

“非常抱歉，是我的失误。”

其实早在之前阮喻录音的电话里，岑思思就说过她只是雇了一小批“水军”想试试，并不知道事件为什么一发不可收，一路蹿上热搜。

但当时许淮颂和刘茂都认为这是被告的托词，加之后来被告完全放弃申辩，为了尽快恢复阮喻的名誉，他们也没再过多展开设想和调查，因此遗漏了另一位幕后推手。

岑荣慎听完解释后摇了摇头：“没关系，思思的确做了那些错事。如果不是她起了这个头，别人也不会有扩大事态的机会。法院判决的赔偿金额本就是基于思思确实做过的错事而定的，我们应当支付，甚至我认为这笔钱还远不够弥补阮小姐的损失，所以许律师不必为此道歉。不过，我很感谢你的如实相告，等思思病好了，我会把事实真相转告给她。”

从岑氏集团出来后，许淮颂开着车一路无话。

阮喻安慰他：“当时那种情况，你们在最短的时间内帮我平息了事态，对我来说就是最好的结果。至于魏进这个‘漏网之鱼’，现在发现也不晚。你也说过，律师不是神，你不用自责的。倒是我在想……这事对魏进来说是不是有点无关痛痒？”

“嗯，就算能证明魏进雇‘水军’侵犯了你的名誉权，这类民事案件也无法真正影响到他。”

“别说依照阮喻现在跟寰视的关系，并不适合把事情闹大，就算提起诉讼，一笔赔偿金对魏进来讲又算得了什么？”

“所以要制裁他，还得靠警方的调查结果。”

许淮颂点点头：“像他这样的人如果涉毒，多半参与得很深，一旦警方掌握了确切的证据，就等于抓到了他的‘七寸’。等他到案，包括孙妙含这次的事件在内，所有关联的事都可以得到彻查。不过这样一来，投资人落网，你的电影进程也会受到波及，很可能面临夭折的风险。”

“这有什么？为民除害比什么都重要！”

许淮颂被她的话逗笑。

“况且照孙妙含说的，魏进还打算拿我和李识灿、岑思思的纠葛炒作电影，这电影真在他手里继续做下去，那也太恐怖了……”

“其实我之前怀疑过，”许淮颂眯了下眼，“李识灿当选你电影男主角这件事来得太巧了，我在想为什么刚好是他。”

“你怎么没跟我提过这事？”阮喻惊讶地偏过头去。

“你不能干涉选角，说了也是让你多添心事，我跟李识灿提过了。”

“你俩背着我聊什么了？”

“就是提醒他团队那边注意规避风险，跟他商量了一个预案。”

“什么预案？”

“按魏进目前的情况看，可能用不上了。”

“所以你不打算说了？”

“嗯。”

阮喻生气地鼓了鼓嘴：“那你现在提这茬做什么，存心吊人胃口！”

恰好遇到红灯，许淮颂停稳车，腾出一只手，笑着揉了揉她的头发：“我只是想让你放心，不管有人想拿你做什么文章，我都有所准备，不会再让你陷入风波。”

“哦，好吧。”阮喻心里舒坦了。

“还有，我这次能在国内待一个多月，除了跟进警方调查魏进以外，主要是办理周俊的案子，其他时间都可以陪你。”

“可别说大话，你的法考呢？今年是改革的第一年，题型都调整了，刚好被你赶上。”

许淮颂一噎：“我在复习。”

阮喻叹了口气：“那你还是别忙着谈恋爱啦，好好刷题吧，没考过法考就接不了案子，接不了案子就是无业游民，还得我拿稿费养你呢。”

许淮颂手一移，下滑到她的额前，做出一个“敲板栗”的警告动作。

她缩了一下脖子：“律师要犯罪啦！”

许淮颂笑出声来，用拇指在她的眉心抚了抚：“放一百二十个心，你男朋友一定一次过。”

阮喻不再跟他开玩笑，用双手抓住他的右手，握在自己的掌心：“那你刚才说，一个月后你又要走？”

“差不多。”

阮喻若有所思地点点头，等红灯转绿，松开他的手，拿出手机开始悄悄搜索：办护照所需的材料及注意事项。

搜索了一路，阮喻心里大致有数了，回家后就催着许淮颂复习。

许淮颂被她拖着坐在沙发上，看着书桌上一堆宪法、民法、商法、刑法、经济法、国际法的资料，搔了搔眉心。

阮喻饶有兴趣地翻了翻资料，咕哝道：“我都快不认识‘法’字了……要不咱们还是先做套模拟题吧？”

对上她星亮的眼睛，许淮颂实在说不出个不字。

阮喻翻开一卷法考七十天冲刺宝典，看里面空白一片，问他：“一到十，选个数字？”

“七。”

她翻到第七套模拟题，把笔递给他：“来，第七套第三卷，我给你计时。”

许淮颂解开衬衣袖扣，开始做题。半个小时后，他皱着眉头伸手去拿资料书。

阮喻一把拦住他：“哎，你怎么做题还翻书呢，考试的时候谁给你翻？”

“我还没背过这一部分。”

“模拟考试检测的就是你当下的真实水平，不会就是不会。”

许淮颂叹了口气，收回手，继续做题。

阮喻摸了摸他的头顶：“考过九十分有奖励。”

“奖励什么？”他偏头问她。

“等你考完再说。”

许淮颂用笔尾轻敲卷面，皱着眉猜题——三短一长选最长，三长一短选最短。

接近尾声时，阮喻看见他掩嘴咳嗽了两声，问道：“嗓子不舒服吗？”

“嗯。”

“那我去给你倒杯水。”

许淮颂看了她一眼，见她起身走向厨房，确认她离开后，飞快翻到册子的答案区，正找着第七套题的答案，忽然听见冷冷的一声：“许同学。”

他动作一顿，抬起眼来。

阮喻拿着一只空杯子站在厨房门边，望着他说：“我就知道咳嗽是假的，忘了告诉你，我中文系毕业后考过教师资格证，原本也是个老师，对你这样的作弊分子，心里可门清着呢。”

拿了八十二分的许淮颂被阮喻盯着刷了一星期的错题。

接连七天，许淮颂每晚的睡前活动就是和阮喻肩并肩坐在床上，腿上压着一重书山，被她一道道地考问。不过最后，一般都是阮喻听得百无聊赖，睡倒在他的怀里告终。

一个星期后的一天，张玲给许淮颂打来了电话，问他要不要一起去苏市调查周俊案。

周俊的案子在前几天侦查终结，移送到了检察院进行审查。张玲和陈晖这阵子一直在各处走访调查。

许淮颂身为周俊高中的同学兼同一片区的邻居，如果参与其中，一定程度上有利于提高受访者的配合度，从而搜集到更多有利于周俊的信息。所以他没有犹豫，直接询问了时间。

许淮颂通电话的时候，阮喻正坐在旁边修改剧本，听了几句，等他挂断电话，凑上去说："我跟你一起去好不好？"

许淮颂瞥了她一眼："出差还要被你盯着做题？"

她露出"不识好人心"的嫌弃表情："苏市那边我不是也熟吗？我是想去帮忙的。"

许淮颂也只是说笑，问她："明后天没有会议安排吗？"

阮喻确认了一下寰视排的会议时间："还有四天呢。"

寰视这段时间的会议频率一般是十天左右一次。自从许淮颂回国之后，她还没去过公司，一直在家里远程工作。

不过一想到魏进，想到电影可能面临夭折，阮喻最近的工作积极性难免受挫。

看她闷头改剧本改得兴致索然，第二天，许淮颂带着她一起去了苏市。

清早，两人跟陈晖和张玲会合。

陈晖开车，张玲坐在副驾驶座，转头对后座的许淮颂讲述案子目前的关键点："警方在侦查阶段已经证实行车记录仪被人为破坏，内存卡也被人为取走，但委托人对此完全不知情。警方这段时间讯问无果，没有明确内存卡的去向。不过，在其他证据充分的情况下，这一点不会成为检方不起诉的理由，只能说有可能给我们一些'周旋'的余地。"

许淮颂点了点头。

"还有我们上次提到的，委托人误认为被害人以死报复他的关键原因，是被害人生前一个月发布在朋友圈的一张割腕照。我们调查后确认，那张照片是被害人从网络平台下载的，也就是说被害人并没有真正做出偏激行为。针对这一点，检方可能会提出疑问：第一，委托人与被害人建立情侣关系一年零三个月，没理由认不出她的手腕；第二，既然照片是假的，那么被害人手腕上根本没有伤痕，在那一个月的时间里，委托人怎么会完全没有发现。"

"委托人怎么解释？"

"他说，当时在朋友圈看到照片后非常慌乱，根本没仔细辨认。随后，照片很快被删除，而被害人的手腕裹了很长一段时间的纱布，之后又戴上了手表。他没想到女友会骗他，以为女友遮掩只是觉得疤不好看，不想让他看见。而他出于出轨的愧疚，潜意识里也不愿意直面女友的那道伤疤，所以他确实从来没有亲眼确认过。"

"委托人是在与被害人争吵当夜酒后出轨的，而被害人是在委托人出轨次日清早发布了割腕照，对吗？"

"对，我们猜测被害人在发布照片前就已经发现委托人出轨，假造割腕事件正是想利用委托人的愧疚心态挽回他。原本过后两人和好如初，被害人以为方法奏效，案发当天却再次看到男友跟一夜情对象的聊天记录，所以一时间情绪崩溃，对委托人说了威胁性话语。”

“如果猜测属实，被害人这段时间的情感纠纷历程可能有知情人。”许淮颂想了想说，“被害人生前有没有关系密切的女性朋友？”

“有两名大学室友，其中一位已经向警方提供过证言，证言对委托人并不有利，我们没必要，也不能再向她取证。另一位的证言倒是没在目前的案卷里看到，有机会向检察院提出取证申请。”

“那这样，您去向检察院申请试试，看能不能取得许可和对方会面了解情况，我和小陈按原计划到委托人的居住地附近走访。”

就这样，阮喻跟着许淮颂一起到了周俊家附近。

周俊原先的住址跟阮喻家和许淮颂的外婆家在同一片，那块拆迁后，周俊搬到了这里的简易安置房。

因为安置房所在地理位置比较偏僻，交通不太便利，阮、许两家当初都没要房子，改拿了补偿金。

陈晖拎着公文包，拿着厚厚的一沓资料在两人前面带路。

一整天下来，三人一起走访了周围的五户人家。

第六位调查对象是周俊的一位男性好友，在菜市场工作。三人到对方家时已是傍晚，听他妻子说他还在卖鱼，没回家，打了好几个电话也没见接通，估计是菜市场太吵了没听到。

许淮颂低头看了一眼腕表。

因为这是最后一位走访对象了，阮喻猜他不想拖得太晚，主动提议说：“那我们去趟菜市场吧。”

她不嫌累，许淮颂和陈晖当然也没意见，开车到了菜市场。

人声鼎沸的市场里，杀鱼宰肉的响动此起彼伏，长长的摊位一行行铺排开来，看过去眼花缭乱。

许淮颂对国内菜市场的印象实在有些遥远了，下车后在门口观望了一会儿，目光搜寻着鱼摊的方向。

倒是经常买菜下厨的阮喻熟门熟路，往里望了一眼就确认了目标，指着一排河鲜水产说：“他应该在那儿吧。”说着，她走在前面，带许淮颂和陈晖穿过一排鲜肉区。

刚要走过肉摊的时候，三人脚下咕噜噜滚来一个空饮料瓶。

许淮颂拉了一把阮喻，提醒她小心。话音刚落，一个身穿汗衫、胡茬青黑的中年男子走了过来，弯腰把一个瓶子捡进了塑料袋。他手里的塑料袋已经被空饮料瓶装得满满当当，看起来像是要拿去卖掉换钱。

三人正准备绕过去，却见那中年男子抬起头来，盯着许淮颂愣住了。他眯起一双有些浑浊的眼睛，结结巴巴地说：“许……许律师？”

许淮颂眨了两下眼，似乎在脑海里翻找有关这个人的记忆，但一时没想起来，于是只能先说了一声：“您好。”

对方激动得手一松，一袋子饮料瓶哗啦啦地掉在地上。正当他要与许淮颂握手时，他低头看见自己满是脏污的掌心，又顿住了。

许淮颂迟疑道：“您认识我？”

“许律师，您不记得我了吗？十年前，您帮我打过官司的……”

十年前的他怎么可能帮人打官司？

许淮颂一愣，随后反应过来：“您说的或许是我父亲？”说着皱了皱眉，仔细辨认了一下对方的五官，“江先生？”

江易一怔：“哦，原来是许律师的儿子啊，是我糊涂了……”他不好意思地笑了笑，“对，哪有人越长越年轻的，不过，您跟您父亲长得真像……”

阮喻一头雾水地看着两人。

许淮颂的目光落在江易身上，看了他好一会儿才问：“您这些年——”

江易捡起塑料袋，说：“挺好的，我挺好的，您父亲呢？”

许淮颂沉默了一下，也答：“他也挺好的。”

市场外面忽然有人扔了个空饮料瓶到垃圾桶，传来“咣当”一声。江易闻声偏头，跟许淮颂匆匆打了个招呼，跑出去捡。

许淮颂站在原地，抿着唇，很久都没有出声。

阮喻和陈晖看着这气氛也不敢问到底是什么情况，直到听见边上河鲜摊一个中年女人的声音响了起来：“看见没啊，杀人犯活得挺好的，帮杀人犯的律师也活得挺好的，这个世道啊！”说着，她拿起手边的盆子，往三人的方向泼来一盆水。

许淮颂将阮喻一把拉到身后。沾了鱼血的水溅上他的鞋面，他一声没吭，沉默了下，跟陈晖说：“走吧，继续调查。”

从菜市场出来时，天已经黑了。许淮颂和陈晖的工作顺利结束，但张玲那边需要走法律程序，情况比较复杂，暂时还没有进展。

陈晖说：“颂哥，我先送你们回杭市，明天再来接张姐吧。”

许淮颂征询阮喻的意见：“要不去我家住一晚，或者找个酒店？”

让陈晖送来送去的确实太麻烦，可没个准备就去男朋友家也唐突，阮喻想了想，说：“还是找个酒店吧。”

许淮颂点点头，叫陈晖去跟着张姐，和阮喻挑了个地方吃晚饭。两人吃完在手机上看地图，发现几百米内就有酒店，于是便一起散着步去。

僻静的步行道上没了旁人，阮喻终于问出口：“今天在菜市场碰见的那个人，就是十年前那桩杀人案的嫌疑人吗？”

许淮颂遇见江易之后情绪一直不高，低低地“嗯”了一声：“他才三十五岁。当年事发时，他正要从苏商大毕业，原本的他或许前程似锦。”

阮喻吃了一惊。刚才看那人的模样，说他有四十五岁，她也不会觉得奇怪。

十年的时间竟然能让一个风华正茂的人衰老成这样。

“过得挺好的”——这话究竟是在安慰自己，还是在安慰曾经竭尽全力捍卫过自己的人，又或者两者都有。

阮喻皱着眉问：“到底是个什么样的案件？”

“公厕奸杀案。”

阮喻轻吸一口冷气。

许淮颂摸摸她的脑袋：“不说这个了，你会吓到的。”

两人到最近的酒店开了间房。可能是因为有心事，许淮颂全程心不在焉，阮喻也被他刚才的话吓得一身寒栗，一路恍恍惚惚地跟他上了楼。

等到刷卡进门，两人才发现这间酒店似乎有点不寻常。

透明的浴室，天花板上是一面硕大而光洁的镜子，房间里有各式各样像健身器材一样的摆设。

他们好像……走进了什么奇妙的地方。

许淮颂和阮喻站在门口，齐齐愣住。足足过了三十秒，两人才偏头对视了一眼。

阮喻回想着问：“刚才前台好像问过你，要哪种房型？”

“嗯，”许淮颂眼神无辜，“我说普通大床房。”

所以……阮喻再次环视了一遍眼前这个连灯光都冒粉红泡泡的房间。如果这种房间都叫“普通”的话，那么问题并不出在许淮颂的身上。

她倒退了几步，看了眼走廊里的酒店标志——两个姿势暧昧的小人，很明显的意思。

他们刚才可能是眼瞎了吧？那现在怎么办？

许淮颂抬手看了一眼腕表，大概在思考换地方所需要的时间。

看他打算走，阮喻想了想，觉得不能浪费这次“采风”的机会：“不急不急，我先进去参观一下，以后可以当写作素材……”

眼睁睁看着她满脸好奇地走了进去，许淮颂只好默默跟在她身后。

置身于粉红泡泡中的阮喻完全忘记了刚才一路上的鸡皮疙瘩，仿佛走进了新世界，左看右看，上看下看。

她在一把S型的躺椅边蹲下来，琢磨着它的形态。由于想象力有限，思考了半天后，她抬起头犹豫地问许淮颂：“这是怎么用的……”

许淮颂撇开眼，面无表情地说：“我怎么会知道。”

她若有所思地“哦”了一声，又把目光转向浴室里一只半人高的大木桶，走进去拉了拉浴帘，低声说道：“有帘子啊，那尺度也还好……”

许淮颂站在门口把控着时间，过了会儿催促道：“看好了没？一会儿就晚了。”

阮喻只说再等等，又从浴室出来走到床边，仰头望向天花板的大镜子，歪着脑袋照了照：“这个设计还挺唯美的，尤其是清早太阳照进来的时候……”

许淮颂无奈地走到床边，把她拎起来：“走不走？不走我们就住这里了。”

这间房里新奇的摆设太多，连灯光都有七八种模式能变换。阮喻这里摁摁，那里看看，有点流连忘返。

似乎是跟许淮颂盖棉被纯聊天惯了，她没什么紧张的意识，想了想说：“住哪儿不是住呢，来都来了，将就一下吧……”说着，她又调试起了灯光。

行吧。照许淮颂看，她这根本不是将就，她明明很喜欢。

第八章 种因者终得其果

许淮颂关上房门，打开公文包，给电量即将告罄的笔记本电脑插上电源，却发现房间里没有书桌。

想想来这里的人也确实不太可能办公。他看了一圈，只好把电脑放在一张看起来稍微正常的平椅上，然后回头对阮喻说："我再理理案子，你先去洗澡。"

阮喻调试灯光的手一顿，看了一眼透明的浴室。

刚才从参观的角度感受了一下，觉得没什么，但真要进去实践，这尺度陡然升高了好几个台阶。

注意到她僵直的目光，许淮颂也意识到不妥："还是我先去检查检查吧。"他怕浴室里有什么奇怪的东西吓到她。

阮喻"嗯"了一声，看他脱了西装外套，开始解衬衫的扣子，赶紧转过身："我玩会儿你的电脑啊，你随意就行……"说着，她把他的电脑捧起来，放在膝盖上，挑了个背对他的位置坐下。

听着身后的浴室传来皮带扣碰到木桶的声音，阮喻的心肝一颤。这浴室简直毫无隔音效果啊。

淅淅沥沥的水声响起，她使劲眨了眨眼，努力把目光集中到电脑屏幕上。这一眼，她看见桌面上有一个文件夹，命名为"江易案"。

阮喻知道许淮颂为了周俊的案子，最近一直在翻阅这桩十年前的旧案，企图从两桩案件的相似性中总结出他父亲当年的辩护模式以作参考。

她将光标移到文件夹上，双击打开——看看案子，转移一下注意力吧。

文件夹里有很多图文资料，她跳过几个看起来专业性较强的文档，打开一个有关案情概述的文件。

由于概述是从律师的视角出发，所以讲的是委托人方面的内容。

文档内容提到，当年的被害人是一名苏商大的女学生，江易则是即将毕业的，与她同系的学长。

案发当天，江易和被害人及另外几个同系学生一起聚餐，之后去了酒吧。从酒吧散场后，当时正处在暧昧期的江易和被害人撇开同学一起离开，两人在酒精的作用下，在路边的公厕发生了性关系。

之后，江易因为接到一通电话，没送女方回家就匆匆离开。再得到她的消息时，她的尸体已被发现在男厕隔间。

尸检报告显示，被害人是后脑撞上马桶水箱，当场死亡。

那时候的江易和周俊一样，第一反应也慌了，面对警方的调查选择了逃避。

但他逃不掉。犯罪侧写显示罪犯是一名二十四岁左右，身材高大的男性。同学的证言也证实被害人那晚是跟江易一起离开的。

更关键的是，被害人身上的精斑与江易的DNA鉴定结果显示一致。而他接到那通电话的时间与被害人死亡的时间非常接近，无法分辨先后，并不能洗脱他的嫌疑。公厕比较简陋，附近刚好也没有监控。

在舆论压力和警方讯问下，江易精神出现错乱，开始怀疑自己真的害死了被害人，一度前言不搭后语。直到许爸爸在江家人的委托下接手了案子，最终让他被无罪释放。

阮喻终于明白，为什么陶蓉和许怀诗当年无法理解许爸爸了。因为从旁观者的角度看整个案件，江易确实非常“像”凶手。

难怪周俊也说，许爸爸是个能把黑说成白的人。

阮喻全神贯注地看着案子，没注意到身后浴室的水声停了。

她退出文档，返回文件夹，滑动几下光标，看到一张案发当晚学生们的聚会照。她点开照片，长相不俗的江易身处正中，正和身边的同学谈笑，看起来风光无限。难以想象，照片上的这个人会在十年后以拾荒为生。

阮喻叹息一声，刚要退出，忽然发现照片中的餐桌一角有个看上去有点眼熟的身影。

她皱着眉放大照片，锁定这个位置。

恰好身后的浴室门打开，许淮颂走出来问：“在看什么？”

阮喻看着照片，大脑急速运转，忽然短促地“啊”了一声。

许淮颂愣了愣，靠过来，看到电脑屏幕上的照片，面露无奈：“说了你会被吓到，还看。”

阮喻摇摇头示意不是，她手指着屏幕，食指微微发颤：“这个人……”

“怎么了？”

“好像魏进啊！”

许淮颂跟魏进并没有正面接触过，研究这些旧照片的时候也没太注意无关人士。他严肃起来，问：“你确定？”

阮喻重新看向电脑屏幕，歪着头仔细辨认了一下：“这张照片的像素不够高，我不能确定，但真的很像，特别是眼睛……不过，这人要真是魏进，他怎么会出现在这里？你有没有办法查到他的学籍？”

像魏进这样的人，信息保密工作一定非常到位。警方正因为涉毒问题暗中调查他，如果许淮颂自己盲目调查，很容易打草惊蛇。

许淮颂想了想，翻开手机通讯录：“我爸那里有可靠的关系能用。”说着打了几个电话。

半个小时后，魏进的学籍信息被发送到了他的邮箱。

阮喻坐在许淮颂旁边，眼睛一眨不眨地看着文件下载进程，直到PDF文件弹出来，她一把揪紧了许淮颂的袖口——

魏进真是苏商大毕业的，还跟江易同系同届！

阮喻霎时起了一层鸡皮疙瘩，抱着许淮颂的胳膊说：“这说明什么？”

许淮颂知道她在想什么——十年前的旧案，真凶至今没有落网。而魏进当晚也在场，且年龄、身材都与江易相似。

尽管这一刻许淮颂产生了跟阮喻同样的怀疑，但身为律师，他还是尽量保持着客观的态度，摇了摇头：“不能说明什么。”

一个可能存在犯罪史的人，一定会杀人吗？当然不一定。

阮喻也明白这是她带有个人主观感情色彩的臆想，可心底还是止不住涌起了一股强烈的不安：“警方不是在调查魏进吗？我们要不要把这事跟他们说说，万一警方顺带查到什么线索呢？”

许淮颂皱着眉头，神情看上去并不乐观：“我会向他们反映情况，不过当年连距离线索和真相最近的警察都排除了魏进作案的可能性。现在已经时隔多年，无凭无据的，警方不会因为虚无缥缈的指控就重新把魏进列为案件的嫌疑人，也不能以此为由传唤他。要彻查魏进和江易案有没有关联，唯一的突破口还是警方的缉毒行动。”

阮喻点点头：“警方的缉毒行动进展得怎么样了？”

许淮颂也不清楚太多内幕：“应该是怀疑魏进背后存在毒品组织，警方正在一步步暗查，范围可能涉及境外。跨境追踪非常难，又要秘密进行，收网没那么快。”

这些日子，魏进并没有把那晚和孙妙含的“意外”当回事。在警方的建议下，孙妙含早在之前就已经离开杭市，假装息事宁人，而阮喻现在要做的就是像孙妙含一样若无其事。

只有这样，魏进才不会起疑，警方的调查才能更加顺利地推进。

“好了，时间不早了，你先去洗澡，这些事交给我。”许淮颂揉了揉阮喻的头发。

阮喻点点头，起身走开几步，想了想，转身从包里掏出耳机，连上手机蓝牙，调好音量，放了一首歌，设定单曲循环。

许淮颂不解地看着她：“做什么？”

“给你听会儿歌。”她把耳机轻轻塞进他的耳朵里。

许淮颂看了一眼浴室，笑了笑，在心里叹了口气。也好。

趁阮喻洗澡的时间，许淮颂在电脑上把周俊案、魏进案、江易案罗列在一起，来回滑动光标，又把相关资料看了一遍。

等耳机里的歌曲循环到第五遍的时候，阮喻洗完澡出来了。看她爬上床准备睡觉，许淮颂合上电脑，关了房间的顶灯。

没想到阮喻刚和衣躺下去，忽然惊叫了一声。

走到床边的许淮颂差点一个趔趄：“怎么了？”

“我忘了头顶有镜子，看到人影吓了一跳……”阮喻拍了拍心口，盯着天花板看了几眼，看得一身汗毛倒竖，侧身把头埋进枕头，“这是什么反人类的设计啊！”

“你刚才不是还说这个设计很唯美吗？”许淮颂笑着掀开被子上床，把她的脑袋扳回来，“外面的枕头可能不干净，别闷在里面。”

阮喻又瞥了一眼头顶：“可是这样我睡不着，我满脑子都是你电脑里的案件照片。”

许淮颂把她抱进怀里：“那你埋着我，行了吧？”

许淮颂生平第一次知道，情侣酒店也可以睡成鬼屋。

一整晚，阮喻像八爪鱼一样缠着他，不是把他当男朋友，而是把他当驱鬼符。

好不容易熬到天亮，绷了一夜的许淮颂小心翼翼地移开她的手脚，准备下床。结果她迷迷糊糊地又缠了上来。

他轻轻捏了捏她的脸，把她捏醒了。

“你干吗……”阮喻皱着眉头，一脸无辜，伸展了一下腿。

许淮颂一把挡住她的膝盖：“别乱动。”

阮喻猛地一个激灵，呆了呆，一点点避让开来。

许淮颂低咳一声，下床进了浴室。浴室里哗啦啦的水声响了十五分钟，许淮颂回来后，把捂着双耳的阮喻从被子里“找”出来：“睡饱了吗？”

她红着脸“嗯”了一声。

"那换我睡了，你下床去玩会儿。"

阮喻"哦"了一声，下了床又回头，凑过去问："你是不是整晚没睡啊？"

许淮颂瞥了她一眼，没说话。

"我错了……"阮喻咬了咬唇，低声咕哝。

许淮颂伸手揉了揉她的耳垂："欠着，以后好好罚。"

陈晖来酒店接两人的时候已经临近中午。因为张玲那边还没出结果，三人打算先吃午饭。

许淮颂和阮喻上车后，坐在驾驶座的陈晖回头开玩笑："都来苏市了，颂哥不回趟家？上次我送阿姨来，在你家蹭了一顿饭，外婆那手艺可真是绝了，走之前还让我打包了一碗东坡肉！"

许淮颂外婆的旧宅拆迁后，就和陶蓉以及许怀诗一起住在市区。陈晖说这话，是瞧准了午饭地点。

许淮颂笑了笑，偏头看了一眼阮喻："你问她要不要去。"

突然被点名的阮喻眨了眨眼。

第一次上门拜访长辈应该要正式一点的，可这次毫无准备，甚至因为原本计划当天往返，她连换洗衣服也没带，还穿着昨晚睡得皱巴巴的T恤。

她一犹豫，许淮颂立刻洞穿了她的心思，朝前说："开车吧，随便找个地方吃。"

陈晖遗憾地咽了口口水。

阮喻看了一眼许淮颂，捏捏他的袖口，小声解释："我不是不愿意跟你回家，下次我提前准备一下嘛……"

"你不用准备什么，她们就很高兴了，不过你想下次就下次。"车子发动，困意再次袭来，许淮颂揉了揉她的发顶，"我再睡一会儿。"

"好。"

看他挺直腰背，靠着后座皮垫闭上了眼，阮喻抬起手，把他的脑袋往自己的肩膀上揽："坐这么挺累不累啊？来。"

许淮颂笑着枕在她的肩上，并没有告诉她，按他们的身高差，他这样靠在她的肩膀上会更累。

陈晖透过后视镜看了一眼后座，得，东坡肉吃不到，狗粮是吃饱了。

三人找了一家路边的餐馆吃饭，吃完回到车上，临要改道去接张姐时，许淮颂接到了许怀诗打来的电话。

"哥，我刚上完补习班，在小区门口碰见一个有点眼熟的阿姨，一个劲儿地问保安许家人住哪栋，满嘴都是'那畜生，那畜生'的，看起来特别激动，这会不会是……"

许淮颂一下子坐直，严肃地问："你跟她打照面了吗？"

"没有，我路过的时候她正在跟保安纠缠，应该没注意到我。"

"妈妈和外婆呢？"

"她们去超市了，还没回家。"

许淮颂很快决断："你进家锁好门，不是妈妈和外婆回来就别开。"

那头的许怀诗明显加快了步子："哥，你别吓我，真的是那家人又来闹事了吗？这不都消停好多年了，怎么突然……"

"我现在不确定情况，你先回家再说，我马上过来。"许淮颂挂断电话，交代陈晖换路去他家。

阮喻没太听清许怀诗说了什么，紧张地问："出什么事了？"

"昨天我们碰见江易的事，可能被人添油加醋传到被害人家属那边了。"

陈晖一听情况不妙，踩下油门一路狂飙，到了小区附近，却在主干道遇上堵车。

离小区正门只剩三四百米，许淮颂推开车门说："我先过去。"

阮喻犹豫了一下，也下了车，小跑着跟了上去。

两人还没到小区门口，就先听见了尖锐的争执声："我今天就是来这儿堵你的，你可别假惺惺，年年清明给我女儿上坟了！看看你儿子跟那畜生的嘴脸，不知道他们又在盘算什么呢！"

"王女士，淮颂并不在苏市，这里面应该有什么误会……"

"误会？菜市场的老钱说了，你儿子风风光光地回国了，和他爸当年一样，也做起了帮杀人犯脱罪的勾当！我今天倒要看看，你们家这次又要祸害谁！"

阮喻气喘吁吁地跟在许淮颂后面一段距离，远远地看见小区门口，一个约五十岁的中年女人正在对陶蓉破口大骂，情急之下还伸手推搡了一把。

陶蓉被推得一个踉跄，把手里的超市购物袋甩了出去，她踉踉跄跄地退后一步，又撞上了一旁的许外婆。

眼看老人家就要摔倒在地，幸亏小区的保安及时上前扶了一把，劝开了两边的人。

许淮颂这时也赶到了，把妈妈和外婆挡在身后："王女士，请注意您的言行。"

王芹一看见他，满是血丝的眼睛一缩，向陶蓉质问："这不就是你的好儿子吗？还说他不在苏市！"

陶蓉真不知道许淮颂在苏市，诧异了一下，上前说："淮颂，你先回去吧，这件事你别管……"说着，她又不断向王芹鞠躬道歉，"王女士，实在不好意思，我……"

"妈，你做什么？"许淮颂皱着眉把陶蓉拉到身后，见阮喻匆匆赶到，给她使了个眼色。

阮喻心领神会，弯腰捡起地上的购物袋，拉着陶蓉和许外婆往小区里走：“阿姨，外婆，我们先回家吧。”

陶蓉被阮喻拉着走了几步，又停下来回头看：“淮颂他……”

阮喻顺着她的目光看去，见许淮颂正在跟王芹交涉，揽着她的背安抚道：“这事他会处理好的，您别担心。”

阮喻陪着陶蓉和许外婆回了家。

许怀诗从门镜里看见她们到了家门口，立马开了门，后怕地说：“妈、外婆，你们终于回来了，快吓死我了！”说着又转向阮喻，“姐姐，你和我哥怎么在苏市啊？”

“一会儿跟你说。”阮喻把门带上，搀着许外婆进去，“外婆，您伤到哪儿没有？”

许外婆摇头说没有，这才从慌乱中反应过来：“哎，这小姑娘是？”

阮喻没想到见家长的环节说来就来，偏偏许淮颂还不在场。她脸皮薄，沉吟着答：“外婆，我是……”

一路心不在焉的陶蓉听到这里回过神，替阮喻接上：“妈，我跟你提过的，这是淮颂的女朋友。”

许外婆恍然大悟，拍拍阮喻的手背：“你看你第一次来，还给你添麻烦了。”

阮喻拂了拂自己汗湿的刘海：“没事的，外婆。”

看出阮喻的拘束，许怀诗忙招呼：“姐姐，你快过来坐，我哥呢？”

阮喻一边把许外婆扶到沙发上坐下，一边解释：“他在小区门口处理点事。”

陶蓉拿了一条干净的毛巾让阮喻擦擦汗，然后去厨房给她泡了一杯茶，切了一些水果来。

许淮颂迟迟没回，大家都各怀担忧，陶蓉强撑着待客，阮喻只喝了两口茶解渴，也没心情去吃水果。

客厅里的气氛略微有些凝重，四人对坐了一会儿，陶蓉想着说点什么缓和气氛，问阮喻：“你们吃过午饭了吗？”

“吃过了，阿姨。”

“你和淮颂什么时候到苏市的，是来办事的吗？”

“对，我们昨天来的。”

许外婆偏头问：“那昨晚你们怎么不回家里住啊？家里有客房的。”

陶蓉扯了扯许外婆的袖子：“妈，淮颂都多久没回来住过了，他在外面待得习惯……”

阮喻忙解释道：“没有没有，他倒是说要回家的，是我怕打扰你们……”

说到这里，门铃响起，许淮颂回来了。

沙发上几人见到许淮颂都松了口气，陶蓉快步迎上去：“怎么样，王家人为难你没有？”

许淮颂进门后先朝阮喻的方向看了一眼，确认她没有太过不自在，然后朝陶蓉摇了摇头示意没事：“妈，这点小事我能处理，倒是您，实在不用……”他说到这里打住，叹了口气。

“渴了吧？我给你泡杯茶。”陶蓉又去了厨房。

“妈，你别忙了。”许淮颂转头说，“我有同事在楼下等我们，坐会儿我们就回杭市。”

陶蓉还是端了茶来，递给许淮颂，又冲阮喻歉意地说：“今天匆匆忙忙的，家里也没准备什么，你快吃点水果。”

“阿姨，您太客气了，我也没来得及准备什么。”阮喻笑着道谢。

因为小区门口那桩意外，家里的气氛依旧不太活跃。许淮颂看今天实在不是时候，也没多提自己和阮喻的事，坐了一会儿就起身，临走时又嘱咐陶蓉：“我已经和王家人解释过了，也和小区保安打了招呼。她以后闹不进来，如果再碰上这样的事，你们直接报警。”

陶蓉一时没有接话，过了一会儿才问：“你这次是来办案子的吗？我听她说你在帮……”

许淮颂沉默了一会儿，说：“是有个刑事案件，我在帮委托人搜集证据。”

陶蓉“嗯”了一声，脸上的笑意有些不自然：“你注意身体，一日三餐要按时吃。”

许淮颂点点头，看了一眼阮喻：“放心吧，我俩互相照应着。”

看两人要走了，陶蓉又拿了几盒糕点给阮喻带回去。

阮喻向陶蓉道谢，说下次再来拜访。

离开后，阮喻苦着脸跟许淮颂叹息：“怎么我回回见阿姨都这么猝不及防的……”

许淮颂牵起她的手：“这有什么关系？她很喜欢你。”

阮喻提起兴致来：“阿姨跟你提过吗？”

许淮颂摇摇头。

“那你怎么知道？”

“想想就知道了，”许淮颂说得理所当然，“要不是你，我能下决心回国吗？”

阮喻脚步一滞，目光轻轻闪烁了一下。

两人下楼后坐上了陈晖的车，没再多提王家的事，一起去接办完事的张玲。

张玲忙得汗流浃背，上了车对许淮颂说：“被害人亲属不同意我们取证，被害人的那位朋友也不愿意出面，这条路走不通了。”

律师在调查取证方面受到了诸多限制，大家对这样的结果已有一定的心理准备。

陈晖叹了口气："能理解被害人家属的心情，可我们也是为了……"他说到一半，记起许准颂刚刚才挨了被害人家属一顿骂，这会儿说这话实在是不合适，于是连忙转变话题，"不过我们这一趟也不是完全没有收获，阮姐，你这两天帮了我们不少忙，我看你挺适合当律师的，要不要考虑转行啊？"

"啊？"被拿来调剂气氛的阮喻一愣，没想起自己这些天帮了什么忙。

倒是许淮颂的心情由阴转晴，笑着看了身边人一眼："她就算了吧，脑洞大得厉害，胆子小得要命。"

回到杭市后，许淮颂开始朝九晚五地到律所上班，把更多精力投入周俊案。

阮喻知道这是因为什么。

他们已经将对魏进和江易案有关的怀疑反映给警方，但正如许淮颂所说，仅凭一张照片不足以指控魏进，现在也不宜"打草惊蛇"。只有等警方的缉毒行动展开，将魏进抓获后，才能彻查他可能涉及的其他案件。

十年前的旧案，前人已经翻来覆去、竭尽全力，许淮颂身为律师，除了等待警方的新突破，很难再为它做更多。

可是他们都看到了，整整十年，许妈妈是如何心怀愧疚，许爸爸是如何背负骂名，被害人家属是如何愤愤难平，被无罪释放的嫌疑人又是如何落魄潦倒。

三个家庭，全都在那个案件里遍体鳞伤。

许淮颂不确定真相何时会来，所以他无法说服自己只是干等着，而是企图从相似的周俊案里找到更多希望。

如果周俊案能够水落石出，如果他这次能阻止悲剧重演，至少他可以向妈妈证明，也许爸爸当年没有做错。

许淮颂忙着处理案子，阮喻一个人在家也孤单。只要不需要去寰视开会，她就会早早起来跟他一起去律所，在律所做剧本工作，说这样可以节省家里的电费。

许淮颂没有提醒她，律所的电费也是他付的，一样是自家的钱。

大半个月过去，周俊案终于有了新进展——检察院听取了辩护律师的辩护意见，认为案件证据不足，需要退回公安机关补充侦查。

为此，没日没夜周旋着的张玲和许淮颂终于得以喘息。

但阮喻掐指一算，发现快到许淮颂回美国的日子了。

怕他又像上次一样"突然起飞"，阮喻这回特意提前问了他。

许淮颂坐在电脑前忙工作，喝了一口她递过来的牛奶："我可以比原计划晚几天再走。"

"庭审时间还能延后吗？"

“不是庭审。我这次回去是为了赶着签几份前两天刚生成的重要文件，不能使用电子签名也不能承担邮寄的风险。”

“那现在不用签了吗？”

“要签。”

“那为什么不用急着去了？”

许淮颂说话一向精准到位，很少有说不清楚的情况。阮喻眨了眨眼，正疑惑着，就看见他过来拉她的手：“过来。”

阮喻不明所以地走过去，然后被他圈进了怀里。

等她在他的腿上坐稳，许淮颂才解释道：“吕胜蓝刚好要来国内办事，她说可以顺便把文件带给我签，然后再带回旧金山。”

怪不得他说话含糊其辞。阮喻愣了愣，点点头表示知道了。

许淮颂看了看她的表情：“别多想，我们都用不着见面，她应该是让助理送过来。”

“嗯……”阮喻摇了摇头，“我不是在想这个，只是觉得……她能帮你忙，而我总是让你为了我来回奔波。”

“同事间本来就要互相协作帮忙，再说，我也不是为了你才来回奔波。”

“嗯？”

“周俊的案子是我想亲自盯着的，还有，”许淮颂笑了笑，“在国外看不见你，我自己最难受。”

阮喻嘴上没说什么，眼尾却带着笑意扬起来，她搂住他的脖子，轻轻亲了一下他的下巴，一触即分。

许淮颂低下头，用几十倍的时间跟她的唇做了一场缠斗。

三天后，阮喻按照惯例去寰视参加剧本会议。

许淮颂送她到写字楼下，叮嘱她像之前一样随时保持联系，避免落单。如果遇到魏进，记得保持自然。

不过阮喻这边的情况是，半天过去，七楼会议室一片平静，十九楼的魏进也没有下来。就在她感叹今天运气不错的时候，午饭时间，她又看见郑姗的秘书来送奶茶——跟上次一模一样的品牌和口味。

她脑子里刚闪过一个念头，就收到了一条印证这个想法的微信消息。

李识灿：“不用紧张，我就在十九楼。”

原来运气好是假的，是李识灿找了个借口来十九楼，避免她与魏进接触的可能。

阮喻回复：“谢谢，麻烦你了，浪费了你一天时间。”

李识灿：“没事，我今天本来也是闲着在家打手游，来公司玩也一样，这里的空调吹起来还舒服，又不要钱。”

阮喻刚要再说什么，微信里跳出一条新的好友申请。她点开一看，对方似乎是个新注册的用户，头像还是系统默认的，验证内容很简短："你好，我是吕胜蓝。"

阮喻一愣。前天，吕胜蓝让助理送了资料到至坤律所，现在应该也拿回了许淮颂签过字的文件，吕胜蓝为什么突然来加她的微信？

阮喻摸不着头脑地点了接受。

吕胜蓝很快开门见山地发来了消息："阮小姐你好，冒昧打扰你。我今天就回美国了，走之前想请你喝杯茶，如果你方便的话。"

阮喻确实有午休的时间，但还是猜不透吕胜蓝邀约自己的原因。

阮喻的手在屏幕上停顿良久，打算问问许淮颂这是怎么回事，却看到吕胜蓝的下一条消息："我没别的意思，只是想跟你聊聊淮颂在美国的情况。如果可以，请你暂时对他保密。"

美国的情况？

阮喻不解地蹙起眉头，打字："我在寰视影业，只有一个小时的时间。"

吕胜蓝："那我开车过来，你十分钟后到正门可以吗？"

软玉："可以。"

不一会儿，阮喻在寰视门口坐上了吕胜蓝的车。

吕胜蓝还是一身利落的职业装。看见阮喻，她摘下墨镜跟她打招呼："好久不见。"

"好久不见。"

两人寒暄过后便一路无话，直到进了附近茶室的包厢。

服务员上了茶，阮喻看对面的人似乎还在酝酿，先试探着问："吕小姐怎么知道我的微信号？"

吕胜蓝垂了垂眼："就是那次。"

简简单单四个字，两人之间的气氛陡然凝固。

片刻后，吕胜蓝重新抬起眼来："那天的事，我很抱歉，但今天我不是特意来跟你道歉的。我接下来要说的话，还会对你产生新的歉意，只是这些话，如果我不说，你可能永远不会知道。"

阮喻皱了皱眉。

从茶室出来回到寰视，阮喻整个下午都处于心不在焉的状态，直到傍晚散会，许淮颂说他已经到门口，她才打起精神下楼。

一楼大厅，李识灿正支着手肘坐在沙发椅上玩手机，看到阮喻从电梯出来，抬头看了她一眼。

阮喻微微一愣，随即明白过来——李识灿应该是算准了散会时间，来这儿确保她平安回家的吧。

她感激地回看李识灿一眼，走出大厅，坐上许淮颂的副驾驶座，系好安全带，却没见车走。

许淮颂偏着头，目光还落在大厅的方向。

阮喻顺着许淮颂的目光看去，见李识灿朝这边望了一眼，然后拿起手机转头离开了。

她解释："他是因为……"

"我知道。"许淮颂点点头，虽然隔了很远，但李识灿的意图，他一眼就能看懂，"挺好的，有他在这里我也放心一些，你的安全最重要。"

阮喻瞅了瞅许淮颂的表情，见他是真心这样认为，便没再多说什么，歪着脑袋靠住了椅背。

许淮颂偏过头来，看她神情恹恹的样子，问："怎么了？"

她张张嘴又闭上，摇摇头："没事，就是开会开累了。"

"那今晚就别回去做饭了，我们在外面吃吧。"

"嗯。"

车子缓缓发动，汇入绵延不绝的车流中。

阮喻偏头看向窗外，见天色一点点暗下来，道旁高耸的路灯一盏接一盏亮起。就像中午的时候，吕胜蓝平淡地说出一句又一句话，把她一直以来没有看见的许淮颂过去八年的世界慢慢照亮。

吕胜蓝说："你应该不知道淮颂当初为什么选择读法律吧？其实他并不是从一开始就理解他爸爸的。那个时候，他也觉得许叔叔好像是个'拿人钱财，替人消灾'的'反面人物'。所以他最初选择读法学，是因为想做一个跟他爸爸不一样的律师。可能现在回头看看，有点幼稚。"

"黄种人在那边很不容易。我还好，从小在国外待惯了，在学校也有很多朋友，但他没有。他单枪匹马，在受到歧视和不公待遇的时候，只有靠成绩说话。

"在校园里，大家确实吃这一套。当他的成绩一再位列榜首时，他们渐渐就对他心服口服了，说那个中国男孩是个天才。可是他们不知道，他们口中的天才，因为过劳进过两次医院。"

"他以全年级最好的成绩毕业，考过了全美最难的bar（律师资格考试）。但后来，你应该也猜到了。他抱着一腔逆反心理念了法律，跟他爸爸一路摩擦、冲突，却最终在成为一名律师后，一步步走上了他爸爸的轨迹，磨平了这些棱角，理解了他爸爸的不易。"

"在许叔叔突发脑梗，被诊断为脑血管性痴呆的那天，他在医院枯坐了一夜，之后就开始接手他爸爸的案子，一件件全都扛了下来。他什么话也没说，但我看得出来，从那时候开始，律师对他来说已经不仅是一份工作，而是一项事业。”

“最初那两年压力实在太大了，你可能想象不到他当时瘦得都快脱相的样子。直到第三年，他才回归正常状态，把身体养好了些。”

“你现在看到的他，是经过了八年摸爬滚打后，风光无限的他。他有了资本，所以能够说回国就回国，但这并不意味着他的放弃很轻易。”

“这些事没有别人知道，如果我不讲，他可能永远不会跟你提。而比起你永远不知道，我觉得还是由我多嘴开这个口更好，反正，我们本来也不可能成为朋友。”

“最后再说一句让你讨厌的话吧，一夕间割舍掉努力八年的事业，也许他确实心甘情愿，但这真的不是一件理所当然的事情。如果你不考虑迁就他到美国去，至少好好珍惜他的付出。”

阮喻望着窗外的车流，捏紧了包里的护照。

这本护照是上次许淮颂因为李识灿不愉快过后，她找了个时间去办理的。她昨天刚拿到手，本想等今天在寰视开完会，下阶段的工作安排明确后再跟许淮颂说。

她当时办理护照的想法很简单。两人之前异国那段时间，天天与时差和距离作战，结果还是在沟通上产生了问题。既然她的工作本身不存在严格的地域限制，那么她想，等他下次飞美国的时候，她也许可以跟着去，陪他忙完再一起回来。

但这个想法也仅限于此。她办这本护照的时候，确实没考虑过定居美国这件事。

许淮颂是为了她回国的，她早就应该知道，前几天在苏市也听他亲口说过。但也许是他从一开始就轻描淡写地做了这个决定，而她潜意识里也认为他回国是“落叶归根”，是他家里人“皆大欢喜”的事，所以她并没有像吕胜蓝一样，把这件事看得那样重。

尽管从情感上讲，她不喜欢吕胜蓝的态度，但从理智的角度来看，有一点，吕胜蓝点醒了她——在这段感情里，她付出的确实比许淮颂少，而且她在渐渐沉溺其中，习惯接受，慢慢把许淮颂对她的好当作理所当然。

她是个向前看的人，面对与他缺失的八年，她并没有过分沮丧。然而，凡事都有两面性。她抛开过去活在当下，却也忽视了那段过去里，他可能存在的痛苦和挣扎。

阮喻看了一眼正在开车的许淮颂，觉得说不出的懊恼。他确实不可能主动跟她提那些，但她其实可以试着问问他。这些日子，她为什么没问呢？

察觉到她的异常，许淮颂问：“会上挨骂了？”

阮喻摇摇头，沉默了片刻说：“我在想，我这人是不是……”

“嗯？”

她低下头，攥着裙角说：“挺自私的啊……”

许淮颂皱了皱眉，刚要问下去，忽然听见她的手机传来振动声，于是顿住了。

阮喻解锁手机，发现是李识灿的消息：“忘了跟你说，魏董看起来近期有出国的安排，接下来一阵子你可以安心。”

阮喻一边打字回复李识灿，一边抬头解释：“李识灿跟我说魏董最近要出国。”

许淮颂“嗯”了一声，张了张嘴似乎想继续刚才的话题，转念却又放弃了，问道：“晚上想吃什么？”

两人吃完饭回到家，许淮颂先去洗了澡。

阮喻窝在客厅的沙发上，看他很久没出来，拿手机给沈明樱发消息，略过一些关于许淮颂的隐私细节，简单说了今天的事。

沈明樱：“你现在不会是在告诉我，你打算跟他去美国定居吧？”

阮喻正想解释自己只是第一次设想这种可能，毕竟事关终身和背后的家庭，这还远远没到做打算的地步。结果她打字到一半，就看见沈明樱发来一串问号：“你们刚交往多久？满打满算才两个月，有一半时间还是异地，你确定这不是头脑发热？他对这事什么意见？”

软玉：“他在洗澡，我还没跟他谈。”

虽然阮喻估计，她一开口就会被许淮颂用一句“不需要”甚至“不可能”直接驳回，但她总要亲耳听听他对事业、对未来的看法，而不是只从别人嘴里听说。

沈明樱：“那你家里呢？”

软玉：“我得自己先想清楚才能跟家里提。”

阮喻也没说错，她自己都没想好，当然不该盲目惊扰父母。但这话隔着屏幕传递到沈明樱眼前，可能被误会成了“先斩后奏”。

于是沈明樱就奓毛了：“爱得死去活来的时候，牺牲也当甜蜜，但你能保证以后吗？先不说别的，你想象一下那种生活，你是打算在异国的大房子里当一辈子金丝雀？”

沈明樱：“他回到国内，不过是事业重新开始，可你在那儿人生地不熟，除了他，一无所有，柴米油盐的日子，你们总会产生矛盾，吵架的时候，甚至感情变质的时候，你怎么办？”

沈明樱：“说句不好听的话，你一个人远在他乡，如果别人欺负你，他可以保护你，但如果是他欺负你呢？你不能把自己完全捆绑在一个男人身上啊！”

说白了，这就是远近亲疏各有偏袒，站在谁的角度，就替谁着想。

沈明樱这番逆耳忠言来得又猛又烈，阮喻还没想好怎么回复，就看到她的信息一条接一条地发过来。不知什么时候，许淮颂已经从浴室出来了，正拿着干毛巾擦湿漉漉的头发，目光落在她身上，却不说话。

阮喻被沈明樱的话搅得心烦意乱，乍一看到他还有些恍惚，没话找话地说："你洗好啦？"

许淮颂"嗯"了一声。

她放下手机去拿吹风机："那你坐着，今天我给你吹头发。"

许淮颂看了一眼沙发上不停地振动的手机，在椅子上坐了下来。

吹风机的声音隔绝了外界的纷扰。

等帮他吹干头发，阮喻才在一旁跟着坐下："淮颂，我有话要跟你说……"

"你先去洗澡吧，今天早点休息。"许淮颂顿了一下说，"我明天一早要去苏市办事。"

阮喻今天没跟着去律所，也不清楚他们的工作进度，愣了一下，然后点点头："那等你回来再说。"

许淮颂可能是真的累了，说睡就睡。

阮喻起初没多想，直到第二天清早醒来，一睁眼看身边已经空了，只剩一张字条留在床头柜上："早餐在保温锅里。"

她觉得许淮颂和自己之间的气氛怪怪的，不知是她有心事的缘故，还是他也出了问题。

阮喻不得其解，发消息问他什么时候回来，得到了"傍晚"的回复。

冰箱里，许淮颂前两天买回来的菜已经吃完了。她想着早上的菜新鲜，打算把工作挪到晚些时候，吃过早饭就先去超市买晚餐的食材。没想到在回来的路上接到了许淮颂的电话："你不在家吗？"

"啊？"阮喻愣了愣，"我在从超市回家的路上，现在要进电梯了，怎么啦？"

不用得到回复，她很快就知道怎么了——本该在苏市的许淮颂回了家里，看起来应该刚到。

"你怎么突然回来了啊？"阮喻奇怪地问。

"临时决定不去了。"

她笑着晃了晃手里的购物袋说："那刚好，这些就当午饭。"

阮喻正要转头进厨房，却见许淮颂忽然上前，把她手里的购物袋抽出，放到地上，然后从背后环住了她。

猝不及防地，她的心不知怎么颤了一下。

许淮颂收紧手臂，一声不吭，把下巴埋进她的肩窝。

她一头雾水地偏过头："怎么了？"

他没答，沉默了一下问："我过几天还是得去美国，魏进的事还没出结果，你一个人在这里我不放心。你要不要跟我一起去？护照和签证都可以加急办理。"

阮喻原本就想找他聊这事，一听他主动开口，毫不犹豫地回答："好啊！护照我有啦，你帮我安排签证就好。"

有许淮颂帮忙，阮喻的签证办理速度快得像坐了飞机。

直到几天后拎着行李去机场，阮喻还觉得这突如其来的出国之行快得让她有些措手不及，不过心情倒是开朗了不少。空想一百遍不如亲身体验一遍，她可以先去美国看看许淮颂在那里的生活，再跟他商量以后的事情。

杭市的九月依然燥热，去机场的路上，阮喻坐在副驾驶座吹空调，吹得有些闷了，就把车窗打开，趁红灯的时间伸手探了会儿风。

许淮颂看了她一眼，提醒道："快开车了，把手收回来。"

她"哦"了一声，望着前方的路况，发现一长串车排成长龙，移动缓慢，低头看了一眼手机时间。

"不着急，过了这段路就不堵了。"看她想吹风，许淮颂关了空调。

过了小半个钟头，周围的车流量果然少了很多，尤其是上了跨海大桥后，前边的车还能见到车影，后边就只有稀稀拉拉的几辆了。

"今天周末，大桥居然这么空。"阮喻感慨完想起什么，"咦"了一声，"你国内驾照才多久，不能上高速吧？"

许淮颂看了看她："你不是驾龄七年了吗？"

哦，实习期司机在老司机的陪同下是可以上高速的。阮喻瞥了瞥他："其实你是因为这个才带我一起的吧！"

许淮颂笑了笑，没有说话。

一路驶过十几公里，因为大桥上车速比较快，海风渐渐大了起来，阮喻关了大半扇车窗。

后面一直没见车来，倒是前面出现了一辆开得很慢的黑色宝马。估计是卡着最低车速，让人跟车跟得怪郁闷的。

许淮颂看了看时间，打了转向灯借道超车。与这辆车平行的时候，阮喻下意识地扭头看了一眼车主。

这一眼看去，她浑身一僵。

许淮颂已经超车到前方，注意到她神情不对，问："怎么了？"

"我怎么看……那辆车上好像是魏进……"

一瞬间擦肩而过，她不敢肯定，但那人的长相确实让她格外敏感。

许淮颂回想着道："李识灿前几天是不是说魏进要出国？"

所以，那人还真有可能是刚好同路去机场的魏进。

阮喻透过后视镜再次朝后望去，观察了一会儿，发现那辆车的车速时快时慢，行驶路线歪歪扭扭，时不时越过隔壁车道的线，然后又险险地转回来，看起来就像喝醉了酒一样。

同样在观察后视镜的许淮颂也皱起了眉头：“我们上大桥之后，后面来过几辆车？”

“就两三辆吧……这么说来，对向车道那边好像也一直没什么车过来？”见许淮颂眉头皱得更紧，阮喻愣愣地眨了眨眼，冒出了一个可怕的猜想，“难道是在我们上来之后不久，大桥两头就被封道了？”

这个路况实在不对劲，除了封道也没有别的解释了。但是好端端的，为什么封道？

从许淮颂格外严肃的神情，还有后方宝马车的诡异行为，阮喻似乎明白了什么，攥紧了身前的安全带。

她的目光一直瞟着后视镜，过了一会儿，忽然看见后车加速驶来。

“他想干什么？”阮喻一下子紧张起来，忍不住嘴唇打战。

许淮颂关上车窗，声音依旧稳定：“我在，不会有事的。”

阮喻低低地“嗯”了一声，看宝马车加速到与他们平行的位置，死死地目视前方，不敢偏头。

许淮颂一边握着方向盘一边往右看，跟魏进对视了一眼。

一眼过后，宝马车开始减速，又落回了他们的后方，似乎刚才加速上前只是想确认这一眼而已。

许淮颂保持匀速继续前行：“他的副驾驶座上还有一个女人，表情不太对。”

“该不会是人质吧？”

“有可能。”

所以……恐怕魏进这一趟并不是普通的出国行程，而是听到风声，打算逃往国外。警方发现后便临时展开了抓捕行动，眼下应当已经在大桥出入口部署，准备拦截魏进。

阮喻的心跳不由自主地加快起来。她记得许淮颂跟她说过，要彻查魏进跟江易案有没有关联，唯一的突破口就是警方的缉毒行动。

那么，就是今天了。

此刻大桥之下是波涛汹涌的汪洋大海，大桥两端封道，桥面上只余寥寥几辆还没通过的车，俨然成了一座孤岛。看来，魏进应该已经无路可逃。

阮喻正这么想着，前方视线尽头处突然出现一道警戒线。

与此同时，后视镜里，宝马车换挡倒车，急速后退。魏进一只手握着方向盘，一只手将一件橘色的衣服和一条绳索往身上套。

电光石火的一刹那，阮喻反应过来：大桥两端被堵死，魏进正在穿救生衣，准备跳海逃遁！

宝马车猛然来了一个一百八十度的急转弯，开始逆向行驶。

前方的警车立刻出动，追击而来。

阮喻心里隐隐生出不好的预感——大桥高四十多米，从这儿跳下去九死一生，加上人质在魏进的身边，警方也很可能为了营救人质将他击毙。

魏进可能为了微乎其微的脱逃概率铤而走险，可一旦他死在这里，他身上可能背负的案件都将石沉大海。

尤其看到他为了逃避警方追捕这样搏命，仿佛自知落网必将面临死刑，阮喻更加怀疑他犯下的罪行恐怕真的涉及命案。

许淮颂也想到了这一点，握着方向盘的手一点点收紧。后视镜里是魏进背向的车影，他的眼前却忽然闪过许多画面。

江易佝偻着背脊捡起地上的易拉罐，王芹红着眼大骂“畜生”，妈妈不停地鞠躬道歉，爸爸痴呆地坐在轮椅上，什么都已经听不懂，却还会看着曾经美满的全家福落下眼泪……

十年了，王家、江家、许家全都被那桩案件苦苦折磨了十年。

如果魏进真是当年的真凶，却死在法律制裁之前，那么那个理应还给所有受害者的真相就永远不会到来了……

许淮颂紧紧盯住后视镜。

此刻，宝马车即将驶远，警车还未抵达，而他们的车比警车距离魏进更近，仅仅咫尺之遥。

许淮颂偏头看向阮喻。阮喻也刚好在这个时候朝他看来。

两人心照不宣地对视一眼后——

“坐稳。”许淮颂掉转车头，踩下油门，车子朝魏进逃离的方向疾驰而去。

仪表盘的时速指针瞬间划过 140。强烈的推背感袭来，阮喻的心一刹那提到嗓子眼，下意识牢牢地攥住了扶手。

车速持续攀升，发动机开始轰鸣，听得人头皮发麻。

许淮颂盯着路况，一路紧追魏进。正当距离魏进越来越近时，宝马车的正前方忽然出现了一辆橘色货车——应该是在封道之前开上大桥的。

眼看就要撞上货车，魏进猛地一个闪避换道，车轮几乎快脱离路面飞起。

货车却没有这样的灵活性。司机大惊失色，方向盘和刹车并用，车体偏移，控制不住地横向冲出去。

阮喻一声惊叫死死压在喉咙里。

许淮颂冷静地目视前方，缓慢地打方向盘，借助应急车道与失控的货车交错避开。而货车冲破隔离带后继续前滑，“轰”的一声响，横在了路中央。

阮喻朝后看了一眼，见货车车头卡进了护栏没有冲下海，松了口气。

只是他们后方的警车被货车拦住了路，此时不得不停了下来。

幸好隔离带之外的对向车道也安排了警力。不多时，当先一辆警车追到了许淮颂的侧后方。

见车上警察探出车窗来喊话，阮喻连忙降下她这一侧的车窗。

风声呼啸中，一道男声传了过来："前面的同志，前方黑车上有犯罪嫌疑人，警方已经在道口布置截停。犯罪嫌疑人目前很可能处于毒驾状态，我们不建议你靠近！"

许淮颂此时无法分神回话，阮喻扒着车窗替他解释："道口截停可能来不及了！我们刚刚发现嫌疑人可能想利用车上的人质以及救生衣和绳索跳海逃跑！"

后车里的警察立刻拿起对讲机："截停位置靠前！桥下可能有船只接应，准备海上作业！"说完，他又扬声冲着他们喊，"安全第一，量力而行！"

警车和他们隔着隔离带，暂时无法靠近魏进。许淮颂考虑着擦车撞停魏进的可能，想到阮喻和魏进车上的人质，便放弃了这个冒险的打算。

他眼下能做的就是紧紧跟住魏进，让魏进没有机会停靠跳海，为警方争取更多的时间。

死咬住魏进的车尾两分钟后，迎面远远驶来两辆警车，是警方从大桥另一头过来了。

阮喻心底刚升腾起希望，却见魏进突然打开副驾驶车窗，将车上的人质推了出来。

人质在挣扎中翻出车窗，摔向迎面而来的警车。

许淮颂瞳孔一缩，紧急放慢车速。

阮喻吓得心胆俱裂，紧紧闭上双眼，接着听见一阵刺耳的刹车声——一辆警车为了救人质停了下来。

另一辆警车迅速打横，按原计划对魏进驾驶的车辆实施截停。

然而，少了一辆警车，无法完全堵住魏进的去路。魏进像疯了一样，不但不停车，反而打着方向盘擦向应急车道边的桥栏，像游鱼一样再次逃脱。

许淮颂眉头紧皱，重新加速追去。警车也快速原地掉头，跟上前来。

阮喻浑身气血上涌，喉咙干得像在冒烟，紧张地看向许淮颂。

注意到她的目光，许淮颂说："擦过桥栏，他的车撑不了多久了。"

她点点头，发现宝马车果然出了岔子，速度慢了不少，车轮也开始跑偏。

后方的警车也很快赶上前来，打开了转向灯。

许淮颂从后视镜看到了警方的提示，正准备配合警车换道，忽然眼前一闪，看见一柄车用羊角锤从前方宝马车的天窗扔了出来。

羊角锤砸来，正好击向阮喻面前的挡风玻璃。

阮喻连惊叫都忘了，睁大着眼睛，大脑霎时间一片空白。

下一刻，她的眼前一花，预想中将要砸上挡风玻璃的锤子却变了方向。

车子歪斜着方向冲了出去，“砰”的一声撞上了宝马车的后保险杠。

安全气囊弹出，两辆车在撞击中齐齐停了下来。

在四溢弥漫的白色雾气里，阮喻抬起头，有一瞬间，她感觉世界寂静得好像什么也听不见了。

这样的死寂维持了几秒，被警车的鸣笛声和许淮颂的问话声打破。

“受伤了吗？”许淮颂迅速解开安全带靠过来看她。

阮喻还在发愣，呆滞地摇了摇头，几秒钟后才反应过来，急忙摸上他的肩膀：“你呢，有事吗？”

“我没事。”许淮颂打开车门下车，再绕到副驾驶那侧，扶阮喻下来。

阮喻腿一软，差点摔倒，被他抱在怀里才站稳，随即后知后觉地回想起先前的情况：“羊角锤呢？刚才……”

刚才魏进丧心病狂地从天窗砸出一柄羊角锤，企图迫使许淮颂停车。在那样的高速下，羊角锤很可能破窗而入，直接对她的生命造成威胁。

千钧一发的时刻，许淮颂扭转了车的方向。

那原本朝她而来的羊角锤后来到底砸到了哪儿？看许淮颂安然无恙，阮喻回头望了一眼他的卡宴。

车子的 A 柱上有一道明显的凹痕，应该就是羊角锤擦过去时砸的。

可是那个位置距离许淮颂面前的挡风玻璃太近了。一旦方向稍微出现一点偏差，这把锤子就可能穿透玻璃击中他……

莫大的后怕如潮水般没过头顶，阮喻霎时脸色煞白，缺氧了似的喘不上气来。

比起刚才追车时的心惊肉跳，这样的后怕更加让她感到恐惧。

她很快感觉眼前冒起了点点金星，后背的冷汗一阵接一阵地淋漓而下，整个人脱力地往下滑去。

许淮颂牢牢支撑住她：“怎么了，哪里不舒服？”

阮喻紧紧抱住他的腰，眼眶止不住地发酸，仰起头的那刻眼泪夺眶而出：“许淮颂，你不要命了……”

许淮颂看了一眼车上的凹痕，低头用指腹给她擦眼泪：“怎么会不要？我算准了位置才打的方向盘。”

阮喻一边抹眼泪，一边抽噎：“你哪来的神通算准位置！”

许淮颂笑得无奈：“我真的算准了，如果不是确保了万无一失，我哪里还有工夫去撞停魏进？”

阮喻愣了愣，慢慢收起眼泪，这才注意到周遭的景象。

现场车辆横七竖八，除了警车外，还有两辆救护车也赶到了。警察们四散开来，一部分在设立警戒，一部分正带着医护人员去查看魏进的情况。

有一名警察过来询问他们二人是否受伤。

许淮颂把脱力的阮喻揽在怀里，回答了警察的问题。

阮喻靠着许淮颂，听着他有条不紊地回答，脸上慢慢恢复了血色，只是精神还有点恍惚。很长一段时间里，她一直呆呆地望着周围的混乱，眼看着受伤的魏进被医护人员抬上担架，送往医院。另一辆救护车继续前行，去接人质和货车司机。

过了一会儿，交警和保险公司的工作人员也到了，来处理现场情况，给车辆定损。

许淮颂忙得一刻不停，等拖车把车带走后，低头问她："好点了吗？"

阮喻点了点头，又看见一名警察上前来，跟许淮颂握手："两位同志，非常感谢你们为抓捕行动做出的贡献。刚刚我们的人在桥下发现一艘游艇，疑似是嫌疑人的同伙。如果不是你及时追击，断了这条路，等抓捕行动落到海上，情况就复杂了。"

许淮颂伸手跟警察一握："不客气。"

警察看了一眼受惊的阮喻，说："两位坐我们的警车去附近医院做个检查吧。"

两人到医院做了全身检查，等到检查报告出来，确认无恙后，听说魏进已经醒了。只是由于撞击导致轻微脑震荡，暂时不适宜接受讯问，正被警方严密看守中。

阮喻在等待报告的时间里终于慢慢回过神来，临走前向警察问起那位人质和货车司机的情况。万幸听说两人都伤得不重。

许淮颂和阮喻计划中去往美国的飞机早就起飞好几个小时了。这一趟是去不成了。

从医院出来，许淮颂打了个车带阮喻回家，关上家门，刚从这一堆乱子里缓过一口气，手机铃声突然响起，是陶蓉打来的电话。

"淮颂，妈看到大桥上的新闻了！新闻里追车的是不是你？你们有没有事啊？"

许淮颂一一答着，那头的陶蓉似乎吓坏了，不停地重复着"那就好"。

这一通电话还没讲完，阮喻的手机也响起来，一样是家里的来电。

两人各自给家里报着平安，等挂断电话后，阮喻疑惑地问："什么情况，新闻做了详细报道吗？"

"估计是。"许淮颂看了一眼厨房，"吃点什么？"

"我去泡个泡面吧。"

"你休息会儿，我来。"许淮颂拦下她，走向厨房。

阮喻闲下来，坐在沙发上，拿出手机打开微博看新闻。

刚点开热搜就有一条热门视频跳了出来——跨海大桥上演真实版好莱坞

大片，二十公里亡命追击，为英雄点赞！

阮喻先给英雄点了个赞，然后点开视频。

视频显示了今天下午许淮颂追车的部分镜头，背景音里一个男声对每一个操作细节都做了详细解说，直到最后那个环节：“羊角锤飞出来的时候，卡宴车主为了保护副驾驶，紧急打了一次方向盘，这个操作其实相当冒险，车主能躲开纯粹是运气好……”

阮喻拿手机的手忽然僵住。

视频里的解说还没结束：“不过，卡宴车主的反应确实非常灵敏，他如果往左打方向盘，车必定撞上静止的护栏，车内人受伤的可能性就非常大了；而往右打方向盘，撞上速度相当的前车保险杠做缓冲，则有效规避了翻车的风险……”

阮喻呆坐在沙发上，再没有听清视频里之后的话。她抬起头，泪眼蒙眬地望向厨房里正在拆泡面调料包的人。

这个曾经满嘴谎言的骗子，刚才又一次欺骗了她。

所谓的精心算计是假的，所谓的“有工夫撞停魏进”也是假的。意外发生的瞬间，打方向盘也好，撞保险杠也罢，都跟他追击魏进的初衷无关了。

生死一刻，他只剩下了保护她的本能。

除此以外的事，他根本来不及想。

在那种情况下，他怎么可能知道自己一定能躲开呢？

他不知道，他根本不知道啊。

阮喻拿纸巾擦了一下眼泪，却发现眼泪越擦越多，怎么也停不下来。而让她哭成这样的那个人，此时还在若无其事地往泡面盒里倒调料。

她放下手机，起身走进厨房。

许淮颂在开水壶沸腾的声响中分辨出身后的动静，刚要回头，就被阮喻从背后抱紧。

他动作一顿，调料洒出，低头看了眼阮喻环在他腰间的手。她一言不发地抽泣着，有湿意在他的衬衫上蔓延。

这一刻，不需要她开口，他就知道她为什么哭了。

许淮颂垂了垂眼，轻轻握住她的手，然后转过身去。他的神情并没有因为她的眼泪而出现松动，反倒在看见这双泪眼的瞬间越发紧绷了起来。

他无法正视阮喻此刻的眼泪。

事实上，从安全气囊弹出的那一刹那起，他就一直没从后怕中缓过来。虽然看似沉着地处理善后，虽然看似从容地在这里泡面，他的内心却始终骇浪惊涛。

明明是他先把她卷进危险中的，是他该向她道歉，可是到头来，她还用这样动容的眼神望着他。

她的眼泪让他无地自容到说不出话。

许淮颂眉头紧皱地闭了闭眼，似乎在酝酿措辞。

阮喻仰头望着他，从最初的不解，到看见他眉峰间流露出的情绪——内疚、自责和惭愧。她顿时恍然大悟。

就在许淮颂终于酝酿完，睁开眼要说什么的时候，她先破涕为笑地开了口："哇，许淮颂，你好过分。"

许淮颂一愣，诧异地看着她。

阮喻注视着他的眼睛，反问道："这种时候，难道还要我安慰你说'没关系，我理解你'吗？"

许淮颂又是一愣，沉默了片刻，说："安慰也是没用的。"

阮喻抹了抹眼泪，扬起下巴："对吧？安慰也是没用的。我们设想一下，假如今天你没追上去，而魏进死了，那现在内疚的人就成了我。你再怎么安慰我，我也还是会想——要不是我拖累你，你又怎么会错过截停他的最佳时机呢？"

"更何况那个时候我和你的想法是一样的，不能因为方向盘在你手里，最终做决定的人是你，就忽视我也参与了那个决定吧？确实，如果早知道会有后来的意外，我可能就不敢追上去了，可是没人能未卜先知。就算重来一次，我们恐怕还是做不到眼睁睁地看着魏进逃走。"阮喻说到这里笑了笑，"人生本来就有很多措手不及的关头，在那些关头里根本不存在最佳选择，因为不管怎样选择都有弊端。反正现在的结果是，魏进落网，你好好的，我也好好的，我可以安慰你，而不用内疚，这个结果，我简直赚翻啦！"

许淮颂的目光微微闪动，伸出手抚向她的脸颊。他是何德何能，能被这个勇敢的女孩子支持和体谅。他摩挲着她的脸，动作之轻柔，是因为内心有千钧之重的爱不知如何表达。

然后，阮喻就告诉他答案了："其实我刚才就想说了，你有时间在这儿自责，没时间亲亲我吗？"

压抑了一下午的情绪在她这句话后彻底崩塌。许淮颂静静地看了她片刻，低下头吻住了她。

阮喻这下仓皇地退了一步，指着他身后的窗户含含糊糊地说："没……没拉窗帘！"

许淮颂没有回头去拉麻烦的百叶窗，直接把她打横抱了起来，一路抱进房间。

房间里是昏暗的。阮喻要去开灯，许淮颂却拦住了她的手，捧着她的脸与她交缠起来。

阮喻回应着他的吻，抱在他腰间的手一路往上，勾缠住他的脖子。

许淮颂被她主动的动作一刺激，加深了这个吻。

他似乎习惯了在黑暗中释放情绪，但这种静悄悄的黑暗渐渐让阮喻回忆起下午的惊魂一幕，还有视频解说的那句“能躲开纯粹是运气”。她在此刻体会到了在亲密中寻找安全感的滋味，似乎再怎么严丝合缝都不足以让她拥有那个差点失去的他。

阮喻开始不满足于简单的亲吻，向他的身上贴近。许淮颂却在这时往后退了一步。

她不解，继续向前。而他再退。

然后，“咚”的一声闷响——两人倒在了床上，阮喻压在许淮颂身上。

许淮颂的身下是柔软的床，而阮喻感受到的是坚硬如铁。

“……”发现了秘密。

“……”被发现了秘密。

两人在黑暗中喘息着四目相对，相对无言。

但某些变化在这样的紧密贴合中越来越明显，阮喻甚至可以清晰地感受到他的筋络随着心脏的跳动。她一动不动地趴在许淮颂身上，整个人仿佛僵硬成了木头，连呼吸都屏住了。

一阵死寂中，许淮颂扶住她的肩，轻轻挪开了她。他低咳着掩饰道：“你先去吃面吧，我去洗个澡。”

阮喻在他转身之际匆忙回神，一把拉住他的手：“洗澡真的有……有用吗？”

“有吧……”许淮颂背对着她说完，径直进了浴室，有那么点落荒而逃的架势。

二十多分钟后，许淮颂从浴室洗完澡出来，却发现阮喻不见了。

客厅和卧室都没见着人，她的手机也不在家里。

许淮颂给她打去一个电话，问：“你去哪儿了？”

那头传来阮喻有些心虚的笑声：“泡面太难吃啦，又不健康，我出来买点好吃的……”

“想吃别的跟我说，我去买就是了。”许淮颂走到玄关准备换鞋，“你在哪里，我过来找你。”

“不用了！”阮喻惊慌失措地制止他，“我很快就回来，你在家等我！”

阮喻是个不太会说谎的人，有什么心事，很难瞒过他的眼睛。就像前几天，她从寰视开完会出来就低落得不太对劲。

许淮颂穿鞋的动作顿住，垂了垂眼：“嗯，那你注意安全。”

挂断电话的阮喻拍了拍心口，长舒出一口气，接着冷不防地听见身后传来一道女声：“小姑娘，买东西还是做贼呢？”

阮喻一激灵，回过头去，看见一个浓妆艳抹的女人正一脸困惑地看着她。

阮喻站在便利店的货架前干笑一声："那个，嗯，我正在挑……"

对方大概从她的表情里看明白了，指着五颜六色的货架说："需要帮忙吗？"

阮喻吞咽了一下，眼神已经说明了答案——这么多种类，眼都挑花了，天知道选哪种合适？

"要不麻烦你给我推荐一下？"

"喏，"对方从货架上拿起一盒来，"大的话用这个。"

大……吗？阮喻迟疑地眨了眨眼。

"哦，不大吗？那用这个，"对方又拿起一盒，"适合没什么经验的年轻人。"

阮喻虚心求教道："怎么说？"

"不容易疼。"

阮喻拿着两个盒子，皱着眉纠结了一下，小心翼翼地问："那有没有又大又适合年轻人的呢？"

阮喻回到家的时候，看见许淮颂一个人低着头在吃泡面。

"我买了盒饭，你怎么吃上泡面啦？"

许淮颂抬眼看了看她手中那只装了一堆东西的购物袋："饿了。"

"那你要是不够吃的话，就再加一份盒饭。"阮喻把买给他的盒饭递过去，然后端着自己那份饭坐到他旁边，跟着吃起来。她一边吃，一边还迟疑地往他身上瞄。

注意到她的目光，许淮颂手里的叉子一顿，但一看向她，又发现她正认认真真地戳着红烧狮子头。

他于是低头继续吃面。

阮喻却因为紧张，有点吃不下饭，吃了没几口就盖上了盒盖。

许淮颂看了一眼她几乎没怎么动的饭，没有说话。

她把盒饭放到一边，整理了一下桌面，过了一会儿说："我去洗澡啦。"

许淮颂"嗯"了一声。

阮喻走进浴室，一边洗澡，一边深呼吸，酝酿着心里的"大计"。等她出来，却见许淮颂双手交握地坐在沙发上发呆，似乎在思考什么，情绪有点低落的样子。

她疑惑地走过去："想什么呢？还在纠结下午的事吗？"

许淮颂摇摇头："我在想，我明天自己去美国吧。"

阮喻一愣。他在美国还有工作，肯定要再过去一趟，但为什么要把她撇开呢？

许淮颂接着说："本来就是因为魏进，我才让你跟我一起走的，但现在他落网了，你也用不着跟着我受累。”

“可我不是因为魏进才跟你走的啊，”阮喻皱皱眉，在他旁边坐下来，“我是不想和你分开。”

许淮颂偏过头来，眉眼间流露出一丝挣扎：“你不用被今天下午的事影响，如果你原本有更好的选择……”

阮喻一头雾水，发现了他的不对劲。

确实，早在前几天，许淮颂就有些反常的行为。只是后来他问她要不要一起去美国，她还以为他的反常只是因为临近分别，不放心她留在国内。所以说好这次跟他同去以后，她思忖着问题解决了，也就没再多想。

阮喻轻抚了抚他的手背：“你怎么啦，最近是不是有什么心事啊？”

“是你有心事。”

阮喻点点头，承认道：“嗯，我确实是……”

“那天你要跟我说什么，被我打断了，你现在说吧。”

许淮颂说的是她从寰视开完会回来那天晚上。阮喻在回答之前先从他的措辞里隐隐察觉到了什么——这么说来，那天他是故意打断她的？

“你故意说要早睡，第二天又故意去苏市出差，都是因为不想我跟你谈事情？”

“嗯，”许淮颂垂了垂眼，“那天我并没有去苏市出差，上午出门后在钱塘江边走了一圈。”

“为什么啊？”阮喻惊讶地看着他，同时在脑海里梳理起这件事。

许淮颂那时候故意逃避与她谈话，难道是误会她要说什么不好的事？所以那天他急急问她这次要不要跟他去美国，不仅仅是因为担心魏进。

可是他究竟误会了什么？什么叫她原本有更好的选择？

阮喻的眼睛慢慢瞪大：“你不会以为我要跟你分手吧？！”

许淮颂整个人在她骤然提高的声量下定格了，静止片刻，眨了眨眼：“不是吗？”

“当然不是！你怎么会想到那儿去？”

阮喻仔细回想起那天发生的事，有点回过味来了。

那天在寰视，李识灿默默守着她上车，接着又发来一条微信消息。而她在那个关头刚好问了许淮颂一句，她这人是不是挺自私的。

自私的意思是只接受，不付出。所以许淮颂误以为她说这话是在指自己接受了李识灿的帮助，却没有做出任何回应。他误以为她在犹豫的事情是要不要去回应李识灿。

“你以为我是因为李识灿……”阮喻瞠目结舌，“那刚才我去便利店，叫你不用过来，你不会也以为……”以为她这躲躲闪闪的，也跟李识灿有关系吧？

许淮颂没有说话，看起来是默认了。

阮喻一阵无言，又是好气又是好笑，半天才憋出一句："许淮颂，你真是要气死我了！"

"所以……"许淮颂面带谨慎地看着她，"你其实是要跟我说什么？"

阮喻回头去拿手机，打开微信，翻到吕胜蓝的对话框："来，你好好看清楚，我到底是为什么有心事。"

许淮颂翻了一遍聊天记录，皱眉道："她找你说了什么？"

原本阮喻还不知道找什么契机说这件事好，这下刚好不用纠结了，把起因经过直截了当地讲了一遍。

许淮颂听完以后捏了捏眉心。

阮喻气恼地说道："你还头痛呢？"

许淮颂摇摇头："肝疼。"这是被气的。

"我才肝疼呢！你这么误会我，也不给我解释机会就给我定了罪……你心里有话能不能好好说明白？"阮喻越说越气，最后从沙发上站起来，来来回回地踱步，好像只有这样才能消解心底的憋屈。

许淮颂静坐着整理了一下思绪，起身把她拉回来："我错了，以后不把话憋心里了。"

阮喻深吸一口气："你最好祈祷还有以后。"

"你别这样……"他把她拉进怀里，"我真的知道错了。"

阮喻磨磨牙，狠狠地咬了他下巴一口。

许淮颂"咝"了一声，清清嗓子，握住她的手："那我现在有话直说，问你个问题？"

她瞥了他一眼："问。"

"既然你说这件事跟李识灿没关系，那你刚才去做什么了？说买好吃的，也没见你吃几口。"

"……"

他真是该问的不问，不该问的偏要打破砂锅问到底。原本在刚才那种柔情蜜意的氛围里，这种事自然而然地摊开来说也没什么。但现在这种情况，难道要她跟他说，她去给狼买"餐具"了？她觉得这餐饭还是别吃了吧，她气着呢！

阮喻严肃地摇了摇头："这事你就自己憋在心里吧。"

许淮颂被她气笑："刚才还叫我有话说明白，我问了，你又不说。"

"我就不说，怎么了？"

许淮颂能怎么办呢？他调整了一下呼吸，目光掠过她从便利店带回来的一大袋零食。

阮喻随着他这一望，下意识挺直了背脊。

许淮颂敏锐地察觉到她的紧张，猜测道：“你是不是买了什么东西？”

“什么啊，没有……”

许淮颂放开她，自己去翻袋子。

她赶紧追上去拦住他：“哎！你干什么，你不许乱翻，这是我的私人财产！”

许淮颂这回绷不住了，什么温柔绅士，在止不住的好奇心面前都靠边站了。

眼看他一把拎起了袋子，阮喻争抢着要把袋子夺过来。

两人你推我搡，在地毯上滚成一团，最后袋子“啪”的一下被扯开，两盒五颜六色的东西掉了出来。

“……”发现秘密了。

“……”被发现秘密了。

阮喻坐在地毯上，死死捂住了脸。

怎么偏偏就是这两个盒子掉了出来，就算是小说也不带这么巧的。不，换成小说也不能让女主角这么尴尬吧！

许淮颂盯着那两个盒子，缓缓扶了扶眼镜，偏过头看向阮喻。阮喻正从指缝里偷瞄他，见他望过来，迅速并拢手指。于是他又回过头去看那两个盒子。

阮喻哭丧着脸，把脑袋埋进了膝盖间，这个样子像是在等待救援。

许淮颂静静地看了一会儿，起身走过去，在她旁边蹲下来：“怎么，你怕我笑你这么大的人了还吃泡泡糖？”

阮喻抬起头，面露惊愕：“啊？”

原来他不认识这玩意儿，难道是因为中美的地域文化差异？可这不是全球统一的吗？

许淮颂神态自若地转头去翻袋子里的其他零食，一件一件地掏出来：“果冻、虾条、橡皮糖——我看这些也没比你嫌弃的泡面健康多少。”

看他心如止水、客观点评的模样，阮喻涨红的脸慢慢恢复了正常：“我……我就喜欢，不可以吗？”

“你高兴就行。”许淮颂笑着看她一眼，拿起那两个盒子就要装回购物袋里。

阮喻眼疾手快地把它们一把捂进怀里：“这些是我的，其他的可以分给你……”

“不跟你抢。”许淮颂摸摸她的头，然后伸手去拉她，“起来吧。”

阮喻一只手兜着小盒子，一只手递给他，借他的力站了起来。

许淮颂收拾了一下乱糟糟的客厅，先朝卧室走去：“我去看会儿书，然后早点睡觉吧。”

阮喻点点头，悄悄把盒子藏进了抽屉，进卧室的时候，就见许淮颂靠在床头，拿着一本错题集在翻看，看上去很认真的样子，似乎丝毫没有受到刚才那个小插曲的影响。

他真的不认得那是什么……阮喻绕过他，走进浴室刷牙，眼望着镜中的自己，无法形容此刻的心情。

她这是该哭还是该笑，该庆幸还是该悲哀呢？

刷了足足十分钟的牙，刷到牙都酸了，她才调整好心态，推门出去，爬上床："今天很累了，别看啦，睡觉！"

许淮颂"哦"了一声，合上书。

阮喻笑眯眯地看着他，目光掠过他手中书皮的一刹那，嘴角却忽然一僵——他的书……是不是拿倒了？

许淮颂把书放到床头柜上，关了顶灯，留了一盏门边的过道灯给她照明。

房间一下子暗了大半。阮喻眨了眨眼，回忆了一下刚才匆匆一眼看见的封面字样，确认自己没有看错。所以，他看了整整十分钟倒置的书都没有意识到？他在出什么神呢？

阮喻缓缓掀开被子，缓缓钻进去，缓缓望向天花板。

原来他认得那是什么，他装作不认得，是为了照顾她的情绪，是因为所谓的"没带餐具"从来都是借口。

宁愿洗冷水澡，看倒置的书，也不触碰那条线，在他认为可以之前。

十八岁的他因为无法决定未来，不对她说"喜欢"，二十六岁的他因为无法确定未来，不对她说"爱"。哪怕这份爱已经重到让他打出那下方向盘。

阮喻鼻子一酸，望着已经熄灭的顶灯忍住眼泪，今晚这气是怎么也生不起来了。

许淮颂刚要躺下，看她对着天花板一脸动容的表情，愣了愣："这顶上怎么了？"

阮喻吸了吸鼻子，憋着哭腔说："这盏灯好美啊……"

许淮颂沉默了一下："我帮你把灯打开？"

她摇摇头："灭掉也挺美的……"

许淮颂支肘看着她："那你坐着看会儿？"

阮喻点点头。

许淮颂便先躺了下去。

阮喻抱着膝盖，继续望着顶灯平复心情，内心涌动的情绪却越来越强烈。

难过时候很沉默的许淮颂。

爱的时候也很沉默的许淮颂。

这个男人，不是五彩斑斓的烟火，也不是惊天动地的雷霆。他是长流的细水，淌过山石，淌过沟渠，一路酝酿着世上最好的爱，把它一点一点送到她的身边，轻轻浅浅的，却可以流到永远。

阮喻慢慢地躺了下去，侧身面对他："许淮颂，你会不会有一天厌倦我、离开我？”

平躺着的人听见这话立刻皱起眉头，偏过头去：“不会，瞎想什么呢？”

“我也不会离开你的，”阮喻笃定地看着他，“真的不会。”

许淮颂紧皱的眉头松开，然后看见她靠了过来：“所以，我们之间没有什么不确定的未来。”

“嗯，”许淮颂笑着叹了口气，“你不用安慰我了，我知道之前是我误会了。”

阮喻摇摇头，吞吞吐吐地说：“我的意思是，既然这样，我们现在为什么不……不在一起呢？”

许淮颂一愣：“我们不是已经在一起两个月了……”

“我是说……”她急急打断他，却又说不出口，“我是说……”

许淮颂从她羞赧的神情里读懂了她的意思，迟缓地眨了眨眼。目光闪动间，他的眼底好像掉进了星光。

他安静了很久，出口确认：“你认真的？”

怕他因为她一点点的犹豫表现就继续退缩，阮喻毫不犹豫地点了点头：“跟今天下午的事没关系，跟你难不难受也没关系，是我自己想要……”

她说完以后就垂下眼，盯住了自己的鼻尖，不敢看他了。

许淮颂很久没有动作，一直看着她。

就在阮喻心一横，打算自己凑上去的时候，他轻轻捏住了她的下巴，最后一次确认：“那我就不忍了……”

阮喻轻轻闭上眼，点了点头。

吻落下来，带着比平日更胜一筹的温柔和郑重。她有一种预感，这一夜将会非常非常漫长，漫长到仿佛能看见一生的尽头。

理应充满仪式感的次日清晨，阮喻并没有按照小说里惯有的剧情，在许淮颂的怀里醒来。

她是被淅淅沥沥的水声吵醒的，睁开眼后发现身边空荡荡的，但床单还温热着。

许淮颂在浴室洗漱，应该刚起来不久。

阮喻恍惚地眯了眯眼，看着窗帘缝隙透进来的光，慢慢清醒，昨晚的一幕幕也在脑海里一点点地清晰、真实起来。

十八岁那年的冬天，他们牵了一次手；二十六岁这年的秋天，他们在最亲密的时刻对彼此说出了那句“我爱你”。

时间仿佛过得很快，又仿佛很慢。

昨晚的过程并不长，但前面的消耗太大，两人都大汗淋漓。

结束后，许淮颂想抱她去浴室，却被她含糊地拒绝了，因为她想到了酒店里那面镜子的冲击力。许淮颂只能打了水来帮她擦洗，但昏暗中的暧昧情愫并不比光亮下少……

现在回想起来，阮喻的脸又红了。

阮喻一边脸红一边偷笑，嘴角刚弯到一半，浴室门被推开了。她像做贼一样收敛笑意，闭紧双眼。

许淮颂远远地看着她，无声一笑，在床边蹲下来，慢慢靠近，在她唇上亲了一下："快十点了。"

阮喻忘了装睡，一下子睁开眼："这么晚了？"想起自己说好要"监管"他一日三餐按时吃饭，她支着肘爬起来，"那你吃早饭了吗？"

许淮颂这会儿没有戴眼镜，睫毛上还沾着水汽，看上去非常温和，善解人意地摇了摇头："舍不得吃了。"

"……"

普通男人说荤话不可怕，因为可以立马用一个眼刀子瞪回去。但许淮颂的可怕之处在于，从他嘴里说出的荤话得让人在心里过一遍才能领悟，而等领悟过来时，已经失去了最佳回应时机。

然后他就开始了下一个话题，笑着说："起床了，我煮了粥。"

阮喻摸摸鼻子，"哦"了一声，掀开被子下床。刚一动作，一股酸胀感就袭上了腿间。

看她顿了一下，许淮颂拉住她："我拿脸盆来，你在床上洗漱？"

"……"

倒也不至于这般。

"这才哪儿到哪儿，大学体测过后比这还厉害呢，第二天下床的时候，满宿舍的人都在哀号。"阮喻嘟囔一句，转头往浴室走。

许淮颂淡淡地"哦"了一声，过了一会儿跟进去，拿过她手里的牙刷，帮她挤上牙膏，又倒了水递给她，冷不丁幽幽地来了一句："那我还比不上你们大学体测？"

阮喻放进嘴里的牙刷卡住，缓缓抬起眼，嘴角淌出白色泡沫。

这有什么……可比的？他是从昨晚开始就被打开了什么开关，没完没了了是吧。

她避重就轻地答："蛙跳本来就是出了名的魔鬼训练……"

许淮颂看着镜子里的她笑了一下，一只手从背后环住她，另一只手接过她的牙刷："张嘴。"

阮喻微微张开嘴，被他刷起了牙。毛刷细细擦过她的每一颗牙，接着，一杯水递到了她的嘴边。

她偷偷瞄向镜子里的许淮颂。他正专注地注视着她，眼底的温柔就像她眼下的这杯水，满到快要溢出。

像是有一种前所未有的亲密在两人之间蔓延。

看她不动，许淮颂轻声催促："漱口。"

阮喻低头去漱口。许淮颂接着帮她刷第二遍牙。

她含着他手里的牙刷，鼓着满嘴泡沫，含含糊糊地笑着说："你在养女儿吗？"

许淮颂笑起来："你这话别让老师听到，好像我拐走了他女儿一样。"

阮喻漱干净口，歪着头看他："难道不是吗？"

许淮颂听到这话好像想到了什么，放下牙杯："我又不把你拐去美国。"

听他提到这事，阮喻稍稍一滞，收了笑意。

许淮颂叹了口气，伸手摩挲她的脸："你知道我为什么一直没有入美籍吗？"

阮喻摇摇头表示不知道。的确，细细想来，他在美国待了八年，以他的成就早应该达到了入美籍的条件。

"因为我爸生病之前从没提过这件事。开始我以为他可能有别的事业规划，等他生病以后，我整理了他的工作资料，才发现他一直在做国内的投资。虽然我们在美国待了很多年，但他似乎并没有打算在那里扎根，没打算彻底放弃中国国籍，完全割舍这里的一切。在这里，我原本就有盼着我回来的妈妈、妹妹和外婆，如果连带我出国的爸爸都留恋着家乡，我就更不会擅作主张去变更国籍了。"

"那如果不是因为家人，在这之前，你自己原本想怎么选？"

许淮颂思索着说："当年去美国并不是我自己的选择，只是后来一步步走了很远。在重新遇到你之前，要说放弃那里的一切回来，好像缺了下决心的契机，可要说彻底留在那里，心里又觉得空落落的。我还真不确定我原本想怎么选。但现在你给了我取舍的契机，我很确定，我想回到这个我们都熟悉的地方来。我在美国能做律师，在中国也能，八年看起来很长，可跟往后的几十年比起来，也不值一提。"

阮喻听出来了，许淮颂完全没打算考虑她跟他定居美国的事。

许淮颂笑了笑："我很高兴，你愿意为了我考虑这件事，但只是考虑就够了。"

阮喻垂下眼点点头，过了一会儿问："那叔叔怎么办呢？"

"等他身体状况稳定一些，我再咨询一下美国的医生，看他什么时候能恢复到可以坐飞机的状态，以及是否能够适应新的环境。"

"那我们这次什么时候去美国？"

许淮颂伸手刮了下她的鼻子："还是按我昨天说的，我一个人去。法考不久就要开始了，我这次在美国待不了几天，你跟着我来回倒时差太累了。你想去美国玩或者想看看我在那边的生活，可以等下次行程宽松些的时候。"

阮喻发出不满的哼声，企图用"美色"诱人，戳戳他的腰暗示："你这么舍得啊……”

许淮颂愣了愣，很快反应过来，低下头笑道：“总要舍得的，你明天不就生理期了吗？”

“……”

阮喻顿时感觉自己的一腔温情全喂了狗，许怀诗当初的忠言响在耳畔：“看见我哥这精明算计的嘴脸了吗？这种人，你跟他谈谈恋爱就好了，绝对不要嫁给他哦！”

阮喻推着许淮颂的后背，把人搡出了房门：“走走走！”

第九章 火树银花再牵手

许淮颂坐了当天晚上的飞机去美国。

阮喻因为电影出品人被刑拘而暂停了剧本工作，第二天趁难得清闲下来，约了沈明樱逛街吃饭，过两天又去了郊区，打算这阵子陪陪爸妈。

小半个月后，就在许淮颂回国的那天，阮喻在家意外接到了方臻的电话：“阮女士，请问你能联系上许律师吗？我联系不上他，国内国外两个号码都打不通。”

“他在飞机上呢，你再过一个钟头应该就能联系上他国内的号码了。”阮喻答完，猜到了什么，心一下子悬了起来，“方警官，是不是魏进的案子有消息了？”

“嗯，许律师之前跟我反映过一些情况，关于他父亲十年前接手过的一个案子。”

电话那头，方臻的语气一如既往地平静，这话对阮喻而言却如平地一声雷，炸开在她的耳边。

阮喻从沙发上猛地站起：“是当年那个案子有新进展了吗？”

“有一个重大发现，我们已经转交给苏市警方。不过我这边不方便透露具体情况，许律师如果关心这件事，可以联系苏市那边——我就是来转达这个的。”

“好，我会跟他说的，谢谢你，方警官。”

挂断电话，阮喻握着手机思考了一会儿。她想，许淮颂肯定希望第一时间得到苏市警方的消息，而他落地的机场刚好距离苏市比杭市更近。

阮喻于是很快决断，买了一张到苏市的高铁票，并在许淮颂下飞机时告诉了他这个消息，约好晚些时候直接在苏市碰头。

阮喻抵达苏市高铁站的时候已经接近傍晚，没等几分钟，许淮颂也到了。

他的车还在 4S 店修理，不知从哪儿借了一辆别人的车来。

阮喻一上车就收到了“摸头杀”。

许淮颂俯身过来帮她系安全带，轻轻揉了揉她披在背上的头发：“我处理完这边的事再回杭市也不差几个钟头，你怎么还跑来了。”

“我这不是怕你忙不完，得在这儿过夜嘛。”

分开了这么多天，别说几个小时，阮喻一分钟也等不及地想见到他。

许淮颂笑着看了她好一会儿：“你知道我美国的同事叫你什么吗？”

这阵子两人视频通话的次数比上次分开时还频繁，他好几个外国同事都认识了阮喻。阮喻有些不好意思地摸了摸鼻子：“什么啊？”

许淮颂发动车子，打方向盘驶离高铁站，弯着嘴角说：“黏人猫。”

阮喻一噎：“明明是你非要跟我连麦睡觉的，你没辟谣吗？”

“辟谣了。”

“你怎么解释的？”

“我说，可能我也不算人。”

“……”

去往警局的路上，两人一路东拉西扯。或许有“小别胜新婚”的意思，但更多的是出于心照不宣的忐忑。

两人都对即将到来的真相心怀忐忑，所以想借着若无其事的打情骂俏来缓解彼此心底的紧张。但这份刻意营造的轻松，还是在看到警局门口的江易时消失殆尽。

他们到的时候，江易正跟在两名警察的身后朝警局里走，大概是被请来问话的。

许淮颂把车停进车位，然后解开安全带，刚要开口就听阮喻说：“去吧，我在车里等你。”

许淮颂毕竟跟这案子有点关联，阮喻完全是局外人，也不好随意进警局。

她默默等在车里，脑海中却浮现出刚才江易走进去的样子。

江易还是穿着那件又黄又旧的汗衫，佝偻着腰背，抬头看见警局门上的警徽，两腿都在发颤，上台阶时差点绊了一跤。

阮喻甚至可以想象到，他的眼底一定满是惶恐。

这不是心虚，而是真的害怕。当全世界都在说“你有罪”的时候，她知道那有多绝望。她也经历过那样百口莫辩的时刻。

而江易面临的绝望，比她更甚百倍千倍。

天边的太阳慢慢西沉，大约一个小时后，许淮颂一个人从警局走了出来。

车门被打开的那一刻，阮喻的心倏地揪紧，侧过身观察他的表情。

见他的表情并不像是如释重负，她忍不住问："还是没结果吗？"

许淮颂没有发动车子，静坐片刻，靠着椅背沉沉叹出一口气："应该有结果了，虽然还要走程序，但八九不离十。"

许淮颂是个极其严谨的人，所以哪怕当初对魏进有所怀疑，措辞间也总是保持着客观，他现在会这么说，应该已经是证据确凿了。

阮喻确认道："凶手真的是魏进吗？"

"警方因为涉毒案调查了魏进近几年的资金流动记录，发现了一个可疑的账户。魏进单方面地给这个账户汇了十年的款，数额都很大。中间虽然辗转通过了很多渠道，但最终指向一位外籍富商。这位富商在'发家'之前，曾经是苏市那家酒吧的酒保。"

阮喻喉咙一哽，猜到了真相。

许淮颂艰难地吞咽了一下："警方查证到，这名酒保当年收了魏进的钱，帮魏进在案发时间制造了不在场证明。而事实上，被害人和江易在男厕发生关系时，魏进恰好在角落的隔间。"

许淮颂没有继续说下去，大概是担心细节会吓到阮喻。但她大致也猜到了。

当晚几人在酒吧狂欢，魏进一定喝了酒，巧合之下听到了这么一出墙角，等江易因事匆匆离开后，魏进酒劲上头，对被害人动了歹念。估计是在肢体冲突时失手杀了人。

这些年，魏进看似顶着一副光鲜亮丽的皮囊，内里却越活越扭曲。

"以魏进的作风，这些年他没有找机会杀人灭口吗？"

"一则再次行凶对魏进来说风险更大，二则那名酒保也是个聪明人，为了避免被卸磨杀驴，肯定留了后手。如果他意外身亡，真相就会被曝光。当然，现在他会和魏进一起接受法律的制裁。"

阮喻轻轻闭了闭眼，和许淮颂并排坐着，久久无言。

等了十年的真相终于尘埃落定，可是这一刻，她也明白了为何许淮颂从警局出来以后，第一反应并非如释重负，而是回不过神来。

原来真要描述起来，真相就只有只言片语——就只有听起来这么轻飘飘的只言片语。

可这只言片语，需要多少年去求证，又能轻易地改变多少人的人生。

阮喻再睁开眼时，看见江易从警局走了出来。

他一路走得踉踉跄跄，推开玻璃门后，忽然一屁股坐在了台阶沿上，放声大哭起来。

一个三十几岁的男人，此刻像个小孩一样张着嘴号啕大哭，哭得上气不接下气，发出奇怪的、悲鸣似的呜咽。

十年后的这一天，他在红得如血的夕阳下呼天抢地，用想要全世界都能听见的声音再次呐喊：“我没有杀人！我真的没有杀人——”

他一边喊一边哭，泪里带着笑，却又笑得很惨淡、很绝望。

阮喻隔着车窗看见路人惊讶不解的眼神，看见他们落在江易身上的目光，像在注视一个可怕的疯子。

许淮颂打开车门，走了过去，在江易的面前蹲下来，安抚地拍了拍他的背，说：“没事了，都会过去的。”

江易停下了大喊，拿布满老茧的手捂住脸，眼泪顺着他的指缝淌下来。

许淮颂朝江易和煦地笑了笑：“我送你回家好吗？”

两人把江易送回住处后，天已经黑了，于是随便找了家餐馆吃饭。结束后，许淮颂打算开车回杭市，却听阮喻提议：“我们去看看你妈妈吧。”

许淮颂知道她的言外之意。案子的消息应该跟妈妈说说。

他垂了垂眼：“等过两天吧，我还没想好怎么开口。”

太多年过去了，真相一朝水落石出，身在其中的人反而一下子不知该如何去解开那个打了这么久的死结。

阮喻沉吟了一下：“也行，不过天都黑了，我们别开车回去啦。”

“那找个酒店？”

她摇摇头，抱住许淮颂的胳膊：“就住你家好了，你外婆上次都邀请我们了。”

许淮颂笑了一下：“见过骗女朋友回自己家的，没见过被女朋友骗回自己家的。”

“那你上不上当啊？”

“上。”

许淮颂给家里打了个电话，然后被阮喻拉去商场买东西。两人精挑细选了一番后，一起提着大包小包回了家。

陶蓉和许外婆欢欢喜喜地把两人迎了进去。

因为是周末，许怀诗也在家。正在做作业的她看见许淮颂和阮喻这阵仗，惊叹地“哇”了一声，跑到客厅，指着一堆礼盒说：“有我的吗？”

“有。”许淮颂拿起一沓巅峰四十八套的精编模拟卷给她。

许怀诗：“……”

阮喻凑到许怀诗的耳边小声说：“跟我没关系啊，是你哥要给你买的。”

许怀诗撇着嘴说："怎么连姐姐你也治不住他了啊？"

许淮颂把她往书房推："做你的作业去。"

"高三生就没人权吗？"许怀诗回了一句嘴，在许淮颂冷冷地瞥过来之前缩起脖子，"好好，没人权，没人权！"然后一溜烟回了书房，关上门前，还冲阮喻比了个口型——别嫁别嫁！

阮喻笑着指了指礼盒，也朝许怀诗比口型——你哥开玩笑的，有你的礼物。比完冲她挥了挥手，示意她先安心去写作业。

陶蓉和许外婆把两人请到沙发上坐下。这回双方都准备充分，气氛也轻松和谐许多。

陶蓉问两人这次来苏市做什么时，许淮颂刚要硬邦邦地答"办事"，阮喻接了一句："淮颂今天刚从美国回来，机场离这儿近嘛，我们就过来了。"

许外婆"哎"了一声，对许淮颂说："老是跑来跑去也怪累的。听你妈说你在准备回国了，什么时候能在国内定下来呀？"

许淮颂回答："快了，美国那边剩下的工作已经不多了。"

许外婆笑了起来："那就好，盼了这么多年，总算盼到你回来。你和喻喻能安稳下来，我们也能放心了。"

陶蓉在一旁听着，欲言又止了两次，最终还是问了出来："那你爸爸怎么办？"

许淮颂顿了一下才回答："按他现在的情况，没法一个人长期待在美国。我准备把他也接回来。"

"他……能坐飞机吗？"

"我问了美国的医生，说可以尝试，但以他现在的状态还是有风险的。得等过段时间，他恢复得更好一点，再考虑包机带他回来。"

"那是要小心点。"提起许爸爸，陶蓉又有些不自然。

冷场的片刻，许淮颂悄悄看了阮喻一眼——作家预设对话的水平果然非同凡响。

很显然，这些话题都是阮喻刻意引导的。她就是抱着这个目的来的他家。他跟家里有隔阂，又像个闷葫芦一样不轻易去化解，她就想办法帮他们破冰。

几人又聊了几句别的，陶蓉看时候不早，对许淮颂说："你刚坐了这么久飞机，带喻喻早点去休息吧，房间已经整理好了，备了两间。如果你们一起住的话，就住南边那间套房；如果分开住，让喻喻住南边，你去北边那间。"

许淮颂带着阮喻起身，征求了一下她的意思。

想到许淮颂坐了十几个小时飞机，又开了几个小时车已经很累了，阮喻也不忍心他去北边小房间挤，于是跟他一起回了南边套房。

两人先后洗了澡，阮喻穿上在商场临时买的睡裙，因为领口设计得低，上床的时候，她抬手遮了遮。

许淮颂已经坐在床上，注意到她的动作，笑着问：“你在遮什么？”

不过是下意识的动作而已，她小声嘟囔：“我怕你血气方刚啊……”这是他家，行为当然要保守一点。

许淮颂把她拉进被窝，一本正经地摇了摇头：“不会的，也没什么好看的。”

阮喻一下从他怀里弹了起来：“你什么意思？”

“没什么，”许淮颂把人揽回来，“睡觉。”

“不说清楚不睡了。”

“说清楚更睡不了了。”

阮喻深吸一口气。好呀，网上果然说得没错，一旦到手，男人就会换一副面孔！

她撇着嘴偏头看他：“许淮颂，你变了，你变得有恃无恐了，你现在对我和对刘茂是一样的了。”

许淮颂低头看看她，发笑地说：“我会抱着刘茂睡觉吗？”

“你会损他、利用他、欺负他！”阮喻气哼哼地背过身去。

许淮颂追上去，把她拨了回来，面露无奈：“我说没什么好看的，是给自己的心理暗示。”

“暗示什么？”

许淮颂抓起她的手，让她往下探了探，然后叹了口气：“我妈在对面，我外婆在斜对面，我妹妹在隔壁，我除了暗示自己要做个人，还能怎么办？”

凝神静气地做了一晚上人，第二天大清早天刚蒙蒙亮，许淮颂被一阵闹铃声吵醒。紧接着，一只手胡乱抓向了他的胸膛。

他闭着眼眉头紧皱，把这只手捉住：“你的手机不在这儿……”

阮喻迷糊着，半眯着眼抬起头：“那在哪儿呢？”

可能是之前一个人住久了，她有个习惯，睡觉时喜欢把手机放在被窝里触手可及的地方，以保证安全感，这习惯还没彻底改过来。

许淮颂昨晚睡到半夜被她的手机硌到，就把它随手放到了床头柜上。

他在手机铃声“突突突”的刺激下睁开眼，转头摸索几下，掐了闹钟，回过身把阮喻重新塞进怀里：“定什么闹钟？”

“阿姨和外婆起得早，我总不能在你家大摇大摆地睡懒觉吧……”阮喻抓着许淮颂的衣服痛苦地说，“你没把我的懒人模式关了吧？闹钟再响一次我就……”

“起床”两字还没说完，她已经重新睡着了。许淮颂也迅速不省人事。

两人再次醒来的时候，家里的粥香气已经四溢开来。阮喻睁开眼愣了愣，猛地一下坐起来拍了拍许淮颂的肩：“几点了？”

许淮颂拿起腕表一看：“七点四十五。”

阮喻一听，飞快地下床，跑进浴室洗漱。

“别急。”许淮颂跟着掀开被子，打开房门走到厨房，跟陶蓉说了几句什么，再回来挤进浴室，从背后搂住阮喻，“我去认错了，说我不小心按了闹钟，你慢慢来。”

阮喻刚抹完洗面奶要冲洗，拿手肘推推他：“那你别在这儿妨碍我呀。”

许淮颂在飞机上没休息好，这会儿还困着，眯着眼把下巴搁在她的锁骨上，半个身体的重量都压在她身上，俨然没打算听话。

阮喻负重洗脸，弯着腰艰难地冲洗干净后，侧头用自己沾满水的脸贴了一下他：“快点醒醒。”

蹭了一脸凉水的许淮颂被迫清醒过来，抬手拿起一条干毛巾擦了擦脸，然后又把毛巾翻了个面去给阮喻擦。结果毛巾刚碰到她的脸，就被她叫停：“方向错了！这么擦皮肤会松弛的！”

许淮颂拎着毛巾停在那里：“那应该怎么擦？”

她比了个“朝上”的动作：“你得轻轻往上推。”

许淮颂照做，擦干了她的脸，叹了一口气：“你也变了。”

阮喻鼓着嘴看他：“我怎么啦？”

“以前这种时候，你只会说，许淮颂，你真好。”

阮喻“扑哧”一下笑出声，踮起脚要去亲他，忽然听到房门外传来许外婆的声音：“小娘鱼，在这儿听什么呢？”

两人齐齐顿住，随即听见许怀诗充满懊丧的声音：“哎哟，外婆，我就是看看我哥起床没嘛！”

许淮颂眯起眼，一把打开浴室门走出去：“你每天作业太少了是不是？”

在学校被赵轶克，在家被外婆抓包，好歹是她亲手促成的姻缘，想嗑口糖怎么就这么难呀！许怀诗抱着脑袋逃离“犯罪现场”：“妈，妈！我来帮你盛粥啦！”

吃过早饭，两人一起回了杭市。半路上，阮喻跟许淮颂感慨：“其实我觉得阿姨还是挺关心叔叔的。你这几天先专心准备法考，之后找机会跟她聊聊吧？”

“知道了。”许淮颂笑着过来握她的手。

阮喻立刻挡开他：“好好开车。”

有个比交警还严格的女朋友，许淮颂只好把手移回方向盘，一路专心开车到杭市。

但更严格的事还在后面。回到杭市后，许淮颂进入了紧急备考模式，阮喻俨然把他当成学生一样对待，天天用一种“老师相信你可以”的鼓励眼神盯着他刷题，同时还在饮食上关怀他，时不时炖点汤给他补充能量，甚至控制他的纵欲次数，以免他过度消耗。

等到法考那天，阮喻模仿当年带高考生的老师，特意穿了一条红色的裙子以示喜庆，亲自陪许淮颂到考场。

许淮颂自然察觉到了她最近如此浮夸的原因。

剧本工作暂停了，她虽然嘴上说着不要紧，但心里多少有些失落，所以想借此分散心神，不至于老是去惦记那些白费的心血。

有一次他在复习的间隙看到她似乎在准备新书的大纲，却不太顺利，涂涂改改最后又把文稿纸扔掉了。

他想这种感觉大概就像伸懒腰伸到一半被打断，想再重新伸一个，却失去了劲道，便也不拦着她忙活。

许淮颂从考场出来已经是傍晚，一眼看到阮喻等在远处，他正要走过去，被两个小跑上来的女孩子拦住："同学！"

两人看起来年纪都挺小，似乎也是今天的考生。

许淮颂停住脚步，朝她们露出疑问的目光。

其中一个女孩子深吸一口气，垂着头向他递来一支笔："你好，我是今天坐在你隔壁的考生，你的笔落在考场了……"

许淮颂低头看了一眼："这不是我的笔。"

"啊……"对方抬起头，面露窘迫，朝身边的女孩子投去求助的目光。

许淮颂朝她们点了点头，绕开了去。

另一个女孩子却壮着胆子追上来："同学，她刚才其实是想问你要微信号！"

"不好意思，我没有这个。"

两人齐齐噎住，耷拉下脸，眼看他转身离开，视线里忽然飘来一抹红裙。

身穿红裙的阮喻瞅了她们一眼，拦住了许淮颂，笑盈盈地问他："同学，没有微信号，有没有车牌号啊？"

然后，她们看见这个三秒前还面无表情地拒绝了她们的男人低头笑了笑，扬着嘴角说："有，上车吗？"

望着两人相携走远，两个女孩子在早秋傍晚的凉风中挽住了对方的手臂取暖："怎么，现在搭讪不要微信号，改要车牌号了？"

阮喻气鼓鼓地上了车："这才几个小时没看着你，你就惹桃花了！"

"我……"许淮颂笑得冤枉，恰好这时，刚开机的手机一连收到好几条短信提醒。

短信显示在他考试关机期间，许怀诗打了好几通电话来。

阮喻本来也不是真生气，看了一眼他的手机屏幕，立刻被转移了注意力："赶紧回电话，她没大事应该不会给你打这么多个电话的。"

许淮颂也严肃起来，给许怀诗回电，一接通就听那头传来她刻意压低的声音："哥，我和妈妈看到新闻了……"

许淮颂刚要问什么新闻，话到嘴边却顿住，好像明白了什么。

一旁的阮喻听见这话，打开微博搜索起来。

微博的热门话题里有一条新闻，报道了江易案时隔多年出现第二嫌疑人的消息。新闻底下附了一则视频，就是那天江易坐在警局门口号啕大哭的画面，还有许淮颂上前安慰他的场景。

这一幕估计当时被路人拍摄下来，随后发给了记者。

虽然两人的脸都被打了马赛克，但许怀诗和陶蓉一定一眼就认出了许淮颂。

此刻，视频底下已经有了无数唏嘘、同情的评论和要求严惩真凶的呼声。

那头的许怀诗继续说："妈看了新闻以后一句话不说，已经打扫了一下午卫生了。我跟她说话，她也心不在焉的。"

许淮颂皱了下眉："我有空了回去一趟，你这两天多陪陪她，知道吗？"

"知道了。"临要挂电话，许怀诗带着哭腔说，"哥，对不起，我和妈妈都错怪爸爸了……"

"真正有错的是罪犯和罪犯同伙，爸爸不会怪你们的。"许淮颂抬眼望向窗外，"以后有机会，多叫他几声爸爸吧。"

许淮颂挂断电话以后，坐在车上沉默了很久。

阮喻拍了拍许淮颂的手背，宽慰道："已成定局的事，谁也没办法改变它过去的轨迹，但这条轨迹并不是到此结束。江易要继续生活，你也要继续努力。"

许淮颂偏头看她。

阮喻继续说："江易案是水落石出了，但周俊案还没有。如果所有人都只相信自己的眼睛，那么我们永远不知道，谁会成为下一个江易，又在哪里有另一个魏进在沾沾自喜。所以你要像你爸爸一样，为委托人竭尽全力，继续战斗下去。"

"那你会怕吗？"像他妈妈当年一样。

阮喻摇摇头："我不怕流言蜚语，我会一直陪着你。"

许淮颂笑着摩挲了一下她的手，忽然听见手机铃声再次响起。这次是张玲打来的。

他接通后，听见那头的张玲惊喜地说："许律，刚刚接到检察院通知，周俊案里，被害人的那位朋友愿意出面作证了！"

"对方怎么突然改了主意？"

“江易案的新闻闹得全城沸沸扬扬，被害人家属大概是因为看了新闻有所触动。我明天去一趟检察院了解详情。”

许淮颂闭了闭眼，长长地出了一口气：“好，辛苦了。”

挂断电话，车里又是一阵沉默。过了一会儿，阮喻感慨般地笑起来：“淮颂，你相信因果吗？”

“嗯？”

“我总觉得，这个世界上是存在因果的。你看，你因为调查周俊案发现了江易案的线索，而周俊案又因为江易案真相大白获得了转机。不论怎样兜兜转转，人们在哪里种下了因，总会在另一个地方收获相应的果。”

许淮颂弯唇一笑：“那你想不想听听你的因果？”

阮喻愣了愣：“什么？”

“前两天岑先生联系了我，他得知魏进落网后，你的电影出现了资金问题，于是打算收购寰视部分股权，投资你的电影，当作对你当初陷入抄袭事件的补偿。”

阮喻惊得半天没合拢嘴：“真的？”

许淮颂点点头：“我本来打算明天去寰视了解清楚具体事项后再告诉你。”

“可是……”阮喻皱了皱眉，“这个补偿太贵重了，我也受不起啊……”

许淮颂轻轻敲了一下她的脑门：“他投资电影也是为了赚钱，而且赚得比你多得多。”

阮喻“哦”了一声，心想也对，忽然想到什么，问：“既然有了这层关系，我是不是对这部电影有了更多的话语权？”

“如果你想的话，我可以去谈一份补充合同，帮你争取。”

“那倒不用，其他的也没什么，就是……”

“嗯？”

“这一系列阴差阳错也是多亏了孙妙含，如果可以，我想问问她，愿不愿意回来再试一次戏，我们好好拍一部干净的电影。”

阮喻想把这份因果带来的意外之喜，也分享给孙妙含。

第二天，许淮颂陪阮喻见了岑荣慎，并与寰视商议了关于电影选角的问题。岑荣慎答应了阮喻的提议，并希望她在完成剧本后继续跟组，充分参与电影拍摄和后期制作的全过程。

关于这部电影，按照魏进的原意，原著自带炒作素材。为了避免热度降低，他打算尽快赶在年底开拍，因此对包括导演和演员档期在内的所有工作都做了相应的时间安排。

现在岑荣慎接手了这个“烂摊子”，虽说本意是补偿阮喻，但也不可能无视利益，平白支付高额的违约金。因此，岑荣慎要求制作团队把中断这一阵的进度赶上去，依然按照原计划开拍。

这样一来，剧创团队就陷入了焦头烂额的境地。

阮喻从闲得键盘发霉到忙得键盘起火，没空再顾及许淮颂剩下的另一场法考。她开始整天泡在寰视的会议室，白天开会，晚上写稿，到了睡觉时间，沾上枕头就能不省人事。

许淮颂这个男朋友完全成了摆设。晚上复习完躺下，想跟她夜聊几句，他稍微停顿两秒，身旁的阮喻就只剩下匀称而沉重的呼吸声。

第二天一早，他又不忍心说她，只能只字不提，给她准备好早餐，然后把她好好地送到寰视，自己再去律所。

律所的人很久没见到阮喻，起初以为两人出现了感情问题。但他们很快发现，许淮颂中午吃饭时常常一听到手机振动就立刻拿起来看，生怕错过什么。有次看到是通信公司发来的流量使用提醒，还沉着脸放下了手机。

而且，许淮颂下班的时间与当日的工作进程和复习情况完全无关，天天都是接到一通电话就拎起西装外套走人，狂风扫落叶一样不带停顿。

为此，刘茂在办公室感慨，巧妙地“辟谣”：“女朋友是个大忙人是怎样的体验，看看我们许律就知道了。”

直到天气渐渐转凉，进入深秋，十一月初的一天，阮喻的剧本才终于定下初稿。许淮颂也在此前结束了法考，赶赴美国参加计划中的倒数第二场庭审。

自从两个月前，许淮颂就开始筹备接爸爸回国的事，想着这一次如果情况顺利，打完官司也可以顺便把人接回来了。

因为许淮颂这次仍旧只离开几天，阮喻就没折腾着跟去，在家好好休养最近被工作摧残的身体。养精蓄锐了一星期后，她跟着陈晖和一名事先安排好的护工一起去机场接机。

正午时分，机场大厅，许淮颂推着坐在轮椅上的许爸爸出来。

阮喻远远看见两人，跟陈晖和护工一起迎了上去，心里有点忐忑。

许殷和江易一样，都有一张饱经风霜的面庞，外表看上去比实际年龄衰老得多。此时的他正歪着脑袋闭眼睡觉，精神头似乎不太好。

阮喻这几天听许淮颂说了他爸爸的情况，许殷目前没有严重到威胁生命的并发症，但行动不便，认不得亲人，不知冷暖饥饱，情绪非常不稳定，不太习惯与完全陌生的人接触。

因此，阮喻没敢贸然跟许殷打招呼，而是上前后，与许淮颂小声交流着路上的情况。

许淮颂说：“一路上还挺顺利的，但还是要先带他去医院观察几天，等稳定了再接回家。”

阮喻点点头，帮他一起推着许殷离开机场。

从机场到杭市医院，许殷一直昏昏沉沉地在睡觉。阮喻觉得奇怪，等把人安顿好，才知道原来是安定片的作用。

“路上人太杂了，不这样没办法。”病房里，许淮颂看着病床上熟睡的爸爸解释。说完又跟医生确认了情况，看爸爸暂时不会醒，嘱托了护工几句，带着阮喻到附近吃午饭。

阮喻跟着他下楼，问：“阿姨和怀诗知道叔叔回来了吗？”

许淮颂点点头。

“那她们今天会来吗？”

许淮颂笑了笑：“其实我们家的人都很奇怪，我和我妈沉闷，我爸和我妹固执。太多年了，她们可能还需要缓一阵。”

阮喻握住他的手：“没关系的，来日方长。”

许淮颂“嗯”了一声，忽然听见手机响起来，是个陌生的美国号码。他一只手牵着阮喻继续往外走，一只手接通电话，讲了几句英文，然后皱起了眉头，沉默很久后说：“Please send me the letters, thank you（请把那些信寄给我，谢谢）。”

等他挂断电话，阮喻问：“什么信？你临时有工作吗？”

许淮颂摇摇头，眉头仍然皱着：“美国邮政署说，我爸在五年前存了三封信在那里，要他们等他过世后寄到我手上。但现在他离开了美国，他们不知道这些信还需不需要寄。”

许淮颂在医院接连住了几天。

许殷从两个月前开始接受转移环境的治疗，由于前期准备充分，身体情况比预期乐观。除了很少说话外，他并没有对新护工产生太多厌恶心理，偶尔有不听话的时候，被许淮颂哄一哄也就好了。

只是许淮颂时差没倒过来，白天会有撑不住打瞌睡的时候，阮喻就来医院跟他轮班看护。

陶蓉准备来杭市的那天，正好是魏进杀人案在苏市开庭审理的日子，许淮颂前去旁听，打算庭审结束后顺便把陶蓉接来。

杭市的医院里就只剩下阮喻和护工吴阿姨。

阮喻起先有点紧张，看到许殷皱眉、揉肚子，有什么风吹草动都要跑去咨询医生。等吃过午饭，见许殷精神不错，而许淮颂也快回来了，她才稍稍安了心。

看许殷吃过午饭没有倒头就睡，吴阿姨打开病房的电视，调到正在播放动画片的少儿频道。

虽然许殷已经看不懂电视，但见到五颜六色的画面常常会眉开眼笑。

阮喻给许殷倒了一杯温水放在旁边，然后坐在病床边的椅子上问他：“许叔叔，你要吃点苹果吗？我给你削皮。”

许殷看了她一眼，好像没太理解她的话，但因为心情好，笑呵呵地点了点头。

阮喻就从果篮里挑了一个苹果，准备拿去洗洗再削皮。

吴阿姨上前说道：“我来吧。”

“没事，我闲着也是闲着。”阮喻看到电视上播起了广告，嘱咐说，“吴阿姨，你帮忙调个频道吧。”

吴阿姨应了一声。阮喻端着果盘出了门，在盥洗室洗干净苹果后，收到了一条微信消息。

淮颂：“我在楼下停车场了。”

阮喻一边拿着果盘往回走，一边打字回复，还没按下发送键，突然听见“啪”的一声清响，像是玻璃杯打碎的声音。紧接着，吴阿姨的惊叫声响了起来。

阮喻一愣，飞快奔进病房，见刚才还好端端的许殷突然发起了脾气，一句话不说，砸了玻璃杯不够，还在不停地砸枕头、床单、药瓶，甚至光着脚下了床。

满屋子都是乒乒乓乓的声音。吴阿姨在旁边劝不住，转头按了呼叫铃。

阮喻吓了一跳，眼看许殷就要踩到地上的碎玻璃，她赶紧上前把他拉开：“叔叔，你当心玻璃！”然后转头问吴阿姨，“这是怎么了？”

“不知道，我……我只是调了个频道，他忽然就……”

阮喻回头看向电视，一眼看到法院的画面，似乎是在报道魏进案。她心中了然，一边拉着许殷的胳膊把他往床上拖，一边说：“叔叔你别怕，案子已经……”

许殷听见“案子”两个字像是着了魔，一把甩开她的手。

阮喻被甩得一个踉跄摔倒，手下意识地撑在地上，掌缘一下压到玻璃碴。她顾不上疼，爬起来又去搀扶跌跌撞撞摔东西的许殷。

值班医生急匆匆赶来，把许殷扶回床上，控制住他，回头朝门外的护士喊：“小季！”

阮喻松了口气，在一旁喘息着，慢慢平复呼吸。

赶过来的护士安抚好了许殷，一转头看见阮喻的手，惊了一跳：“哎，你这手……”

话音刚落，许淮颂和陶蓉也赶到了。两人大概是半路看见这边医生护士奔进忙出的状况，匆匆跑过来的。

陶蓉被满地狼藉吓得愣在门口。

许淮颂一眼看见阮喻掌心的血，快步上前，一句话来不及问，抓着她另一只手就往外走：“护士，麻烦你来处理一下她的伤。”

阮喻还沉浸在刚才的乱子里没回过神，被他牵着走了几步才缓过来，说：“你去看看叔叔，我没事的……”

许淮颂一言不发，牵着她就往治疗室走，拿起她受伤的手看了一眼，额角的青筋突突直跳。

护士跟着进了治疗室，拿了医疗用具，戴上手套，对阮喻说：“坐到床上吧，会有点疼，稍微忍一忍，把手给我。”

阮喻在床边坐下，这才后知后觉地感到掌缘的刺痛。她把手递出去的同时，咬着牙瞥了一眼。

许淮颂站在一旁，把她揽进怀里。

护士用镊子夹着碎玻璃往外扯，牵动皮肉，疼得阮喻咝咝地吸气。

许淮颂把阮喻揽得更紧一些，轻轻拍她的后背：“很快就取完了。”

五分钟后，护士放下镊子，许淮颂仔细询问：“都取干净了吗？麻烦你再检查一下。”

护士又确认了一遍，说：“放心，都取干净了，接下来要消毒，再忍一下。”

阮喻点点头，脸颊紧紧贴着许淮颂的腰，咬住了牙，药水上去的瞬间还是浑身打战，眼泪一下子涌了出来。

许淮颂沉默了片刻，把自己的手伸到她的嘴边：“疼就咬我。”

阮喻摇摇头，忍痛说笑：“那你还要去打疫苗呢。”

“被小白兔咬了需要注射疫苗吗，护士？”

护士笑了起来，哄着阮喻说：“兔子是啮齿类动物，被家兔咬了如果没有出血，一般不用接种狂犬病疫苗。倒是我吃多了狗粮，得去配点消食片了。”

许淮颂笑着说：“那医药费我们来付。”

阮喻被两人逗笑，再感觉到疼痛时，纱布已经包好了。

护士收起工具，叮嘱了两人换药时间、饮食忌口等事项后，推着车出去。

许淮颂在床边坐下来，低头捧起阮喻的手，小心避开她的伤口抚了抚，抬起眼说：“对不起。”

“是我要说对不起，没照顾好叔叔……刚才叔叔在电视上看到了当年那桩案子……”

“没事，这种情况经常有，是新护工经验不足，之前的护工一般很快就能把他安抚好。”

“你不去看看他吗？”

许淮颂摇摇头：“医生在，我妈也正好需要一个这样的契机，让他们单独相处一下，有事会叫我们的。”

阮喻恍然大悟：“你对你妈也耍心机啊。”

许淮颂笑着默认，没说几句，又心疼起她的手：“还疼吗？”

阮喻摇摇头：“好一些了。”

"辛苦你了。"

"什么辛苦不辛苦的，你的家人也是我的家人啊。"

许淮颂目光微微闪烁了一下，沉默片刻，轻轻捧起她的脸，亲了一下她的额头。

因为阮喻手受了伤，陶蓉让许淮颂赶紧带她回家休息，自己留在医院照看许殷。

许淮颂和阮喻回到公寓，经过楼下的信箱时，两人拿钥匙开了锁，取出了三封信——是之前从美国寄来的，今天刚到。

阮喻扫了一眼，发现虽然这三封信都寄给了许淮颂，但三封信的角落标明了不同的收件人。其他两封分别是给许怀诗和陶蓉的。

进家门后，许淮颂把她揽进卧室，叫她躺下休息，自己转身到客厅坐下，拆开了爸爸给他的那封信。

信上是熟悉的字迹，不过稍微有点潦草，落笔显得飘忽，可见写信人当时的身体状态并不好。信的首行是：儿子，当你读到这封信的时候，爸爸可能已经不在人世了。

虽然有了心理准备，许淮颂还是被这个开头震了一下，停顿片刻后才继续往下看。

其实爸爸在初来美国的那年就被诊断出患有严重的心脑血管疾病，因为一直没告诉你，你可能会觉得爸爸的离开很突然。

事实上，我这三年先后进过两次急诊，写这封信时刚从鬼门关回来不久，所以我心里早有准备。你不必替我惋惜，也不必因为此前对我的病情毫不知情而感到自责，毕竟这是爸爸有意瞒着你的。

我不想说，你又能怎样得知呢？就像三年前，当我对你妈妈说，我已经厌倦了她，也厌倦了这个家时，她一样不会知道我在说谎。

爸爸这个人啊，实在是太倔了。所以当十八岁的你质问我到底知不知道委托人有没有杀人时，我什么都没有说。我不说，是因为我知道，即便我说了，那时候的你恐怕也无法真正理解。而选择成为一名律师的你，迟早有一天会自己找到这个问题的答案。

但话说回来，爸爸其实一度非常矛盾，不知是否该支持你成为一名律师——尤其是成为一名刑辩律师。身为一名刑辩律师的我，无比期待着未来有越来越多的年轻人走上这条路，热爱它、信仰它，为它付诸心血，让它的存在变得更加熠熠生辉。可身为一位父亲的我，又不愿自己的儿子为它痛苦，为它受人指摘，为它遭遇世人的白眼，变得像我一样。

所以在你犹豫专攻领域时，爸爸最终还是做了一件不应该的事。我与你的老师私下沟通，拜托他劝说你考虑刑诉以外的选择，希望你别责怪爸爸的干涉。

但如果你真的有所怨恨或后悔，就按自己的心意重新选择一次吧，这终归是你的人生。爸爸想告诉你，不管你最后成为哪个领域的律师，取得了怎样的成绩，你都是爸爸心中最大的骄傲，虽然很遗憾，爸爸已经看不到了。

信到这里戛然而止。许淮颂的视线渐渐模糊不清，等摘下湿润的眼镜，忽然听见身后有轻微的脚步声。

阮喻不知什么时候走出了房间，似乎在后面静静地看了他很久。

他回过头，低咳一声，表情有点不自然。

阮喻走上前去，把他抱进怀里，并没有问他信上到底写了什么，只是说："明天会很好的，会很好很好的。"

是的。差点失去的，一转眼还在身边，这不是一封真正的绝笔信，不是最后的结局，那么明天，一定会很好很好的。

另外两封信被原原本本地交到了陶蓉和许怀诗的手里。

半个月后，法考成绩出炉，许淮颂顺利通过考试。而许殷的情况也稳定下来，办理了出院手续。

阮喻原本打算将许殷接到公寓，但许淮颂看到她的手伤尚未痊愈，不忍心让她操劳。再加上公寓的房间也腾不开，陶蓉便主动提出照顾许殷。于是，许淮颂就把爸爸送回了苏市的家。

回去的那天，刚好是魏进案宣判的日子。许家人手忙脚乱地隔绝了所有的新闻，拔掉电视电源插头，丢掉日报、晚报，不让许殷嗅到一丝风声。

中午时分，许怀诗在爸爸身边讲他似懂非懂的童话故事，陶蓉在厨房忙前忙后，许淮颂原本也帮着打下手，被陶蓉接连赶了几次，才离开这个他并不擅长的领域，去了阳台——

阮喻因为手伤歇在那里，陪许外婆一起晒着太阳聊天。

看着一家人整齐团圆，其乐融融的样子，许淮颂忽而有些恍惚。回望过去争吵、分离的十年岁月，似乎已经在身后凝结成小小的一点远影，模糊得像是上辈子的事情。

这一刻，他突然产生了一种违背他以往悲观主义的预感，相信这个家以后会一直这样幸福下去。

许淮颂走到阳台的时候，刚好听见外婆掩着嘴小声问阮喻："淮颂这孩子，还没上门看你爸妈吗？"外婆一副生怕他不够上心，怠慢了阮喻的模样。

阮喻刚要解释，许淮颂先无奈一笑，上前说："外婆，您别冤枉我了，是她不让我去。"

许外婆眼珠滴溜溜地一转，看向阮喻。

阮喻笑着举起还在结痂的手：“外婆，我是想等手好点了再去，不然我爸妈可得操心。”

“那也是。”许外婆握过阮喻的手，“这次可叫你吃苦头了，最近这手没下水吧？”

“没有，最近家务活都是淮颂在做。”阮喻不好意思地一笑，“我连洗漱都不用自己动手，全是他在照顾我。”

“那是他该做的，等你手上的伤好了，以后也要他继续包揽家务活。”许外婆笑眯眯地说着，又看向许淮颂，“淮颂之后还去不去美国？”

“月底还有最后一场庭审，顺便处理好那边的房子和车子，之后没有特殊情况就不用再去了，可以在国内定下来。”

许外婆从这话里品出言外之意，跟许淮颂对了个眼神。

阮喻一抬眼，看两人神秘兮兮的，愣了愣。

许淮颂低头一笑，跟阮喻说：“来洗手，准备吃饭了。”

阮喻起身跟他到了洗手间，看许淮颂帮她洗干净手，又小心翼翼地避着伤口给她擦拭，说：“痂都结牢了，已经没关系了。”

许淮颂置若罔闻，依旧一丝不苟地“伺候”着她，等帮她擦完手，反手关上浴室的门，低头打开了手机。

阮喻朝他比口型：“魏进的审判结果出来了？”

许淮颂点点头，打开了一份电子版的判决书。阮喻凑过去看，发现判决的是死缓。

看她皱眉不解，许淮颂用气声解释：“魏进背后还有一个没查清楚的涉毒案，判决死缓也是给他一个配合警方抓获整个贩毒组织的机会。”

阮喻明白过来：“那周俊的案子呢，怎么样了？”

“上次新出现的证人证言对我们有利，我们正在努力争取检察院不起诉。”

两人在苏市住了一晚，看到许殷的情绪基本稳定后便回了杭市。

接下来的半个月，许淮颂一边准备在美国的最后一场庭审，一边跟进周俊案，时常忙到很晚才回家。

这天晚上，阮喻因为第二天一早要去寰视开会，准备即将到来的电影开机仪式，没等到许淮颂回来就早早睡下了。

当她睡到半夜，迷迷糊糊醒来，发现许淮颂进了房间，正坐在床边握着她那只受了伤的手。

“回来了啊。”她眯着眼咕哝。

许淮颂“嗯”了一声，把她额前的碎发拨开一些：“吵醒你了，你继续睡，我去洗澡。”说着关掉了刚才打开的床头灯。

阮喻打了个哈欠，后知后觉地意识到，刚才醒来的一刹那，左手无名指痒痒的，好像被什么细绳套住了一样。她摸了摸自己的手指，却发现上面什么都没有。困意来袭，阮喻没来得及深想，只当是错觉，很快再次睡了过去。

翌日一早，阮喻醒来的时候，许淮颂已经准备好了早餐。

她洗漱完走到餐桌边坐下，接过他递来的三明治和牛奶，一边吃一边冥思苦想着昨晚没完成的工作，问他："今天开会要定几个备选电影名，你有没有什么好主意啊？"

"书名不就挺好的吗？"

"但这个当片名不一定能过审，制片人他们说'咬耳朵'太色情了……"阮喻气鼓鼓地喝了一口牛奶，"你说他们怎么这么不纯洁呢，'咬耳朵'明明是指讲悄悄话，'好想和你咬耳朵'是说——'好想和你讲个秘密'的意思。"

似乎是一直以来都误会了什么，许淮颂咬三明治的动作一顿，喝了口牛奶才把噎住的食物顺下去，然后淡淡地"哦"了一声，深表赞同地点点头："是，是太不纯洁了。"

阮喻被许淮颂送到寰视后，按照惯例前往七楼开会。进入电梯时，她碰到了许久未见的孙妙含。

孙妙含在一个月前被确定为电影的女主角。除了阮喻的推荐外，主要还是因为她本身形象贴合原著，演技也充满灵气。

两人之前就通过电话联系过，只是一直没碰上面。之前孙妙含刚知道阮喻是原著作者时，激动得疯狂尖叫。这次偶遇，她又惊喜得眼睛都瞪大了一圈："姐姐，我和你的缘分真是次次都在电梯里呢！"

孙妙含下意识地脱口而出这句话，说完脸色一变。显然，魏进当初带给她的阴影还没有完全消退。

阮喻安慰道："都过去了，新的电影出品人是一位非常正直、通情达理的长辈。这次的电影我也会全程跟组，保证不会再发生那种事。"

孙妙含点点头，上前抱住了阮喻："姐姐，谢谢你，你真是我命中的贵人！"

阮喻笑着拍了拍孙妙含的后背，松开后问："你今天来寰视做什么？"

"岑董叫我来的，说请我和李识灿老师一起吃个饭，让我们尽早熟悉熟悉，开机后也好顺利点。"

电梯"叮"的一声停在了七楼。

"那你去十九楼吧，我先开会去了。"阮喻跟孙妙含挥挥手，走出电梯。

这时候的阮喻倒是没想到，原来这顿饭还有她的份儿。

临近中午的时候，阮喻收到了李识灿的微信消息："散会了吗？岑叔叔请你一起来吃饭。"

软玉："还差一会儿，你们就在十九楼吃吗？"

李识灿："嗯，岑叔叔请了厨师来，做了一桌家常菜，你结束后上来吧。"

岑荣慎的面子当然不能不给，阮喻一散会就上了十九楼，跟等着她吃饭的三人点头致歉："岑叔叔，不好意思，我刚散会。"

岑荣慎随和地笑着说："没关系，私下吃饭随意点。来，坐。"

四人都是江南人，桌上摆的也多是大家熟悉的江南菜。虽然说是随意点，但毕竟有长辈兼上司在场，阮喻和孙妙含坐下后多少有些拘谨。好在李识灿和岑荣慎相熟，席间时不时与他话话家常，倒也不至于冷场。

中途，岑荣慎出去接了个电话，孙妙含像终于逮着了畅所欲言的机会，跟李识灿八卦起来："识灿老师，我刚才看到热搜，你昨天真的抓住了杀人犯吗？"

李识灿搁到嘴边的筷子顿住："这话说的，好像是我亲手抓的一样……"

阮喻愣了愣："什么杀人犯？"

"姐姐你看微博，识灿老师昨天在沪市开演唱会，现场逮到了一个流窜的杀人犯。要不怎么说识灿老师魅力无限呢，歌迷范围之广，开个演唱会都能为民除害。"

李识灿一脸"这你也信"的表情，抬手打住了孙妙含的彩虹屁："我又不是张学友，哪儿这么神，公司借机炒作而已，人家压根不是我的歌迷，就是刚好在场馆附近被逮了。"

"啊，这样啊？"孙妙含眨了眨眼，"那你还怪实诚的……"

李识灿噎了噎。

孙妙含立马找补："不过反正不是恶意炒作，也没毛病！"

两人相处了一上午，似乎已经熟稔了不少。阮喻在一旁笑着看他们一来一回的互动，直到听到"恶意炒作"这句话，忽然想起一件事。

吃完饭后，阮喻在下楼之前悄悄问李识灿："有件事想问问你，我听说之前魏进好像有利用你为电影炒作的意思？"

李识灿点点头："可能是想夸大我和你还有岑思思的关系。你放心，岑叔叔不会做这种事的。"

"我知道，我是想问……"阮喻犹豫着说道，"你和许律师原本商量了什么预案？"

因为魏进落网，预案用不上了，许淮颂不肯说，她就只有问李识灿了，却没想到李识灿的第一反应也是沉默。

阮喻摆了摆手："不方便的话可以不说，我只是有点好奇……"

"没什么不方便的，"李识灿笑了笑，"因为担心影响到你的正常生活，许律师提出的应对方案是，用最直接的方法破除流言……"

"最直接的方法？"

"他说，如果我不能规避炒作风险，他会提前向你求婚。"

临近冬至，十二月的白天尤其短。傍晚，阮喻开完会下楼，在寰视门口等了五分钟，就看天色暗了下来。

晚高峰堵车，许淮颂来迟了片刻。阮喻上车时，手已经被冷风吹得通红。

许淮颂调了暖气风向，捧起她的手轻轻揉搓，又低头朝她的掌心哈气，见她掌缘那些痂掉得差不多了，想了想问："过完冬至我就要飞美国了，冬至那天我们去看老师？"

"你爸妈那边呢，过节不回去一趟吗？"

"中午苏市，晚上杭市。"

"那你开车多累，等你从美国回来再去我家也不迟。"

许淮颂瞅瞅她："哪有过节不上门的道理？你别害我负分出局了。"

阮喻"哦"了一声，转开眼抿着唇笑，想起了中午李识灿说的话。

原来早在那个时候，许淮颂就在考虑结婚的事。不过，她知道他为什么隐瞒那个预案。

结婚本来就是两个人的决定，它应该是纯粹的，不受外界干扰的。他不希望在她心中，他们的婚事被赋予任何其他的意义。

正是因为他对待结婚这件事慎重的态度，虽然现在两人已经心照不宣，但在国内稳定下来之前，他应该也不会主动提起。

"好吧，那就给你这个加分的机会。不过，冬至之后马上就是元旦了。你这次去美国什么时候回来？"

"赶不及元旦。"

阮喻的脸瞬间垮下来："那我们就不能一起跨年了……"

许淮颂笑着看她："这不是还有农历年吗？春节一起过也一样。"

阮喻张了张嘴，想说那怎么能一样，公历年的元旦夜对他们有特殊意义，但看到许淮颂一副丝毫不在意的样子，她又把话咽了回去。

三天后就是冬至。许淮颂把计划安排得井井有条，一早先带阮喻回了苏市，等祭过祖，一家人吃了团圆饭，再驱车返回杭市。

两人开车到杭市郊区附近时已经是下午四点，冬日的夕阳染上山道，在前路铺下一层淡淡的黄晕。

阮喻突然在这个时候想起了周俊——他和女朋友就是在这条路上出的事。

许淮颂也和她想到了一起，出声打断了她不好的回忆："今天晚上吃什么？"

阮喻回过神来，笑着答："我妈听说我们中午吃的是桌餐，就准备了火锅。许同学，马上要见班主任了，紧不紧张，害不害怕？"

许淮颂笑了一下："怕。"

阮喻还想鼓励他呢，却听他接了下一句："吃火锅就得不停地给你涮菜，我怕吃不饱。”

“……”

感情真的变质了。阮喻凄凉地想。

许淮颂刚想说自己是开玩笑的，忽然远远看见前路封了一半，路边的草丛围了几名警察，有人在拿铁锹铲地。他迅速收敛笑意，皱了皱眉。

阮喻也注意到了，正好奇这是在干什么，下一刻，一名戴着手套的警察从深坑里拿起了一样东西——那是一截沾满泥土，腐烂得脱了形的……手臂？

阮喻倒吸一口冷气。许淮颂立刻伸手过来蒙住她的眼，加速驶过这段路。

但也许是突然加速的举动引起了警方的注意，车子接近警戒线时，被一名警察打着手势拦下：“不好意思，麻烦二位出示一下身份证。”

见阮喻有些紧张，许淮颂摸摸她的脑袋，示意她放心，转头把证件递了出去。

警察一脸惊讶：“这么巧，许律师？”

许淮颂点点头：“您认识我？”

对方笑起来：“您协助警方缉拿犯罪嫌疑人的事在我们警界传得沸沸扬扬的。还有您之前喝醉酒，在锦江城敲错门那事在我们那儿也挺出名的。”

“……”

阮喻猛地抬起头，愣愣地看向许淮颂。

许淮颂轻咳一声，随口转移话题：“哦，你们这是在办案？”

“对，前几天那条新闻不知您看了没，沪市抓到个逃逸半年的嫌犯，需要我们这边配合调查……”他没有继续说下去，朝许淮颂抱歉地点了点头，“不好意思啊，许律师，您可以过去了。”

许淮颂却没有动，回忆起刚才看到的那一幕：“那名嫌犯半年前在这里埋了尸？”

“唉，嫌犯分尸后到处埋，这儿也就找到一部分。”

“方便的话，我想问问嫌疑人埋尸的具体时间。”

“这个……细节问题我们不好透露……”

“那你只要告诉我，是不是端午节？”

“许律师怎么知道？”警察眼底闪过一抹异色。

阮喻惊讶地看向许淮颂。端午节，那不就是周俊出事的那天？

许淮颂严肃起来：“我想……有桩案子也许需要麻烦你们一起查查。”

从现场离开时，天色已经暗了下来。阮喻好半天才缓过神来，问道：“这件事真的会和周俊的案子有关吗？”

许淮颂摇摇头：“不确定，不过我和张姐确实有过类似的推测：如果周俊不是真凶，那么犯罪现场被处理得如此干净，说明真凶反侦察能力非常强，多半是惯犯。而惯犯再次行凶，很可能是为了掩盖前一桩犯罪事实。只是当时我们调查了那段时间发生在杭市的刑事案件，没有发现能对得上的，所以放弃了这种推测。结果，现在冒出了一件沪市的刑事案件。”

“你的意思是，被害人也许是意外发现了凶手在埋尸，才被……”

“不排除这种可能。”

“可是，埋尸地点和被害人死亡地点虽然在同一条路上，但不是同一个地方，而且距离很远。”

“如果推测成立的话，应该是凶手在再次行凶后，换了地方重新埋尸，这样才合理。如果是同一个地方，那么警方勘查现场时就会发现真相。”

阮喻打了个寒战，忍不住抱紧了自己的胳膊。

车子开出山道，到了阮家。见到欢欢喜喜出来迎接的爸妈，阮喻暂且忘了骇人的事，但在吃火锅涮肉的时候，她还是感到了一些不适。

曲兰见阮喻没怎么动筷，担心道：“喻喻怎么了，没胃口吗？”

阮喻低低地“嗯”了一声，想着自己因为刚才的事食不下咽，这要是在饭桌上讲出来，岂不是让爸妈也吃不安生？所以她摇了摇头：“中午在淮颂家吃多了，还不太饿呢。”

许淮颂猜到了究竟，移开阮喻面前两盘鲜红的肉，给她涮了几株青菜，夹到她的碗里。

得他体贴关照，阮喻冲他眨眨眼。

阮成儒见状，也跟曲兰对了个眼色：“这俩孩子是不是有什么事瞒着我们？”

曲兰：“好像是……”

阮成儒暗暗琢磨着，不动声色地与许淮颂话家常，关心他家里的情况、父母的身体、妹妹的成绩。

一轮家常聊下来，桌上的菜都没怎么动。

曲兰用手肘推了推阮成儒：“瞧瞧你，真是的，光顾着跟淮颂聊天，他都没时间动筷子了，快给孩子涮盘牛肉。”

阮成儒连“哦”了两声，端起肉往火锅里下。

阮喻一抬头看见这一幕，想起傍晚看到的情景，胃里翻腾，实在没忍住，偏过头捂着嘴干呕了一下。

许淮颂赶紧去拍阮喻的背：“要不要去洗手间？”说完一抬眼，见阮成儒和曲兰齐刷刷把眼睛瞪得像核桃一样大，正以一种僵硬、诧异、质疑的姿态看着他。

许淮颂迟疑地眨了眨眼。阮喻正难受着，没太注意父母的反应，匆匆起身离开饭桌。

许淮颂和两位老师打了声招呼，跟着她走进洗手间，关上了门。

阮喻一只手抚着胃，一只手撑着洗手台，呕了几下却没呕出什么来，苦着脸小声说：“我一看见那个红艳艳的生肉就想到……”

许淮颂开了水龙头给她洗脸，无奈于她丰富的想象力：“我回去先把肉吃了，不让你看见。”

阮喻撇着嘴点点头。

许淮颂想起什么：“不过你爸妈刚才为什么用那种眼神看我？”

“哪种眼神？”

“就是一种……”他皱眉回想了下，“‘你这禽兽对我女儿做了什么’的眼神。”

话音落下，两人齐齐反应过来——糟糕，误会大了！

两人大眼瞪小眼半天，一个摸摸鼻子抬头望天花板，一个眉头深锁垂眼看地砖。

最后，许淮颂犹豫着推开了洗手间的门。

阮喻躲在他身后，探出半个脑袋往外望去。一眼看见爸妈正头碰头激烈商讨着什么，听到他们开门的动静，两人像触电一样迅速分开，若无其事地继续涮火锅，还回过头朝他们和蔼可亲地微笑了一下。

许淮颂轻咳一声。阮喻慢吞吞地跟在他身后回了座，朝爸妈干笑道：“没事了，今天坐多了车，有点晕……”

许淮颂上半身岿然不动，鞋尖轻轻一移碰了她一下，打断了她这段在两位老师听来“欲盖弥彰”的解释。

果不其然，对面的阮成儒腰一弯，从桌底下拎起一瓶老白干，“啪”的一声搁在了桌上。

阮喻被这仿佛要干架的气势吓了一跳，紧张地吞咽了一下：“爸，你……”

“你吃你的饭。”阮成儒一记眼风扫过来，接着看向许淮颂，语重心长地说，“淮颂啊，来，陪老师喝几杯。”

许淮颂正襟微笑，点点头，拿起杯子倒酒，先递给阮成儒一杯，再给自己倒。

“爸，你看他这胃……”阮喻说到一半急刹车，胳膊肘赶紧朝里拐回来，“……怎么倒个酒也那么慢啊，我来我来。”说着，她抽走许淮颂手里的酒杯，小气巴巴地斟到三分之一的位置。

许淮颂看了她一眼，握拳掩嘴，笑了一下。抬头见阮成儒一脸严肃，他又收敛了笑意，把酒添满，朝对面敬了一杯：“老师。”

阮喻还想再挣扎一下，对许淮颂说：“等等，你这一口下去，回去就开不了车了。”

阮成儒代答：“楼上有空房间。”

“这么高的度数，明早起来可能也……”

曲兰清了清嗓子，给阮喻使了个眼色：“来，你跟妈到楼上收拾被褥。”

阮喻“哦”了一声站起来，临走时忍痛看了看许淮颂，眼底情深义重地写着两个字：保重。

许淮颂与阮成儒碰杯，眼睛眨也不眨地一杯老白干下肚，脸色不变。

阮成儒看了眼楼梯的方向，忽然没头没尾地说：“淮颂啊，听说你跟小刘是同事，那你知不知道，老师一开始为什么把小刘介绍给喻喻？”

许淮颂脑子转得飞快，想起何校长生日宴上，阮喻和自己说过的话——

“那你知道，我爸喜欢刘律师什么吗？”

“因为他是律师？”

“因为他为人忠厚老实，心眼好，花头少，不浮夸，不会欺负人，行动胜于言语。”

于是，许淮颂把这话原封不动地背了一遍。

阮成儒却愣了愣，摇头道：“因为他是律师。”

“……”

阮成儒见许淮颂神色有异，奇怪地问：“怎么了？”

“没事，您继续说，为什么给她介绍律师？”

“因为喻喻很多时候需要律师的帮助。”

“您是指？”

“这不是网上常有人泼她脏水吗？”阮成儒笑起来，“她啊，以为自己瞒得过我和她妈妈，其实我们早几年就知道了她的笔名，一直偷偷关注着她。只是她担心我们看到网上那些不好的言论，所以不肯说，我们也就装作不知道。”

许淮颂滞住。

“女儿长大了，懂得体恤父母了，有什么难处也不跟我们讲了。我们能怎么办？只好找个人替我们照顾她、保护她，为她遮风挡雨，再苦再难的事，眼睛眨也不眨。”

许淮颂安静地点了点头。

阮成儒指了指他面前的空杯子：“再来一杯？”

许淮颂抬手要去倒酒，又听阮成儒道：“喻喻说你胃不好。”

“嗯。”

“既然这样，就要量力而行。遮风挡雨靠的不是孤勇，不是逞能，首先要保护好自己，才能照顾好她。”

许淮颂放下酒杯：“您说的是。”

阮成儒把许淮颂面前的酒杯拿走，换了个茶杯，端起水壶亲自倒了满满一杯温水：“喝这个吧，把刚才那杯酒冲淡些，免得伤胃。”

“谢谢老师。”许淮颂喝下半杯温水。

“这水的味道就淡了吧？”

“是。”

“淡了，所以很多人跟你一样，喝到一半就算了。但咱们过的日子，哪有那么多老白干一样的轰轰烈烈？多数时候，日子就跟这水一样淡。经得起轰轰烈烈不算什么，你要经得起平平淡淡，那才了不起。”

许淮颂明白了阮成儒的意思，把剩下的半杯温水喝下去。

阮成儒笑了笑：“好了，知根知底的学生，我放心你，上楼去吧。”

许淮颂朝他点头：“谢谢老师今天这堂课。”

“想谢，就快别叫我老师了。”

许淮颂笑起来：“我会努力的。”

阮成儒在楼下和和气气地给许淮颂灌输“心灵鸡汤”的时候，阮喻正铺着床单发愁：“妈，您和爸可别想岔了，我们有分寸的……”

曲兰觑她一眼：“我知道，你有几斤几两，动个眉毛，吸个鼻子是什么意思，我们还能不清楚？”

开始两人确实吓了一跳，等看到阮喻从洗手间出来的反应，他们就知道自己想岔了。

阮喻苦着脸嘟囔：“那爸怎么还找他喝酒呢？”

“放心，你爸也有分寸。喝两口酒能坏什么事？淮颂总不会在底下耍酒疯。”

“耍酒疯当然不可能……”阮喻说到一半顿住，等会儿，好像也不是不可能，傍晚警察说什么来着，当初那个敲错门的醉汉就是许淮颂？

阮喻惊疑不定半晌，急急地跑出去，刚过拐角就跟来人撞了个满怀。

许淮颂一把扶住她的肩：“怎么了？”

阮喻抬手摸上他的脸：“你没喝醉吧？”

“没有。”许淮颂发笑，“我又不是不会喝酒。”

“你会喝，也会耍酒疯啊！”阮喻说到这里眉头一皱，“哎，我竟然到现在才知道，回头得去跟左邻右舍道个歉……”

许淮颂一噎：“我已经道过歉了。”

“哦，那就好，没拉上我一起丢人……”

“……”

阮喻碎碎念完，再次摸上他的脸颊：“刚才跟我爸喝了多少呀？”

“就喝了你倒的那杯。”

“那么点酒喝了这么久？”

“因为其他时间都在喝鸡汤。”

“我爸今天还杀鸡了？怎么没端出来给我喝呢？”

许淮颂笑着轻刮了一下她的鼻尖："那是给我开的小灶。"

两人在阮喻父母家住了一晚，第二天一早，许淮颂飞去美国处理工作，阮喻也继续投入电影筹备中。

电影开机日期最终定在公历年的最后一天。岑荣慎和制片人郑姗说图个新年好彩头，安排第一场戏拍摄元旦跨年烟火的情节，就在苏市一中取景。

三十一号清早，寰视派车来接阮喻去苏市参加开机仪式。仪式连带午宴都结束后，剧组人员一起前往苏市一中。

阮喻忙得晕头转向，直到下午坐在去学校的车上才有空看手机。她想问问许淮颂睡了没，先看到了他之前发来的消息："昨晚没怎么睡，我先早点休息了，定了闹钟，会陪你跨年的。"

阮喻怕这时候发消息吵醒许淮颂，于是暂时没有回复，锁屏了手机，开始在车后座闭目养神。

沉沉睡去之际，包里的手机振动起来。她低头一看，发现来电显示联系人是周俊，顿时一个激灵醒了神。

接通电话后，那头传来一个疲惫沙哑的男声："阮喻吗？我是周俊。"

"是我，你……"阮喻迟疑着开口，"能用自己的手机打电话了吗？"

"嗯，我今天……出来了。"

阮喻有一瞬百感交集的哑然，感慨着道："太好了。"

她说完一时没了下文，那头周俊笑了笑，也沉默下来。

半晌过去，两人几乎同时开口——

"案子破了……"

"对不起……"

周俊："你先说吧。"

"我是想问，案子破了吗？"

"破了，警方在沪市抓到了真凶，不然我还得再等一阵子。"

看来冬至那天，许淮颂的推测没有错……

阮喻怕戳到周俊的痛处，没再追问细节。气氛又一次安静下来时，周俊开了口："之前一直没机会亲口跟你和老师说对不起，我做了那样的事，你们还这么尽心尽力地帮我……"他说到一半哽住了。

"没事，都过去了，你别想太多，先好好休息一阵，等淮颂从美国回来，我们一起吃个饭。"

"嗯，我刚才打过他在美国的号码，不过没联系上，转接到了留言信箱。"

"他在睡觉，可能是手机没电了吧。"

"那我晚点再联系他。"

两人上次见面毕竟是那样的场面，过去半年又发生了太多事，没说几句，很快再次陷入了尴尬的沉默。

周俊说着不打扰了，主动结束了通话。

阮喻挂断了电话，情绪却还停留在这通电话里，发了会儿呆才回过神来，想起什么不对劲——许淮颂既然说好陪她跨年，以他的细心程度，定闹钟的时候肯定检查过电量，应该不会是手机没电自动关机了。

美国那边手机关机或无人接听都会转接到留言信箱，她刚才也忘了问周俊具体情况，难道是长时间无人接听才转接的？

可许淮颂出于职业原因，手机从不静音，睡觉也不至于沉到听不见铃声。

想起许淮颂有过劳史，昨晚通宵，今天又忙了一天的庭审，睡觉时间也是前所未有的早，阮喻隐隐有些不安。他该不会是身体出了什么问题吧？

她攥着手机，越想越不放心，犹豫了一会儿，拨了个跨洋电话过去。

电话那头传来了许淮颂事先录好的人声：“This is Hanson, I'm currently not available. Please leave a message, and I will call you back as soon as I can.”

这通电话直接转接到语音信箱，看来许淮颂的手机确实是关机了。阮喻挂断电话，打开许淮颂的微信对话框，确认了一眼他最后一条消息的时间，是在四个小时前。

如果许淮颂忘了给手机充电，四个小时的后台运行倒也有可能导致手机电量耗尽，但阮喻总觉得不太对劲，又开始胡思乱想起其他可能性。

一路心神不宁地到了苏市一中，直到下车，阮喻还在拨弄手机，想办法联系许淮颂在美国的室友，确认他是否平安。

恰在此刻，一道熟悉的女声传来：“姐姐，这里！”

阮喻抬起头，一眼看见许怀诗正站在校门口冲她挥手。她跟同行的几个编剧打了声招呼，朝许怀诗走去：“大冷天的，你怎么在这儿？”

“我们下午已经没课啦，我听说你们快到了，专门来这儿等你的！”想起阮喻下车时皱着眉翻手机的样子，许怀诗问，“怎么啦，姐姐，是有什么烦心事吗？”

“我打你哥电话转接到了留言信箱，联系不上他，有点不太放心。”

“嗯？”许怀诗眼珠子一转，“你什么时候打的呀？”

“大概一刻钟前。”

许怀诗望着天想了想：“咦，我好像就是那会儿跟我哥通的电话，是不是因为占线了，你打的电话才被转接到留言信箱的啊？”

阮喻一愣，好像是，占线也会直接转接到语音信箱。她真是关心则乱，忘了还有这种可能。看来周俊前脚打给许淮颂的那通电话也是碰上了占线。

“你哥人没有不舒服吧？”阮喻确认道。

“没有呀，就是听起来很困，被我吵醒以后脾气特别大。”许怀诗低哼一声，

“我们过我们的节，不要管他啦！”

阮喻松了口气。想着许淮颂才被吵醒，这会儿可能刚刚重新入睡，她也就不再打电话过去了。

心里的石头落了地，阮喻整个人都放松下来，这才注意到许怀诗的羽绒外套底下是一条及膝的校服裙：“你腿上就穿这么点，不冷吗？”

“这不是剧组要来取景，实拍学校的元旦烟火会嘛，我和班上同学一起报名了晚上的群演，当然要穿得好看一点了。”

“上千人的操场，又是大半夜的，烟花一炸一团乱，谁还能认得出谁？”

“那姐姐你当年为什么要在跨年烟火会上穿短裙呢？”

阮喻无言以对。这就是感情史每个细节都公之于众的悲哀，连小辈都可以调侃她了。

两人一路聊一路往学校里走。许怀诗兴致勃勃地说：“姐姐，你现在就准备去操场了吗？”

“是呀。”

“那得一直冻到半夜啊？”

“工作嘛，我贴了暖宝宝，没事的。”

“演员都没到，现在工作人员还在搭景，你去了也是干坐着。不如先暖和暖和，保存体力，晚点我叫上几个同学一起过节，请你吃烧烤！”

阮喻摇摇头：“你跟同学去就好了。我们导演在业界是出了名的‘凶神恶煞’，我第一天就跟他请假不太合适。”

许怀诗满脸失落：“可是我跟大家夸了海口，说剧组里有我准嫂子……”

阮喻被“准嫂子”三个字莫名喊出一种使命感来，想了想，说：“那我问问吧。”

她转头给导演打了个电话，没想到自己还没开口请示，那头的男人就先和蔼地笑了起来：“你这么早就来了啊，可能是他们忘了通知，你晚上十点前到就行了。”

“那我现在……”

“这会儿暂时没你的活，就别来操场白白挨冻了，等演员到了我让人通知你。”

等阮喻挂断电话，许怀诗一脸期待：“怎么样，导演好不好说话？”

阮喻不解地点了点头。导演这行事作风，怎么跟传闻里完全不一样？

傍晚，阮喻和许怀诗跟一批参加群演的学生出了学校，去了附近一家烧烤店。

简单朴素的装潢反而洋溢着热烈的气氛。烧烤、碳酸饮料、欢声笑语的少年们、真心话大冒险的游戏，这些元素加在一起，填补了没有许淮颂在身边的空白，让阮喻真正有了过节的实感。

阮喻跟着他们吵吵嚷嚷地玩到晚上九点多，收到了许淮颂的消息：“我醒了，你在做什么？”

她彻底放下心来，跟身边的许怀诗说了一声，然后起身离座，到了烧烤店外面，拨通了许淮颂的语音通话。

语音通话过了一会儿才被接通，她在冷风中打着哆嗦，脸上却挂着笑：“我跟怀诗和她同学一起吃烧烤呢，年轻真好，想回到十七岁了。”

许淮颂低低地笑着，声音带着刚睡醒不久的微哑：“十七岁有什么好的，都不到法定年龄。”

阮喻还没反应过来这句话的意思，就听他接着说：“老白干也喝不了。”

“……”

他还喝上瘾了啊。

安静的片刻，电话里响起一阵鸣笛声。阮喻惊讶地问：“你在外面啊？”

“嗯，睡太久有点饿了，开车出来吃个早饭。”

“那还接我语音电话，你好好开车，晚点再聊。”

“好。”

挂断语音，阮喻看时间差不多了，叫上学生们一起回了学校。

操场已经布置到位，四面灯火通明，几台硕大的摇臂摄像机立在绿茵场上，群演坐在看台上待命，台下的剧组工作人员忙碌地奔来跑去。

阮喻跟许怀诗分别后，和导演打了声招呼，走到演员棚下，看见李识灿和孙妙含穿着苏市一中的校服，正拿着剧本对戏。

她在两人的对面坐下，搓了搓手。

李识灿递来一个热水袋：“有多的，给你。”

阮喻跟他道了声谢，顺嘴问：“你俩对戏对得怎么样了？”

孙妙含拍拍胸脯：“没问题！”

李识灿也点点头：“可以了。”

阮喻看他俩自信满满的样子，似乎不是特别放心，叮嘱道：“你们别看这场戏只有男主角那句六个字的台词，其实里面包含的感情是整部电影里最充沛的。那种感觉就像喷泉泵压到极致，又在爆发的边缘猛然抑制住……没有台词的外化才是最难的。我还奇怪为什么一开机就拍这段重场戏。”

孙妙含说：“可能是为了节约经费吧，毕竟有现成的群演和气氛道具呢。”

阮喻点点头，又疑惑地皱了皱眉，小声说：“不过……一般拍摄的时候都需要群演配合导演的调度，我们这样直接拍摄学生们的跨年实况，不会显得画面有点乱吗？”

“这个嘛……”孙妙含干巴巴地眨了眨眼，挠挠头，用手肘撞了一下旁边的李识灿。

李识灿“哦”了一声，解释道：“导演说我们这部电影的风格就是要贴近生活，记录学生们真实的跨年场景能达到最好的效果，是吧，妙含？”

“是是是！我看导演以前也拍过类似的片子，那场面气势恢宏，观影效果特别好！”

“对，我们这画面拍出来肯定也能惊艳四座。”

阮喻点点头，心想是自己不懂行了。不过今天这个剧组，从过分随和的导演到格外自信的两个主演，好像都有点怪怪的。

阮喻摸不着头脑地坐在棚里，暂时无事可做，给许淮颂发去消息，讲述了这些让她的第六感直觉“有鬼”的事。

许淮颂：“别人的第六感可能很灵验，你的第六感还是不要轻易当真了。”

软玉：“你什么意思，今天嘴里藏刀啦？”

许淮颂：“你不记得当初是谁把明星的保姆车脑补成绑匪的劫车了吗？”

软玉：“……”

阮喻不得不承认，许淮颂说得很中肯，很在理。

被说服了的阮喻放下了自己的第六感，耐心等待零点的到来。

一直到十一点半，上千名群演终于被导演喊到操场就位。紧接着，十一点五十分，两位主角也走进绿茵场。

工作人员来来回回确认着灯光和烟火的点位。五十五分的时候，有人叫了阮喻的名字：“阮姐，麻烦你来看一下取景角度。”

阮喻正想给许淮颂发消息播报现场情况，闻声放下手机，一头雾水地走了出去。取景角度为什么由她来看？她又不是“阮导”。

阮喻被工作人员领到了操场中央，听导演讲着复杂的专业术语，最后只听懂了一句：“小阮啊，第一幕我们不拍主演，取大景，你就站在这里感受一下场景符不符合原著的氛围。”

虽然她没拍过电影，但怎么觉得这模式有点怪异？

阮喻小心翼翼地问：“导演，我脚下这个是中心点吧，站这儿不会被拍到吗？”

导演说不会，又跟她解释了一堆专业术语。她听得一愣一愣的，等反应过来，时间已经到五十九分了。

导演“哎呀”一声，一拍大腿，举着喇叭喊：“来，现场所有人，倒计时准备。”说完，导演又转头再三强调，“千万站好这个点，抬起头，用心去感受！”

“……”

被许淮颂打消的疑虑再次在心里滋生，阮喻开始怀疑，她是不是遇到了一个奇葩的敷衍剧组。

群演在导演的指挥下簇拥着阮喻围成圈，而她就像被赶鸭子上架一样，站在了整个操场的中心。

银河铺在头顶，漫天星辰熠熠生辉。

四面开启了倒计时："五——四——三——二——"

计数到"一"，烟花炸开。火树银花倏然升空，从天际落下五光十色的绚丽轨迹。

满目璀璨里，一只手牵住了阮喻。

阮喻差点惊叫出声，声音溢到嘴边却先偏头看见了手的主人。

明明灭灭的光影里，她看见这个人穿着一身得体的西装，戴着一副金丝边眼镜，正低着头，含笑看着她。

许淮颂。是明明应该身在一万多公里外的许淮颂。

阮喻张着嘴，震惊得无以复加，缓缓扭头，看了看四周笑望着他们的所有人，明白了过来。

电影根本不是这么拍的。没有什么奇葩的剧组，只有被收买的人心——上千颗被收买的人心。从出品人到制片人再到导演，从许怀诗到孙妙含再到李识灿，她今天遇见的每一个"奇怪"的人，都在帮许淮颂准备这一刻。

阮喻紧紧盯着许淮颂，心脏后知后觉地"怦怦"跳了起来，与头顶的烟火炸成了一个频率。

在银河和烟火的共同见证下，多年前的那个瞬间和多年后的这个瞬间仿佛完成了一场跨越时空的共振。

可是这一次，直到烟火燃尽，他也没有放开她。

似乎是预感到接下来要发生的事，阮喻紧张地吞咽了一下。

周围有上千人，却没有一个人发出声音。所有人都在静静地等许淮颂开口。

然后，他们看见男主角在亮如白昼的灯光下，拉着女主角的手说："九年前的这一天，我在这里撒了一个谎，骗了我喜欢的女孩子。九年后的这一天，我又骗了她一次，让一千多人跟我一起撒了一天的谎。那么多谎，为了解释最初的那一个，为了告诉她，我虽有过满嘴的谎话，但自始至终只有一颗喜欢她的心。"

"九年前的那场烟火下，我没有告诉她，其实那晚烟火燃放前的十分钟，我一直站在看台高处，最后三十秒才在人群里找到她，从护栏跳下。"

"我也没有告诉她，其实不止操场看台，那些年，在体育馆的篮球场，图书馆的阅览室，食堂的打菜窗口，教学楼的走廊，艺术馆的琴房……我都一遍一遍找过她。"

"曾经的我藏了太多太多的秘密，没有开口就选择了放弃，可因为这颗喜欢她的心，我最终花了九年的时间，兜兜转转走回到了这一天，重新来到这场烟火下，来到她的面前。"

许淮颂说到这里笑了笑，拿出一个深蓝色的戒指盒，郑重打开，面朝她单膝跪了下去。

众人终于忍不住发出惊叹与欢呼。

阮喻鼻尖一酸，目光随之闪烁出晶莹的光芒。她的眼底倒映着钻戒和他，比天上的星星还要耀眼。

许淮颂仰视着她，继续说：“我来到这里，想用未来的九年、十九年、九十年，告诉她过去所有关于我喜欢她的秘密，想问问她是否愿意听。所以，阮喻，你愿意嫁给我吗？”

——阮喻，你愿意嫁给我吗？

在这一刻到来之前，她以为，身为一个言情作者的自己，应该会对这句话有许多别出心裁的回答。

浪漫的、特别的、标新立异的。

可是当这一刻真正来临，她在满世界的寂静里失去了所有思考的能力。

就像回应“我爱你”的话语，似乎只能是“我也爱你”，她说不出任何别具一格的言辞。

平凡又渺小的他们，在遇见爱情时，最终还是落入了一个俗套的结局。

而她也像世上所有被爱的女孩一样，在这一刻热泪盈眶，对那个凝望着她的人郑重地点了点头，告诉他：“我愿意。”

（全文完）

番外一 少女情怀总是诗

求婚仪式结束后，电影需要继续照常拍摄。场地布置进行了一些小幅调整，所以群演们有一刻钟的休息时间。

学生们一哄而散，坐上看台喝起剧组发的姜茶，三五成群地热热闹闹地讨论刚才的事情，只有许怀诗一个人在看台角落哭得稀里哗啦。

她正真情实感地喜极而泣，忽然听见一道煞风景的男声：“许怀诗，你哭得跟个二傻子似的干吗呢？”

许怀诗抬起头，一眼看到赵铁杵在自己面前，一米八几的个头，高得像随时预备给她来个“泰山压顶”。

许怀诗拿袖子抹抹眼泪，瞪着他说：“谁是二傻子？”

赵铁“啧”了一声：“爱哭鼻子还不随身带纸巾。”说着从裤兜里抽出一包纸巾，递给她一张。

许怀诗接过纸巾，不甘示弱地反驳：“那你又不爱哭鼻子，随身带纸巾是为了擦口水吗？”

“我这是早知道你今晚会哭成二傻子，特意准备的好吗？”赵铁的声音逐渐变轻。

许怀诗似乎被“二傻子”这个称呼气到了，擦眼泪的动作一停，一扔纸巾不领情地说：“什么破纸巾，这么糙。”

“比我手还糙？”

许怀诗愣了愣，还没来得及明白这话的意思，就看到赵铁抬起手，用拇指指腹轻轻擦去她眼下的泪痕，一边轻轻地动作，一边唉声叹气："那早知道不买了，还不如直接用手呢。"

许怀诗浑身一僵，等反应过来，一把拍开他的手，猛地站起来："当然是你的手更糙……"说着，她捏着裙摆急匆匆地跑下看台，临到最后一级台阶时，一个不稳差点绊了一跤。

"哎，你不是夜盲吗，瞎跑什么！"赵铁长腿一跨追上去，三两步就拽住她的胳膊，"干什么去？"

许怀诗甩开他，觉得脸颊被他擦过的地方火辣辣地发烫："洗脸，你这手糙死了，我都要毁容了！"

"……"

眼看她拐进了看台下的女厕所，赵铁只好在门口止步。他转头要走，又想到大半夜的，学校里这么多社会人士，他不太放心，于是在台阶上坐了下来。

这一坐，他倒想起第一次在这儿遇见许怀诗的情景了。

高一上学期文理还没分班，他和她还不是同班同学。当时他班上的男生多，又皮又闹腾。有次体育课，一帮人打球起了争执。

事后，他气得一个人闷坐在这级台阶上。一抬眼，看见女厕所的门被拉开一道缝，一只眼睛探出来，见他凶神恶煞地坐在这里，又迅速缩了回去。

他愣了愣，明白过来，这女生是听到了隔壁男厕所的动静，一直躲着不敢出来，没声了才探头出来看情况。

他冲女厕所喊："同学，慌什么呢？这都散场了！"

隔着门板，女厕所里传来一个壮着气势的女声："散场了还不走，杵这儿当门神呢！"

他觉得好笑，起身上前反问："怎么，不行？"

没想到她一听他的声音靠近，"啊"地惊叫起来："你别进来！这是女厕所，有三把拖把，你敢进来我就用拖把抡你！"

他被气笑了："同学，我不对女生动手的。"

"那你还不走？"

"你先出来我再走。"

"你走了我再出来。"

"你先出来。"

"你先走。"

两人僵持不下，他没了耐心，握上门把手："你出来，我就看看你长什么样。"

她死死往里拽着门不松手："你以为我傻啊？被你看到脸，我以后还有活路吗？”

“……你是不是电视剧看多了？”

他开始大力拉门，她也开始大喊：“救命啊，有没有人，救命啊——”

这声音引来了附近的体育老师，他只好放弃，转头灰溜溜地离开。当时他真不知道，里面的人就是许怀诗。后来知道，纯粹是因为许怀诗自己露了马脚。

一星期后，同样是星期三，同样是体育课后，他抱着篮球一路从操场走回教室，在看台附近碰见一群正在说笑的女生。

为首的一个女孩子讲得滔滔不绝，眉飞色舞，一眼看到他后，却突然住了嘴。

一旁几个女生催问她：“然后呢？”

她闭嘴不答，脸色像见了鬼一样变得煞白，加快脚步从他身边经过。

他好奇地回头望了一眼，正好对上她也看过来的眼神。四目相接时，他恍然大悟，怕是上次女厕所里的那个女生，担心他认出她的声音吧。

但他当时已经完全把这事抛在了脑后，更别说记得她的声音了。倒是这次，把她的脸看了个清楚。

人挺有趣，长得也挺好看。

他回去后就跟同学打听她，知道了她的名字。不久之后分班，又听说她选了文科。

他想着自己反正也不爱念书，理科的题不会就是不会，念文科说不定还能靠死记硬背拿分，于是笔轻轻一钩，也跟着选了文科，觉得要是能跟她同班，这日子可得添不少乐趣。

下学期开学，他如愿以偿地跟许怀诗分在了一个班。

班主任是语文老师，而许怀诗刚好语文拔尖，深得班主任信任，头一天就被分配了点名任务。点到他的时候，她一身浩然正气，铿锵有力地念出：“赵，铁！”

班上没有人应。鸦雀无声的三秒过后，他咬着牙举手：“同学，你是语文课代表，你不识字？那个字是‘轶’，车失轶。”

全班哄堂大笑。许怀诗从点名册上抬起头来，看清他的脸后明显吓了一跳，却又壮着胆子说：“不允许语文课代表近视啊？”

回忆到这里，赵轶“嗤”地笑了一声，又记起因为许怀诗，自己被班上同学喊了两年“赵铁”，叹了口气。

一笑一叹间，女厕所的门被推开了一道缝。听见动静的许怀诗探出头来：

“你没走啊？”

他站起来：“怎么，你这半天终于磨蹭完了？”

“不是，没完呢……”她声音低了下去，左右看看，“赵大，你带手机了吗？”

许怀诗对他的称呼分两种，没事喊“赵铁”，有事叫“赵大”，赵铁也习惯了，远远答道：“带了，怎么？”

“我手机没在身上，你能借我打个电话吗？”

“能啊，你出来吧。”

“你先借我手机。”

“打电话干吗非在厕所？你出来啊。”

“我就是……哎呀，你借不借？不借就帮忙把我嫂子喊来！”

赵铁愣了愣，琢磨了一下：“怎么了你？”

许怀诗跺跺脚，急了：“我就是找我嫂子有事！”

赵铁摸摸鼻子，“哦”了一声，好像隐隐约约地猜到了什么，掏出手机，解锁后递给她，退后说道：“那我坐在门口等你。”

许怀诗没有回应，转身匆匆回了厕所。她记不住阮喻的电话号码，只能拨给许淮颂：“哥，你还在学校吧？嫂子和你在一起吗？”

“在，有什么事吗？”

“你把电话给她。”

阮喻接通后“喂”了一声，许怀诗压低声音问：“嫂子，你带卫生巾了吗？我例假来了……”

“啊，没带呢，我去买了给你送来，你在哪儿？”

“看台底下的厕所。”

“好，你等我一会儿啊。”

那头挂了电话，许怀诗捂着隐隐作痛的肚子，蹲在昏暗的厕所里。过了好半天也没见人，百无聊赖之下，她下意识地解锁了手机，然后看见一张完全陌生的手机壁纸。

她一愣。哦，她都痛经痛糊涂了，这是赵铁的手机，不是她的。

于是，她又按下了锁屏键，但在按下去的一瞬间忽然愣在了原地——这不是她的手机，那为什么她的指纹能解开锁？

许怀诗背靠墙面，很久没有动，直到听见门外传来许淮颂的声音：“我在外面等你，黑灯瞎火的，当心台阶。”

接着，阮喻说：“知道了，这里我熟。”

许怀诗离开墙面站直，冲着拎着包进来的阮喻挥手：“嫂子，麻烦你了。”

“你哥才是真麻烦。”阮喻压低声音，把卫生巾递给许怀诗，“我说去小卖部买点东西，也不出校，他非要跟着。”

许怀诗笑了笑，也压低声音：“那我同学还在门口吗？”

“你说赵轶？他在跟你哥聊天呢。”

“哦，你看，也是个麻烦的。”

阮喻稍稍一滞，从许怀诗的语气里听出几分不寻常的味道。

“嫂子，你手借我一下。”许怀诗打断了阮喻的深思。

阮喻伸手过去，被她捏着大拇指去给手机解锁。结果当然显示解锁失败。

许怀诗又拿自己的大拇指按了一次，依然成功。

“幼稚死了。”许怀诗吐槽了一句，把手机交给阮喻保管，去隔间上厕所了。

阮喻捏着手机，略一猜想就拼凑出了前因后果，走到隔间门边问：“怀诗，你跟赵轶关系很好吗？”

“才没有。”许怀诗脱口而出，又补充强调了一句，“我们只是普通同学，最普通的那种！”

阮喻无声一笑，等许怀诗出来以后把手机还给她：“那走吧。”

许怀诗点点头，跟着阮喻走出厕所，捂着肚子说：“嫂子，我肚子疼，要不不去当群演了，反正刚才我也算留下镜头了，那边少我一个不少。你在片场没事的话，陪我去小卖部吃个热乎的关东煮吧。”

阮喻应好，猜她是有什么话想说，到门口打发了许淮颂和赵轶，跟她单独去了小卖部。

前半程路，许怀诗一直没开口，临近小卖部才说：“嫂子，其实我早就知道了。”

阮喻偏过头：“知道什么？”

“赵轶对我很好。”许怀诗低头朝掌心哈了口气，“我们天天低头不见抬头见的，他对我好，我怎么会看不出来啊。”

他一个连扫把都懒得拿，开电风扇“扫垃圾”的人，却会在她值日的时候帮她擦黑板，吃了一嘴的粉笔灰，还说“这粉笔什么牌子，味道不错”。

他一个假期作业九成新，连抄都懒得抄的人，却会在知道她漏做一份卷子后，厚着脸皮跟人求来答案，还跟她说“咱们学委可太热情了，硬把这答案塞我手里，拦也拦不住”。

他一个校运会跳高冠军预备选手，却在发现跳高项目与她的 1500 米长跑时间冲突后，直接弃赛来陪她跑，还说“这届跳高裁判是我的死对头，这跳的不是高是命，不玩了不玩了”。

但她的确够迟钝。因为他在擦黑板时嘲笑她矮，给她答案时损她“你也有今天”，为她陪跑时说她脸白得像鬼，她忽视了这些行为本身的含义，长久以来把他的好意当成了“无聊的挑衅”。

直到半年前，几个隔壁班的男生出言调戏她，他为她与人起了争执，她才真正意识到他一直在保护她。

可是意识到以后，她就害怕了。就像原本空无一物的肩膀忽然被压上千钧的重量，这样的好意让她喘不过气来，她不愿意背负它。

所以那件事以后，她开始有意躲着赵铁，躲了整个暑假，直到赵铁感觉到了她的疏远，开学后便和班上其他同学热热闹闹地搭起腔来，不再跟她说话。

就这么过了一个秋天，到了冬天，她想他大概就是三分钟热度，两人这么僵持着也怪难受的，才主动和他扯嘴皮说笑，修复了这段友谊。

然而，那部手机上的指纹解锁只能是在她睡觉时，他偷偷录入的。然而，自十月份天气转凉后，她根本没有在教室午睡过。他一边假装与别人打得火热，一边却暗中录入她的指纹，他可真是厉害。

想到这里，许怀诗撇了撇嘴，忽然听见阮喻问："那你是什么想法？"

"你看我知道却装作不知道的样子，能有什么想法呀？"

"嗯……知道却装作不知道，也不一定就是毫无想法。"

"哎呀，嫂子！"许怀诗觑她一眼，"你怎么还说破呢！"

"因为我想告诉你，你要是不知道他的想法，那没关系。如果知道了又对此有所触动的话，一味逃避并不能解决问题，这会分散你的注意力，让你的情绪反复波动，影响你的学习。"

许怀诗眨了眨眼，有点心虚地"哦"了一声。

"怀诗，你们这个年纪的相遇很美好。而你们的关系是对你们造成负面影响还是起到积极作用，是你可以去引导的。你是聪明人，到了这份上，与其踌躇不前，瞻前顾后，让自己受到不健康的情绪困扰，不如直面这个问题，然后用理智的、对你和他都好的方式去处理好它。"

许怀诗整个元旦假期都在思考阮喻的话。返校的那天，她提前半天离开家，给赵铁打了个电话，约他到学校附近的奶茶店碰面。

因为是临时邀约，赵铁来得晚了些。一进来，他就摘下围巾，搓搓手说："干吗，又要密谋什么偷闯校史馆的计划？"

许怀诗摇摇头，觑着他说："你元旦作业做了吗？"

"你看我像是会做作业的人吗？你要抄作业早说嘛，我先去问人……"

"我做完了。"许怀诗从包里掏出一沓试卷。

"哦，你是要给我抄啊？那不用……"

"赵铁！"许怀诗打断他，"谁让你抄作业了？你上课不听讲，下课不背书，作业从不做，考试全靠蒙，到底想不想考大学了啊？"

赵铁一愣："你干吗？老班上身啊？"

许怀诗严肃地皱着眉："你好好回答我，还有五个多月就高考了，你到底想不想上大学？"

赵铁迟疑着答："能上就上，不能上就拉倒呗。"

“那……”

“那什么？”

许怀诗“那”了两次也没说出个所以然，改口说：“手机给我。”

赵铁掏出手机，然后眼睁睁地看她用自己的拇指解了锁。

“……”

赵铁沉默片刻，很快激动起来：“你什么时候偷拿我手机录了自己的指纹？”

许怀诗咬着牙看他：“你再说一遍？到底是我偷拿你手机，还是你偷录我指纹？”

赵铁喉结一滚，“哦”了一声，默认了后者。

“刚才没说完的，继续。你说大学能上就上，不能上就拉倒，那……那你是不是也无所谓，以后这个指纹还能不能解开你的手机？”

赵铁愣了愣：“你什么意思？”

“我的意思是……”许怀诗深吸一口气说，“你不想跟我上同一所大学吗？”

赵铁一愣过后，两排白牙锃亮地一闪，露出个笑来：“你想啊？缺保镖？”

他还在装傻。许怀诗气得说不出话，一边拿起桌上的卷子往书包里塞，一边说：“是，我缺保镖，你缺心眼！”

许怀诗起身就走，一把推开奶茶店的门，被冷风激得打了个哆嗦。刚走了两步，忽然被身后的人一把拽住了手。

宽厚的手掌握住她的手腕，她认得这个触感，其实并没有她说的那样粗糙。相反，在四面呼啸的冷风里，它有一点温暖。

许怀诗顿住脚步，听见身后的人语速缓慢地说：“我想。我想跟你上同一所大学。”

这句话就像一根羽毛拂过她的耳郭，很轻，却因为靠近耳膜，在她的听觉世界产生了巨大的震响。

短短十个字，是在他们这个年纪能给予的，最珍贵的誓言。

许怀诗没有回头。这一刻，目光所及仿佛成了聚焦在冬日柔光下的电影画面——

街上来来往往、行色匆匆的路人；对面报刊亭边撑伞、穿着红裙的女孩子；缓缓朝这边驶来，最后停靠在斜前方站台的19路公交车。

还有，从她眼前慢慢飘下，落在她鞋尖上的一朵白色雪花。

她跟着低下头去，眼看它转瞬融化成雪水，文不对题地说：“下雪了。”

“嗯，”赵铁抬起头，望向头顶纷纷扬扬落下的白雪，“下雪了。”

元旦假期过后，全校的老师都听说七班有个不学无术的男生突然转了性。最开始消息是从宿管阿姨嘴里走漏的。

有天晚上，宿管阿姨查房，听见二楼男生宿舍的阳台传来说话声，她怒气冲冲地“杀”上去，却看见赵铁顶着黑眼圈，打着手电在那儿背“和平统一，一国两制”。

第二天，阿姨抹着感动的泪水找上七班班主任。

班主任正感叹孩子读书刻苦，一问姓名，脸却黑了下来：“您别被那小子骗了，他政治课本里夹着课外书呢。”然后就把赵铁叫到办公室教育了一通。

赵铁也懒得反驳，一边在脑子里默背历史，一边心不在焉地敷衍过去。出门的时候碰上历史老师，他突然问：“老师，世界上第一辆汽车是哪年发明的来着？”

历史老师一愣，说：“1885 年。”

赵铁右手握成拳，往左手掌心一敲：“对，是‘你爸爸我’发明了汽车……”

满办公室的老师面面相觑，历史老师缓缓扭头，看着赵铁风风火火走远的背影，难以置信地扶了一下眼镜。

一次可能是巧合，但有关赵铁的“光荣事迹”接二连三地传到办公室，连班主任都不得不信了。

直到临近期末考试的一天，数学老师在课前五分钟到达教室，准备分析试卷，却听见趴着打瞌睡的赵铁吼出一句梦话：“你放屁！乌兰巴托明明是温带大陆性气候！”

从那之后，班主任彻底意识到问题的严重性，怀疑这孩子学习压力太大，精神崩溃了，于是在周五傍晚的放学时间叫来了赵铁的妈妈。

学校里的大部分学生都回了家，只有一些高三生自主地留堂学习，赵铁也在其中。

班主任和赵妈妈在办公室谈完，一路忧心忡忡地走向教室，到了七班窗边，隐约听见一个女声：“你辅助线都画错了，当然解不出来，这题该这样画辅助线……”

两人下意识地放轻脚步，从窗缝往里看，一眼望见后排一个穿校服的女生搬了把椅子坐在赵铁的旁边，正低头往卷子上画辅助线，画完偏头看他：“这样懂了吗？”

“好像懂了，我再试试。”赵铁拿过笔开始推演，三分钟后猛拍了一下桌子。

女生吓了一跳，拍着胸脯瞪眼看他：“你干吗啊？”

赵铁欣喜若狂：“我算出来了，真的是 45 度！”

“这么简单的题，激动什么……”女生觑他一眼，撇过头却弯唇笑起来，等他看向她，又重新板起脸，凶巴巴地说，“还有哪道题不会，赶紧问，我要回家了。”

窗边的两个大人对视一眼，悄声走远了。

许怀诗给赵铁讲完一张数学卷子，太阳已经落山了。看她背上书包往外走，赵铁喊住她："你怎么回家啊？"

"还是老样子咯，坐公交车。"

"那我送你去车站，等我一下。"

"矫情什么，我不认路啊？"许怀诗冷嗤一声，先一步离开了教室，走到校门口，却听身后风声呼啸，接着赵铁连人带自行车停在了她面前。

他气喘吁吁地说："叫你等我一下了。"

许怀诗眨眨眼："你自行车什么时候加的后座？"

"我都加了快一个月了，你那眼睛就没看过我是吧？"

"不就一辆自行车，又不是卡雷拉。"

赵铁"呵"了一声："你喜欢卡雷拉？我家的雷文顿够换十辆卡雷拉。"

"你可别吹了，这种全球限量的豪车来过一次，第二天你就全校闻名了，这都快三年了，我怎么没听说过？"

"那是我家低调，炫富多不符合社会主义核心价值观。"

"那你现在在干什么？"

"我不就是……"

赵铁想说自己不就是被她激将了，但显然许怀诗听他瞎扯惯了，完全没信："嗯，你这哪是在炫富，不就是在胡说嘛。"

赵铁懒得再说，"啧"了一声："你上不上来啊？"

"不上，冷死了，还不如走路暖和。"

见许怀诗转头就走，赵铁拦住她，摘下自己的围巾，把她连脖子带脸地裹了个严实："快点，末班车只剩五分钟了。"

许怀诗低头看了眼手表，"啊"了一声。原来是这样他才非要送她的。

她飞快跳上自行车后座："你早说呀，还在这儿跟我闲扯什么'豪门少爷在身边'的狗血剧情，快快！"

"嫌慢？那你坐稳了就行。"

赵铁一踩脚踏板飞骑出去，许怀诗身子一歪，吓得她猛然抱紧他："你杀人啊？"

"你才是要杀人吧？"赵铁被她勒得气都喘不过来了。

自行车三分钟飞驰到车站，两人都被狂风吹得狼狈不堪。

许怀诗顶着一头乱糟糟的头发，把围巾摘下来，刚要递还给赵铁，远远看见一辆银灰色跑车驶了过来。

"说曹操，曹操就到"的雷文顿？车刹停，车窗降下，一个女人的脸露了出来，许怀诗瞧着有点眼熟。

赵铁接围巾的动作顿住，惊讶地说："妈，你怎么来了？"

"……"

许怀诗的脸有点疼。跟赵铁同窗两年，她当然看得出他家里经济条件不错，但实在没想到不错到这种地步。

赵铁生怕他妈又误会什么，解释道：“妈，她是……”

“我知道。”赵妈妈却笑起来，看向许怀诗，“怀诗是吗？上车吧，阿姨送你回家。”

那个上次还在警局门口用“给你五百万，离开我儿子”的眼神看着她的阿姨，此刻的目光变成了——“这小姑娘真伶俐”。

许怀诗看看赵铁，见他也一头雾水，慌忙摆手：“不用了，阿姨，我等的车就快到了。”

“你坐几路？”

“19路。”

“阿姨刚看到末班车开走了。”

许怀诗低低地“啊”了一声，又看赵铁。

赵铁努努下巴：“那就上去呗。”

许怀诗“哦”了一声，跟赵妈妈道谢，上车后却忽然觉得哪里不对劲，指着外面的赵铁问：“阿姨，我坐了您的车，那他……”这车没有后座啊。

“平时家里也不接送他，骑车正好锻炼身体，他自己会回去。”赵妈妈说完，微笑着踩下油门。

许怀诗反应过来，及时把围巾丢出车窗给赵铁。

围巾顺着几十迈的风飞来，糊上赵铁的脸，他差点窒息，一把扯下，抬眼却见一辆19路公交车姗姗来迟，停在了他的面前。

许怀诗坐着赵妈妈的跑车到家后，感觉脚底像踩在棉花上一样，整个人又虚又飘。

她不敢跟妈妈和外婆分享这件事，回家后憋着做了两套题，到晚上十点实在憋不住了，才在书房拿出手机，打开微信，把今天发生的事讲给阮喻听：“赵铁的妈妈在送我回来的路上还说谢谢我关照他的学习，邀请我寒假期间去他们家做客。他们家不会是那种大庄园吧？”

阮喻在那头感慨：“真是小说源于生活啊，我下次要写霸道总裁文了就找你取材。”

许怀诗：“他是哪门子霸道总裁，整一个傻缺少爷！我经常一道题要给他讲三遍，三遍啊，猪都听会了！”

可能是背后不能说人坏话，许怀诗刚跟阮喻吐槽完，手机一振，赵铁的微信消息进来了：“睡了没？”

许怀诗：“睡了。”

赵铁：“……”

许怀诗：“打什么省略号，有话快说。”

赵轶："古代史背得我头晕。"
许怀诗："头晕你吃药去呀，找我干吗？"
赵轶："你有空的话，把古代史纲要三到五页念一遍，录个音发给我，我躺床上听去。"
许怀诗："我吃饱了撑的，有病？"
赵轶："就跟平时早读似的，要不了你二十分钟，这不刚好你自己也巩固巩固知识。"
许怀诗："那我也不念，大半夜的，我家里人都睡了！"
赵轶："哦。"
什么态度？许怀诗冲屏幕飞了个眼刀子，把手机翻了个面丢去一旁充电，转头去浴室洗漱，出来后原本打算躺下休息了，掀开被子又下床去，拿起手机打开录音界面。
她唉声叹气地带着历史提纲躲进厕所，压低声音，清清嗓子念："措施方面：以三省六部制加强中央集权，科举制改革选官制度……"
一鼓作气读完一页，许怀诗按下暂停，去外面倒了杯水喝，回来继续。念到最后昏昏欲睡，晕晕乎乎地，她对着手机恶狠狠地说："累死了！还剩半页不念了。"说完站起来，正要按下结束键，又像想起什么一样顿住，沉默片刻，放轻了声音说，"晚安。"
完成录音后，她把文件发送到赵轶的邮箱。
一个星期后的期末考试，赵轶的历史成绩有一半得分都来自那三页的知识点上，也不知道是听了多少遍。

一中放了寒假，不久后就是春节。许淮颂和阮喻到苏市过年，阮爸阮妈也被接回了老家。
除夕夜，两大家子热热闹闹地一起吃过年夜饭，聚在客厅看春晚。等老一辈困了散场，许怀诗也不想当许淮颂和阮喻的电灯泡，于是回了自己房间，一边跟班上两个同学打游戏，一边守岁等零点。
语音里传来同桌的声音："三缺一啊，赵大不来吗？"
许怀诗打了个哈欠说："问了，他说没空。"
本来她并不觉得赵轶一个小屁孩在除夕夜有什么好忙活的，但自从上回见识了那辆雷文顿，她有理由相信，他们家过年可能真的隆重非凡。
说不定就像小说里写的豪门一样，四世同堂、枝繁叶茂的大家族，一大家子男女老少穿着晚礼服，办场酒宴啊，搞个舞会啊，大家一起推杯换盏，喝喝香槟，聊聊各家的生意，谈谈商界的未来……
许怀诗轻轻"啧"了一声，似乎对自己想到赵轶这件事十分不满，低下头专心打游戏去了。

就这样，一把又一把，她玩得起劲，到最后连等零点这事也给忘了，直到一个视频邀请突然弹出来，中断了她的游戏界面——是赵轶打来的。

她猛拍了一下床单，一接通就气急败坏地说："赵……"话一出口，却看见一个温柔貌美的女人。

许怀诗滑到嘴边的"铁"字硬生生一拐，接上一声干巴巴的笑："……轶妈妈。"

对面的赵妈妈好像人在室外，背景是一栋白色别墅，她微笑着说："怀诗你好，阿姨用支付宝发了个小红包给你，祝你新年快乐，你记得收。"

许怀诗愣了愣，还没反应过来，就听见赵轶的喊声："妈，零点快到了，你快把手机给我！"

接着镜头一晃，屏幕上换成了赵轶的脸。

许怀诗被赵妈妈的话转移了注意力，也忘了跟赵轶追究游戏中断的事，不知道赵妈妈有没有走远，她小声地问他："什么红包啊……"

"压岁钱吧。"赵轶话音刚落，背景里传来"咻"的一声烟火升空的响动，他把镜头一转，对准了天空，"看得见吗？"

许怀诗"哇"地惊叹出声，看见满屏幕璀璨的银黄色从漆黑的天际流泻下来。

赵轶知道她看见了，一边举着手机一边说："你那边的小区禁止燃放烟花，不过，我在郊区。"

许怀诗真情实感地感慨："真好，我都好多年没放过烟花了……"

没想到赵妈妈还在一旁，听见这话立刻说："叫怀诗正月有空来做客，我们再放一场。"

赵轶"哦"了一声，重复了一遍："我妈叫你正月有空来家里做客。"

许怀诗有点受不住母子俩热情的招呼，笑呵呵地打着马虎眼。等到烟花燃尽，她挂了视频，打开支付宝，吓得手一抖，手机"啪"的一声摔下了床。

她赶紧弯腰去捡，拿起手机再看了一遍。没错，她收到了一笔 8888 元的转账。这就是赵轶妈妈所谓的"小红包"？

许怀诗当然不敢收这笔钱，跑去敲开哥哥房间的门，问自己该怎么办才好。

许淮颂和阮喻对视一眼。阮喻说："压岁钱毕竟是有寓意的，直接退回去不太合适。"

许淮颂"嗯"了一声，问许怀诗："你同学的支付宝账号是多少？"

"要做什么？"

阮喻解释："这种时候，你哥给你同学也发一个红包，既尽到了礼数，也好让你安心。"

许怀诗连连点头，把赵轶的支付宝账号发给许淮颂："那哥你给的可不能比他妈妈少啊。"

“还用你说？”许淮颂觑了许怀诗一眼，反手给赵铁发了一个9999元的红包。

正月里，许怀诗当然没好意思真上赵铁家做客，不过，初五那天，她跟赵铁一起去了市图书馆自习，把几张数学卷子给他讲解了一遍。

元宵节一过，他们就回学校了。念了两个星期书，很快到了百日誓师的日子。

誓师过后，教室的黑板上挂上了倒计时牌，一旁的墙面贴上了全班同学人手一张的卡片。卡片的正面是一句座右铭，背面写了每个人理想中的大学。

许怀诗写了“我想考杭大”。贴完卡片后，她问赵铁写的是什么。

赵铁很没意趣地说：“好奇啊？那你撕下来自己看啊。”

许怀诗冷嗤一声，说自己一点也不好奇。等到晚自修结束，教室里的人都走空了，她却做贼似的来到墙边，找到了赵铁的那张卡片。

他的座右铭是：努力吧，因为读不好书就要回去继承家业。

“……”

她气得一噎，差点想掉头走人，鞋尖一转又停下来，回过头，小心翼翼地撕开了那张卡片。

背面的字迹明显比正面工整、严谨，看得出来，他写得很认真：我想考许怀诗想考的大学。

许怀诗捏着卡片滞在那里，半晌后，把卡片重新贴了回去，揉揉发酸的鼻子，骂了一句：“蠢货。”

下一刻，窗边传来一个男声：“骂谁呢你？”

许怀诗“啊”地惊叫了一声，回过头，看见赵铁趴在那里，一脸不爽。

“魂都被你吓没了！”她惊魂未定地缓着气。

“不做亏心事，不怕鬼敲门，是你偷鸡摸狗在先，怪我？”

许怀诗把教室的灯和门窗关严实，走到门外冷哼着说：“是啊，我偷摸了狗的卡片。”说着转身下了楼梯。

赵铁嘴角一抽，追了上去：“去哪儿啊？”

楼道黑漆漆的，许怀诗有夜盲症，看得不太清楚，一边走一边回答他：“当然是回宿舍……”话说到一半，脚下一空。

赵铁一把拽住她：“当心点啊。”

“你不是会拽着我吗？”她看了他一眼，好像真没被刚才那一下踩空吓到，继续往下走。

赵铁在她身后顿了一下，跟上去说：“那我要是考不上你念的大学呢，谁还会在这种时候拽着你？”

许怀诗笑着瞥他：“哟，你可别把自己看太高了，你考不上，也会有别人拽着我。”

赵铁一副要开骂的样子，话到嘴边却又咽了回去，垂下眼说：“嗯，也是。”

许怀诗微微一窒。原本无意中说出口的玩笑话，突然让两人陷入了一种古怪的气氛。

她张了张嘴想解释什么，却又不知该如何表达。沉默着下楼后，她看见一道岔口出现在两人面前——往左是男生宿舍，往右是女生宿舍。这个高中三年走了无数次的岔口，在眼下这样的情境里，似乎被赋予了什么不一样的含义。

两人同时停住脚步，停在了那里，就这样僵持着，谁也没有先一步走上这个分道扬镳的节点。

漫长的僵持过后，赵铁说：“赶紧回去吧，宿舍楼快关门了。”

许怀诗却突然说：“我想去操场走一圈。”

赵铁偏过头不解地看着她，见她率先扭头迈开了步子，也就没问什么，跟了上去。

许怀诗走在前面，抬头望着天上的星星，说：“以前总想着苦过了高三就自由了，现在真的快毕业了，我又觉得其实高中生活也挺好的。”

赵铁走到与她并肩的位置：“再好也要结束的，该来的总会来。”

“那等到那一天来了以后，你想做什么？”

几乎是在听到这个问题的第一时间，赵铁心里就有了一个大胆的想法。但在许怀诗的注视下，他只是伸了个懒腰，把手枕在脑后，轻飘飘地道：“考完回家，上房揭瓦。”

就知道这人嘴里没一句正经。许怀诗恨铁不成钢地收回目光，不再说话。

两人安安静静地走完了一整圈操场，许怀诗带着赵铁绕到侧门，说：“从这儿回去吧。”

“干吗绕远路？”

她笑嘻嘻地踢着小石子：“先经过女生宿舍，再经过男生宿舍，这样就不用分道扬镳了啊。”

赵铁也跟着笑了起来：“好，那就不要分道扬镳。”

百日之后，时间过得越来越快，仿佛一眨眼就到了高考前夕。

因为一中是高考考点之一，所以高一高二的学生已经放假，而高三的学生也撤离到了初中部，临时借用教室。

高考前的最后一节晚自习结束，全年级的学生像是约好了一样，铃声响过三遍，却仍然没有人走出教室。

德育处主任朱峰走过静悄悄的走廊，经过七班时，敲了敲门板：“同学们，下课了，可以回宿舍了。看你们这一个个的，是要把当年逃过的晚自习都补回来吗？”

班上好几个女生听见这话都红了眼圈。许怀诗本来还没怎么呢，看见同桌开始擦眼泪，也跟着鼻子一酸，拿出了纸巾。

朱峰笑着走进来："哎呀，既然这样，咱们一起唱首歌吧。"

赵铁大声问："唱什么啊老师，您不是五音不全吗？"

全班哄堂大笑，许怀诗的眼泪一下子被笑声逼了回去，她回头看了后排的赵铁一眼。他正望着她笑，眼里也闪烁着晶莹的光芒。

朱峰扶了扶眼镜，看了赵铁一眼："来，就你小子，上来领唱，唱一首《年轻的战场》。"

赵铁搔了搔眉心："老师，我也五音不全啊。"

"那你找个五音俱全的同学帮你。"

赵铁站起来环顾了一圈，笑着指向许怀诗："老师，许怀诗会唱。"

被点到名的许怀诗扭头瞪了他一眼，班上却有其他同学跟着起哄："来一个！来一个！"

许怀诗在众人的"拱火"下站上了讲台，看着一向严厉的德育处主任今天格外和蔼慈祥的面庞，看着底下一张张熟悉的面庞，她忍着眼泪清了清嗓子，开始清唱："今天我，终于站在这年轻的战场，请你给我，一束爱的光芒。今天我，将要走向这胜利的远方，我要把这世界，为你点亮……"

"亮"字落下，底下的同学齐声合唱起来，五十几号人的歌声轰然惊动隔壁，六班和八班的同学听见了，也跟着唱了起来，一间又一间教室传了过去。

嘹亮的歌声震得整栋教学楼地动山摇。

许怀诗站在讲台上，终于没忍住落下滚烫的热泪。唱到最后，整个班的同学都是又哭又笑。

等歌唱完，朱峰也摘了眼镜开始抹眼泪，目送着学生们陆续离场。整座教学楼归于寂静，他才走出教室，望着夜色叹了口气："又是一届啊……"

高考三天，许怀诗没有主动和赵铁说话，她担心自己和他搭上腔就会在无形中给他施压。

赵铁也在埋头"抱佛脚"，一边给自己积极的心理暗示。每考完一门，被身边同学问起"怎么样"，他的回答都是同一个："可惜咯，我得晚四年继承家业了。"

别人只当他在开玩笑，只有许怀诗知道，这或许真的是一件非常"可惜"的事情。

最后一门考试结束的那天，晴空万里，考生们像流水一样涌出考场，一路欢呼。许怀诗也终于彻底放松下来，回教室的路上，她想起赵铁，停在路口望向人潮，想看看他出来了没有。

她站在台阶上踮着脚，拼命伸长了脖子瞧，却没注意到身后来了人，一只大手往她的肩上轻轻一拍。

她吓了一跳，回头就见赵轶冲她露齿一笑："找哪个帅哥呢？"

"……"

许怀诗一噎，很快理直气壮起来："对啊，考场上坐我前面的那个男生长得超好看，打算问问他的联系方式，认识一下，放手追求一把。"

赵轶一听就知道她在说笑，刚要说"得了吧"，还没开口，忽然看见一个唇红齿白的男生在许怀诗面前停住脚步，一张脸憋得通红："同学，你……你刚才说，你要加我的联系方式吗？"

许怀诗和赵轶对视一眼，一脸蒙。不会这么巧吧？她愣愣地看着面前的男生，眨了眨眼："你是坐我前面的？"

男生耳根都红了，朝她点了点头。

误会大了。许怀诗摆摆手想解释，旁边的赵轶气大发了，一把拽过她的手腕就走。

男生愣了一下，追上去："哎，同学，你可以不用追的，其实我也……"

赵轶一边大步流星地拽着许怀诗走，一边回头喊："你也什么？缺心眼吗？看不出名花有主了？"

"……"

许怀诗被赵轶扯得踉踉跄跄："你说谁有主了？"

赵轶一路把她带到教学楼下，停下脚步，等四周的人潮散去，问："你说呢？"

许怀诗装傻装得一本正经："我知道还问你吗？"

赵轶双手插进兜里，又拿出来，接着又插回兜里，重复几次后，说："我估算过了，考个大学应该没问题，就算上不了二本，也能凑合念个三本。"

许怀诗故作冷淡地说："可是杭大里大部分都是一本专业啊。"

"我早就查过了，也有个别专业是二本，和一本在同一个校区。如果上不了二本，杭大北边一公里和东边三公里，也各有一所三本院校。"

许怀诗望着天，小声说："漏了，西边五公里也有呢……"

赵轶顿了一下，笑出声来："你查得这么仔细？"

许怀诗瞅瞅他："我奔着杭大去，当然要调查好周边的地理环境、风土人情。"

"嗯，"赵轶收起笑意，"跑题了。"

见他严肃起来，许怀诗突然有点紧张，垂在身侧的手捏住裙摆，低头看向自己的帆布鞋的鞋尖。

赵轶轻咳一声，望着她头顶的发旋说："所以啊，就那么几公里，我腿长又有两米，只要你愿意，夜里晚自习结束，你看不清路，我还是可以陪你下楼梯，用……男朋友的身份陪你下楼梯。"

赵铁的眼神如火烧一般，许怀诗感觉头皮都快烫焦了，她伸手摸了摸头发，又“哦”了一声。

赵铁怒从中来：“我都表完态了，你倒是给句准话啊？”

许怀诗抬起头，跟着怒了：“你这是强买强卖吗？你又没问，我答什么？”

赵铁一噎，气势顿时又弱了下来，摸了摸鼻子说：“那你……愿不愿意做我女朋友？”

“不愿意！”许怀诗低哼一声，说完转身就跑。

赵铁被气笑了，一把将她拉回来，直接拉进了怀里：“你就是逼我强买强卖！”

教学楼上传来一阵起哄声：“噢——”

两人一抬头，才发现楼上栏杆边不知道什么时候趴了一群看戏的人。

许怀诗红着脸推开赵铁，狠狠地一脚踩上他的球鞋：“听不懂反话啊！”

番外二 好想和你咬耳朵

金秋十月，至坤律师事务所的两位“单身有为”男青年迎来了一个特别的任务：陪老板接亲。

对于国庆节还要加班做伴郎这件事，陈晖起初是叫苦不迭的。然而，婚礼当天一大早，当他和刘茂一同来到许淮颂位于杭市市区的新房时，他算了一笔账，发现红包金额相当于五倍工资，这才乐呵呵地说，欢迎以后多找他干这种活。

“哪有盼着人多结几次婚的？”许淮颂听了这话，一个眼刀子飞过去，“等我们五十周年金婚再办一场，到时候，只要你还未婚，我就还邀请你做伴郎。”

心被狠狠扎了一刀的陈晖痛苦地闭上了眼。

刘茂用手肘撞了撞陈晖：“别辜负许律对你的期许，到时候我就不奉陪了。”

“茂哥，”这种日子也不分上下级，陈晖调侃道，“咱们伴郎团里数你年纪最大，应该是你最着急脱单吧？”

刘茂不满地“啧”了一声。

一旁同样身为伴郎的周俊被互损的两人逗笑。

而坐在沙发另一头的第四名伴郎终于听不下去，长长地叹了口气。

几人齐齐看向叹气的赵轶，只听他非常老成地感慨：“两位哥别五十步笑百步了，都说少壮不努力，老大徒伤悲，你们都不知道未雨绸缪吗？”

赵轶身边的许怀诗一抬手，送他一个“板栗”：“‘未雨绸缪’是这么用的吗？

你以为谁都跟你一样啊？”

赵铁噎住。

刘茂一声叹息反击：“看来小赵同学以后也是‘妻管严’。”

坐在中间的许淮颂忽然加入战局：“你这个‘也’是什么意思？”

“谁对号入座了，就是谁想的那个意思。”

许怀诗笑嘻嘻地说：“哥，你就别挣扎了，要么我拨通嫂子的电话，你对着手机说你不是？”

许淮颂瞅瞅她：“等会儿你别跟我去接你嫂子了。”

“为什么呀？妈给我分配了提包的任务！”

赵铁替许淮颂解释：“你自己看看你这胳膊肘往哪儿拐的，到时候你顺风一倒，咱们还不得被伴娘团整惨？”

许怀诗瞪了赵铁一眼：“整的就是你，一会儿你多替我哥挡着点，听见没？”

赵铁“哦”了一声，低下头低声说：“今天替你哥挡了，也不知道以后谁替我挡……”

算准吉时，一群人闹哄哄地上了婚车，到达郊区的阮家，光进门就费了半个钟头。

阮家亲戚的阵仗不小，一群小孩子堵在门口讨糖吃，许淮颂跟发传单似的发红包，一旁的赵铁帮着吆喝：“别急别急，人人都有，能用钱解决的问题，那都不是问题！”

许怀诗对着赵铁，头疼地扶额。

一行人好不容易上了楼，二楼的楼梯口却摆了块答题板，沈明樱穿着伴娘服出场了：“想见新娘，先作问答！答对上楼，答错做三十个俯卧撑。”

赵铁摆摆手示意小意思：“几位哥，你们答题，俯卧撑我包了！”

陈晖瞥了赵铁一眼：“你这小兄弟会不会说话，咱们颂哥还能有答错的题？”

许淮颂没有说话，心里觉得还真说不准。

刘茂看许淮颂这不太有把握的神情，悄悄扯了扯他的袖子：“什么题啊，她没跟你通声气？”

许淮颂倒是想，前阵子有天他趁阮喻洗澡，从她笔记本电脑里偷题目，好不容易过五关斩六将地成功打开了一个加密文件，结果一眼看见文档界面一行初号加粗的宋体：“见此行文字者可耻。”

可耻的他受到了良心的谴责，没好意思求她泄题。

沈明樱身后的伴娘们开始催促新郎选题，让他从一到十选一个数字。

许淮颂说：“七。”

沈明樱翻开答题板：“请问新郎，从苏市一中高三九班的后门到高三十班的前门，一共有几块地砖？”

赵铁一愣，已经准备趴下去做俯卧撑了。

许淮颂眨了眨眼，看向许怀诗。

“哥，你别看我啊，我和赵铁是七班的，再说了，谁吃饱了撑的去数地砖啊？”

许淮颂又眨了眨眼，再看周俊。

“不是，淮颂……虽然我是九班的，但我也没有这个癖好。”

伴娘团已经开始倒数计时。

许淮颂想了想，在她们数到“三”的时候说：“二十三块。”

这回轮到沈明樱愣住了，看了眼答案说：“这也能蒙对？”

许淮颂微笑：“不是蒙的，是我当年吃饱了撑的去数的。”

赵铁做了半晌俯卧撑预备式，从地上爬了起来：“那颂哥，你刚才吊什么胃口啊？”

“答得太快，她会没有成就感。”

“……”

众人集体摸胳膊，抚平被肉麻起的鸡皮疙瘩。

许怀诗叹了口气，转向赵铁：“学着点。”

跟着许淮颂一行人顺利上到三楼新娘的房间，许怀诗一眼看见阮喻穿着红色中式喜服坐在床上，惊叹一声：“哇，嫂子，我哥怎么能娶到你这么一位天仙啊！”

阮喻望着手捧花束，西装笔挺的许淮颂，笑着说：“这不是还没娶到吗？”

这边沈明樱又张罗起来：“就是，要接人走，得先把新娘子的鞋找到！”说着，她拿出手机开始计时，“两只鞋，范围这个房间，五分钟。”

众伴郎一哄而散，一人一个角落地翻找起来。

只有许淮颂一动不动地站在阮喻的床前。

沈明樱觑觑他：“你这么不积极，是不想娶喻喻了？”

许淮颂淡淡一笑：“他们用手找，我用眼睛。”

阮喻看他这胜券在握的样子就来气：“你两分钟内敢找到试试？”

许淮颂“哦”了一声，打算先放两分钟的水，跟阮喻唠嗑：“刚才的选题，第七道是不是最简单的？”

“你怎么知道的？”

“因为去年你叫我做法考模拟卷的时候，我选了第七套，按常理讲，我应该会认为，你可能在第七题布置了陷阱，所以会避开它。”

“那你这次？”

“反向思维，我还是选了七。”

鸡贼。阮喻恨恨地剜他一眼，转头看见赵铁指着她床头柜上的包，问：“喻姐，你那包能不能翻啊？”

见阮喻愣愣地眨了眨眼，赵轶顿时了然于心：“找到了！有一只在包里。”

许淮颂低头看了眼腕表，发现时间才过去一分半：“不是我的错。”

阮喻低哼一声：“这不还有一只吗？”

另一只鞋却怎么也找不到。几人翻箱倒柜，甚至连床底都钻了进去，也没发现鞋子的踪影。

直到最后三十秒，许淮颂看了看腕表，对伴郎们说：“都别找了。”

阮喻一看他这笃定的神情就知道又要输了。果然，许淮颂看着沈明樱身边另一位长裙及地的伴娘，说：“另一只鞋绑在那位伴娘的腿上，你们谁方便，去取一下。”

那姑娘倒也没有被发现的忸怩，笑眯眯地一拎裙摆：“取完了鞋子要负责的。”

赵轶立刻紧靠许怀诗：“颂哥，我有主了，不太方便！”

陈晖脸已经红了：“这……这不太好吧。”

周俊挠了挠头：“要不还是刘律去吧。”

刘茂看了眼对面一脸“你有本事就来拿”的姑娘，露出了警惕的神情。

倒计时十秒，这辈子还没掀过人裙子的刘茂硬着头皮上前，在伴娘面前蹲下来，小心翼翼地撩开一截裙摆，取下了她小腿肚上绑着的那只鞋。

再抬头，人家姑娘面色不改，他的脸已经红成了猪肝。

一群人哄笑着说“成了成了”，也不知是在说新娘接成了，还是又一对成了。

许淮颂和阮喻的婚礼是在酒店举行的，上午接亲，午后外场婚拍，晚上内场酒宴。等到散场送完客人已经是晚上七点多了。

回到新房，一天下来换了六套婚服的阮喻倒头瘫在沙发上：“结婚好累啊，幸好一辈子只有一次……”

许淮颂把随身行李拿进卧室后在阮喻旁边坐下，让她的脑袋枕着自己的腿，一边给她捏肩一边说：“休息会儿还要出门呢，首映也只有一次。”

阮喻半眯的眼睛一下睁开，想起来了。

年初，两家人商量着选择在国庆这个黄道吉日举办婚礼，不料恰巧前不久《好想和你咬耳朵》电影定档，首映时间正好选在婚礼当天晚上八点半。两件重要的事就这样撞到了一起。

现在距离首映只剩一个小时了。

“早上还记得，忙了一天差点忘了。”阮喻翻了个身，侧过来让自己躺得更舒服些，仰头看着他说，“这回你没跟剧组串通起来骗我什么吧？”

许淮颂笑起来：“我们结的是同一个婚，难不成你忙我不忙？我哪有时间再去串通谁。”

再说，他上次能联合剧组求婚，其实也不是平白无故的。人家又不是做慈善的，哪能他说什么就是什么，之所以配合还是出于商业利益——制作方准备把求婚仪式拍成短片放进电影结尾当彩蛋，把电影背后的故事作为宣传点之一。

电影成绩好，是寰视和阮喻的共赢，所以岑荣慎才和许淮颂达成了合作。

阮喻也刚好想到这里，问："那你说我们等会儿要不要戴口罩去，不然彩蛋一播，我们被人认出来了怎么办？"

许淮颂轻轻敲了一下她的脑门："想多了，彩蛋部分是航拍的，只能看到远景，不会露脸的。再说，戴口罩不是此地无银三百两吗？"

阮喻心想也是，看了眼时间，从他腿上挣扎着爬起来："那我去卸妆洗个澡。"

许淮颂跟着起身："我也去。"

阮喻一听这话，立马回过头用食指点了点他的领口，警告道："你别跟来啊，等会儿闹得来不及看首映了。"

许淮颂轻轻"嗞"了一声，一副不得其解的样子："我没记错的话，我们家有两间浴室，我为什么非要和我太太挤一间洗澡？"

阮喻哽住。看看，这就是早早领证同居的后果——结婚第一天，你的丈夫就对你失去了欲望。

阮喻低哼一声，头也不回地往浴室走去。

许淮颂笑着拉住她，亲了一下她的耳垂，暗示道："现在时间真的不够，看完电影还有一晚上呢。"

她耳根一热，用手肘推了推他："想得美，谁给你一晚上的时间！"说着关上了浴室的门。

许淮颂笑了笑，转身走进另一间浴室。冲完澡，他煮了些蜂蜜茶，给阮喻也倒了一杯。等她出来后，他把茶递到她手边，然后给她吹头发。

阮喻一边喝茶，一边拿起手机翻看微博，收到一堆@她的消息，大多是读者在晒地理位置和电影票，说准备看首映了，问她会不会来这个场次。

她没有透露自己的信息，只是给几条来自五湖四海的微博点了赞。等头发吹得七分干，她刚要收起手机，就接到了许怀诗的电话："嫂子，你们还没出门吧？我和赵轶已经取好票啦，现在开车过来接你们。"

两人的电影票是许怀诗代买的，四个人，两组连排的情侣座。

许淮颂晚上喝了酒，不能开车，原本打算和阮喻一起打车到附近的影院，再和他们碰头，没想到这俩小孩还挺有心。

阮喻跟电话那头说好，收拾了一下，和许淮颂一起出了门，到楼下坐上了赵轶的车后座。

副驾驶的许怀诗扭过头来嘱咐："新手上路，你们记得系好安全带哦。"

赵轶不爽地“啧”了一声：“我拿到驾照快两个月了。”

“是啊。”许怀诗“哼”了一声，“我都把命交给你两个月了，天天脑袋悬在裤腰带上呢！”

“那不也悬得挺牢？”

“上次大半夜的，你转弯的时候是不是没看清路，差点撞上马路牙子？”

“那是因为你坐在副驾驶，视角问题，明明还远着呢！”赵轶透过后视镜看向许淮颂，“颂哥，你评评理是不是？开车的人都知道。”

许淮颂没有正面回答这个问题，他的注意力此刻正放在——“大半夜的”这四个字上。

阮喻也提取到了这个关键词，与许淮颂悄无声息地对视了一眼，想了想后，试探性地问道：“一会儿看完电影，你们俩怎么办啊？”

许怀诗回头答道：“嗯？我们当然回学校啊。”

赵轶念了个三本院校，离她所在的杭大只有两公里，送她回去是顺路的。

阮喻看了许淮颂一眼。许淮颂轻轻点了一下头，示意她继续问。

于是，阮喻继续说道：“看完电影再开到你们学校，宿舍都关门了。”

许怀诗胸有成竹地说：“不怕，我跟宿管阿姨关系可好了，平时有什么好吃的都拿去贿赂她。”

“你还算准了今天要晚回去，提前准备好了？”

“哪能啊，这不之前就有好几次晚回宿舍嘛。”

许淮颂接过话头：“这么晚你在外面干什么？”

“没干什么啊，就是跟同学玩，唱唱歌、吃吃夜宵什么的，赵轶每次都在，不信你问他。”许怀诗一脸无辜，她这时候还没想到，在她哥眼里，最危险的就是赵轶。

不过赵轶听出来了，叹了口气：“颂哥、喻姐，你们有话直接问就是了，绕这么大一圈干什么？我们没越界，你们要是不信，可以去查我身份证的开房记录。”

许怀诗一哽，后知后觉地回过味来。

阮喻干笑着打圆场：“人与人之间，这点信任还是要有的。”

话音刚落，阮喻的手机振动了一下，一看是电影制片人郑姗的消息：“小阮，方便的话发个微博吧，晒晒你的婚戒和电影票，跟彩蛋呼应一下。”

阮喻问许怀诗要来了电影票，看向许淮颂：“借一下你的左手？”

许淮颂伸出戴着婚戒的手任她摆布。

阮喻把电影票放在腿上，拿着手机调了半天角度，将两人十指相扣的手摆在合适的位置，“咔嚓”一声拍下，又把照片上涉及暴露影院信息的部分打了马赛克，然后上传微博，配上文案：八点半见。

微博底下的评论瞬间炸开了锅，满屏都是“八点半见”，以及询问阮喻什么时候结的婚。

她挑了一条回复："看完电影彩蛋就知道啦。"

四人赶在电影开场前两分钟入了场。刚一坐下，灯就熄了，银幕上播放了几支广告，随后进入正片。

许怀诗不知怎么有点紧张，越过隔板摸索着去找阮喻的手。

阮喻原本还好，但真感受到了电影院的氛围后也有点激动，忍不住握紧了许怀诗的手。

情侣座另一边的许淮颂和赵轶异口同声，有点无奈地低声说道："你俩要不要换位置？"

两人都没回应，目不转睛地盯着银幕。

第一帧画面是一个航拍镜头，从校运会时的操场切入，红白相间的塑胶跑道和绿茵场一镜到底。在裁判员发出的一声枪响后，男主角和其他几个男生从起点线冲出，看台上瞬间爆发出潮水般的加油声。

男主角一路遥遥领先，逐渐接近终点。随后，镜头特写到看台一角，注视着他的女主角正拿着画板和笔，画一幅简笔画。

看台上的呐喊声被减弱了音量，而与此同时，女主角手中铅笔沙沙擦过纸面的声音变大，大到振动鼓膜的程度。

一旁的闺密扯着嗓子问她："你这是在画什么呀？"

女主角弯起嘴角，略带狡黠地说："耳朵过来。"

画面突然转入慢速播放，背景声也跟着渐渐安静下来，全世界只剩下女主角清晰的回答："是——秘密。"

故事由此开篇……

电影正片结束，彩蛋放映完毕后，五湖四海的电影院满场沸腾，不少观众都在东张西望，想看看电影背后的男女主人公有没有在场。

阮喻和许淮颂显然没有预料到这样的盛况——这次不是阮喻想多了，而是许淮颂想少了。

眼看人群喧闹起来，一个个年轻女孩举着手机四处寻找，好像要掘地三尺把他们找出来。前边甚至有人开始说："作者在首映前发过一条微博，他们的电影票是情侣座！"

最后一排已经起身的许淮颂和阮喻呼吸一紧。

满场观众谁都没有离场，这个时候，仿佛哪对男女先走，就证实了自己是故事的主人公。

阮喻把戴婚戒的手掩在背后，跟着演起戏来，四处张望着，对许淮颂说："咦，情侣座啊，那会不会在我们这排啊？"

许淮颂轻咳一声，拉了一下她的袖子，示意她别再来那套“此地无银三百两”了。

果然，阮喻这一说话，前排一个眼尖的女孩子立刻看了过来：“哇，那对好像！”

许淮颂正飞快思考对策，突然看见隔壁的赵铁拉起许怀诗的手，转头飞奔了出去。

众人的视线一下子被这动静吸引，指着赵铁和许怀诗道：“啊，是不是那对！”

阮喻愣在原地，看见赵铁回过头来，给了许淮颂一个眼神：兄弟，我只能帮到这里了！

番外三
你是年少的欢喜

01

2007年深秋，苏市一中。晚自习的下课铃已经响了好几遍，高一十班教室里的激烈讨论仍未停息。

前排的女生收拾好课本，回头问：“朱磊，许淮颂，你们还不回宿舍吗？”

“奥数卷最后一题我算出来是负一到正无穷，许淮颂非说是一到正无穷，这不搞清楚怎么睡？”

“那你们去问阮老师呀，我从办公室回来的时候看见隔壁班的同学还在问他问题呢。”

“老班这么晚还没走？”朱磊看向后座，“许淮颂，去不去？老班要说是一到正无穷，我这脑袋当场割下来给你！”

“我要你脑袋干什么？又不能当球踢。”许淮颂拿起卷子起身朝外走去。

朱磊立马追了上去：“这么着，谁要是输了，请对方吃一顿炸鸡怎么样？”

“两顿也行，反正我验算过了，输不了。”

“你要这么说，我更输不了，那三顿！”

两人快步走出教室。深秋的凉风裹挟着湿气扑面而来，心系输赢的少年却仿佛感觉不到冷，一路热火朝天地往上加注。

到了数学组办公室外，不等许淮颂敲门的手落下，朱磊已经急不可耐地推开了面前虚掩的门。

这一脚跨进去，却见办公室里空空荡荡，一个老师都不在。

“灯还亮着，人去……”朱磊话说一半突然被许淮颂撞了一下胳膊，一转头，看见他比了个“噤声”的手势。

顺着许淮颂的目光定睛望去，朱磊这才发现阮成儒的办公桌上趴着一个穿校服的女生。

女生怀里抱着书包，侧脸枕着睡枕，看起来好像睡着了。朱磊很快反应过来，这是他们班主任的女儿，也是他们隔壁班的同学，好像叫……阮喻？

正当朱磊想继续往里走的时候，一旁的许淮颂望着这一幕，整个人陷入了一种奇怪的静止状态。

睡着的人乌发披肩，浓密的长睫毛柔软地垂落在眼下，白皙的脸颊透着淡淡的绯红，嘴角微微上翘，不知在做什么美梦。

下一刻，冷风随着敞开的门灌进办公室，阮喻瑟缩了一下肩膀，缓缓醒来，抬起一双迷蒙的眼睛朝他看去。

即将对上视线的刹那，许淮颂猛然回神，仿佛被什么烫到，抬手迅速合上了门。

门内的阮喻迷茫地眨了眨眼。

门外的朱磊也是一愣：“干吗，不问问她老班去哪儿了？”

“什么？”许淮颂好像忘了自己是来做什么的。

“那不是老班的女儿吗？你不认识？”朱磊说完自顾自地点了点头，“也对，你都不聊八卦。”

在朱磊笃定的眼神里，许淮颂沉默着，回想起了入学军训时的某个夏夜。

三伏天，风扇开到最大也驱不散热意。漫漫长夜，宿舍里几个睡不着的男生开始夜聊，不知谁带了个头，说起了同年级的女生。

许淮颂没有参与这个话题，觉得有些冒犯，不过还是在半梦半醒间听见了下铺传来的调侃：“咱们老班的女儿长得蛮可爱的，你们谁有兴趣去交个朋友？”

有人笑着起哄：“谁提议的谁去，成了你就是我大哥！”

“算了吧，老班这么凶，谁敢去送人头？”

“但老班的女儿看着挺软萌的，说不定有机会呢……阮喻，是叫这名吧？”

室友们后来还说了什么，许淮颂已经记不清。那些昏昏欲睡时听见的对话，原本应当只是与他无关的插曲。

可偏偏第二天中午，他刚好在教学楼走廊遇见了话题里的女主角。

楼梯间，阮成儒把一支藿香正气水递给女儿："不舒服就别参加下午的军训了，我给你们教官打声招呼去。"

女生个子小小的，水杏眼，白皮肤，脑后束起的马尾细软柔顺，脸上的神情却十分倔强："这样不好，同学会觉得我走后门。"

"这怎么是走后门？你班上同学不也有请假的吗？"

"那不一样，你和妈妈太照顾我，大家心里会不平衡。我喝完这个就好了，能坚持……"

眼看她视死如归般拧开藿香正气水，捏着鼻子一饮而尽，许淮颂忽然在想，他的室友们说错了。

如果"软"是指柔弱、温顺，那么这个女生的性情可能恰恰与这些形容相反。

不过，确实很可爱。

只是在这么一个稀松平常的日子里，产生了这么一个稀松平常的念头，那时的他并没有想到，这仅仅是他单方面认识她的开端。

后来的日子里——

升旗仪式上，当她迎着朝阳走上升旗台，站在国旗下演讲，他在徐徐微风里听她一句句娓娓道来，发现她的声音也很好听。

经过她的教室，看见她在出黑板报，他又发现她写得一手好字，字如其人，初看温和柔软，细看转折处又蕴藏着刚劲和韧性。

语文考试的范文被复印成册，分发到每个人的手里，他认出她的字迹，从她的文章里读到她的喜好，她的理想，她满腹的书卷气。

从盛夏到深秋，他对她的印象就像越叠越厚的相片。

她在体育课上欢呼雀跃地跳花绳，她在校运会上为长跑的同学陪跑加油，她在艺术馆楼下的草丛里喂流浪猫吃罐头……每一幕都神奇地、毫不费力地刻进他的脑海里。

三个月过去了，当初参与那场夜聊的室友们谁也没把那个提议当真，甚至似乎都忘了那句冒犯的玩笑话，而原本置身话题之外的他却在这些日子里频频注目向她，在一次又一次出神过后产生冒犯到她的慌乱。

每一个心虚躲闪的瞬间，心动过速的时刻，仿佛都在验证他早已得出的那个答案。

办公室门口，朱磊一心想着找老师要正确答案，准备推门再次进去，问问阮喻她爸去哪儿了。

刚好这时候，脚步声从走廊另一头传来，阮成儒从尽头的洗手间出来了。

朱磊眼睛一亮，正要喊出那声"阮老师"，却被许淮颂扯着肩膀拽了过去。

"我输了。"许淮颂说。

“什么？”这回换朱磊愣住了。

“倒数第二步我漏添了一个负号，是我算错了。”

“我就说吧！”朱磊一拍大腿，看着许淮颂落荒而逃的样子，嘿嘿一笑，“怎么，你怕被老班批评，更没面子？”

许淮颂没有作答，听见身后开门的动静，回头看了一眼。

阮成儒关了办公室的灯，领着睡眼惺忪的阮喻走了出来：“下次还是跟你妈回家吧，你妈那儿提问的学生少，我这儿一道题能讲半个钟头，没个准数。”

幸好，阮喻困得睁不开眼，根本没有在意刚才失礼闯进去的人是谁。

朱磊轻轻撞了下许淮颂的胳膊，提醒他：“说好了啊，三顿炸鸡！”

许淮颂转过身点点头。三顿炸鸡，换她早点回去睡觉，好像也不亏。

02

入冬之后，天气一天比一天冷，湿寒无孔不入。临近期末，气温连续几天降到零下。

新年伊始，苏市迎来了一场罕见的大雪。

苏市一带向来少雪，即便下雪也多是积不起来的雨夹雪。这场鹅毛大雪来临时，一中正在上课，不仅教室里的学生无心听讲，连讲课的老师都惊讶地望着窗外，扶了扶眼镜。

雪絮打着旋儿漫天飞舞，如烟如雾，簌簌飘落，很快就覆盖了整座校园。

下课铃一响，整栋教学楼的学生几乎都兴奋地涌了出去。不怕冷的直奔露天广场，怕冷的则扎堆在走廊里。

高一九班教室门口，一群女生围拢在栏杆边看雪，忽然有人说：“你们听说过咱们学校的那个传说吗？据说在初雪这天，心里默念着自己的愿望，折一颗纸星星，埋到操场最南边那棵树下，就能心愿成真。”

“真的假的？你是听谁说的？”

“高三的几个学姐，她们说学校建校的时候那棵树就已经在了，这么老的树，说不定真的有神通呢！”

阮喻正趴在栏杆边摊开手心接雪，听到这里，她扭过头小声问：“那是什么愿望都能成吗？”

一旁的沈明樱瞅了瞅她，笑得意味深长：“怎么啦，你有什么愿望？说出来，我帮你看看能不能实现。”

“没……没什么愿望呀。”阮喻立刻警觉地挺直了背脊，“我就随口问问。”

“那你脸红什么？”

“有吗？”阮喻惊地摸了摸脸，下意识地往隔壁班瞟去。十班上一节是音乐课，这会儿人都还没从艺术馆回来。她收回目光，抿了抿唇，“你别瞎说。”

“好好好，我瞎说。”

刚好下节课的老师来了，阮喻挽过沈明樱的手，匆匆往教室里走：“回去上课了。”

雪下下停停一整天，到了夜里，从路面到树梢，再到屋檐都已是白茫茫一片。

第一节晚自习下课后，阮喻看了看周围，从桌肚里拿出一把折叠伞，悄悄离开了教学楼。

一路撑着伞到了操场，她辨认了一下方向，一步步踩着积雪朝南边走去。没想到刚一靠近那棵传说中的树，一道身影从树后跳了出来：“逮着你了！”

阮喻被吓得心头一颤，差点抖掉了手里的伞。借着雪地的反光看清了来人，她拍着狂跳的心口埋怨道：“沈明樱，你是要吓死我啊！你躲在这儿干什么？”

“当然是等某人自投罗网啦。说吧，你偷偷许了什么愿望？”

阮喻刚平复下来的心跳再次加快。

不等阮喻回答，沈明樱已经接了下去：“不告诉我？那让我猜猜是跟谁有关的，难道是……十班的？”

阮喻一下子瞪大了眼。

“许淮颂？”

阮喻一把将她拉到伞下，紧张地四处看了看，压低声音说道：“这么明显吗？”

沈明樱笑得直不起腰：“当然了，广播体操转体运动的时候你老是往十班后排瞅，我就站在你身后，又不瞎！还有上周五，你在食堂突然拿你的红烧鸡腿跟我换凉拌黄瓜，也是因为十班那群男生坐到我们旁边了吧？”

“那你怎么知道是许淮颂？”

“我看他们班也就许淮颂有花泽类的气质吧，高高瘦瘦话不多，还会弹钢琴。”沈明樱笑嘻嘻地瞅着阮喻。

阮喻欲哭无泪：“他不会也发现我经常在看他了吧？”

“那也不一定谁都像我这么火眼金睛。”

阮喻点点头安慰自己，沈明樱只是因为天天跟她形影不离，才能注意到那些蛛丝马迹。

沈明樱追问道：“老实交代，你什么时候认识他的呀？”

阮喻被问住了，想了好一会儿，一时不知从何说起。

她记得，第一次听到许淮颂这个名字是在期初入学考试之后，爸爸和妈妈在家里聊天，说起这一届学生的成绩，夸了一句许淮颂的底子好。

不过，爸妈经常聊起学校里的学生，当时她也没太在意，只觉得这个名字挺好听的。直到九月校运会开始筹备，有天她从体育馆上完课出来，碰上国旗队在操场训练。

整齐划一的方阵前，老师正好点到“许淮颂”的名字。她听着名字耳熟，抬眼看去，随着一声“到”，看见了声音的主人。

少年身姿笔挺如松，身上干净的白衬衫被风吹出挺括的弧度，雨后初晴的阳光在他周身折射出耀眼的光芒，也照亮了那张棱角分明的脸庞。

伴着夏末雨后清新的空气，那一瞬间，“少年气”这个只存在于小说里的词忽然在她心里有了具体的模样。

从那以后，她将那个好听的名字和那张好看的脸对上了号。每次在学校里遇见他，总会想起那一天的那一眼，想起雨后青草地湿润的气息，清风拂过面颊的痒意。

不过，很长一段时间里，她都只是远远地见过他几眼，并不了解他究竟是个什么样的人。

她近距离与许淮颂打上照面，是在期中考试后的某一天。

在那次考试中，她的语文成绩位居全班第一，而数学成绩却处于下游。为此，她一度在学校里躲着爸爸，但最终还是没能逃过爸爸安排的“小灶”辅导。

那天晚上，爸爸把她和班上的同学，包括隔壁十班的几个同学，一起叫到了办公室，并发了一张练习卷给他们进行单独测验。

完成卷子上的基础题后，剩下的是一些难题。他们一群人围坐在办公桌旁，有的咬着笔头，有的胡乱写着，在她爸爸的低气压下紧张地抓耳挠腮。

好不容易等到她爸爸出去倒水，办公室里几个同学立刻交头接耳起来。可惜大家的数学水平差不多，一个不会，全都不会。

就在众人一筹莫展的时候，许淮颂刚巧进来了。

十班的几个同学像看到救星从天而降，一个男生当先招手：“许淮颂，你帮我看看这题怎么做？”

办公室里，众人集体看向许淮颂，她也借着大家的掩护“顺理成章”地盯住了他。她的目光从他垂落在额前的乌黑锋利的碎发，移向他笔直高挺的鼻梁，最后落在那双眼睛上。

或许是因为没戴上课时用的眼镜，他的眼睛显得更加黑白分明，瞳孔如同深邃却平静的湖泊，给人一种超乎同龄人的稳重可靠，尤其在那一刻的情境下——

许淮颂看了眼题目，随手拿起一旁的笔，微微弯下腰，在同学的草稿纸上安静地演算起来。几行龙飞凤舞的字迹过后，答案跃然纸上。

提问的男生愣愣地看了看草稿纸，又看看许淮颂，指着卷子说道：“不是，我说的是这道题。”

"我算的就是这道。"

"啊？这不是立体几何吗，你怎么不用画图？"

"看一眼不就知道了？"

"……"

在一阵震耳欲聋的沉默里，她不好意思地摸了摸耳根。许淮颂似乎也察觉到了大家的僵硬，抬眼看向他们。

正好这时候爸爸回来了，一看这架势就知道他们在"作弊"："什么题把你们难成这样？"

大家齐齐低下头去不敢吱声，于是她就成了那个靶子。爸爸点了点她的卷面："你说。"

她硬着头皮指了指题目，得到了爸爸无情的反问："这么简单的题还要问人？"爸爸喝了口茶，摇摇头，"许淮颂，你来告诉他们这题怎么做。"

她本就因为大脑缺氧而发红的脸变得更热了。她甚至已经预料到，等许淮颂三下五除二地说出解题思路，爸爸还会来上一句——看看人家，再看看你们。

可就在她埋下头去找地缝的时候，许淮颂的回答从头顶传了过来："老师，我也解不出来。"

直到今天回想，阮喻还能清晰地记得那一刻，当她错愕地抬起头来时，许淮颂的视线恰巧经过，与她产生了短暂的交错。

尽管她知道他是在为大家解围，这份好意并不独属于她，可她还是在视线交错的瞬间听见了自己怦怦作响的心跳声。

阳光、空气、风、心跳……这些因为无时不在而常被忽视的事物，总会在某个特定的人出现的时刻萌发出强烈的存在感。

她该怎么去定义这种奇异的心情呢？

雪地里，在阮喻默不作声地陷入回想的时候，沈明樱不满道："你还是不是我亲闺密了，再不说就不够意思了啊！"

"哎呀，一下子说不清，晚点回去再跟你讲，先让我把星星……"阮喻说到这里，一道强光直射而来——

教导主任打着手电筒来了。

"哪个班的，又来这儿埋东西是吧，今天第八个了！"

两人都是一惊，手忙脚乱之中，沈明樱拽着阮喻转过头拔腿就跑。

教导主任气急败坏地追了上来。在亡命般的奔跑中，阮喻捏着掌心的纸星星认清了现实——

树里或许住着许愿神，可在这所学校里，比许愿神更大的是教导主任！

03

虽然在初雪那天跑赢了教导主任，但阮喻终究没能将那颗纸星星埋下。或许正因为如此，直到新的一年过半，快升高二了，她的愿望依然没有丝毫的进展。

沈明樱几次撺掇她去跟许淮颂认识一下，她也曾一时冲动，都从别人那儿要到了许淮颂的QQ号码，但最终还是在好友申请界面恢复了理智："跟爸妈在一个学校已经够恐怖了，我爸还是他们的班主任，我怕他误会……"

一想到爸妈在学校里盯着她，她所有青春期的幻想便在刹那间灰飞烟灭，甚至连明目张胆地看许淮颂一眼都不敢，只能用余光偷偷瞄他。

这些无法宣之于口的心事，在阮喻的心里渐渐生根发芽，变成了她日记本里的一笔一画。

不过，这件事也没那么糟糕。

在课业繁重的高中时代，拥有一个浪漫的秘密，就像密不透风的暗室开了一扇小小的窗。每当他从窗前经过，仿佛有藤蔓爬上窗台，开出满窗的花来。

即便只是昙花一现，花谢去后，也能在漫长沉闷的时光里继续耐下心来，期待着下一次花开。

当然，也有运气不好的时候。不知怎么，她和许淮颂不过一墙之隔，偏偏有时候他出门，她回班，他左拐，她右转，接连一整天都遇不着一次。

正所谓事在人为，老天不给机会，那她就自己创造机会。一个学期下来，阮喻也摸清了许淮颂的一些习惯，比如他常在午饭后到艺术馆的琴房练琴。这是她之前去那附近喂流浪猫时发现的。

只是夏日炎炎，小猫们白天怕热，总等到太阳下山才出来觅食。进入六月后，她的投喂时间也从中午改到了傍晚，已经很久没听许淮颂弹琴了。

周五这天，正午时分，阮喻望着头顶毒辣的阳光，内心挣扎片刻，装模作样地带上猫罐头出了教学楼。虽然猫咪们怕热不出来，但对艺术有坚持的人说不定不畏酷暑呢？

这么想着，阮喻走入了通往艺术馆的林荫小道，一拐进去就看见斜前方一道颀长挺拔的身影。

尽管只是一个背影，穿着全校一模一样的校服，她还是一眼认出了那人是谁。

她果然没有想错许淮颂！

阮喻高兴得脚步都轻快起来，悄悄往前赶了几步，突然看到一个男生跑上来，一把揽过许淮颂的肩膀："许淮颂！我和朱磊打算翘了今天的午自习出去打街机，你去不去？”

许淮颂停下脚步，朝前方艺术馆的方向看了一眼。

最近几天中午的艺术馆都是空无一人，今天比前几天更热，想来小猫们更不可能出来了。本来也只是想碰碰运气，既然这样——

“去……”许淮颂刚偏头答出一个字，目光瞥过斜后方，忽而一怔。

阮喻连忙收回视线，只是视线收回了，眼神里的余震却仍在持续。

许淮颂这样品学兼优、自律矜持的人也会翘课吗？而且他们要去做什么来着，打……打街机？

回想起许淮颂静静地坐在钢琴椅上优雅弹奏的画面，再联想到街机厅里那些拍桌踩凳、吱哇乱叫的男生，阮喻的眼前幻灭般一黑。

“去……什么去？”许淮颂轻轻吞咽了一下，余光瞟着阮喻，耳边回响起她当初那句“我喜欢的是花泽类”。他一把推开了肩上的那只手，“我要去琴房练琴，你也少做这些无聊的事情。”

……下次说话可以不用这么大喘气。阮喻的眼前又恢复了光明。

许淮颂说完，抛下原地挠头的同学，继续往艺术馆的方向走去。

阮喻因为迟疑而放慢的脚步也再次雀跃起来，很快忘了刚刚的误会，心底暗暗猜想起今天许淮颂会弹什么曲子。

不料途经路口，一道熟悉的女声拦下了她：“喻喻，这么热的天，你上哪儿去啊？”

阮喻抬头看见妈妈，慌忙指了指怀里的罐头：“我……我去喂学校里的流浪猫。”

“这会儿太晒了，晚点再去吧，别中暑了。”

“不会的，我很快就回来……”

“这个天哪只笨猫大中午出来找食？你不怕热，猫都怕热。”曲兰上前揽住了她，“来，刚好妈妈跟你说个事，我和你爸爸下午要去市里开会，如果放学时间我们还没回来，你就自己回家……”

阮喻被妈妈揽着肩膀强行扭转了方向，鞋尖朝向了教学楼，心尖却还向着身后的艺术馆。她一步三回头地走着，望着许淮颂渐行渐远的背影，沉痛地闭上了眼睛。

事实证明，比“事在人为”更厉害的是“天意难违”。

阮喻垂头丧气地跟着妈妈回了教学楼。上完下午的课，她蔫蔫地整理好书包准备回家，没想到一起身，就听见“哗啦”一声响，窗外忽然下起了瓢泼大雨。

夏天的雨总是来得毫无征兆，好巧不巧偏偏下在放学时间。一想到冒雨去公交车站，一路上鞋子肯定会被泥水弄脏，衣服也会被雨水溅湿，阮喻郁闷地耷拉下眉眼。

市里的会还没开完吗？她踮起脚，透过窗子朝校门方向看去，张望了半天也没见到爸妈的身影。

眼看教室里的同学越来越少，看来她是等不到爸妈了，阮喻本就低落的心情跌到了谷底，只能认命地走出教室。

到了教学楼一楼的屋檐下，她望了一眼外面汹涌的雨势，叹了口气，伸手去背后的书包里拿伞。

刚一扭头，视线里蓦地撞见一双熟悉的白色球鞋。

阮喻拉书包拉链的动作不由自主地慢了下来。下一刻，鞋子的主人踩下最后一级台阶，往前走了几步，也站定在了屋檐下。

就在这一秒的工夫，阮喻把今天腹诽老天的坏话全都咽了回去。

余光里，在距她两米的地方，清瘦的少年单肩斜挎着一只黑色书包，仰头望着外面的雨势，迟迟没有出去的意思，看起来似乎忘了带伞。

阮喻摸索到书包里的折叠伞，眨了眨眼。她要是这时候主动提出给许淮颂拼伞，会不会让他觉得很奇怪？毕竟在他眼里，他们好像根本不认识。

时不时有同学结伴走出教学楼，有男生跟男生拼伞，也有女生跟女生拼伞，但没见有一男一女共撑一把伞的。

阮喻打消了这个唐突的念头，已经摸到伞的手胡乱一转，随手拿起书包里的纸巾，然后飞快拉上书包拉链，佯装着本就在找纸巾的模样，拿它擦了擦并没有脏渍的裙摆。

有同班同学经过，跟她打招呼："阮喻，你没带伞吗？要不要跟我一起走？"

阮喻心虚地摆了摆手："不用啦，我还要去别的地方，这雨估计马上就会停，我等一会儿就好。"

大雨倾盆，在屋檐和地面砸下"噼里啪啦"的响声。楼里出来的学生们怨声载道，身边的少年却安静得像置身事外一样，仍旧一动不动地站在屋檐下望着天边的积雨云，连眉心都是舒展的，没有丝毫不耐烦的模样。

阮喻因为撒谎而加快的心跳慢慢平复，取而代之的，是一种隐秘的欢喜。

在大家的抱怨声中，她竟偷偷地盼望着这场雨下得久一点，再久一点。

归心似箭的学生们赶着回家开启愉快的周末，教学楼很快人去楼空，整座校园仿佛被这场大雨封了门，只剩下她和许淮颂两个人。

涌动的嘈杂平息下来，茫茫雨幕模糊了远处高低错落的屋宇，让人恍若身处幻梦之中。

不知过了多久，滂沱大雨中出现一道打着伞的身影，打破了这个幻梦。

阮喻眼皮一跳，一眼认出了来人。老天呀，希望妈妈回来已经是她一刻钟前的愿望了，现在能不能不作数了啊！

眼睁睁看着妈妈走到跟前，阮喻颓丧地吸了吸鼻子："妈，你怎么又来了……"

雨声太大，吞没了那个充满端倪的“又”字，曲兰抖了抖伞面上的水，说：“我去车站找你没找着，就猜你困在学校里了，走吧，回家去。”

几乎是下意识地，阮喻朝旁边看了一眼。

曲兰这才注意到一旁的人：“许淮颂，你也没带伞啊，跟老师一起走吧？”

阮喻心头陡然一跳，怕自己不争气地暴露期待的表情，赶紧扭过脸去装作事不关己的样子。

许淮颂转过头来，看了眼曲兰手里那把只够容下两人的伞：“不用了，老师，我在等人。”

“家里有人来接你吗？”

许淮颂点了点头。

阮喻心底那个喊着“好啊好啊”的小人吧唧一下撞死了。

“那你自己当心点，要是没等到家里人就去门卫室打电话。”曲兰嘱咐了许淮颂两句，带着阮喻离开了教学楼。

许淮颂目送着两人的背影越走越远，直到看不见，终于低下头拉开书包拉链，拿出里面的折叠伞，撑开伞走进了雨中。

04

过了暑假，升上高二，学业紧张了不少，时间也像被拨快了一样，期初考试、运动会、国庆假期、期中考试，一个个节点纷至沓来。

一眨眼由秋入冬，又到了一年年末。

临近圣诞节，大街小巷都被装点得五彩斑斓，走到哪里都能听见《铃儿响叮当》的乐声。

周五傍晚，许淮颂走在放学回家的路上，看着街边挂满礼物、闪闪发光的圣诞树，不由自主地放慢了脚步。

今天最后一节班会课上，文娱委员说下周圣诞节，学校将举办交换礼物活动，请愿意参加活动的同学准备一件小礼物交到文娱部，文娱部会对所有礼物进行编号，每位准备了礼物的同学都可以在平安夜参与抽签。

抽签意味着礼物的交换完全随机，全校有千余名学生，不论是希望特定的人抽到自己的礼物，还是希望自己抽到特定的人的礼物，概率都堪称奇迹。

可是许淮颂的脚步还是在看见一只毛茸茸的发卡时忍不住停了下来。

饰品店的玻璃橱窗里，金黄的灯光下，粉耳朵的小白兔正怀抱着一颗大草莓，甜滋滋地笑着。

许淮颂的眼前忽然浮现出金秋九月的运动会上，阮喻戴着草莓发卡，笑着为所有参赛同学加油的画面。

在门外驻足许久，许淮颂终于下定决心，抬脚走了进去。

等他到家的时候，天色已经微微发暗。许淮颂进了小区的单元门，上楼后刚要拿钥匙开门，一道带着哭腔的女声透过门板传了出来："怀诗的抚养权你想都别想！孩子还那么小，怎么能跟你去美国！"

许淮颂攥着钥匙的手停在了半空。尽管对此并不意外，他仍感觉浑身的血液在一刹那间凝固。

这样的争吵在家里已经持续了半年多。今年年中，身为律师的父亲为一位因故意杀人罪被提起公诉的嫌疑人成功做了无罪辩护。从那以后，整个许家便陷入了无休止的风波。

被害人家属隔三岔五来闹事，邻居、亲戚也对他们家指指点点，说他父亲是为了高昂的律师费，为了打响自己的名声，成了杀人犯的帮凶。

妈妈问爸爸真相到底是什么，但爸爸从未给出明确的答案。妈妈不理解爸爸的沉默，只能认为大家所说的就是真相。

事态愈演愈烈，妈妈无法面对被害人家属的指责，也无法承受那些流言蜚语。上个月，她向爸爸提出了分开。

爸爸同意了。现在只剩下他和妹妹的抚养权归属问题。或许是时候让他和妹妹做出选择了。

门内，一高一低的两道声音仍在来回拉扯。

许淮颂垂下手，转身推开楼梯间的门走了进去。他习惯性地坐在了最上一级台阶上，一直等到家里安静下来。接着，"啪嗒"一声，有人开门走了出来，离开了那个家。

天光一点点微弱下去，夜幕彻底降临，黑暗最终还是吞噬了头顶的这片天。月亮躲进了云层，不肯施舍一丝光亮。

许淮颂凝望着窗外的黑夜，许久之后，终于撑膝起身，走出楼梯间，拿钥匙打开了家门。

家里静悄悄的，主卧的房门紧闭，里面传来轻微的水声。许淮颂站在客厅，借着玄关的灯光从南到北仔细环视整间房子，像是在用眼睛记录它最后完整的样子。随后，他垂下眼帘，回到了房间。

夜深人静，房间里亮了一整晚的台灯已经有些发烫，许淮颂手中的笔仍不停地在草稿纸上演算着，仿佛只有这样才能逃避一些比奥数更难解的问题。

万籁俱寂，四周只有时钟走动的机械声和笔尖落在纸面的沙沙声。当演算进行到最后一步时，房门外响起极轻的一声："哥哥——"

许淮颂笔尖一滞，抬起眼来，立刻起身打开了房门。

门外，个头还不到他胸口的妹妹，眼眶通红地抱着抱枕，泪汪汪地仰头看着他。

他望了眼主卧的方向，把妹妹带进房间，关上了门。

许怀诗慢吞吞地跟着他走进来，在书桌边的小凳子上坐下，一边哭，一边抽噎着说："哥哥，妈妈和爸爸要……要离婚了。"

许淮颂喉咙一紧，张了张嘴，却没能说出什么来。

离婚，这个成年人和小孩子都能轻易说出口的词，十七岁的少年却翻来覆去，怎么也不敢提及。最后，他只能转头抽了两张纸巾，默不作声地给妹妹擦眼泪。

许怀诗还在哭："哥哥，以后妈妈和爸爸……我们是不是只能有一个了……妈妈说爸爸要去美国，问我想不想去……我不想去那么远的地方，那里我一个人也不认识……我不想跟爸爸走……"

许淮颂擦拭的手一顿，捏紧了指间的纸巾。

在这一刻的沉默里，他好像想了很多，又好像什么都没想。就像此刻草稿纸上那道解到最后一步的题，只差最后一步，不需要再动笔，他已经能够在心里默算出答案——在妹妹进来之前，他其实早就有了答案。

只是这个答案像一块沉重的巨石，压在人的心口上，让每一次呼吸都变得万分艰难。

不知过了多久，他终于重新抬起手，继续给妹妹擦眼泪。

"不会让你去美国的。"许淮颂平静地说。

"真的吗？"许怀诗抽噎了一下，似乎并不明白这句话意味着什么。

"真的。"许淮颂轻轻扔掉手中被泪水浸湿的纸巾，又去拿新的。一转头，忽然看见书桌角落那只红绿配色、印有"Merry Christmas"的礼品袋。

许怀诗慢慢收住眼泪，跟着看过去，发现哥哥一动不动地盯着那只礼品袋，像在看什么重要的东西。明明袋子很漂亮，哥哥的表情却看上去有点难过。

"哥哥，那是什么？"

"圣诞礼物。"漫长的静止过后，许淮颂拎起袋子，取出里面那枚发卡，把它递给许怀诗，"给你。"

05

高二这年的圣诞节，阮喻没能如愿抽到想要的礼物。

沈明樱安慰她，说许淮颂一看就不像会参加这种活动的人。她说，那说明他没有想送礼物的对象，这好像也不算什么好消息。

沈明樱于是又改口："说不定参加了，只不过概率这么小，奇迹肯定不能随便发生吧，不是还有明年吗？明年再接再厉！"

是啊，奇迹不会随便发生，它需要人等待。等她再攒攒幸运值，也许下一年就攒够了呢？

当时乐观希冀的阮喻并没有想到，一年后的圣诞节，学校居然不允许高三学生参加交换礼物活动了，而她的幸运值一直攒到高三这年的元旦，才有了一次大爆发。

只是元旦假期，醒过神来的阮喻回想起跨年夜发生的事，却不知到底该用“幸运”来形容它，还是该用“不幸”来形容它——

幸运的是，她在学校的跨年烟火会上被许淮颂牵了手。不幸的是，许淮颂说他牵错了。

牵错了？那对的人是谁？许淮颂有对的人了吗？

难怪她总觉得从高二下学期开始，在学校里偶遇许淮颂的次数少了很多……

在过去两年多的时间里，有关许淮颂的一切好像总是让人欢喜的，哪怕偶尔运气不好，错过与他的交集，她也不至于真的灰心丧气。

可是这一刻，阮喻却感觉头顶的天都灰了。

晚饭的餐桌上，阮喻担心被爸妈看出端倪，强撑着精神吃饭，一边照常听爸妈闲聊学生的事。

说着说着，阮成儒叹了口气：“这帮小兔崽子，高三都过一半了还不知道收心！等高考完了有的是时间找对象，非要赶着这会儿？”

埋头吃饭的阮喻一个激灵抬起头来。爸爸这话不会是在说许淮颂吧？

阮喻定了定神，状似随意地问：“谁呀，爸爸班上的吗？”

“这是别人的隐私，你顾好自己的学习。”

阮喻撇撇嘴，“哦”了一声，没再问下去，心里却越想越觉得有可能。说不定许淮颂后来在跨年夜还做了什么，被爸爸抓包了……

曲兰接过话茬:“学习这事光靠老师、家长督促还不够，也要靠周围人带动，得把班上的学习氛围再提升些。”

“班上的学习氛围还不够浓郁？他们男生当中，就说许淮颂好了，从高一开始一直是跑我办公室比跑食堂吃饭还勤快，他就从没让人操心过。”

阮喻夹菜的筷子一顿，随之而来的是一种“死而复生”般的窃喜。

“我在办公室写作业的时候经常看见那个男生来问问题，”阮喻小心翼翼地插嘴试探，“他看着确实是一心只在学习上……”

“是啊，人家许淮颂还在准备出国呢，成绩都能保持这么稳定。”

阮喻嘴角刚扬起一半忽然僵住，脱口而出：“啊？”顾不上爸妈投来的异样目光，她连声问，“许淮颂要出国？他出国做什么？”

“当然是留学了，人家对自己有要求，对未来有规划，你也学着点……”

爸爸后面还说了什么，阮喻再也没听进去，只觉得头顶灰蒙蒙的天刚恢复晴朗，却好像……要塌了。

元旦过后，高三每个教室都挂起了“距离高考还有 ××× 天”的倒计时牌。

对大家来说，这个数字代表的是毕业，是解放，是十年寒窗苦读的结束，也是金榜题名的希望。而对阮喻来说，这个数字现在又多了另一个含义——它代表着她和许淮颂同处一座校园的最后时光，代表着倒计时结束后，他们将生活在地球的两端，成为两条再也不会相交的平行线。

和许淮颂考同一个大学的愿望被提前宣告落空，阮喻原先美好的设想全都破碎成了遥不可及的泡影。每每想到这件事，她总有一种无能为力的伤心。

原来，变成十八岁的大人就意味着，这个世界上多了很多努力也无济于事的事情。

从那时起，她好像只有在专注于学习的时候，才能摆脱那些难以言喻的情绪。渐渐地，阮喻在学校的生活几乎成了教室、食堂两点一线，再也不去四处制造偶遇，只是天天埋头背书、刷题。

专心为高考冲刺的时光仿佛被按下了快进键，日子一天天地飞逝如梭。接踵而至的寒假、成人礼、百日誓师大会、一模、二模、三模取代了与许淮颂的交集，成为阮喻高三生涯里最清晰的记忆点。

天气慢慢炎热起来，转眼又到了蝉鸣聒噪的盛夏时节。终于，在一个万里无云的艳阳天，属于2010届毕业生的高考如约而至。

阮爸爸和阮妈妈虽然已经送走了很多届毕业生，但到了送女儿上“战场”的日子，两人依然难免紧张。一大早，他们就开始忙碌起来——换上寓意“开门红”的大红色T恤，准备好清淡营养的早餐，检查阮喻随身携带的考试用品。

等到吃早饭的时候，两人佯装淡定，嘴上却恨不得将几十年的备考经验一股脑全塞进阮喻的耳朵里，再三叮嘱她注意把控考试时间，遇到不会做的题要放平心态……

没想到阮喻反而比他们从容:“我知道，我觉得我现在的心态好得不得了。”

阮喻不是在宽慰爸妈，而是真心觉得过去半年心无旁骛的冲刺已经让她胸有成竹。

高考三天，苏市的天也晴了三天。一中作为考点，每一门考试结束后，校门外都挤满了前来迎接的老师和家长，还有负责前线报道的记者。

新闻报道从高考命题作文解析，到某某考生赴考遭遇堵车，骑警紧急开道，再到考场外的一个个温情瞬间，就这么热闹了三天。

一晃到了高考的第三天，最后一门考试的考场里，考生们在答题卷上落下了高中生涯的最后一个句点，欢呼着狂奔而出，向明媚如新生的阳光张开了怀抱。

阮喻也交上了自己满意的答卷，随同热烈的人潮走出考场，和沈明樱抱在一起转起了圈圈。

高考落幕，随之而来的是没日没夜的狂欢。

家里的门禁解除了，阮喻和沈明樱还有班上几个要好的同学接连外出了几天，吃大餐，看电影，玩桌游，唱KTV，第一次夜不归宿，第一次尝试开派对，就好像忘了自己的青春里还有一份未了的遗憾。

直到有天晚上，阮喻脸红扑扑地坐在回家的出租车上，听身边的沈明樱跟她聊起八卦："快看QQ空间，小琳跟他们班的体委官宣在一起了！"

早就听说大学的毕业季是分手季，而高中的毕业季是表白季，现在看来果真名不虚传，这已经是这些天听到的第几对了？

阮喻凑过去看沈明樱的手机，对着两人的情侣照感慨："真好啊，谁表的白呀？"

"小琳，她说这一错过就是一辈子了，不表白试试怎么能甘心？"

"可是他们一个是美术生，一个是体育生，去不了同一所大学吧？"

"及时行乐嘛，最坏的结果也就是以后熬不过异地分手，能在一起过，至少没有遗憾了。"

说者无意，听者有心，"遗憾"这个词像一根刺，就这么扎进了阮喻的心口。

热闹散场，回到安静的家里，连日外出的疲惫翻江倒海般涌来，阮喻躺在床上望着白花花的天花板，忽然感觉心里空落落的。

明明解放了，自由了，每天都在吃喝玩乐，可她好像还是有些不快乐。

有什么遗落在角落已久的心事在这个闷热的夏夜慢慢发酵起来，阮喻盯着天花板的眼神渐渐失焦，记起了高考前拍毕业照那天的场景。

那天拍完集体照后，很多人都逗留在学校的露天广场，找老师和要好的同学合影留念。

她在乌泱泱的人群里看见许淮颂也被他们班的同学拉了过去。大家都说他要出国了，以后见面就难了，想跟他留张合照。

她以为许淮颂并不热衷于纪念，就像之前大家都在分发同学录的时候，他似乎也没有参与。可是那天，许淮颂极其耐心地"来者不拒"，答应了所有人的合影邀请。

眼看许淮颂身边人来人往，她心不在焉地跟同学拍着照，心里涌起一股挫败感。

跟许淮颂合影的同学也不见得是和他关系多么密切的人，他们好像只是随口说了一句话，就得到了一张美好的照片。

而她呢，在日记本里一笔一画描绘了他这么多个日夜，可临到分别的关头，她竟然连跟他合影的理由都没有。

当时这个念头仅仅一闪而过，老师很快催促大家回去学习，她也收拾好心情，回到教室继续投入题海里。

彼时，高考的重压像一张巨大的网，笼住了她所有的杂念。如今这张网被彻底揭开，明亮的天光也将她的不甘心照得清清楚楚。

有那么一个人，在她的青葱岁月里留下了浓墨重彩的记号，可她至今甚至不知道，这三年来，他有没有将她的名字和长相对上号。而在这个夏天过后，他就要启程去远方，从此，他们的距离将从一面薄薄的墙变成一整个太平洋。

她或许再也不会和他见面，或许在高考结束的那天，当她从教学楼走出，回望向那间教室，看见他站在窗边的那一眼，就已经是他们此生的最后一面——如果，她不为自己争取一个机会的话。

争取机会……

“这一错过就是一辈子了，不表白试试怎么能甘心？”沈明樱在车上说的话忽然回响在她的耳畔。

阮喻的心脏重重地跳了一下。顺着这道声音，一个冲动的念头在她心底萌芽，蠢蠢欲动地蔓延向四肢百骸，让她浑身上下热血涌动。

在热血沸腾到顶点的时刻，阮喻从床上蓦地坐了起来。

没错，不管许淮颂认不认识她，记不记得她，也不管将来会怎么样，她要给十八岁的自己一个交代。

否则，她一定会抱憾终身。

想到这里，阮喻一把拿过床头柜的手机，打开了和沈明樱的对话框：“明樱，我想去跟许淮颂表白，你觉得怎么样？”

软玉：“算了，不管你觉得怎么样，我都已经决定了！”

软玉：“不过，我要怎么表白比较好呢……在手机上说是不是不够有诚意？可是当面的话，我该用什么理由约他出来？他会愿意出来吗？”

阮喻自说自话地打了半天字，那头沈明樱似乎在忙，迟迟没有回复。

就在阮喻纠结万分的时候，手机传来一声振动。

班长周俊在班群里发了一条消息：“各位同学，毕业旅行的行程正式敲定了。为了凑够参团人数，我们将和隔壁十班一起报团前往杭市，希望大家都能在最后一次集体活动里留下美好的回忆！”

阮喻差点不敢相信自己看见了什么，她把这则通知反复读了好几遍，盯着屏幕的眼睛一点点亮了起来。

一周后，在一个碧空如洗的晴天，阮喻穿着崭新的连衣裙，怀抱着一只硕大的白粉色兔子玩偶，坐上了前往苏市一中的公交车。

今天就是出发去毕业旅行的日子，等这趟公交车坐到倒数第二站，她就能见到许淮颂了。

一大清早，车上没什么乘客，阮喻坐在后排靠窗的座位上，欣赏着窗外盛夏阳光下的街景，嘴里情不自禁地哼起一首不知名的歌曲。

打瞌睡有人递枕头，想表白老天赐良机，沈明樱说，这是天意要成全她的初恋，在纪念青春的毕业旅行途中表白，谁能抗拒这么浪漫的心意？

或许是被沈明樱说得飘飘然了，起初阮喻一心只想把心意说出口，并没有期盼许淮颂的回应。然而，打定主意后的这几天，她竟然做起了表白成功的美梦。

梦中的许淮颂对她说，其实他等这一天等了很久，他决定放弃出国，留在国内，与她一起念同一所大学。

她说不行，理想和前程绝不能为爱情让路。理想是要实现的，爱情也可以如影随形。现在地球都能叫"村"了，太平洋也不过一碗水罢了，不就是出国留学嘛，又不是上外太空，异国恋有什么难的？

梦里的她不知哪来的信心，好像只要许淮颂点一点头，她就能从他眼里看见未来清晰的模样：他们隔着时差打视频电话，在重要的节日互寄礼物，寒暑假飞到彼此的国度……

醒来后的阮喻回想起梦境里的种种，越想越觉得，这个未来是真实存在的——只要她勇敢地迈出今天这一步。

窗外的行道树慢慢后移，阮喻一会儿兴奋，一会儿忐忑，一颗心扑通扑通地跳着，握紧扶手默默给自己加油打气。

公交车一站一停，二十分钟后，终于缓缓驶进了一中所在的岔路。

远远望去，校门口停了两辆大巴车，车外已经聚集了不少同学。在这个不需要再穿校服的日子里，大家打扮得各色各异，热烈张扬，正三五成群地在树荫底下说笑。

阮喻走到公交车后门边，飞快整理了一下自己的头发和裙摆。等车停稳，她深呼吸一下，背着背包、抱着玩偶走了下去。

沈明樱大老远就看见了阮喻，冲她挥舞起手臂："阮喻，这里！"

阮喻也朝沈明樱挥了挥手，脚步向她走去，目光却像雷达一样往别处探寻。然而这一眼扫去，并没有在人群里看见许淮颂的身影。

沈明樱走上前来，在阮喻耳边悄声道："别看了，人家还没来呢。"

阮喻定了定神，抱着玩偶的手紧了紧。

"看把你紧张的，人还没来，手已经不知道往哪儿放了。"沈明樱笑着瞟了瞟阮喻怀里那只硕大的兔子玩偶，"礼物藏在这里面了？"

"对呀。"阮喻的注意力全在路口，光顾着去盯拐进来的人了，嘴里只能蹦出简单的词来。

"你真的折了一千多颗啊？"

"那当然，一颗都不能少的。"

表白总要准备礼物，一星期前，阮喻冥思苦想着送许淮颂什么好，最后想起了当初那颗没能埋下的纸星星。

只是折多少颗呢？她想来想去，觉得只有一个数字足够表达她的心意，那就是 1013，代表着高中生涯的一千零十三天。

“一星期折一千多颗纸星星，爱情的力量果然伟大。”

沈明樱啧啧称奇地调侃着阮喻，阮喻此刻却无心回嘴。

等待的时间里，路口陆续又进来不少人，集合在树荫下的同学越来越多，快将这一片阴凉地挤满，可是许淮颂还没到。

迟来的慌乱占据了阮喻的心头，她隐隐想到了一个不好的可能，一个沉浸在美梦中的她先前从未设想过的可能。

周围欢声笑语不断，阮喻的心却像被拎到了悬崖边。

两个班的班长来回走动着点人，过了一会儿，两人头碰头交流了一句，接着周俊便冲大家喊道：“人齐了，大家上车，准备出发了！”

周围的同学一拥而上，纷纷赶着去抢心仪的座位。阮喻却像被一道惊雷劈中，僵在了原地。

“人齐了？”沈明樱发出一声愕然的疑问。

“是啊，你们想坐前排的话，抓紧上车。”

阮喻急声问道：“许淮颂呢？”

“谁？”周俊似乎一时没反应过来。

“我是说，十班的许淮颂，他没来吗？”

十班的班长正好路过她身边，停下来答道：“许淮颂不参加毕业旅行。”

阮喻眼睫一颤，在天旋地转的眩晕中恍惚了许久，艰难地吞咽了一下：“他……是临时有什么事吗？”

“不是，他本来就没报名，我还问他是不是有事，他说‘没有’来着……他对集体活动一直不太感兴趣，你找他有事吗？”

阮喻呆呆地站在原地，再也没说出话来。

班长的催促，同学的欢笑，好像全都模糊成了另一个世界的声音，而她的世界里什么都没有，只剩下茫然的空洞。

不知多久过去，大巴车窗口传来周俊的声音：“阮喻，沈明樱，愣着干吗呢，就等你俩啦！”

“我们先上车。”沈明樱宽慰地拍了拍阮喻的肩。

阮喻一路六神无主地拖着脚步，被沈明樱拉上了车，坐在大巴车后排剩下的空位。人是坐稳了，心却还在不断往下坠。

许淮颂不来参加毕业旅行，他从一开始就没打算来。

原来她字斟句酌、反复推敲的告白词，从一开始就注定不会被听见，她没日没夜、精心准备的礼物，从一开始就注定无法送出。

美梦只是美梦，并不会因为做梦的人认真就成真。

大巴车前排，班长正握着话筒组织发言：“属于苏市一中 2010 届高三九班、十班的夏日毕业旅行即将发车，大家——毕业快乐！”

“毕业快乐——”

在众人的欢呼声中，阮喻紧紧抱着怀里那个沉甸甸的、藏满星星的兔子玩偶，终于眨了眨眼，落下泪来。

两辆大巴车一前一后发动，缓缓驶出路口，朝着旅行的目的地杭市出发。

校门内，校史馆二楼窗边，许淮颂站在那里，远远目送着大巴车渐行渐远。在它们消失在视线里的最后一刻，他轻声喃喃道：“毕业快乐。”

还有，再见。

番外四 你是迟来的欢喜

2008 年 9 月 27 日 星期六 多云

明天国庆调休，学校举行运动会，我报名参加了跳高裁判组。

开裁判会议的时候，我主动包揽了高二男子的检录任务，这样就能跟许淮颂近距离接触了。

明樱说我不扎马尾辫更好看。

那就不扎了，戴一个草莓发卡吧。

明天下午一定要跟许淮颂说上话。

——阮喻的日记本

2008 年 9 月 28 日 15：32

你耳边的发卡很好看。你说“加油”的声音也很好听。

但你的水不是送给我的。

——许淮颂的草稿箱

2008年9月28日 星期日 晴转多云

今天可把我累坏了。

为了跟许淮颂说一句“加油”，我对所有参加跳高项目的高二男生都说了“加油”。

许淮颂最后拿了银牌，我觉得他已经很厉害啦！金牌得主是体育生，术业有专攻，他比不过也很正常嘛！

比赛结束的时候，我想给他送水，都把矿泉水瓶拿起来了，一抬头却看到十班一群女生兴高采烈地围住了他。

他可能是渴了，往我手上的矿泉水瓶看了一眼。

我一紧张，立马拧开瓶盖，自己咕咚咕咚把水喝了。

唉，我怎么这么怂啊……

明天许淮颂还有一场400米接力赛，我一定要把水送到他手上！

——阮喻的日记本

2008年9月29日 14：45

你是不是很喜欢喝矿泉水？

——许淮颂的草稿箱

2008年9月29日 星期一 阴

我发誓我今天真的是想把水送给许淮颂的。

可是我们班的体育委员问我要给谁送水的时候，我爸也刚好来终点附近给他们班的学生加油了。

我只好说，这水是我自己喝的。

他不信，当着我爸的面调侃我。

我爸看我的眼神立刻凶了起来，吓得我赶紧喝给他看。

许淮颂刚好在这时候跑到了终点。

不知道是不是我的错觉，他好像又看了一眼我手上的矿泉水瓶。

看来他真的很渴吧。

呜呜呜，我怎么就把水喝了呢？

——阮喻的日记本

2008 年 10 月 3 日 22：15

傍晚陪外婆去超市，在收银台排队的时候，她让我检查有没有落下什么没买。

我发现我们忘了拿酱油，但我没有说。

明天家里酱油会不够用，我得再去一趟超市，就是你家对面的那家。

这次你会来吗？

——许淮颂的草稿箱

2008 年 10 月 3 日 星期五 阵雨

见不到许淮颂的第三天，鸡腿都不好吃了。

国庆假期怎么这么漫长啊……

不行，我不能这样坐以待毙。

天气预报说明天不下雨，我得出去碰碰运气。

家里缺不缺酱油啊？

不管了，多买两瓶有备无患嘛。

——阮喻的日记本

2008 年 10 月 4 日 12：15

是酱油，又不是生化武器，怎么会有这么多问题？

有点可爱。

——许淮颂的草稿箱

2008 年 10 月 4 日 星期六 晴

超市里来来往往这么多人，可我一眼就看到了许淮颂。

他穿卫衣真好看，看得我差点忘了自己要来买什么。

幸好他没急着走，一直在货柜前挑来拣去。

我假装漫不经心地走到他旁边，可是他好像没有看见我。

我只好拉了个导购姐姐问东问西，问她哪种酱油适合炒菜，哪种适合作为蘸料，哪种适合拌凉菜，哪种性价比更高，哪种不容易粘锅。

最后实在没得问了，我拿起一个瓶子，问这酱油质检合不合格。
许淮颂终于侧过头看了我一眼。
虽然我觉得，那眼神冷漠得就像在看一个傻子……

——阮喻的日记本

2008年10月16日 21：10

明晚阮老师和曲老师留校值班，你会在数学组办公室，还是语文组办公室？

——许淮颂的草稿箱

2008年10月16日 星期四 阴

爸妈让我明晚跟他们在教师餐厅吃晚饭，然后留校写作业，等他们下班了一起回家。
看来明天没机会在放学路上偶遇许淮颂了。
许淮颂，再见啦……

——阮喻的日记本

2008年10月17日 19：45

其实那张卷子上的题目我都会。

——许淮颂的草稿箱

2008年10月17日 星期五 晴

好激动，许淮颂现在就坐在我对面！
他也留校了，拿了一张竞赛卷子来问问题。
在我爸的数学组办公室做作业果然是明智的选择。
啊，我爸过来了。
唉，刚才我爸让我去对面，跟许淮颂一起解一道函数题，可是这么难的竞赛题我哪会啊。

我胡乱写了一排公式，把cos、sin、tan挨个套了一遍。我爸在旁边看着我的卷子冷笑，一点都不讲父女情面……

我怕他再看下去会开骂，偷偷瞄了一眼许淮颂的草稿纸。

还好他字写得大，用他的公式果然算对了。

不过好像被他发现了，因为我看到他低着头笑了一下。

他是在嘲笑我吗？

太丢人了……

我只是有点偏科，我的语文成绩每次都是年级第一啊。

——阮喻的日记本

2008年10月17日 20：35

还有，我平时的字不写那么大。

——许淮颂的草稿箱

2008年10月20日 星期一 阴

这周轮到许淮颂打扫他们班在小树林的包干区。

我编了个理由，跟班上同学换了这周的值日，也去打扫小树林了。

最近降温了，风特别大，小树林里到处都是落叶，我故意逆着风扫，这样就可以扫得慢一点，跟许淮颂多待一会儿了。

我觉得我能扫一个世纪。

不过这风有点冷，我打了好几个喷嚏。

我该不会是要感冒了吧？

——阮喻的日记本

2008年10月20日 17：26

这么扫，能扫干净吗？

——许淮颂的草稿箱

2008年10月21日 星期二 阴

好生气啊，今天的小树林特别干净，压根没有可以让我发挥的地方。
我只看了许淮颂五分钟。
不甘心。
希望今晚风大一点，把树上的叶子全都吹下来。

——阮喻的日记本

2008年10月20日 17：15

帮你打扫好了。
天冷也不知道多穿一件衣服。

——许淮颂的草稿箱

“天冷也不知道多穿一件衣服。”

阮喻翻着日记本和老年机，看到这里打了个喷嚏，回头就见许淮颂拿着一件外套走到阳台，一边替她关上半扇窗户，一边说：“感冒了怎么办？”

阮喻低头看了看自己隆起的小腹，把手伸进许淮颂递来的袖口，穿上了外套。

许淮颂看了一眼她放在一边的日记本和老年机，把她揽进怀里：“怎么又在翻这些陈芝麻烂谷子了？”

阮喻挨着他笑起来：“我在想啊，如果我有一台可以回到过去的时光机，我也许不会告诉十七岁的许淮颂和阮喻他们当时想要的答案，而会跟他们说——别着急，你想要的，都在未来等你。”

或许此刻的你正在经历悲伤、迷茫、痛苦、失望，但你千万不要放弃。
你要继续好好地生活，努力成为更好的自己。
请你相信，一定会有人在未来给你一份迟来的欢喜。
而这所谓的“迟来”，其实是上天最恰到好处的安排。

图书在版编目（CIP）数据
你是迟来的欢喜 / 顾了之著. -- 南京 : 江苏凤凰文艺出版社, 2025. 5. -- ISBN 978-7-5594-9303-3
Ⅰ. I247.5
中国国家版本馆CIP数据核字第20259K2S49号

你是迟来的欢喜

顾了之　著

责任编辑　周颖若
出版统筹　曾英姿
特约编辑　蒋　甜　李　静
封面绘制　瑶　橘
装帧设计　　暖
出版发行　江苏凤凰文艺出版社
　　　　　南京市中央路 165 号，邮编：210009
网　　址　http://www.jswenyi.com
印　　刷　湖南天闻新华印务有限公司
开　　本　880mm × 1230mm 1/32
印　　张　10.5
字　　数　370 千字
版　　次　2025 年 5 月第 1 版
印　　次　2025 年 5 月第 1 次印刷
书　　号　ISBN 978-7-5594-9303-3
定　　价　49.80 元